EVEREST
1977

AYŞE KULİN

ESERLER

1. *Güneşe Dön Yüzünü* (Öykü)
2. *Bir Tatlı Huzur* (Biyografi)
3. *Foto Sabah Resimleri* (Öykü)
4. *Adı: Aylin* (Biyografik Roman)
5. *Geniş Zamanlar* (Öykü)
6. *Sevdalinka* (Roman)
7. *Füreya* (Biyografik Roman)
8. *Köprü* (Roman)
9. *İçimde Kızıl Bir Gül Gibi* (Deneme)
10. *Babama* (Şiir)
11. *Nefes Nefese* (Roman)
12. *Kardelenler* (Araştırma)
13. *Gece Sesleri* (Roman)
14. *Bir Gün* (Roman)
15. *Bir Varmış Bir Yokmuş* (Öykü)
16. *Veda* (Roman), *Veda* (Çizgi Roman)
17. *Sit Nene'nin Masalları* (Çocuk Kitabı)
18. *Umut* (Roman)
19. *Taş Duvar Açık Pencere* (Derleme)
20. *Türkan-Tek ve Tek Başına* (Anı-Roman)
21. *Hayat-Dürbünümde Kırk Sene* (Anı-Roman)
22. *Hüzün-Dürbünümde Kırk Sene* (Anı-Roman)
23. *Gizli Anların Yolcusu* (Roman)
24. *Saklı Şiirler* (Şiir)
25. *Sessiz Öyküler* (Öykü Derlemesi)
26. *Bora'nın Kitabı* (Roman)
27. *Dönüş* (Roman)
28. *Hayal* (Anı)
29. *Handan* (Roman)
30. *Tutsak Güneş* (Roman)
31. *Kanadı Kırık Kuşlar* (Roman)
32. *Kördüğüm* (Roman)
33. *Son* (Roman)
34. *Her Yerde Kan Var* (Roman)

ÖDÜLLER

1988-89 / Tiyatro ve TV Yazarları Derneği, En İyi Çevre Düzeni Dalında Televizyon Başarı Ödülü
1995 / Haldun Taner Öykü Ödülü Birincisi
1996 / Sait Faik Hikâye Armağanı Ödülü
1996 / 3. UAT En Başarılı Yazar Ödülü
1997 / Oriflame Roman Dalında Yılın En Başarılı Kadın Yazarı Ödülü
1997 / Nokta Dergisi *Doruktakiler* Edebiyat Ödülü
1997 / İ.Ü. İletişim Fakültesi, Roman Dalında Yılın En Başarılı Yazarı Ödülü
1998 / Oriflame Edebiyat Dalında Yılın En Başarılı Kadın Yazarı Ödülü
1998 / İ.Ü. İletişim Fakültesi Roman Dalında Yılın En Başarılı Yazarı Ödülü
1999 / Oriflame Edebiyat Dalında En Başarılı Kadın Yazarı Ödülü
1999 / İ.Ü. İletişim Fakültesi Roman Dalında Yılın En Başarılı Yazarı Ödülü
2000 / Rotaract Yılın Yazarı Ödülü
2001 / Ankara Fen Lisesi Özel Bilim Okulları Yılın Yazarı Ödülü
2002 / Tepe Özel İletişim Kurumları Yılın En İyi Edebiyatçısı Ödülü
2003 / AVON Yılın En Başarılı Kadın Yazarı Ödülü
2003 / Best FM Yılın En Başarılı Yazarı Ödülü
2004 / İstanbul Kültür Üniversitesi Yürekli Kadın Ödülü
2004 / Pertevniyal Lisesi Yılın En İyi Yazarı Ödülü
2007 / Bağcılar Atatürk İ.Ö. Ok. & Esenler-İsveç Kardeşlik İ.Ö. Ok. Yılın Edebiyat Yazarı Ödülü
2007 / Türkiye Yazarlar Birliği *Veda* isimli romanı ile Yılın En Başarılı Yazarı
2008 / European Council of Jewish Communities Roman Ödülü
2009 / TED Bilim Kurulu Eğitim Hizmet Ödülü
2009 / Kocaeli, 2. Altın Çınar Dostluk ve Barış Ödülü
2009 / Kabataşlılar Derneği Yılın En İyi Yazarı Ödülü
2010 / Best FM 1998-2008, 10 Yılın En Başarılı Kitabı
2010 / Kabataşlılar Derneği Yılın En İyi Yazarı Ödülü
2011 / İTÜ EMÖS Yaşam Boyu Başarı Ödülü
2011 / Orkunoğlu Eğitim Kurumları, Yılın En Başarılı Yazarı Ödülü
2011 / ESKADER Kültür & Sanat Ödülleri, Hatırat Dalında *Hayat & Hüzün*
2011 / *Farewell* (*Veda*) ile Dublin IMPAC Edebiyat Ödülü Ön Adayı
2012 / Medya ve Yeni Medya En İyi Yazar Ödülü
2013 / Kültür ve Turizm Bakanlığı, Toplumsal Duyarlılığa Katkı Ödülü
2013 / Lions Başarı Ödülü
2014 / 22. İTÜ EMÖS Ödülü; Yılın En Başarılı Kitabı - *Handan*
2015 / Eryetiş & Balkanlar Eğitim Kurumları / Yılın En İyi Romanı: *Tutsak Güneş*
2016 / *Permio Roma Ödülü* / Çeviri Dalında En İyi Roman / *Nefes Nefese.*
2016 / İstinye Rotary Kulübü Meslekte Üstün Hizmet Ödülü
2016 / İTÜ İşletme Mühendisliği Yazarlar Kategorisinde Sosyal Medya Ödülü
2017 / İzmir Rotary Kulübü Meslekte Üstün Hizmet Ödülü
2018 / Rumeli'nin En'leri, Yılın En İyi Yazarı
2018 / Işık Okulları, Yılın En İyi Yazarı
2018 / İTÜ, Yılın En İyi Yazarı
2019 / Kristal Lale Ödülü, Prof. Dr. Mümtaz Turhan S.B.L
2019 / UKKSA Yaşam Boyu Onur Ödülü
2019 / Mevlana Ödülü
2020 / İTÜ İşletme Mühendisleri Kulübü Sosyal Medya Ödülü

Sevdalinka'nın Bosna-Hersek telif geliri savaş mağduru çocuklara, *Kardelenler*'in telif geliri Kardelen Projesi'ne, *Sit Nene'nin Masalları*'nın telif geliri UNICEF Anaokulu Projesi'ne, *Türkan-Tek ve Tek Başına*'nın özel baskısının ve *Türkan* tiyatro oyununun telif gelirleri ise ÇYDD eğitim projelerine bağışlanmıştır.

AYŞE KULİN

Hayal

(1983-2013)

§

Yayın No **1977**
Türkçe Edebiyat **815**

Hayal (1983-2013)
Ayşe Kulin

Kapak tasarımı: Emir Tali
Kapaktaki fotoğraf: Ercan Arslan
Kitaptaki çizimler: Irvin Mandel
Sayfa tasarımı: Muzaffer Aysu

1-9. Basım: Kasım-Aralık 2020
10-11. Basım: Şubat 2021

ISBN: 978 - 605 - 185 - 534 - 9
Sertifika No: 43949

Baskı ve Cilt: Melisa Matbaacılık
Matbaa Sertifika No: 45099
Çiftehavuzlar Yolu Acar Sanayi Sitesi No: 8
Bayrampaşa/İstanbul
Tel: (0212) 674 97 23 Faks: (0212) 674 97 29

EVEREST YAYINLARI
Ticarethane Sokak No: 15 Cağaloğlu/İSTANBUL
Tel: (0212) 513 34 20-21 Faks: (0212) 512 33 76
e-posta: info@everestyayinlari.com
www.everestyayinlari.com
www.twitter.com/everestkitap
www.facebook.com/everestyayinlari
www.instagram.com/everestyayinlari

Hayal

(1983-2013)

İnsan âlemde hayal ettiği müddetçe yaşar

Yahya Kemal Beyatlı

Hayal

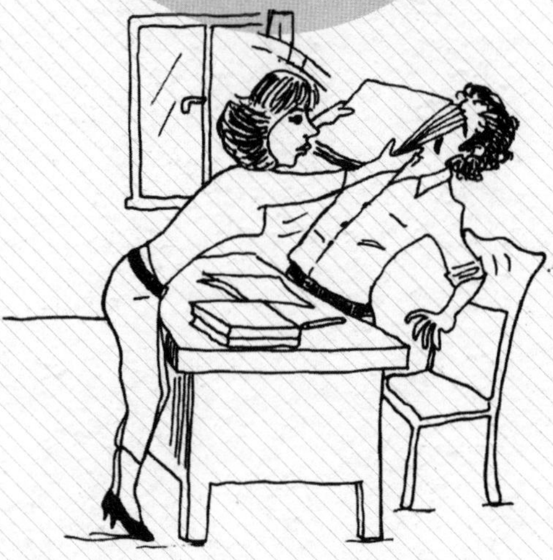

Yarım saatten beri ter içinde oturuyorum deri taklidi plastik koltukta. İnatla, sebatla oturuyorum! Odacı üçüncü çayımı bırakıyor önümdeki alçak sehpaya. Sehpada benden bir önceki konuğun izmaritleriyle dolu bir kül tablası ve benim çay bardağımdan başka bir şey yok ama yanımdaki yazı masasının üzeri üst üste yığılmış tozlu kitaplar, dergiler, dosyalarla dolu. Bu kargaşanın en üstünde, içinde babamın daktilosunda yazıp yer yer tipeksle düzelttiğim yedi-sekiz adet öykümün bulunduğu soluk pembe dosya duruyor. Masanın arkasında ise sinirli hareketlerle sigara içen Mustafa Kemal var.

Mustafa Kemal Atatürk değil, Mustafa Kemal Ağaoğlu!

Yani, açılımı Yazarlar Kooperatifi gibi bir şey olan YAZKO'nun müdürü veya idarecisi veya başkanı. Bu sıfatlardan hangisini taşıdığından emin değilim. Emin olduğum, ben on beş yaşındayken, o on dokuz yaşındaydı ve bana âşıktı. Aradan çeyrek asır geçmiş. Geçen zaman içinde sevgili olamamışız ama sıkı dost olmuşuz ve işte beni karşısında şımarık bir inatla oturtan da bu dostluğa olan güvenim.

"Vallahi de billahi de bu hafta içinde okuyacağım," diyor Mustafa Kemal.

"Şimdi!"

"Pekâlâ, söz, bu akşam okuyacağım. Hem de yemeğe gitmeden önce, ayık kafayla."

"Şimdi!"

"Az sonra randevum var dedim ya!"

"Şimdi, lütfen. Rasgele bir öykü seç, oku! Misafirin gelince bırakırsın. On sayfalık öyküyü okumak kaç dakikanı alır ki? En fazla on dakika sürer."

"Biri gözlerini dikmiş bana bakarken, kendimi öyküye veremem."

Ayağa kalkıp pencerenin önüne yürüyorum. "Bak, arkamı döndüm sana. Öykü bitene kadar camdan dışarı bakacağım."

"Allahım sen bana sabır ver," diyor Mustafa Kemal, "iyi ki evlenmemişim seninle! Deli ederdin beni herhalde."

İçimden, "Ne evlenmesi be, sen beni öpemedin bile," diyorum, ilk gençliğimde ona yüz vermediğim için şu anda hayli pişman.

* * *

Mustafa Kemal bana âşık olduğunda ben ortaokuldaydım. Babası Samet Ağaoğlu ve annesi Neriman Hanım yakın dostlarımızdı. Ama esas dostluk, babam ile halası Süreyya Ağaoğlu'nun Berlin'deki öğrencilik günlerinden kalmaydı. Tahsillerini tamamlayıp yurda döndükten ve Ankara'da biri avukat diğeri mühendis olarak çalışmaya başladıktan sonra, kardeşi ile karısını, Süreyya tanıştırmış babama, babam henüz bekârken. Ankara otuzlu yıllarda, herkesin birbirini tanıdığı, insanların Kızılay Meydanı'ndan Kavaklıdere'ye yürüyene kadar her geçeni selamlamaktan helak olduğu, avuç içi kadar bir yerdi zaten. Ankaralılar birbirlerine akrabalar kadar yakındı.

Ortaokulu İstanbul'da okurken, bir bayram tatilinde Ankara'ya gittiğimde, Mustafa Kemal'in annesi anneme telefon etmiş, oğlunun bir akşam beni bir konsere götürmesi için izin istemişti. Babası bakandı o yıllarda. Demokrat Parti'nin ileri gelenlerinden biriydi. Annem, babama danışmadan evet dediği için çok azar işitmişti babamdan. Annem, "Oğlanın ana babası kırk yıllık dostlarımız, üstelik Samet şimdi bakan, hayır demek ayıp olur," dedikçe babam, "Değil o bacaksız, Gazi'nin kendisi gelse, izin vermem!" diye bağırıyordu.

"Madem o kadar karşısın, aç telefonu, kızımı yollamıyorum Samet, oğlun konser sırasında kızıma saldırır diye korkuyorum, de," demişti annem.

"Ben böyle bir şey söylemedim!"

"O halde itirazın kızın konsere gitmesine değil, Demokrat Parti'ye."

Babam, kapıyı çarpıp odasına geçmiş, iki gün boyunca surat asmış, gerekmedikçe kimseyle konuşmamıştı. Ben, babaların kızlarını gözlerinden bile sakınırken birazcık da kıskandıklarını henüz bilmiyordum. İki gün sonra Mustafa Kemal, babasının makam arabasıyla beni almaya geldiğinde, tam kapıdan çıkarken, "Konser bittikten yirmi dakika sonra evde olacaksın," demişti babam.

"Konserin kaçta biteceğini bilmiyorum ki..."

"Ben biliyorum."

O yüzden şimdi adını unuttuğum Fransız şantöz, konserin sonunda bis üstüne bis yaparken ve Mustafa Kemal yerinden kıpırdamazken, ben cehennem azabı çekmiş, sonunda dayanamayıp hemen eve dönmek istediğimi söylemiştim.

"Çok mu sıkıldın?" diye sormuştu.

"Babam konser biter bitmez eve dönmemi tembihledi."

"Kızına nefes aldırmayan baskıcı baba, ha?"

"Hem de nasıl."

"Kurtarayım seni bu hayattan."

"Sen önce kendini kurtar."

"Hangi hayattan?"

Aklıma bir şey gelmediği için, "Babanın partisinin baskısından," demiştim. Genç insanların tüm otoritelere muhalif olduğu yaşlardaydım. Hoş, ben hayatım boyunca hangi partiden olursa olsun, iktidara hep muhalif oldum, o başka!

"Babamın partisi beni hiç ilgilendirmez."

"Makam arabasına kurulmayı biliyorsun ama."

Atışmış, barışmış, birbirimizin damarına basmış, yeniden barışmış, birlikte gülmüş, sonuçta kafa dengi olduğumuza karar verip dost olmuştuk. O gece ona taktığım adıyla Mus Kemal, aynı yılın sonunda Londra'ya üniversite okumaya gitti. Mektuplaştık. Anneannemin mektuplarımı açıp okuyacağını bildiğimden, mektuplarına "Azizim Leyla," diye başlardı. Anneannem bir gün bana Leyla her kimse, mektuplarının niye bana geldiğini sordu. Ben de, Leyla'nın evindeki saygısız büyükler açıp okudukları için kızın mektuplarının bana geldiğini söyledim.

"Saygısız sensin!" dedi bana anneannem.

O günden sonra Mustafa Kemal mektupları okuluma yolladı ama herhalde el alışkanlığıyla yine Leyla diye başlayarak. Oysa yazdıklarında anneannemi ve okul idaresini irkiltecek hiçbir şey yoktu. Gurbette bir öğrencinin vatan ve aile özlemini çok güzel ifadelerle yansıtan, biraz da sıkıcı mektuplardı sadece. Yine de biz onca ukalalığımıza rağmen, kız-erkek arkadaşlığı dendi miydi, muhafazakâr toplumların ruhuna sinmiş önyargıların etkisi altındaydık demek ki.

Mustafa Kemal'le bir sonraki karşılaşmamızda, ben evlenmiştim. Ben boşandığımda o evlenmişti. O boşandığında ben ikinci kocamla evliydim. Bu kısırdöngü hayatımız boyunca böyle süregeldi ve sonunda her ikimiz de kaderin bizi sevgili değil, arkadaş olarak tasarladığına ikna olduk.

İşte şimdi ben böyle bir geçmişimiz olan çocukluk ve gençlik arkadaşımın karşısında oturmuş, öykülerimi bastırabilmek için kim bilir kaçıncı ama son şansımı deniyordum. Son şansımı çünkü bu bakımsız, yoksul görünüşlü yazıhaneye düşene kadar, sürüyle yayıncı kapısından dönmüştüm. Bezgin ve bıkkındım. Aklıma başka yayıncıların karşısında oturmuş olduğum nice günler geliyordu; nice ofisler, nice bıyıklı bıyıksız, karşısındakine tepeden bakan ve hep sigara içen erkekler (nedense bu meslek de erkeklerin tekelindeydi), nice gönül kırıklıkları, nice boş çıkan beklentiler... Şansım bu kez de dönmezse pes edecektim. Mustafa Kemal de çare olamadıysa derdime, bir başka yayıncının kapısını çalmayacaktım bir daha!

Elimden tutup beni Varlık Yayınları'nın sahibi Yaşar Nabi Bey'e götürerek, bana hayatımın ilk yayıncı ziyareti tecrübesini yaşatan, Filiz Ofluoğlu'ydu. Filiz ve Mücap Ofluoğlu'nu bana tanıştıran ise Oya Başak.

Önce Oya Başak'ı anlatmalıyım ki, bu satırlardan yansıyacak anılarla 1968-2013 yılları arasında Boğaziçi Üniversitesi'nde İngiliz edebiyatı okuyanlara ve efsanevi hocalarına yürekten bir selam olsun.

Oya, 50 yıla yaklaşan hocalığını, Boğaziçi Üniversitesi'nin en renkli ve unutulmaz İngiliz edebiyatı profesörü, artı edebiyat bölümü başkanı olarak tamamlamakla yetinmemiş, emeklilik sonrasında bile Shakespeare okutmaya devam etmişti. Gözünüzün önüne ciddi, sert bakışlı, griler içinde bir hoca getirmeyin sakın. Yeşilin her tonunu giysilerine yansıtan, gözleri hep yeşil kalemle çerçevelenmiş, çıngıraklı kahkahası üç günlük yoldan duyulan, dünyanın en şeker, en eğlenceli ve konusuna en hâkim hocasıdır sevgili arkadaşım Oya. Benim arkadaşlıklarıma ise mutlaka ikinci ve üçüncü derece antika eser ruhu hâkimdir zira arkadaşlıklarımın dörtte üçü, birkaç kuşak öncesine gidebilen aile dostluklarının uzantılarıdır. Bu durum Oya için de farklı değildi, annesi Piraye ile büyük teyzem Sabahat, Amerikan Koleji'ndeki öğrencilik yıllarında tanışmışlardı ama annemin kuzini Fazilet, Oya'nın babasının kuzeni Muhlis Ete'yle evlenince hem hısımlığa terfi etmiş hem de iki müşterek kuzen sahibi olmuştuk. Bunca yakınlığa rağmen Oya'yla gerçek dostluğumuz, benim Ankara'da bir resim galerisinde çalıştığım günlere rastladı.

Ben ilk evliliğimi 1964 yılında sona erdirince, çocuklarımı alıp Ankara'ya baba evine dönmüş, Doğuş Galerisi'nde çalışmaya başlamıştım. Her gün sabah ondan saat ikiye kadar galeriyi Fahir Aksoy, ikiden altıya kadar da ben bekliyordum. Rahmetli Dündar Elbruz'un hurdacı dükkânlarından topladığı hırdavatla oluşturduğu heykel sergisine, bir öğleden sonra, birkaç günlüğüne Ankara'da bulunan Oya ziyarete geldi. Parçalanmış otomobil hurdaları, zincir, musluk, çivi, hortum, lastik gibi malzemelerle yapılmış heykellere uzun uzun baktı ve sordu:

"Ayşe, nedir bunlar?"

"Şu bir genç kız," dedim, heykelin başı olması gereken tekerliğin iki yanından sarkan zincirleri, yani örgüleri göstererek, "şu da bir köpek ama köpekliği hangi yönden baktığına bağlı. Bu ise belki bir hayat ağacı... Bak, şu da acıyı ifade ediyor olmalı, çünkü çok çirkin."

"O halde şu da mutluluk mu?" Gösterdiği yöne baktım.

Araba parçalarının, muslukların, hortumların arasında durmuş, büyük bir ciddiyetle hurdalara kimlik kazandırmaya çalışıyorduk. Birden bir yerden işaret almış gibi, aynı anda gülmeye başladık. Güldük, güldük. Güldükçe daha çok gülüyor, kahkahalarımızı durduramıyorduk. Karnımıza ağrılar girdi, gözlerimizden yaşlar aktı, galeriyi gezen insanlar dönüp bize baktılar. Susamadığımızı görünce, gülmek esnemek gibi bulaşıcı olmalı, onlar da bir süre bizimle birlikte güldü. Birlikte gülebilmek, bence bir sır paylaşmaktan bile daha önemlidir sıkı bir dostluk için. Nitekim o gün bugündür dostluğumuz, her bir araya geldiğimizde kahkahalarla sürerek bugüne dek devam ediyor.

Yetmişli yılların başında, bir yaz çoluk çocuk birlikte gittiğimiz bir tatil köyünde, Oya'nın yakın arkadaşları Filiz ve Mücap Ofluoğlu'na rastladık. Günlerimiz, gecelerimiz bir arada geçmeye başladı. Filiz'in gözünden, benim bir deftere sürekli bir şeyler yazdığım kaçmamış.

"Sen ne yazıyorsun o deftere, günlük mü tutuyorsun?" diye sordu.

"Öykü denemeleri," dedim.

"Bakabilir miyim?"

Biraz utanarak uzattım defteri. Filiz deftere göz attıktan sonra, uzakta sakin ve gölge bir yere gitti, okumaya başladı. Bir saat sonra yanımıza geldiğinde, "Ayşe öyküleri çok beğendim, bunları kimseye gösterdin mi?" diye sordu.

"Yok. Ben kimseyi tanımam ki."

"Sen bunları daktiloya çek muntazam bir şekilde. Benim tanıdığım bir yayıncı var, İstanbul'a dönünce ona gösterelim."

"Sahi mi?" dedim sesim titreyerek. Minik bir umut kuşu kondu omzuma.

İstanbul'a döner dönmez babamın, bana devrettiği emektar daktilosunda öyküleri tertemiz kâğıtlara defalarca yazdım. En ufak bir hatada kâğıdı atıp, sil baştan yazıyordum. Böyle, sayfalarca kâğıt harcayarak, nihayet bütün defteri bitirdim. Yaklaşık elli sayfa tutan öyküleri dosyaladım ve Filiz'i aradım.

Bir sonbahar günü, Filiz'i Taksim Gezisi üzerindeki evinden aldım, meydana yürüyüp Eminönü dolmuşuna bindik. Daha önce hiç merak etmemişim nedense, yolda, "Gittiğimiz yayınevinin adı ne?" diye soracak oldum.

"Varlık."

"Ne! Varlık mı? Şu bildiğimiz Varlık mı yani? Hani dergisi de olan?"

"Evet."

Bayılacağımı sandım. On üç yaşından beri okuru, hayranı, meftunu olduğum Varlık! Beni önce Behçet Necatigil'le sonra da Attilâ İlhan'la, ayrıca Nezihe Meriç'le, Yusuf Atılgan'la tanıştıran, Türk edebiyatını sevmeme, okumama vesile olan, raflarımda yüzlerce kitabını biriktirdiğim Varlık! Yayınevlerinin şahı, kralı!

"Filiz, atıyorsun!"

"Sahibi Yaşar Nabi Bey, benim eski dostumdur. Randevu aldım, onunla görüşeceğiz.

Boğazım kurudu. Bir şey söyleyecek oldum, heyecandan sesim çıkmadı. Dolmuştan inince Cağaloğlu yokuşunu tırmanmaya başladık. Dizlerim titriyordu. Aklımdan onlarca Yaşar Nabi sureti geçiriyordum. Şişman mıdır? Sakallı olma ihtimali var mı? Edebiyat solcuların tekelinde olduğu için, kesinlikle pipolu, sakallı ve romantik görünüşlü bir tiptir. Belki de içki göbekli, pos bıyıklı tonton bir amca görüntüsündedir. Genç midir? Yaşlı mıdır? Yok, Filiz'in eski bir dostu olduğuna göre, herhalde çok yaşlı değildir.

Binadan içeri girdik. Birkaç kat merdiven çıktık. Karşımda ne sakallı, ne bıyıklı, tam tersine sinekkaydı tıraşlı, uzun boylu, muntazam hatlı sert yüzünde boncuk mavisi gözleri olan bir adam vardı. Bana bir filimde oynayan başaktörü çağrıştırıyordu, hayal meyal hatırlıyordum filmi.

Oturduk. Filiz, Yaşar Nabi Bey'e öykülerimi okuyup beğendiğini, yayınevinin değerlendirmesine sunmak istediğini söyledi. Yaşar Nabi Bey'e baktım, o konuştukça, karşımdaki sert simalı insanın yerini, ne yazdığımı anlamaya çalışan, makul bir insan aldı. Elini uzattı dosyayı almak için. Dosya elim titrediğinden dolayı dalgalandı aramızda. Yaşar Nabi Bey, gözlüklerini burnunun üzerine indirip öykülere göz atarken Filiz ve ben çaylarımızı içtik. Sonra Yaşar Nabi Bey gözlüklerini çıkardı, boncuk mavisi gözlerini bana dikti;

"İlginç şeyler yazmışsınız ama daha yazar olmanıza vakit var," dedi.

O dakika hatırladım, filmi de, Yaşar Nabi Bey'i andıran karakteri de. İkinci Dünya Savaşı'nı anlatan filimde bir Nazi subayıydı!

O odadan nasıl çıktık, Filiz Ofluoğlu'yla aramızda neler konuştuk, Taksim'e kadar nasıl geldik, ben Yeniköy'deki evime neye binerek döndüm, hiç ama hiç anımsamıyorum. Yaşar Nabi Bey'in cevabından sonra, zihnim bir kara perde!

Kulaklarımda anneannemin çocukluğumda Faruk Nafiz'den okuyup durduğu satırlar...

Bir gün camı açtım ki ufuk bir kara perde
Sahrayı beyazlar bürümüş, yollar uyuşmuş
Baktım o gurbet kuşunun uçtuğu yerde
Cansız bir avuç tüy yatıyor, meğer o kuşmuş!

O kuş, işte ben! Umudun önce köpürüp sonra da süt gibi kesilmesi, cansız kalmakmış meğer! Bir avuç tüye dönüşmekmiş. Yaşam sevincim uçmuş, adım atacak halim kalmamış!

Birkaç gün sonra, "Filiz'le Varlık Yayınları'na gidecektiniz. Ne oldu?" diye sormuştu Oya.

"Yaşar Nabi Bey yazdıklarımı beğenmedi."

"Bir sürü başka yayınevi var. Onları da dene."

Denedim. Hem de nasıl denedim!

Yayınevlerinin kiminden dosyamı bırakamadan geri dönmüşlüğüm vardı, kiminden dosyayı bıraktığım halde, asla yanıt almamışlığım.

Telefonla randevu alır giderdim. Otururdum birilerinin karşısına. Sorarlardı;

"Ne işle meşgulsünüz kızım?"

"Şey... çalışmıyorum, ev hanımıyım (çünkü pasaportumda 'ev kadını' yazardı, hatta işgüzar bir memurun Fransızcasıyla *femme de menage* yazardı ki hizmetçi anlamına gelirdi)."

"Evlisiniz yani."

Evli olmak çok ayıp bir şeymiş gibi utana sıkıla yanıtlardım, "Evet. (Muhatabımın yüzünde beliren olumsuz ifadeyi görür görmez, eklerdim.) Başlarda çalışıyordum ama çocuklar işte."

"Kaç çocuk?"

"Dört."

Konuşma aşağı yukarı bu noktada biterdi.

"Ayşe Hanım kızım, madem bir kocan dört de çocuğun var, evli barklı birisin yani, niye zorluyorsun bir de yazar olmak için. Bırak onu da başkaları olsun."

Evli ve dört çocuklulara yazar olmanın yasak olduğu bir dönemden geçiyorduk, bunu anlamıştım ama bazen bu ziyaretler, başka türlü de gelişebiliyordu.

Yayıncı sorardı:

"Neden başka bir şey değil de yazar olmak istiyorsunuz?"

"Yazmayı seviyorum. Hep yazıyorum. Yazdıklarım birikiyor. Onları paylaşmak istiyorum."

"Tiyatroyu denediniz mi? Ya da beyazperdeyi?"

"Hiç düşünmedim."

"Yani ünlü olmak istiyorsanız, hem fiziğiniz müsait hem de o alanda çok daha ünlü olunuyor da..."

"Ünlü olmak değil sadece yazar olmak istiyorum."

"Sahi hiç mi teklif almadınız, tiyatrodan, beyazperdeden. İsterseniz yardımcı olabilirim."

"Zahmet etmeyin. Öyle bir hevesim yok, bazı teklifler aldım zamanında ama kabul etmedim."

"Yaa! Kimlerden?"

"Haldun Dormen'den mesela. Bir de *Sevmek Zamanı* adlı filmde başrolde oynamam için, yapımcısı olan arkadaşım Ali çok ısrar etmişti."

"Allah Allah! Niçin kabul etmediniz?"

"Bakın, dosyamı görmek istemiyorsanız, ben vaktinizi almayayım."

"Rica ederim, öyle bir şey demedim ben. Bırakın dosyanızı, bir göz atayım, bu akşam yedi gibi Papirüs'te buluşur, birer kadeh bir şey içer, dosya üstünde konuşuruz."

"Ben o saatte evimde, çocuklarım ve kocamla sofrada oluyorum da, mümkün değil bu yüzden."

"Buyurun alın dosyanızı o halde, burada kalmasın!"

Ben, konuşma nasıl sonlanırsa sonlansın, yayıncıdan çıkıp, kös kös evime dönerken her seferinde isyan ederdim, bir insan hem anne hem de yazar olamaz mı diye! Henüz yirmi yaşına basmadan kendi ellerimle alnıma çaktığım "ev kadını" yaftası önümü kesiyorsa yetmişli yıllarda, kabahatin büyüğü bendeydi. Söylemişti oysa babam, acelen ne, önce bir meslek edin, demişti, önünde koca bir hayat var!

Yazma arzusuyla tutuşan çok çocuklu bir anne olarak yaşayadururken, 1977 yılında, güneşteki lekelerin neden olduğunu varsaydığım şiddetli bir rüzgâr esti hayatımda. Yaşantım bir sonbahar günü, bir anda değişiverdi.

Nazar mı değdi, cin mi çarptı bilemem, varlarım bir anda yok oldu!

Kocam başka kadına, çocuklarım başka ülkelere savruldu.

Çiçeklerini ellerimle diktiğim, bahçesinde oğullarımı büyüttüğüm, her metrekaresinde bin bir anımın gizlendiği güzel evim yabancılara satıldı.

Düzenim altüst olunca, "ev kadını" sıfatımın "ev"i gitti, sadece "kadın"ı kaldı.

Hayli geçkin, hayli üzgün, ağlamaklı bir kadın! Benim için yazmış gibi Ümit Yaşar, benim için bestelemiş gibi Timur Selçuk. Şarkı dilimden düşmüyordu ama üzerime bol gelen elbise gibi, ne ağzıma yakışıyordu ne tavrıma. Birkaç aylık bocalama devresinden sonra yavaşça doğruldum, ayağa kalktım ve düşündüm: Ben kendimi yaşlı ve tükenmiş zannediyordum ama hâlâ gençtim, otuz yedi yaşına yeni basmıştım. Hayat devam ediyordu. Arkama değil önüme bakmalıydım. Ne ayrıldığım kocamdan ne de babamdan, hiçbirinden maddi yardım kabul etmemeliydim ki, kimsenin hayatıma karışma hakkı doğmasın. Hemen bir iş bulmalıydım. Kuyruğumu dik, çocuklarımı bir arada tutmalıydım. Çocuklarımı birbirine bağlayan aile bağımız asla gevşememeliydi. Elbette bir gün benim de bir sevgilim olabilirdi ama bundan böyle bir daha asla evlenmemeliydim! Asla!

Ben verdiğim sözleri tutarım.

Kendime verdiğim sözlerin de hepsini tuttum.

Tesadüflerin yardımıyla kısa bir süre sonra kendime bir iş buldum. Televizyon dünyasında kamera arkasında çalışmaya başladım. Kuyruğumu hep dik, çocuklarımı bir arada tuttum. Hatta çocuklarım birbirlerine büsbütün kenetlendiler, üvey kelimesini bilmeden büyüdüler. Hayalleri uzun yıllar, ileride çok para kazanıp, içinde büyüdükleri Yeniköy'deki evlerini yeniden satın almak ve o evde hep bir arada yaşamak oldu; elbette gün gelip, kendileri de evlenip çoluk çocuğa karışana ve hep birlikte aynı evde yaşamanın mümkün olmayacağını anlayana kadar!

Bir yıl sonra bir de sevgilim vardı artık!

Mustafa Kemal'in sorusuyla geçmişten kopup, odaya geri döndüm.

"Sen bir daha evlenmedin değil mi? Evlensen duyardım," diyordu.

"Hayır. Bir daha evlenmeyeceğim."

"Neden?"

"Neden mi? İnsana aynı hatayı ilk yaptığında 'beceriksiz', ikincisinde 'aptal' derler. Hatanın üçüncü tekrarı eşekliğe girer de ondan!"

"Sevgilin var mı?"

"Var."

"Ne iş yapar?"

"Avukat."

"Birlikte mi oturuyorsunuz?"

"Hayır. Evlerimiz yakın ama herkesin ayrı düzeni var."

"Neymiş senin düzenin?"

"Şeytan beşgeni."

"O dediğin şeytan üçgenidir."

Bu adam değişmiyor, hep aynı ukala!

"Benimki beşgen!"

"Nasıl oluyor bu?"

"Şöyle. Anneannem, bildiğin gibi, ben doğdum doğalı hep aynı yerde, Narmanlı Apartmanı'nda oturuyor. Annem ile babamın evi Topağacı'nda, sevgiliminki Mim Kemal Öke Caddesi'nde, Koko'nun eviyse Abdi İpekçi'de."

"Koko da kim?"

"Kayınvalidem."

"Kayınvaliden?"

Bir kaşı havada, soru işareti şeklini aldı.

"Eski kayınvalidem. Oğluyla boşandım ama annesiyle hâlâ çok yakınım. Akşam yemeği yiyecek zamanı bulabildiğim günler, kendi evimden yürüyüş mesafesi sadece üç dakika olan şeytan beşgenimdeki bu evlerden herhangi birine gidiyorum."

Ona böyle dedim ama çoğu kez, evden işe sabahın ilk ışıklarıyla çıkıp, işten eve sabaha karşı ceset gibi dönüp hemen yatardım. Ev işi yapacak zamanım olmadığından kirlilerimi anneme torba içinde bırakıp, yıkanmış ütülenmiş geri alırdım. Anneannem de kapıcısıyla dairemin kapısına zeytinyağlı, börek ve köfte paketleri bıraktırırdı çünkü bilirdi ki, çocukların da gidişiyle, ev kadınlığından eser kalmamıştır bende. Oğlanların tatile geldikleri zamanlar hariç, evde yemek pişirmiyordum. Artık tam anlamıyla çalışan kadın olmuştum. Her ne kadar pasaportumun iş hanesinde hâlâ "ev kadını" yazsa da, boynuma yirmi yaşındayken geçirdiğim yaftadan kurtulmuştum. Buna gocunduğumu söyleyemem, kamera arkasında yorucu olduğu kadar da keyifli bir iş yapıyor, iyi de para kazanıyordum. Kazandığım parayla çocuklarımı yazın tatile götürüyor, kışın onları okul tatillerinde ziyarete gidiyor, ihtiyaçlarını alıyor, babalarının ödeyemediği okul taksitlerini, dişçi ücretlerini ödüyordum.

"Çocuklar seninle mi kalıyor?" diye sordu Mustafa Kemal.

Sen dırdır konuşup yaralarımı kaşıyacağına, önündeki dosyayı okusana be adam!

"Hayır, yurtdışındalar," dedim, sesimin titrememesi için özen göstererek.

"Bu yaşta!"

Ah Mustafa Kemal, ben sana neresinden başlayayım anlatmaya mücadelemi? Büyük oğlanlar, bütün karşı çabama rağmen boşadığım babaları tarafından ilkokul üçe geçtiklerinde, İsviçre'de bir yatılı okula zaten götürüldü. Mani olamadım. Gücün para olduğu ve her zaman güçlünün borusunun öttüğü ülkemde, bir anne olarak dahi, bu hain adamı durdurmayı başaramadım, Mete ile Ali'yi ancak yılbaşı, Paskalya ve yaz tatillerinde görebiliyorum ama yetmiyor desem, ne fark edecek ki.

"Büyükler İsviçre'de. Onlar artık koca adam oldular," dedim.

"Küçükler?"

Sorgu hâkimi misin be! Sana ne! Ben sana soruyor muyum, kızın niye seninle değil, diye! Sevgilinin çocuğu senin yanında büyüyormuş, nedenini soruyor muyum? Şimdi ben sana, küçüklerin de kaderi değişik değilmiş meğer, Kerim ile Selim'in beşi bitirdikleri yıl İngiltere'de yatılı okula yollanmaları, arzumla değil ama rızamla oldu desem, ne anlarsın sen bundan?

"Onlar da Oxford'da bir okulda."

"Öyle mi!"

Öyle! Öyle çünkü yetmişlerin ortalarında sağcı solcu çatışmasının günlük hayatın bir parçası haline geldiği, her gün bu çatışmalarda en az on-on beş kişinin öldüğü, sokaklarda yürüyen masum insanların serseri kurşunlara hedef olduğu, otobüslerin tarandığı bir döneme girmiştik. Terör ve siyasi bölünme üniversitelerle sınırlı kalmamış, ortaeğitime kadar inmişti. Çocuklar, okudukları okullara, okulların bulunduğu mahallelere göre ülkücü ya da devrimci olmaya zorlanıyor, tarafsız kalanlar sürekli aşağılanıyordu. İşte o günlerin birinde babaları, küçüklerin de ilkokul sonrası yurtdışına yollanmalarını önerdiğinde şiddetle karşı çıktım. Büyük oğlanların gidişiyle ne kadar perişan olduğumu bildiğinden ısrar etmedi. İkinci kocam, kötü bir koca olabilirdi ama kötü bir insan değildi, birincinin aksine.

Her gün silahların patladığı, cehenneme dönmüş ülkemizde, daha güzel günler umut ederek yaşamaya devam ettik. Ama Selim'in zemin kattaki sınıfı bir sokak çatışması sırasında ateş altında kalıp, sınıftan beş adet mermi kovanı toplandığında, umudum korkuma yenildi. Pes ettim. Sınıf öğretmeninin sıraların altına sakladığı çocuklara kurşunlar isabet etmemişti. Tesadüfen!

Ya etseydi!

O akşam sabaha kadar düşündüm, sabah babalarına telefon edip, iki küçük oğlumun da yurtdışında okumalarına izin verdiğimi söyledim...

Mete ve Ali, yurtdışındaki okullarına bana rağmen neredeyse zorla götürüldükleri için, okullarını ilk kez, ancak onları ziyarete gittiğimde görmüştüm. O yıl beşi bitirecek olan Kerim'in, bir yıl sonra da Selim'in okuyacağı okulu, babalarıyla birlikte her ikimizin de üniversite okuduğu İngiltere'de, pek çok okul gezip gördükten sonra seçtik ve çocukları okullarına ellerimizle götürüp teslim ettik. 1980 darbesi, Kerim'in İngiltere'ye yollanmasından sonra oldu. Darbe eylülden önce olaydı, yanımda kalırdı çocuğum. Kimse yurtdışına çıkamazdı zaten.

"Öyle!" dedim Mustafa Kemal'e.

"Ortam karışıktı diye herhalde," dedi Mustafa Kemal ve devam etti, "zaten ortamın karışık olmadığı bir dönem yok ki bu ülkede."

Karışık mı? Sadece karışık mıydı ortam? Karışık lafı iltifat gibi kalırdı, deprem şiddetinde bir darbeydi! Sadece benim hayatımı değil, binlerce hayatı hatta tüm ülkeyi sarstı. İnsanlar darbe sonrasında dayanılmaz acılar çektiler, işkenceler gördüler, sonu gelmeyen hükümler giydiler ya da yok oldular, silindiler yeryüzünden. Solcuların, Kürtlerin, gençlerin çektikleri yanında benim sorunlarım devede kulak kaldı. Onca acının ortasında, kişisel dertlerimi, sıkıntılarımı dile getirmeye utandığım yıllardı. Şikâyet etmez, sızlanmazdım ama hayatım hiç kolay değildi, hele de sıkıyönetim uygulamaları sırasında. Gün geldi bulunduğumuz setlerde sabahlamak zorunda kaldık. Perişan olduk, yorgunluktan öldük, yıprandık. Dört bir yanımız işkencede ölenlerle (merdivenden düşme denirdi buna) sarılıyken, söylediğim gibi, dillendiremedik şikâyetlerimizi.

Mustafa Kemal böldü yine düşüncelerimi; "Yücel söylemişti, sen reklam filmi çekiyormuşsun. Eğlenceli iştir."

"Sen öyle zannet! İnsanın canına okur reklam filmi."

Sokağa çıkma yasağının olmadığı normal dönemlerde bile çok yorucu bir işti reklam çekimleri. Çok hızlı çalışmayı gerektirir, hata kabul etmezdi. Çünkü çekilecek reklam filmi için, televizyonun reklam kuşağında yer çoktan ayrılmış olurdu ve düşünebiliyor musunuz, sadece tek bir kanal vardı, o da TRT'ydi! Yani, devletin kanalı! Reklamlar bu tek ve biricik kanalda yer alabilmek için ölümüne yarışırlardı. Film ekibinin eline verilen senaryonun bir hafta içinde film haline dönüşmesi gerekirdi ki, ayrılmış ve parası ödenmiş olan reklam kuşağına yetişebilsin. Sabahın erken saatinde, bir minibüsle Beyoğlu'nun arka sokaklarındaki kafelere figüran seçmeye giderdik. Figüranlar biz gittiğimizde çoktan gelmiş, seçilmek üzere bekliyor olurlardı. Bunlar vasıfsız oyunculardı, ellerinden başka bir iş gelmediği için, çekilen her tür filmin arka planını dolduracak olanlardı. Çoğu alkol veya kumar yüzünden işini gücünü kaybetmiş erkekler, genç yaşında geneleve düşmüş, özgürlüğüne yaşlandığı için kavuşmuş, yaşından büyük duran yıpranmış kadınlardı. Elbette böyle olmayanları da vardı aralarında. Ama şurası kesin ki, bu kahvehanelerde seçilmeyi bekleyenler, dünyanın en filozof, en çilekeş insanlarıydı. Öğle yemeğinde yiyecekleri bir dilim pizza veya lahmacun ile bir bardak ayranın ve günün sonunda ceplerine atacakları bir şişe ucuz şarap ya da sigara parasının hatırına gelir, bütün gün sette sürünürlerdi. Seçtiklerimize önce makyaj yapar, kafalarına şapka, kasket, ne gerekiyorsa onu geçirir, boyunlarına atkı eşarp sarar, sonra da bu insanları rol gelimi bir restoranda masalara serpiştirirdik mesela. Ya da o yıllarda sık çekilen banker reklamları için, güya paralarını bankere getirmiş kalabalıkları oynatırdık. Bu işleri yapa yapa birinci sınıf oyuncu kesilmişti bazısı. Bir de gerçek oyuncularımız olurdu ki, onlar da, otuz saniyelik rol için dünyanın parasını alan, sinemanın ünlü yıldızlarıydı. Starlar özel ağırlanırdı, makyajları, kapılarında adları yazan makyaj odalarında yapılır, iyi lokantalardan yemekler ısmarlanır, zamanın gözde içkisi viski mutlaka bulundurulurdu, ne olur ne olmaz diye.

Çekimi bir ya da iki gün içinde toparlamaya mecburduk. Aşırı telaş, çekim bitmeyince sette sabahlamalar hep bu yüzdendi. Diyeceksiniz ki, oyuncular ya da kafelerden topladığınız onca insan nasıl sabahlar sette? Onlar sabahlamazdı. Onlar, işleri biter bitmez giderdi. Biz yakın plan detaylarını, objeleri, reklamı yapılan hangi nesneyse, diyelim ki bir fırın ya da buzdolabı, işte o nesnenin içini dışını, yakın ve uzak planını, raflarını, çekmecelerini, kapısını, inciğini boncuğunu çekerdik sabahlara kadar. Çünkü çekim işi bittikten sonra, bir de stüdyo çalışmaları vardı sırada. Edit edilmesi (filmin tekrarlarından en iyi görüntünün seçilip, diğerlerinin kesilip atılması, seçilen görüntülerin birbirine eklenmesi), seslendirilmesi, miksajı ve bir sürü işi daha.

Film tamamlanınca hemen müşterinin önüne konur, nefesler tutulup, onayı beklenirdi. Bir ekstra gün mutlaka elde tutulurdu ki, müşterinin büyük bir itirazı olursa, kalan tek günde düzeltme imkânı doğsun, işte bu yüzden reklam filmi çekmek zamanla yarışmak, saniyelerle boğuşmak demekti. Ve hepsi, yirmi beş, bilemediniz otuz saniyelik bir gösterim için, işte sevgili okur, senin dizi aralarında sıkıntıyla ve sabırsızlıkla geçip gitmesini beklediğin o kısacık reklam filmlerinin arka planında, sürüyle insan böyle çalışır, böyle yorulur ve inan, bu işler için tahmin edemeyeceğin paralar harcanır. Kocaman bir emek ordusu vardır her reklam filminin arkasında. Yirmi saniyelik bir rol için dünyanın parasını kazanan starlardan tutun, bir ısırık lahmacunla doyan karınlar, üç-beş kuruşa tüm gün talim eden garibanlar, evdeki çoluk çocuğa götürülen setçi, ışıkçı, işçi yevmiyeleri vardır. Sanal dünyaların büyülü, sımsıcak, güzel atmosferlerini çoğu kez yorgun ve bezgin gerçek insanlar yaratır. Yine de ne müthiş bir âlemdir o arka bahçe! Ben hiç unutmadım kamera arkasında çalışmaya başladığım 1978'den itibaren geçen günlerimin tadını. Canım çıkardı evet, ama yorucu olduğu kadar da keyifli, çılgın, nefes nefese günlerle doluydu kamera arkası.

Mustafa K yakaladığı konuyu bırakmıyordu.

"İyi para kazandın mı bari?"

"Kazandım, Allah'a şükür."

Türkiye'de korkunç bir enflasyon başlamıştı. Para her geçen gün değer kaybediyor, mevduatlara ödenen faiz inanılmaz yüzdelere yükseliyordu. Bu durum ülke için bir felaketti ama benim gibi reklam filmi çekenlere iyi gelmişti. Her hafta bir hatta iki reklam filmi çeker olmuştuk. Türkiye'de faizler yüzde seksenlere hatta doksanlara ulaşmıştı, her köşebaşında bir banker türemişti ve bu bankerler birbirlerinden yatırımcı çalmak için müthiş reklamlar yapmaya başlamışlardı. Biz de etkilenmiştik ailecek. Anneannemi 1941 yılından beri kiracısı olduğu Narmanlı Apartmanı'nda oturtabilmek için kendine ait mülkleri satmış, parasını yüksek faiz veren Meban'a yatırmıştık. Birkaç yıl kraliçeler gibi yaşamış, kırk yıldır kirada oturduğu Narmanlı Apartmanı'ndaki geniş dairesini gönlünce boyatabilmiş, çoluk çocuğuna para saçmıştı. Kurumundan geçilmiyordu. Ama çeşmenin suyu hep böyle akmadı, bankerlerden biri batacak oldu, arkası çorap söküğü gibi geldi. Pek çok insanın birikimini toplamış olan Banker Kastelli de yurtdışına kaçınca, bu keyifli ve kolay para kazanma kapısı kapanıverdi.

Yüksek faizlerle yaşayanlar, eşekten düşmüş karpuza döndüler ki aralarında anneannem de vardı. Bir sabah uyandık ki, Meban yok! Onun parasını Meban'a yatıran da bendim üstelik! Bu beklenmedik gelişme sadece bizim evde değil binlerce ailede deprem etkisi yapmıştı. Binlerce ailede benimkisi gibi çene yarıştırabilecek anneanneler var mıydı bilemem ama, anneannem beni keyfince azarlayamadan susmak zorunda kaldı çünkü tam da o günlerde, başımıza gelebilecek felaketlerin en büyüğü bizi bekliyordu.

Babam hastalanmıştı.

Onu kaybedebilme ihtimali o güne kadar yaşadığım tüm acıları defalarca katlıyordu. Boşanma ve velayet davaları, yayıncı aşağılamaları, aldatılmanın utancı, zor şartlarda çalışıp yorgunluktan ölme noktasına gelmek, çocuk hasretiyle yanmak devede kulak kalmıştı. Her şeyin üstesinden gelebilen ben, ilk kez çaresizdim.

Babamı hastaneye yatırıp İstanbul'un tüm doktorlarına muayene ettirmiştik. Annemle birlikte elimizden ne geliyorsa yapmıştık. Sabahlara kadar dua etmiş, ecelle pazarlığa oturmuştuk. Ben ki dünyada en çok babamı sevdim, onu kurtaramadım. Üç ay süren korkunç bir mücadelenin sonunda annem, babam ve ben, ölüme yenildik!

Ölüm babamı aldı, annemle beni yıktı.

Yaşım ne olursa olsun, artık yetimdim ben. Muhkem kalem yıkılmıştı. Tutunduğum dal kırılmıştı. İçim kanıyordu. Yine de şunu iyi biliyordum; bitişler başlangıçlara gebedir ve acının üstesinden gelmenin iki çaresi vardır: acıyla yaşamayı öğrenmek ya da acıyı düşünmemek için kendini bir işe kaptırmak.

Ben her ikisini de yaptım.

Durursam düşerim korkusuyla, durup dinlenmeden çalışmayı seçtim ama acımı her an yüreğimde taşıyarak. Babamın artık içinde olmadığı dünya, bana kara bir boşluk gibi geliyordu ve onu inanılmaz özlüyordum. İçinde yaşadığım hoyrat, adaletsiz, bağnaz sistem, babam varken, onun hasletleri sayesinde dengelenir, çekilir olurdu. Onun yüreğinden yansıyan ışık, kötü insanları, çirkinlikleri görünmez kılardı. Bu yüzden de, o hâlâ varmış gibi davranmak işime geliyordu. Ona yanıtlamasını istediğim sorular soruyordum; öyle mi, şöyle mi, yoksa böyle mi yapayım baba? Aklıma ilk düşeni onun gösterdiği yol sayıyordum. Onunla her şeyi paylaşıyordum, dinlediğim müziği, gezdiğim sergiyi, seyrettiğim oyunu. Dedikodu yapıyordum, hatta:

"Annem saçlarını boyatmamakta direniyor baba, saçının üst yarısı beyaz, gerisi kahverengi. Gel hepsini beyaza boyatalım, böyle dolaşma diyorum, dinlemiyor beni. Üzerindekileri de değiştirmiyor, kış geldi hâlâ yazlık giysilerle geziyor. Seni salı günü kaybettik diye her salı mezarının başına gidiyor. Mezar cadısına döndü. Ben ne yapacağım baba, başa çıkamıyorum annemle. Bana yardım et, ne olur."

Ah evet, inanmayacaksınız ama babamdan yardım da istiyordum zaman zaman.

Kiminle konuşuyorsun anne, diye soruyordu çocuklarım, şarkı mırıldanıyorum, diyordum.

Bu arada babaları, hangi melun kanına girmişse artık, kendi arzusuyla İsviçre'de tahsile yolladığı çocuklarının parasını kesti. Delikanlılık çağına gelmiş ve o yaşa kadar aşırı lükse alışmış iki genç çocuğu beş parasız bırakmanın tüm tehlikelerini düşününce ürperdim. Onlara arka çıkmak, artık bana düşüyordu. Ama nasıl? Ben zengin değildim. Birikimim yoktu. Kazandığım her kuruşu at gibi çalışarak, alnımın teriyle kazanıyordum, kazancım ihtiyaçlarımı ancak karşılıyordu. Şimdi ise, birdenbire çok daha fazla paraya ihtiyacım vardı.

Çocukları Türkiye'de bir üniversiteye göndermek aklıma ilk gelen fikirdi. Ama her iki oğlum da, ilkokulda iki yıl okumuşlar, üçüncü sınıfa geçtiklerinde yurtdışına gönderilmişlerdi. Kısacası bambaşka bir eğitim sisteminde yetişmişlerdi. Konuşurlarken Türkçelerinde hata yoktu ama imlaları berbattı. Ben bu çocukları yıl kaybettirmeden, Türk okullarına aktaramazdım. Ne yapıp edip, eğitimlerini bulundukları ülkede tamamlatmalıydım. Daha çok çalışmalıydım. Daha çok kazanmalıydım. Çekimlerden kazandığımı, yegâne becerim olan kalemimle çoğaltmalıydım, babamın acısını unutmak için değil, ihtiyaçlarımı karşılamak, çocuklarımla tatil yapabilmek için hiç değil, bu kez çocuklarımı ayakta tutabilmek, onlara destek olmak için. Tek şansım basın dünyasının köşebaşlarını tutan yakın arkadaşlarımın olmasıydı. Sevgili Salih Ecer sayesinde, Taksim'deki Sheraton Oteli'nin dergisinin yazı işleri müdürlüğünü üstlendim, okul arkadaşım Ercan Arıklı'nın haftalık dergilerine değişik isimlerle süreli yazılar yazmaya başladım.

Hayatımın en zor sonbaharıydı!

Kışı böyle geçirdim, matemini bitiremeyen annem ve cep harçlıkları kesilmiş iki oğlum için endişelenerek, anneannemin artık alamadığı faizlerin vicdan azabını taşıyarak (ana parayı kurtarabilmiştik), öte dünyadaki babamdan medet umarak ve gece gündüz çalışarak.

Sonra bahar geldi ve ben bir gün kozmostaki babama dedim ki:

"Haydi baba, Avanos'a gidiyoruz! Garip kuşun yuvasını Allah yaparmış! Müthiş bir iş düştü kucağıma. Danimarkalılarla çalışacağım. Konulu film çekeceğiz. Bana yapımcı yardımcılığı teklif edildi. Yapımcının adı Eriksen. Koca ekibin içinde sadece üç Türk'üz, ben, Çarli ve Zafer. Ben ve Zafer yapımcı asistanlarıyız, Çarli de yönetmen asistanı. Bu işi bize getiren de Çarli, zaten. Çarli kim mi? Benim filmci arkadaşlarımdan biri, birlikte en az yirmi reklam filmi çektik de bana böyle bir kıyak yapacağı hiç aklıma gelmezdi. Ya, işte böyle baba, önümüzde yepyeni bir macera var. Senin pek sevdiğin memleketinin içlerine doğru bir yolculuk başlıyor yakında."

Düşüncelerimi mi okudu Mustafa Kemal?

"Sen bir ara da Ürgüp/Göreme'nin oralarda bir film çalışması yapmıştın galiba," dedi.

"Bir ara mı? Tam dört koca ay! Şarkıdaki gibi tıpkı, baharı görmeden yaz gelip geçti! Nisanda gittim, mayıs sonu yerine ağustos sonu döndüm. Bunu da mı Yücel'den duydun?"

"Senin hakkındaki her şeyi Yücel'den duydum zaten. Yabancılarla çalışmışsın."

"Evet, Danimarkalılarla."

Metronome isimli şirketin çekeceği, bir çocuk filmiydi. Danimarkalılar, Kirkegard isimli yazarlarının masallarından birini perdeye aktaracaklardı. Yazar, yazmakla yetinmemiş, masalı kendi çizgileriyle resimlemişti de ve çizgilerindeki giysiler ile mekânlar, Balkanlar ile Ortadoğu coğrafyasına işaret ediyordu. Eriksen adındaki Danimarkalı yapımcı da işte sırf bu nedenle Balkanlar'ı aşarak Türkiye'ye kadar gelmiş, kendine bir danışman aramış, birileri de ona Çarli'yi tavsiye etmişti. O yıllarda sinema dünyasında dil bilen insanların sayısı pek azdı. Bildiğini iddia edenler de, dil hanesinde "az İngilizce" yazan milletvekillerimiz gibi, yes/no/hello'dan başka laf bilmezlerdi. Sanırım Çarli'nin bu işe seçilmesinde, mükemmel dil bilgisi etken olmuştu. Çarli, Ermeni veya Süryani asıllı olmalıydı. Macar ya da İtalyan olabileceğini de duymuştum. Ben ona köklerini hiç sormadım. Türk kimliği taşıdığına, nüfusunda adının Şarl Yıldırım Şahbaz olduğuna ve Türkçeyi hepimiz gibi hatta daha da iyi konuştuğuna göre, dini ne olursa olsun, benim için, benim kadar Türk'tü.

İşte bu gizemli Çarli ve Eriksen Orta Anadolu'da mekân bakınırlarken yolları Ürgüp/Göreme'ye düşmüş. Çevreyi gördüğünde gözlerine inanamamış, Eriksen. Hayalindeki dekor, doğa tarafından kotarılmış olarak önüne serilmiş, emrine amade duruyor. Eriksen, Zelve Vadisi'ne bir tepeden bakmış (şehirlere bir tepeden bakanların başına ilham perisi konduğu malumunuz) ve o an Çarli'ye, "Aradığım mekânı buldum, hemen İstanbul'a dön ve ekibini kur," demiş. Çarli, İstanbul'a dönüp beni aradığında ilk cümlesi şu oldu:

"Sen şu anda boşta mısın?"

"Bir banka kampanyasını yeni bitirdik," demiştim. "Çok yorgunum ve bir süre set lafını duymak istemiyorum."

"Ne yazık ki duyacaksın."

"Bir-iki ay sonra belki. Şu anda elimde bir tercüme..."

Lafımı bitirtmedi.

"Hâlâ aynı evdesin değil mi?"

"Evet, ne olmuş?"

"On dakikaya sendeyim."

"Dur, dur! Ben çıkıyordum Çarli, yaaa..."

Telefon kapanmıştı. On dakikaya kalmadı, Çarli karşı konulamaz teklifiyle kapmadaydı. Yabancı film şirketi! Yabancı ekip! Yurtdışında gösterime girecek sinema filmi! Hayal edemeyeceğim miktarda para! Hem de bir sürü ayrı işte çalışmadan, tek kalemde!

Hiç nazlanmadım. Otel dergisinin sorumluluğunu iki ay için Salih Ecer'e devrettim, Ercan Arıklı'ya bir süre dergilerine yazı üretemeyeceğimi, Tunca Yönder'e de bir süre reklam filmlerinde çalışmayacağımı bildirdim ve Çarli'ye evet dedim. Evet! Evet! Evet! Üstelik babama bile danışmadan!

Mustafa Kemal, geçmişimi kurcalamaya devam ediyordu.

"Ne iş yapmıştın orada? Yönetmen asistanlığı mı?" diye sordu.

"Keşke! Ama ben yapımcı asistanıydım, canım. Lağımcı taburu elemanı yani."

Avanos'ta On Yedi Hafta

Benim işim, yapımcı Eriksen'in yardımcılığını ve çevirmenliğini yapmaktı. Başrol oyuncuları Danimarka'dan geleceklerdi ama ikinci rolleri ve kalabalık sahnelerin figürasyonunu İstanbul'da halledecektik. Gazeteye ilanlar verdik. Yüzlerce kişi başvurdu. Günlerce eleme yaptık. Seçtiğimiz oyuncuların arasında Aliye Rona, Zihni Küçümen, Macit Koper, Kadir Savun, Yadigâr Ejder gibi Türk seyircisinin yakından tanıdığı değerli tiyatro ve sinema oyuncular da vardı. Sırf oyuncularla da yetinmedik, çekim sırasında ihtiyaç duyacağımız terzi ve marangoz yardımcılarını, set işçilerini de ayarladık ve bir otobüs dolusu insanı Çarli'nin önceden anlaştığı Avanos'taki Vanessa Oteli'ne nakletmek üzere hazırlık yaptık.

Ben Avanos'a ekiple birlikte gitmedim. Onlar Danimarkalılarla Kayseri'ye uçup, arabalarla Avanos'a geçtiler. Türk oyuncular, figüranlar ve diğer çalışanlar, biz otelimize yerleştikten birkaç gün sonra geleceklerdi. Ben, Çarli ve Zafer'in Kayseri'ye uçtuğu gün, Avanos'a Ankara üzerinden kendi arabamla gittim. Arabamı çekim işlerinde kullandığım takdirde, benzin ve yıpranma parası da alacaktım. Renginden dolayı aile içinde adı Laci olan Şahin marka arabam da benimle birlikte para kazanacaktı yani. Eh, bir eve iki elden para girecekti böylece. "Helal osun sana be Laci!" dedim, "Evimin erkeği gibisin vallahi!"

Valizimi günler öncesinden hazırlamıştım. Yanıma aldığım eşyaların çoğu yazlıktı. Yola çıkmadan iki gün önce bahar müjdecisi ılık hava birden soğudu. Kar atıştırmaya başladı. Naftalinleyip kaldırdığım yünlüleri çıkardım, havalandırdım, dolu valizin sağına soluna tıkıştırdım. En üste de çocuklarımın ve babamın başucumda duran çerçeveli resimlerini yerleştirdim.

İstanbul'dan ayrıldığımda nisanın son haftasındaydık. Ürgüp/Göreme yöresindeki çekim haziran ortasında bitmiş olacaktı. Biz iki buçuk aylık bir gecikmeyle İstanbul'a ağustos sonunda zar zor döndük, o başka!

Yola çıkmadan önce babamın tedbirli kızı olarak Laci'ye servis yaptırdım, depoyu doldurdum, yanıma bir yol haritası, bir şişe su, birkaç bisküvi paketi aldım ve sabahın çok erken bir saatinde, henüz şafak sökmeden gazladım Laci'yi Ankara'ya doğru. Kar atıştırmaya İstanbul'dan çıkar çıkmaz başladı. Farların önünde uçuşup duruyordu altıgen kar taneleri. Sonra yavaştan şafak söktü, yedi buçukta hava iyice aydınlanmıştı ama yol boyunca kar durmaksızın yağdı. Allah'tan sırtımda gocuk, ayaklarımda kar botları vardı. Tarihi de hiç unutamam, Nisan'ın 23'üydü, çünkü Nevşehir'e girdiğimde, bir okulun bahçesinde toplamış çocukların omuz başları, serpiştiren kardan bembeyazdı. Bu çocuklar kar altında niye toplaşmışlar böyle, diye sormuştum kendi kendime. Derken şarkı söylemeye başlamışlardı.

23 Nisan kutlu olsun/ 23 Nisan mutlu olsun
En büyük bayram bu bayram/ Herkese kutlu olsun

Arabamı durdurdum okulun önünde. İstanbul okullarında artık formalar yıllardan beri maviydi, ben özlemiştim siyah önlüklerle beyaz yakaları, bana gamsız ve mutlu çocukluğumu hatırlattıkları için. Şarkı söyleyen çocukları seyrettim, sonra hazır arabayı durdurmuşken, haritamı inceledim. Avanos'a varmama birkaç kilometre kalmıştı.

"Tamam baba," dedim, "bugünlük benimle işin bitti. Vardım menzilime. Şimdi sen de artık git, bulutların arasında keyfine bak canım."

O günlerde babamın beni duyduğuna ve gerektiğinde yardım ettiğine gerçekten inanıyordum. Kayseri civarlarında herhalde bir yol tabelasını kaçırmış olmalıyım, kendimi şırıldayan derelerle alçak tepelerin arasında ilerleyen ve manevra yapıp geri dönmeme imkân vermeyen bir toprak yolda bulduğumda, "Baba, gel beni çıkar buradan!" diye bağırmıştım. O kadar emindim ki babamın beni koruyup kollayacağına, hiç panik yapmadan, telaşa kapılmadan sakin sakin sürmüştüm Laci'yi, hatta bir de şarkı tutturmuş olarak. Uzunca bir süre gittikten sonra, tekrar şoseye vardığımda, yeniden bulmuştum istikametimi. Kendimi yol boyunca yalnız da hissetmemiştim. Dışarıdan bakanlara bir kadın şehirler arası yollarda tek başına araba sürüyordu; benim açımdan, Laci ve babamla birlikte, üç kişilik bir yolculuktu bu!

Avanos'a girince ilk gördüğüm kişiye otelin yerini sordum. Vanessa Oteli nehrin kıyısındaymış. Odamın Kızılırmak'a bakmasını diledim ama şans bende ne gezer, otele vardığımda gördüm ki, bana ayrılan oda nehre değil, arabaların park edildiği avluya bakıyor. Benden önce otele varan ekip, en güzel odalara yerleşmiş bile. Varsın manzaralı odalara Danimarkalılar yerleşsin, güzelliklerimizi görsünler de hayran kalsınlar, diye teselli ettim kendimi, onların hayran kalmasının sanki bir faydası dokunacakmış gibi ülkeye!

Ben de otel girişine bakan odama yerleştim. Dört çocuğumun bir arada çekilmiş resimleri ve babam, çerçevelerinde başucuma yerleştiler. Eşyalarımı dolaba astım, odada çekmece olmadığı için, ikinci yatağın üzerine kazaklarımı, bluzlarımı istifledim. Valizi

dik olarak duvara dayayıp üzerine daktilo makinemi koydum. Akşam yemeği için üzerimi değiştirip yemek odasına indim. Yabancı ekibin çoğuyla İstanbul'dayken tanışmıştım. Ben gelene kadar yeni katılanlar da olmuş aramıza. Danimarkalılar hava durumundan dolayı şaşkındı. Türkiye'de mayıs, haziran ayları sıcak olur diye incecik giysilerle, sandallarla gelmişlerdi, oysa dışarıda kar yağıyordu.

Ertesi sabah, Eriksen ve filmin yönetmeni olan sarışın Brita'yla, benim arabama atlayıp çevreyi dolaşmaya çıktık. Arabayı ağır ağır, etrafı izleyerek sürüyordum. Tek tük dikitlerin yanından geçerek gidiyorduk ki, bir virajı döndüm ve önüme bu dünyaya ait olmayan, tuhaf engebeli bir vadi manzarası serildi. Peri Bacaları! Sivri uzun taşların üzerinde dengede duran yassı taşlar! Elbette bir açıklaması olan ama ilk bakışta ancak perilerin tasarlayabileceğine kani olduğum vadinin büyülü atmosferi nefesimi kesti. Arabayı durdurdum, dışarı çıktım. Bir gün öncesinin kar yağışından ötürü arazinin üzerine tuz serpilmiş gibiydi. Bundan sonrasını anlatmak çok güç! Ay'da mıydık, bir başka gezegende mi yoksa farkına bile varmadan bambaşka bir boyuta geçmiş, bir masalın içinde mi yol almıştık? Harikalar Diyarı'ndaki Alice gibi şaşkın şaşkın etrafıma bakıyor, gözlerime inanamıyordum. Yaşadığım sürece Ürgüp/Göreme üçgeni, bende hep o kar serpintileri altındaki masal mekân algısıyla kaldı, başka hiçbir yere benzemeyen! Tek ve biricik olan!

Ertesi gün kar hızla eridi, güneş ise birkaç gün süren soğuk havanın intikamını almak istercesine parladı, harladı ve sıcaklar bir anda mevsim normallerinin üzerine çıktı. Bir peri değneğiyle dokunmuşçasına, çiçekleniverdi dağ taş. Ovalar silme papatya ve gelincikle doldu. Dağlardan katırtırnakları ile adlarını bir türlü öğrenemediğim yabani mor çiçekler fışkırdı. Gökkuşağı sanki ipini koparıp, gökyüzünden Anadolu'nun üzerine düşüvermiş gibi, rengârenkti tabiat. Yaz, baharı atlatıp aniden bütün haşmetiyle gelince, Danimarkalılar üzerlerinde ne var ne yok fora ettiler. Kadınlı erkekli kısacık şortlarla, fanilalarla veya dekolte bluzlarla yarı çıplak kaldılar. Kızlar sutyen de kullanmıyorlardı. Öne doğru eğildiklerinde göğüsleri ferah feza sergileniyordu. Her gittiğimiz yerde ilgi odağı olmamız kaçınılmazdı. Bir yabancı ekibin film çekmek üzere kasabaya yerleştiği, çekim mekânı olarak köylerin birinde üç ayrı ev kiraladıkları haberi hemen yayılmış, etrafımız çoluk çocukla dolmuştu. Çocukların bir sonraki halkasını, meraklı hatunlar oluşturuyordu. Havalar böyle ansızın ısınıp, sarışın kızlar soyununca, çevremizde bir halka daha oluştu; gözleri hep yerde, hiç bakmıyor gibi yapan ama her ayrıntıyı gören erkekler.

Erkekler görmek istedikleri her şeyi görmelerine rağmen hiç bir taşkınlıkta bulunmuyor, hatta bizlerle göz göze dahi gelmiyorlardı. Orada kaldığımız sürece ben başta olmak üzere hepimizi bacıları gibi kolladılar, himaye ettiler. Ne kem gözle bakan oldu, ne laf atan. Ama nereye gitsek peşimizdeler, bir duvar dibine

çöküp, güya bakmadan izliyorlardı kendi ölçülerine göre "cıbıl cıbıldak" dolanan kızları.

Ben tedirgindim. Bir tatsızlık çıkarsa anında önlemek üzere tetikteydim hep.

Bir akşam yemek esnasında hazır hepimiz uzun masanın etrafına dizilmişken Danimarkalılarla konuşmayı denemiştim.

"Bakın çocuklar," demiştim, "şimdi size söyleyeceklerimi garipseyebilirsiniz ama lütfen iyi kulak verin. Anadolu'nun çok muhafazakâr bir bölgesindeyiz. Üstelik yakında Ramazan başlayacak, yani oruç tutma süresi. Özellikle o bir ay zarfında bu kadar kısa şortlarla, açık yakalı tişörtlerle dolaşmayın. Kıyı şeridinde olsak hiç önemi olmazdı, halk oralarda bikiniye bile alışıktır. Ama denize uzak bir yöredeyiz, daha kapalı giyinmeniz, hareketlerinize de dikkat etmeniz gerekiyor ki, bir tatsızlık yaşanmasın. Uluorta öpüşmeyin, elleşmeyin. Otelin içinde her şey serbest. Otel dışında cıssss!"

Ben söyleyeceklerimi söyledim, görevini yapan insanların huzuruyla yattım o gece. Ertesi gün, baktım birkaç kız açık yakalı tişörtleri çıkarıp yarım kollu bluzlar giymişlerdi. Bu kez de bluzların kumaşı transparan olduğu için, göğüsleri olduğu gibi görünüyor. Cesaretimi toplayıp yanlarına yaklaştım;

"Yahu kızlar, sizin birer sutyeniniz yok mu?" diye sordum.

Bir ağızdan yanıtladılar:

"Yok!"

"Niye?"

"Lazım değil. Annemizin yaşına gelince ediniriz birer tane."

"Madem öyle, siz yine açık yakalı tişörtlerinizi giyin," dedim, "hiç olmazsa eğilmedikçe pek bir şey gözükmüyor."

"Gözükse ne fark eder? Ayıp bir şey değil ki, meme herkeste var," dedi biri.

Ben bu kızlara artık ne diyeyim! Pes ettim. Bıraktım peşlerini. Üstelik 1984 yılının Türkiye'sinde, Avanos'ta dahi insanlar dekolte giyinmiş turistlerden rahatsız olmuyordu henüz! O yörenin erkekleri açık saçık dolaşanları kovalamak, hakaret etmek yerine çaktırmadan dikizlemeyi tercih ediyordu, efendice. Danimarkalı kızlarınsa dikizlenmek umurlarında bile değildi.

Kıyafet bekçiliğinden vazgeçtim, zaten çok daha önemli işlerim vardı.

Çekimlere bir okul sahnesiyle başlayacaktık. Çocuk figüranları İstanbul'dan getirmektense, gittiğimiz kasabanın okulundan temin etmek benim fikrimdi. Otuz beş yaşlarında, sarışın, uzun boylu, güzel bir kadın olan yönetmene bu fikrimi daha İstanbul'dayken kabul ettirmiştim. Onca kişinin yol ve konaklama masrafından kurtulduğu için Eriksen neredeyse alnımdan öpecekti beni.

Yönetmen Brita'yla birlikte Hacılar köyündeki ilkokula figüran çocuk bakmaya gitmek üzere atladık Laci'ye, okula gittik. Yaşları 7-9 olan sınıflara girip çıktık, Brita bir türlü çocuk beğe-

nemiyordu. Oysa dünya güzeli çocuklar vardı sınıflarda. "Sorun nedir Brita?" diye sordum, "Niye kimseyi seçemiyorsun?"

"Hiçbiri esmer değil," dedi, "ne biçim Türk bunlar?"

Gerçekten de okulda sarışın, açık ya da koyu kumral saçlı, ela gözlü çocuklar çoğunluktaydı.

"Bunlar İç ve Orta Anadolu Türk'ü. Niye illa esmer olsunlar ki? Bak ben de Türk'üm ama esmer değilim."

"Benim esmer çocuklara ihtiyacım var."

"Niye?"

"Hikâye Ortadoğu'da geçiyor."

"Bizim bulunduğumuz yörede çok esmer insan bulamazsın. İlla esmer istiyorsan daha doğuya gitmeliydik."

"Ama çevre burada çok etkileyici."

"Eee, kim her istediğini elde edebilmiş ki Brita? Ya esmer insanlar, ya Peri Bacaları! Üstelik Ortadoğu illa çok esmerdir diye kim yanılttı seni?"

"Ben öyle düşündüm," dedi.

Brita'yla birlikte çocukların arasından kara gözlüler ile koyu kumralları seçmeye başladık. Seçilmeyenler mahzun oluyordu.

"Şu çocukların hepsini al, esmerleri ön saflarda kullanırsın, ne dersin?" diye sordum.

"İyi fikir," dedi Brita.

Tüm sınıfı istedik. Sınıfta bir alkış koptu. Sonra sıra pazarlığa geldi. Çocukların her birine ayrı ayrı harçlık vermek yerine, okulun bir ihtiyacını karşılamayı önerdik. Okulun damı akıyorsa örneğin, damın onarım masrafını karşılar, badana boyasını yenileyebilirdik. İhtiyaçları olan herhangi bir şeyi temin edebilirdik. Okulun müdürü bizden tüm sınıflara öğrenci sayısına göre ikişer kişilik sıra ve birer karatahta temin etmemizi istedi. Memnuniyetle kabul ettik. Karşılığında çocuklar birkaç gün boyunca çekim mekânına gelecekler, akşama kadar yiyip içecekler, ayrıca küçük birer harçlık alacaklardı. Okuldan mutlu ayrıldık.

Sıkıntı üç gün sonra başladı. Bazı veliler çocuklarının bu filmde rol alması için konuyu bilmek istiyorlardı. Ben aileleri okul bahçesine toplayıp konuyu anlattım. İki küçük çocuk tesadüfen ellerine geçirdikleri bir uçan halının üzerinde köylerinden ayrılıp, bilmedikleri ülkelere doğru yola çıkacaklar, çocuk çalan haramilerin eline düşecekler, çeşitli maceralardan sonra, tüm çocuklarla birlikte haramilerden kurtulup köylerine döneceklerdi. İyi hasletleri öne çıkaran bir çocuk masalıydı bu. Aileler filmin konusu hakkında tatmin oldular ama bu sefer de bir başka pürüz çıktı. Bazı veliler belli bir ücret ödenmedikçe çocuklarını oynatmak istemiyorlardı. Ben Danimarkalılara danışmaya bile gerek görmeden;

"Nasıl isterseniz," dedim, "kabul eden ailelerin çocukları oynar, diğerleri oynamaz."

Aileler ikiye bölündü. Bir kısmı okula yapılacak yardıma razıydı, diğerleri illa cebine para istiyordu. Zavallı okul müdürü ne yapacağını şaşırdı.

Ailelere düşünmeleri için iki gün süre tanıdık. İki gün içinde karar veremedilerse, çocuk figüranları başka yerden temin edecektik. Okul mu yoktu koca Nevşehir'de! Birinci günün akşamında ailelerden olumlu yanıt geldi.

Çekim günü sabahın altısında, daha köy halkı uyuyorken kiraladığımız mekâna gidip dekorları hazırladık, şaryonun raylarını döşedik, işimizi bitirip başladık çocukları beklemeye. Saat en geç sekizde gelmeleri gerekiyordu. Bekle, bekle, bekle... Saat sekiz buçuk oldu, dokuz oldu, dokuz buçuk, on oldu! Ne çocuklardan ne de öğretmenlerden eser vardı! Çocukların evlerine haber yollatmıştık ama evler kapı duvardı! Neden sonra bir kuş fısıldadı kulağıma, çocuklar komşu köyün yaylasına pikniğe gitmişler. Kulaklarıma inanamadım. Ben ne diyecektim şimdi Danimarkalılara?

Bu kez komşu köye ulaklar yolladık. Çocukların gittikleri yerden dönmeleri öğleden sonrayı buldu. Başlarındaki öğretmene niye sözünde durmadığını sorduğumuzda, doğru dürüst bir yanıt alamamıştık ama mesele anlaşılmıştı. Bazı veliler yine para peşindeydi. İstedikleri miktarı ödemezsek, zorluk çıkaracak, işimizi engelleyeceklerdi.

Eriksen zaman kaybetmemek için anlaşmak istemiş, Zafer bu şantajı kabul edersek, her sefer aynı durumla karşılaşabileceğimizi söylemiş, Çarli ise, "Paradan sorumlu olan Eriksen, bırakın nasıl istiyorsa öyle yapsın," demişti. Az sonra kızların başlarına örteceğimiz yemeniler de bir sorun olarak önümüze gelince, Zafer'in haklı olduğunu kabul edecektik hepimiz.

Yönetmenimiz, mahalli renklerin ve kıyafetlerin yansıtılmasına önem veriyordu ama bazı fikrisabitleri vardı. Nasıl ki Ortadoğu halkını illa esmer bellemişti, kız çocukları da yemenili olmalıydı. İşledikleri oyalı yemenileri civardaki turistlere satmaya çalışan teyzelere yirmi adet oyalı yemeni ısmarlamıştım. Kapalıçarşı'dan, tam da yola çıkmadan birkaç gün önce, Danimarkalı kızlara armağan etmek için bu yemenilerin benzerlerinden bir düzine almıştım. Tanesi on liraydı. İstanbul'da on lira eden yemeninin, üstelik yirmi adeti burada daha da ucuz olmalıydı, pazarlık bile etmemiştim bu yüzden.

Sabahın erken saatlerini kaçırdığımız için, akşamüstüne doğru, güneşin yumuşak ışığında seti yeniden tanzim ettik, çocuklara hazırladığımız giysileri giydirdik. Oyalı yemenileri getiren teyzelere paralarını vermek üzere yanlarına gittim, "Çok güzel olmuşlar, ellerinize sağlık," dedim, "borcumuz nedir?"

Söyledikleri fiyatı önce yanlış duyduğumu sandım. O yıllarda para birimimiz çok sıfırlıydı. Bir daha sordum. Doğru duymuşum!

"Yani tanesi 60 lira öyle mi?"

"Evet."

"Teyzeciğim, ben bunun aynını üç gün önce İstanbul'da kaça aldım, biliyor musun?"

"Bunda el emeği var."

"Benim aldığımda da vardı. Yemeni bu, yemeni!"

"Vallahi nasıl istersen kızım. Fiyatı bu, istemiyorsan alma. Keyfin bilir."

Brita'nın yanına uçtum.

"Brita, kadınlar bizi resmen aptal yerine koyuyorlar. Bu yemenileri kullanman şart mı?"

"Şart."

"Brita yalvarırım bir daha düşün. Sana elimizdeki kumaşlardan kareler keseyim renk renk."

"Ben bunları istiyorum Ayşe," dedi.

Kadınlarla pazarlığa oturdum. Elimden gelse tek bir tanesini dahi almayacaktım ama yönetmen şımarık ve inatçıydı. Nuh diyor peygamber demiyordu. Sinema seyircisinin gözüne bile çarpmayacak oyalı yemenilerin tanesine 30 lira vermek zorunda kaldım. Hevesle başladığım bu işin bana kök söktüreceği daha başından belli olmuştu. Ben sızlandıkça Çarli, "Onlar parayı vermekten gocunmuyor, sen ne diye üzüyorsun canını," deyip duruyordu.

"Aptal yerine konmak hoşuma gitmiyor," diyordum, "ayrıca insanlarımızın sürekli kazık atmaya çalışmalarından utanıyorum."

"Boş ver. Buranın yoksul köylüleri bir daha bu fırsatı nereden bulacaklar."

"Böyle giderse bir ikinci fırsatı hiç bulamayacaklar zaten. Yıllar önce Ali Çakuş diye bir vatandaş İngilizlerle *Hafif Süvari Alayı* adlı bir film çekmişti İstanbul'da. İngilizler yedikleri kazıklardan illallah demiş ve bir daha da asla semtimize uğramamışlardı."

"Buraya da nasılsa bir daha kimse uğramaz. Yıpratma kendini boşuna, ay sonunda gideceğiz, bitecek her şey," dese de, ne o ayın sonunda gidebildik ne de bir sonrakinin. Danimarkalılar inanılmaz beceriksizdi. Köylüler de sinekten yağ çıkarmanın peşindeydi. Hiçbir çekimi zamanında bitiremiyorduk bu yüzden. Bir boş alan kiralıyorduk, örneğin iki yüz metrekarelik bir bahçe. Parasını peşin ödüyorduk. Üzerine setimiz kuruluyordu, dekor hazırlanıyordu. Öğlen güneşinin sert ışığına kalmamak, çekimi güneş yükselmeden bitirmek için, horoz gibi beşte kalkıp, setçilerle birlikte sete gidiyordum ki, tüm hazırlıklar zamanında tamamlansın, saat en geç yedi buçukta motor diyelim. Bir gün öncesinden seti kurduğumuz araziye vardığımızda, aaa, o da nesi?

Setin orta yerinde bir traktör, üzerinde bir adam!

Bu olayı ilk yaşadığımda, adamı çekimi izlemeye gelen meraklı bir köylü zannederek, traktörü kenara çekmesini, ona sahneyi çok iyi görebileceği bir yere bir sandalye koyacağımı söylemiştim.

"Bugün çekim olmayabilir," demişti.

"Nasıl yani?"

“Siz oğlumla anlaşmışsınız. Ben anlaştığınız kişinin babasıyım. Arsa bana ait. Yeniden pazarlık yapacağız hanım. Ben bu fiyatı kabul etmiyorum.”

Karşımda meraklı bir köylü değil, eskilerin “çarıklı erkânıharp” dediğinden bir açıkgöz vardı! Zamanında pazarlık etmiyordu, bekliyordu ki seti kuralım, dekoru tamamlayalım, dönülmez noktaya gelelim, elimiz mecbur olsun istediği miktara.

Haydi, yine bir mücadele, pazarlıklar, yalvarmalar, yakarmalar! Her yeni set kuruluşunda yaşanan durum buydu. Yöre köylüleri bizi parmaklarının ucunda oynatmaya başlamışlardı.

Bu arada yönetmen birkaç deve bulmamızı istemişti. Zafer'le birlikte Nevşehir'de, Konya'da hatta Kayseri'de deve aramış, ancak Antalya'da bulabilmiştik. Antalyalı deveci iki devesiyle birlikte yola düşmüştü, Avanos'a gelmek üzere. Deveciye bizim otel tıklım tıkış dolu olduğu için, nehrin öte kenarındaki otelde bir oda tuttuk. Sabahları kahvaltı etmeye bizim otele gelecek, yemeklerini de bizimle birlikte yiyecekti. Devecinin işi tamamdı da, develeri ne yapacaktık? Otel idaresi develeri otel bahçesinde barındıramayacağını söyleyince en yakın köyde bir ahır sahibiyle anlaştık. Adam kendi eşeğini komşusunun ahırına bağladı, ahırını bize kiraya verdi. Böylece develer ahırlarına, deveci de oteline yerleşti. Devecinin yabancılarla çalışacağı için, yola çıkmadan önce kendine fiyakalı bir kıyafet düzmüş olduğu belliydi. Gri üzerine beyaz çizgili bir takım elbise, uzun kollu gömlek ve bir de ip gibi lacivert kravat! O sıcakta sabah akşam hep aynı takım elbiseyle dolanıyordu, ödediği paranın hakkını vermek için. Öğle ve akşam yemeklerinde uzun masalara diziliyorduk. Yaz sıcağında tüm ekip göğüs bağır açık, çalışmaktan saç baş karışmış, şortlarla, kolsuz atletlerle otururken, masanın en ucunda takım elbiseli, kravatlı, üç tel saçını itinayla yana taramış kerliferli bir esmer adam; sanırsınız ki kasabanın kaymakamı! Garsonlar, takım elbisesinden dolayı yüksek bürokrat sandıkları deveciye herkesten önce servis yapıyorlar, yabancılar deveciyi hürmetle selamlıyorlardı. Deveci dört köşeydi!

Deveci geldiğinin üçüncü günü benden develer için saman parası istemişti. Verdim. Birkaç gün geçti, yine istedi. Yine verdim. Saman parası isteme her güne binince, "Daha dün verdim ya," diyecek oldum, "Sen, ben her gün yemek yemiyor muyuz?" dedi deveci, "hayvanlar acıkıyor."

Haklıydı, develerin de canı vardı! Deveciye saman parasını hiç sektirmeden her gün vermeye başladım. Devecinin olduğu kadar, ahırlarında yan gelip yatmış develerin de keyfine diyecek yoktu çünkü rol sıraları bir türlü gelemiyordu. Develerin ne zaman sahne alacaklarını Brita'ya sık sık soruyordum. Her seferinde, yanıt aynıydı: "Daha değil!" Bu kez soluğu Çarli'nin yanında alıyordum.

"Çarli bak, oteldi, ahır kirasıydı, yemekti, samandı, sonu gelmeyen bir masraf bu! Sen yönetmen yardımcısısın, Allah aşkına Brita'yı ikna et, şu develeri çıkarın aradan, yollayalım gitsinler."

"Sen develerin masrafını düşünüyorsun. Ben neler çekiyorum, haberin var mı?"

"Hayrola! Bir sorunun mu var?"

"Hem de nasıl! Brita depresyona girdi. Farkında değil misin, günlerdir hiçbir şey çekmiyor. İlerlemiyor film."

"Aaa, hiç farkında değilim," dedim. Gerçekten de koş Ankara'ya, koş Konya'ya, koş Kayseri'ye, sokak çekimleri için izinleri kotar, çekilmiş provaları postala, sette neler oluyor farkına varmamışım.

"Neden? Sıcaklardan mı bunaldı?" diye sordum.

"Keşke sıcaklardan olsa! Brita ile kameramanın arasında meğer aşk ilişkisi varmış. Ama David'in gönlü oyuncu kızlardan birine kayınca, Brita paramparça dağıldı. İki gün boyunca odasından çıkmadı. Allah'tan kızın rolü sona erdi, Danimarka'ya dönüyor yarın."

İnsan ne çok şey öğreniyordu yaşadıkça. Bizim çok çetrefil, çok saplantılı gönül işlerimize karşılık, açık toplumlarda yaşayan ve birbirleriyle rasgele yatmakta hiçbir sakınca görmeyen kuzey ülke insanları da demek böyle duygusallıklar, kıskançlıklar yaşayabiliyorlardı. Dünyanın her köşesinde aşk, aşktı demek ki; terkibi nerde olursa olsun, bir miktar kıskançlık içeriyordu.

Bizim ekip, otuz yaş civarında genç kadın ve erkeklerden oluşmuştu. Birkaç günlüğüne veya bir haftalığına gelip, işini bitirince giden oyuncular daha da gençti. Eriksen dışında, aralarında en yaşlı olan bendim, henüz kırkların çok başında olmama karşın, onların arasında kendimi kocakarı gibi hissediyordum. Buna neden, yaşımdan çok hayata bakışımdı. Danimarkalı kızların büyük-büyükannelerinin dünya görüşüne sahiptim, herhalde. Yemek sonralarında kahveyle birlikte içilen keyif sigaraları gibi, bir gecelik aşklar... Ne aşkı... bir gecelik cinsellik yaşıyordu hepsi. Bu gece biriyle, başka bir gece diğeriyle! Ne kimse gocunuyordu bundan, ne mesele çıkıyordu aralarında ne de kavga. Çekim bitip, buradan gittikten sonra, birbirleriyle sevişenler, belki de birbirlerini hiç görmeyeceklerdi bir daha! Bu toprağın çocukları Zafer, ben ve Çarli, yüksek dozda hayret, biraz küçümseme, az biraz da gıptayla izliyorduk onları.

"Heyy Ayşe, daldın!"

"Pardon, gözüm dalmış."

"Demek Danimarkalılarla çalıştın. Keyifli bir çalışma mıydı?"

"Evet, iyiydi."

Yahu arkadaşım, soru sormayı bırakıp şu dosyayı okusana sen!

"Yakışıklı adamlardır Danimarkalılar. Bulmuşsundur artık kendine bir sevgili."

"Ne demezsin!"

"Beni beğenemediğine göre, iriyarı, sarışın herifleri beğenmişsindir artık."

Güldüm, "Danimarkalılarla çalışırken, benim bir sevgilim vardı ve şu işe bak ki ne iriyarıydı ne de sarışın. Esmer ve sıskaydı, senin gibi."

"Benim eksiğim neymiş?"

"Çocuktuk biz o yıllarda, Mus Kemal."

"Ne oldu o sevgiline? Duruyor mu?"

"Duruyor."

"Şu avukat olmasın, sakın?"

"Ta kendisi."

"Onu tercih ettin Danimarkalılara yani?"

"Bizim kuşak yerli malı haftasıyla büyüdü, hatırlasana, Yerli malı Türk'ün malı/ Herkes onu kullanmalı."

Her ikimiz de hem gülüyor hem de Yerli Malı haftalarında en çok hangi meyve olduğumuzu hatırlamaya çalışıyorduk. O zeytin ve erik olurmuş. Ben bir keresinde şeftali, bir keresinde üzüm olduğumu hatırladım.

Hatırlamak geçmişi, yeniden yaşamak gibidir bazen.

Avanos'taki ilk haftamdı, yeni yatmıştım, kapım vurulmuştu. Fırladım, pikemi geceliğimin üzerine sarıp, kapıyı açtım. Karşımda çekim için gelmiş erkek oyunculardan biri duruyordu!

"Ne var, ne oldu?" dedim.

"Bu geceyi birlikte geçirmeye geldim," dedi.

"Yalnız yatmaktan korkmak için yeterince büyük değil misin?"

"Tam tersi, büyüdüğüm için yalnız yatmak istemiyorum."

"Git kendine başka uyku arkadaşı bul," dedim.

"Okey! Rahatsız ettiğim için pardon. Belki bir başka sefere."

"Yok, sakın bir daha gelme e mi. Ben yalnız uyumayı severim."

"Ben de öyle. İşimiz bitince gidecektim zaten."

"Bu odada iş yok sana!"

Gitti. Bir başka gece, tıklatılan kapıyı bu kez açmadan içerden seslendim,

"Ne var?"

"Şey için geldim...*to have a good time.* (İyi vakit geçirmek için.)"

"*Try other rooms.* (Başka odaları dene!)"

Efendi çocuklar, aralarında bir gece önce kimin kimle yattığını hiç konuşmuyor olmalılar ki, kapım vurulmaya devam ediyordu. Sonunda bir dosya kâğıdına;

LÜTFEN KAPIMI TIKLATMAYIN. BU ODA GREVDE! yazıp, kapıma yapıştırdım.

Bir daha kapımı vuran olmadı ama namım yayılmış. Bir gün çok genç ve güzel bir kız olan makyöz yanıma geldi.

"Bir şey sormama izin verir misin Ayşe?" dedi.

"Makyaj malzemesi mi bitti?"

"Yok, özel bir şey soracağım. Biz aramızda konuştuk da, merak ettik, sen niye kimseyle yatmıyorsun?"

"Benim sevgilim İstanbul'da."

"Bizim de sevgililerimiz var memlekette. Ama burada geceleri yalnız kalmamak için, geçici olarak... Demek istiyorum ki, sen bizimkilerden hiç kimseyi beğenmedin mi?"

"O gözle bakmadım kimseye."

"Nasıl gözle?"

Haydaaa! Kavramlarımız da değişik üstelik. Ben nasıl izah edeceğim bu kıza ki, yemek üstüne sigara tüttürür gibi yatılmaz bizim buralarda. Ben susunca, bir soru daha sordu.

"Yoksa sen şey misin... Yani kadınlardan mı hoşlanıyorsun?"

Şu başıma gelene bakın ya!

"Silvia, sana söyleyeceklerimi anlayabileceğini sanmıyorum ama bir deneyeyim. Ben Türk'üm. Benim canım sizinkinden ayrı bir can. Her akşam bir bardak şarap çeker gibi, canım tanımadığım bir erkeği çekmez. Böyle yetişmemişiz, alışmamışız. Genlerimizde yok böyle bir istek. Olsa da gem vururuz zaten, kapımızı her çalanla yatamayız. İnanılmaz yakışıklı olsalar bile yatamayız."

"Evlenmeniz mi şart?"

"Türkiye genelinde evet. Ama nikâh şartı aramayanlar da dahil... Bak ben mesela, evlenip ayrılmışım, kırkı geçmişim, yine de bir gecelik ilişkilere giremem. Önce birbirimizi tanıyacağız, aramızda bir elektriklenme olacak, sonra dostluk kurulacak, onun sevgisinden emin olunacak, kendi duyguların daha da önemli... Ohohoo, biz burada bir erkekle yatana kadar, sizin çocuğunuz doğar, yürümeye bile başlar."

"Dedikodudan korkuyorsan, bizler hiç konuşmayız bu konularda."

"Bu korkuyla ilgili değil. Bu âdetlerle, değer yargılarıyla ilgili bir şey."

"Niye böyle eziyet ediyorsunuz kendinize? Sevişmek çok doğal bir şey oysa!"

"Bizim şair demiş ki, 'Mihneti zevk etmededir âlemde hüner.'"

"Anlamadım."

"Anlama. Bırak dağınık kalsın," dedim. Onu da anlamadı zaten. Ekiptekilerin bu konuşma sonrasında, benden ümitlerini kestiğini varsayarak, kapıma yapıştırdığım yaftayı söküp attım ve bir yandan da kendi değer yargılarım için Allah'a şükrettim. Gün boyu onca koşuşturmanın üzerine bir de gece mesaisi hiç çekilmezdi, doğrusu! Sylvia Türklerin cinsellik karşısındaki yaklaşımlarını çözmeye çalışıyordu, bense yöre insanının çeşitli durumlardaki davranışlarını anlamaya. Malları, mülkleri ve para işleri söz konusu olduğunda açıkgözdüler. Ama acaba otorite karşısında ezik miydiler? Nedense böyle bir algım vardı kırsal kesim insanına dair.

Akşam yemekleri için toplandığımızda, tüm ekip, günü değerlendiren bir toplantı yapardık. Bir gece masada bir karar aldık, bize her seferinde eziyet çektiren köylüleri dize getirmek için, ertesi sabah ben erkenden Ankara'ya gidecek, Kültür Bakanlığı'ndan bir müfettişle birlikte geri dönecektim. Mademki Kültür Bakanlığı, Metronome film şirketinin bu çekimde küçük ortağı idi, onlar da tutsundu işin ucundan.

Ertesi sabah daha gün ağarmadan Laci'ye atlayıp düştüm yola. Öğle üzeri Ankara'daydım. Aynı yolu her hafta en az bir kere yaptığım için, her bir kilometresini, yokuşunu, inişini, sapağını ezbere biliyordum, gözüm kapalı bile gidebilir hale gelmiştim. Çünkü çektiğimiz her film rulosu Danimarka'ya postalanıyor, orada yıkanıyor, renk ayrımı yapılıyor, edit ediliyor ve kontrol etmesi için yönetmene geri yollanıyordu. Çekilen filmleri göndermesi kolaydı da, geri postalananları almak için Ankara'ya kadar gitmek gerekiyordu. Film rulolarını İçişleri Bakanlığı'ndan teslim almak, benim işimdi. İnanmayacaksınız ama, filmleri ancak, içlerinde Türkiye aleyhine bir mesaj veya görüntü var mı diye polis incelemesinden sonra alabiliyorduk.

Üst üste konmuş filim kutularının tavana kadar yükseldiği küçücük bir odada dört-beş polis sabahtan akşama kadar oturup, sakıncalı sahne veya mesaj var mıdır diye saatlerce film izliyorlardı. Sadece bizimkileri değil, sinemalarda oynatılmak üzere gönderilmiş tüm filmleri. Bu oda, açık saçık filmler izlenirken çok kalabalık olurdu. Odaya tıkışan polislerin sayısından, filmin konusunu şıp diye anlardım. Polisiye ve kovboy filmlerini de severlerdi polisler, doluşurlardı odaya. Fransız sanat filmlerinin başında ise, tek bir polis uyuklardı oysa. Gide gele, beni de tanımışlardı artık. Ben ufukta gözüktüm müydü, hemen bulup takarlardı bizim filmleri. Bazen hiç bakmadan verdikleri de olurdu. Kutuyu teslim alır almaz Laci'yi gazlar, geri dönerdim. Yolda, tek başına araba kullanan sarı saçlı hatun olarak, peşime birkaç araba takardım. Restoranı da olan bir benzin istasyonunda mola verirdim hep. Yol üstünde başka yer olmadığından, peşime taktığım sürücüler de aynı yerde mola verirlerdi. Bir bahane bulur, masaya yanaşır, çoğu kez sırf merak gidermek için sorarlardı, nereye gidiyorum, neden tek başıma seyahat ediyorum, diye. Bir film çekiminde çalışıyorum diyerek doğruyu söylemekten birkaç sefer sonra vazgeçmiştim çünkü film işinde çalışıyor olmanın, Anadolu'da araba süren erkeklerin kafasında hemen başka çağrışımlar yaptığını anlamıştım. Her türlü teklifi ve askıntıyı önlemek için bir beyaz yalanım vardı.

"Ailem Nevşehir'de. Babam rahatsızlanmış da, beyim (kocam, eşim filan değil beyim demem gerektiğini de öğrenmiştim, güzelce) işini bırakamadı, ailemin yanında kalacağım bir müddet, hafta sonu beyim gelecek, birlikte döneceğiz."

Bu beni rahat bırakmaları için en iyi yanıttı. Hiç üstelemez, iyi yolculuklar dileyip, ilgilerini keserlerdi.

Bu seferki dönüş yolunda yanımda Kültür Bakanlığı'ndan bir bürokrat olduğu için, beyaz yalanlara ihtiyaç duymadan, Avanos'a vardık. Ertesi gün yine kiraladığımız bir arsada çekim yapılacaktı. Sabah erkenden çekim yerine gittik. Manzara aynıydı. Bu kez traktör yerine bir kamyon, direksiyonda bir yerine iki kişi, yapılan anlaşmayı değiştirmeye gelmişlerdi.

Bürokrat indi arabadan yanlarına gitti. Kendini tanıttı.

"Hoş gelmişsin müfettiş bey," dedi bıyıklı sürücü.

"Sorun nedir?" diye sordu müfettiş bey.

"Para konusunda anlaşmazlık var."

"Ne anlaşmazlığı? Burayı iki günlüğüne kiralamış arkadaşlar. Parasını da ödemişler."

Sadece para ödemekle kalınsa neyse! Birinci gün çekim yapılmış, çekimin neredeyse sonuna gelinmiş. Adamla anlaşamazsak, birinci günün çalışması da yanacak. Bıyıklı da indi kamyondan, sır verir gibi sesini alçalttı.

"Benim babayla konuşmuş bunlar. Baba ihtiyar. O anlamaz. Ucuza kapatmışlar. Şimdi hakkımı versinler, akşama kadar çeksinler."

"Bak arkadaşım, anlaşma yapılmış, el sıkışılmış, parayı peşin almışsınız. Şu anda vazgeçmek olmaz!"

"Valla, arsa benim üzerime. Ben bir binlik daha istiyorum. Yok vermeyeceklerse toparlanıp gitsinler. Başka yer bulsunlar."

"Ayıp oluyor ama. Yabancılara karşı rezil ediyorsun bizi."

"Elin gâvurunda para çok. Sen ondan yana mısın, benden yana mı?"

"Ben haklıdan yanayım. Ödemeyi yapmışlar. Arazine zarar vermiyorlar. Akşam çıkıp gidecekler..."

Bıyıklı kesti lafını müfettişin.

"Vermiyorum arazimi. Arazi benim değil mi?"

"Bak, ben Kültür Bakanlığı müfettişiyim. Burada devleti temsil ediyorum. Kamyonunu çek, bırak bu insanlar işlerini görsün, sen de kazan, onlar da kazansın. Bu film dış ülkelerde oynayacak, hep beraber iftihar edeceğiz."

"Devletin müfettişi değil cumhurbaşkanı gelse, keyfime karışamaz. Burası benim tapulu arazim. Vermiyorum abi!"

Bıyıklı kamyonuna bindi, yerine oturdu, bir sigara yaktı.

Müfettişle bakıştık, adam kıpkırmızı olmuştu ama kızacağıma ağzım kulaklarımdaydı! Heyyt, yaşşşa be, yırtmışsın Türkiyem, dedim içimden, devlete kafa tutar hale geldinse, artık seni kimse tutamaz! Otorite karşısında eziklik de neymiş! Bitmiştir bu iş! Vatandaş birey olmuş! Eriksen, çaresizlik içinde bir binlik daha saydı kamyondaki adamın avcuna. Ben henüz filizlenme aşamasında olan bir başka otoriteyi hiç hesaba katmamışım meğer. Biat kültürünün bireyi alaşağı eden, ruhunu, beynini ele geçiren gücünü yok saymışım.

O gün, benim gibi bir salak süvari için, oldukça iyi bir gündü. Çarli nihayet bana, "Sen baştan beri haklıymışsın," demişti, "birinci günden direneydik, belki başka türlü olurdu." Brita ise müjdemi vermişti, "Develerin çekimi bu hafta içinde gerçekleşecek!"

Uzun zamandır hiçbir şeye bu kadar sevinmemiştim. Ağzım kulaklarımdaydı.

"Ne o, alıştın galiba kazık yemeye, hiç oralı olmadın," demişti Çarli.

"Boş ver be Çarli, senin cebinden çıkmıyor ya paralar, ne dertleniyorsun? Fakir fukara ekmek yiyecek şurada. Kırk yılda bir nasiplenmişler, çok mu?"

İntikam soğuk yenirken bile lezzetli olabiliyordu ve zaten ben, develerin çekimi nihayet yapılacak diye sevinç içindeydim. Hemen hazırlıklara başladık, müfettişin gelişinden biraz tedirgin olmuş köylülerin meraklı bakışları altında, bir haftalığına kiraladığımız arsada bir Ortadoğu dekoru yarattık. Büyük bir çadır kurduk. Malzemeleri naklettik. Ertesi sabah yine gün yeni ağırken, setteydik. Kostümcü kızlar oyuncuları giydirdi, makyöz makyajlarını tamamladı, ışıkçılar işlerini bitirdi, bir süreden beri morali oldukça düzelmiş olan Brita sete geldi ve "Haydi bakalım, develeri getirin!" buyurdu.

Bir gün öncesinden deveciye zaten haber vermiştik, saat sekizde develerle birlikte sette olması için. Köye yine de haber yollattım, yanlış bir yere gitmesinler diye. Brita, oyucularla çekime başladı. Ben durmadan saatime bakıyordum, on beş-yirmi dakika geçti, develer ufukta gözükmüyordu. Biraz daha bekledim. Gelmediler. Canım sıkıldı. Birazdan sıra develere gelecekti ama develer meydanda yoktu. Tek tesellim, Brita'nın inanılmaz beceriksiz oluşu, hiçbir sahneyi zamanında bitirememesiydi. Tüm sahneleri sarkıtıyor, çekimler uzadıkça uzuyordu. İçimden diyorum ki, o işini bitirene kadar, develer nasılsa gelir. Ama şansa bakın ki, Brita o sabah işini su gibi akıtıyor, develer de bir türlü gelmiyordu! Bir saat sonra sıra develerin sahnesine geldi, hâlâ ortada yoklardı. Laci'ye atladım, son sürat ahırı kiraladığımız köye gittim. Arabada endişe içinde ihtimalleri düşünüyordum; kimse demesindi bana yolda gelirken develere bir araç çarptı, develer öldü ya da deveci, develerle birlikte kaçtı! Köye girdim. Avuç içi kadar bir köydü zaten, bizim ahırın önüne toplanmış kalabalığı hemen gördüm. Tanrım, develer ahırda can vermiş olmasınlar! Bize kızan bir hain köylü mü zehirledi yoksa onları? Arabadan inip koştum ahıra doğru.

Gördüğüm manzara şuydu: Birkaç köylü ellerinle çekiçler, ahır duvarını yıkmaya çalışırlarken deveci de takım elbisesinin içinde ter döküyor, develere bir şey olmasın diye dört dönüyordu ahırın etrafında.

"Ne yapıyorsunuz orada?" diye seslendim.

"Duvarı yıkıyoruz."

"Ama neden? Kapısı vardı ahırın."

Duvarı yıkanlardan biri açıkladı, "Abla, bu deveci ne biçim beslediyse artık bu hayvanları, üç senelik saman doldurmuş karınlarına. Develer kapıdan sığmadıkları için dışarı çıkamadılar. Duvarı yıkmazsak, iki deve de ahırda hapis!"

Deveci beni görünce, hızlı adımlarla uzaklaşmaya çalıştı.

"Dur, nereye gidiyorsun?" diye koştum peşinden, "Ne diyor bu adamlar, ne demek deveyi samanla doldurmak?"

Bana bilgi veren köylü yanıma geldi, "Bu deve var ya, samanı karnında uzun zaman tutar. Çölü nasıl geçecek yoksa! Seninki basmış samanı, basmış samanı. Altı aylık saman depolamış karınlarında. Nah böyle şişmişler (eliyle tarif ediyor kendi karnı üzerinde), ahırdan çıksalar bile yürüyecek hali kalmamıştır hayvanların."

"Utanmadın mı benim cehaletimden istifade etmeye?" dedim, mahcup olacağını sandığım deveciye, "Ben nereden bileyim deve kaç günde bir saman yer. Haydi bana acımadın, develerine acısaydın!"

"Ben tabanca mı dayadım kafana hanım? Saman parası diye sen verdin, ben de aldım," demez mi! Bu sırada duvar yeterince yıkılmış, develer ortaya çıkmış, incecik bacaklarının üzerinde koskocaman karınlarıyla mel mel bakıyorlardı.

"Yıkım parasını sen mi ödeyeceksin? Bir saattir çalışıyoruz burada valla," dedi duvarı yıkan köylü, bana.

"Ahır kirasını ödemiştin tamam da, şimdi bir de duvarı ördürme masrafı çıktı, ayrıca," dedi, ahırın sahibi. Develer onca itip dürtmeye, kımıldamıyorlardı bile. Deveci, geldiğinden beri ilk kez boyunbağını gevşetmiş, yanıma geldi, özür dileyecek zannettim.

"Abla develer yürüyemiyor. Bir kamyon tut da sete kadar atalım şu develeri," demez mi!

Avanos hikâyeleri bitecek gibi değil. O yüzden bir de helikopter maceramızı anlatıp kapatayım Avanos faslını.

Havadan çekim yapabilmek için Kayseri'ye gidip oradaki askeri üsten birkaç günlüğüne bir helikopter kiralamamız gerekiyordu. Telefonla randevu aldım, Eriksen'le birlikte gittik, askerlerle konuştuk ve anladık ki ordunun uçaklarını film çekimleri için kullanabilmemize imkân yok. Askerler bize yol gösterdiler. Bir emekli hava albayı, hurdaya çıkarılan pırpırlardan birini satın almış, civardaki ekili arazileri havadan ilaçlamak için aracını kiraya veriyormuş. Albay bulundu, pazarlık yapıldı. Her şey o kadar denk düştü ki, tam o sırada yıllık tatiline çıkmaya hazırlanan bir pilot yüzbaşı da helikopteri uçurmaya talip oldu. O akşam Kayseri'de kaldık, ertesi gün Avanos'a dönmek üzere, yüzbaşının kullandığı helikopterle havalandık. Yüzbaşı pilot ile emekli albayın yanı sıra bir de er vardı yanımızda. Er, akşamları kimse helikoptere zarar vermesin diye, aracın başında nöbet tutacaktı. Ben hayatımda ilk kez bir helikoptere biniyordum. Yeryüzüne bu kadar yakın uçmanın, hele de Ihlara Vadisi'ni tüm ayrıntılarıyla kuşbakışı görmenin keyfini anlatmaya kelimeler yetmezdi ama kulakları sağır eden gürültü de çekilir gibi değildi. Yolculuğumuz uzun sürmedi. İki saat içinde Avanos'un tam ortasından geçen Kızılırmak'ın, otelimizin bulunduğu kıyısındaydık. Eri helikopterin başında bırakıp otele girdik. Birbirinden güzel, sapsarı saçlı, renkli gözlü, mini etekli, derin dekolteli kızlar... Albay ile yüzbaşı cennete düşmüş gibiydi. Çoğunluğu kadın olan genç Danimarkalı ekiple tanışırken, her ikisi de kulaklarına varan ağızlarını toparlayamıyorlardı.

Akşam yemeğinde masanın etrafında buluştuk, yemeğin ardından ertesi günün planını yaptık. Biz Eriksen'le Kayseri'deyken, Zafer bir çobanla anlaşmıştı. Adam ertesi gün sürüsüyle gelecekti. Albay ile yüzbaşı, Brita'yı tanımadıkları için koyun sahnesi bir gün içinde çekilecek ve işleri hemen bitecek zannediyorlardı. Bizler çekimin bir günde bitemeyeceğini tecrübeyle biliyorduk da, başımıza gelecekleri öngörememişiz.

O akşam erkence çekildik odalarımıza.

Ertesi sabah yine tüm ekip, yüzbaşı ve emekli albay kahvaltıda buluştuk. Yüzbaşı yerinde duramıyor, bir şey anlatmak istiyor, "Dün gece ne oldu biliyor musunuz?" deyip duruyordu ama albay sürekli kendi hatıralarını anlattığı için sıra bir türlü ona gelmiyordu. Nihayet, "E, söyle de öğrenelim bakalım," dedi emekli albay, "dün gece ne olmuş?"

"Paşam, ben gece bir türlü uyku tutturamadım, sağa döndüm, sola döndüm... ıh, uyuyamıyorum. Birden bir fenalık bastı bana. Giyindim, koridora çıktım. Koridorun ucunda bir pencere var ya, işte oradan bir süre Kızılırmak'ı seyrettim bir sigara içtim, neyse sonra odama döneyim dedim. Bilseniz odama dönerken ne oldu?"

"Ne oldu?"

"Söyleyeceğim ama inanmayacaksınız."

"Sen söyle belki inanırız oğlum."

"Paşam inanmazsanız da söyleyeceğim zaten. İçimde tutamıyorum."

"UFO filan mı gördün?"

"Daha iyisini gördüm paşam. Koridorun üzerindeki kapılardan biri açıldı, anadan üryan bir kız, gecenin karanlığında sedef gibi beyaz vücuduyla kapıdan çıktı, hızla karşıdaki kapılardan birine koştu."

"Eeee?"

"O kadar işte! Gökyüzünde yıldız kayar ya, aynen öyle, süratle geldi geçti koridordan."

"Kimdi?" dedi Zafer.

"Bilmiyorum abi. Uzun sarı saçlıydı."

"Bu kızların hepsi uzun sarı saçlı. Hangi odaya girdi, pekiyi?"

"Vallahi bilemeyeceğim. Gözlerim kamaşmıştı. Odaların birinden çıktı, bir çırpıda hızla koştu, kayboldu. Vallahi, anadan üryandı!"

"Hayal görmüşsün," dedi albay.

Yüzbaşı ne kadar yemin biliyorsa sıraladı art arda.

"Hayaldir," dedim ben de, kim olduğunu tahmin ettiğim halde. Artık kimin hangi odayı ziyaret edebileceğini zaman içinde anlar olmuştum.

"Valla, siz de bu gece koridora çıkın, görün hayal mi değil mi," dedi yüzbaşı.

Albay derin düşüncelere dalmıştı. Yüzbaşı ile albayı otelde bırakıp çekim mekânını hazırlamak üzere kalktık. Koyunlar ile çobanın sahnesi, günbatınımda çekilecekti. Sabaha çekim koymamıştık yoksa Danimarkalılar öğleden sonra çalışmazlardı.

Deli ediyordu bu Danimarkalılar beni.

Biz Türklerin yirmi günde toparlayıp çekeceğimiz sahneler, bunların çalışma saatleri takıntısından dolayı, haftalara yayılıyordu. Bir ayda bitecek işin daha yarısını çekmemiştik ve neredeyse ikinci ayımız dolmak üzereydi. Sabah yumuşak ışığı yakalamak üzere erken çıkıyorduk işe. Sabahın yedisinde yönetmen motor diyordu. Arada bir kahve molası, sonra öğle yemeği molası veriliyordu, saat üç oldu muydu, haydi paydos! Koca bir öğleden sonra atılıyordu çöpe! Neden? Sekiz saatleri dolmuş, ondan. Taş çatlasa saat üçe kadar, sonra çalışmıyorlardı. Yahu, çekin bitirin bir an önce, dönün evlerinize, çoluk çocuğunuza. Tatil yapın, sırtüstü yatıp keyif yapın ya da yeni bir iş daha bulun! Hayır, her gün sekiz saat doldu muydu paydos! Hafta sonları zaten çalışmazlardı, her cumartesi pazar Torosları, aşıp Adana'ya iniyorlardı, denize girmeye.

"Bak Eriksen," demiştim bir gün önce, "yarın akşamüstü mutlaka bitirmeliyiz koyunların sahnesini. Develerin saman parası değil bu, ciddi para ödüyorsun helikoptere. Git konuş Brita'yla."

Eriksen tüm cesaretini toplayıp, konuşmak için yemekten sonra Brita'nın odasına gitmişti. Zafer ve Çarli'yle otelin lobisinde toplanıp sonucu beklemiştik. Biraz sonra sırıtarak geri gelmiş ve vermişti müjdeyi: Yönetmeni ikna etmişti, koyun sahnesi yarın akşamüstü çekilecekti.

Sabah hepimiz çok heyecanlıydık. Normal çekimden farklıydı helikopter çekimi. Brita da herhalde ilk kez bir helikopterden çekim yapacak, sürünün sağa sola kaçışını çekecekti kuşbakışıyla. İşbölümü yaptık. Sürüyü yönetmenin seçtiği yaylaya sürecek olan çobanı, aşağıda Çarli yönlendirecekti. Ben Brita'yla birlikte helikoptere binecektim ki, pilot ile Brita ve kameraman arasında çevirmenlik yapayım.

Çoban, sürüsüyle birlikte sürüyü otlatmak için sabahtan çıkmıştı yaylaya. Çarli de, Eriksen'le birlikte öğle yemeğinden sonra kendi ekibini aldı, gitti. En son, biz helikoptere binecekler toparlandık. Pilot yüzbaşı, Brita, kameraman ve ben helikopterde yerlerimizi aldık, etrafımıza toplanmış çoluk çocuk ağırlıklı ahaliye el sallayarak havalandık. Beş-on dakikalık uçuştan sonra altımızda sürüyü, çobanı, Çarli'yi ve arkadaşlarını gördük.

Çoban geniş omuzlarının ucu kalkık beyaz kepeneğiyle, yaz güneşinin altında kesin ter içindeydi ama bir filmde rol almanın gururuyla kavalını çalıyor, peşinde sürüsü azametle yürüyordu yaylada.

Brita, çoban belli bir noktaya gelince, pilotun sürünün üzerine doğru alçalmasını söyledi. Ben İngilizceye çevirdim.

Pilot yüzbaşı, "Tamam Ayşe Hanım, zaten ben o kadar İngilizce anlıyorum," dedi ve alçalmaya başladı. Birden, aşağıda tuhaf bir hareketlenme oldu, etrafa saçılması gereken hayvanlar, saçılacaklarına, çobanın etrafında toplaştılar.

"Olmadı," dedi Brita, "yeniden deneyelim."

Helikopter yeniden havalandı ve bir kere daha alçaldı sürüye doğru. Birbirine yapışmış koyunların arasında, çoban el kol hareketleriyle bize bir şeyler söylemeye çalışıyordu ama ne demek istediğini anlayamıyorduk. Ellerini kollarını sallayıp duruyordu çoban. Üstlerinde bir tur attık.

Aşağıda kötü bir şeyler oluyordu. Koyunlar üst üsteydi, çoban koyunların arasında görünmez olmuştu. Çarli sürüye doğru koşarken bize elleri kollarıyla uzaklaşın işareti yapıyordu, galiba.

"Hayvanlar kaçışmalıydı, neden kaçışmıyorlar? Benim çekmek istediğim sahne bu değildi," dedi Brita, aşağıda birbirinin üstüne çıkmış koyunları göstererek.

"Çarli bir şey söylemeye çalışıyor, gidin, uzaklaşın diyor galiba," dedim ben.

Bir ara koyunların arasında çobanın başını görür gibi oldum. Çarli, hayvanların üzerine tırmanarak, dalgalı bir denizde kulaç atar gibi kollarıyla yün denizini yararak, çobana ulaşmaya çalışıyordu. Biraz yükselip bir tur daha attık, aynı noktaya döndüğümüzde, çobanın ne kepeneği üzerindeydi ne de kavalı elindeydi artık.

"Bir kere daha deneyelim, hayvanlar kaçışır belki bu sefer," dedi Brita. Ama hayvanların saçılacağı, kaçışacağı yoktu. Üst üste yığılmışlardı. Sağ tarafımıza döndük, Eriksen ve diğerlerini de gördük bu kez. Onlar da bize uzaklaşın gibisinden el kol sallamaktaydı.

"Onlara yakın bir yere konalım, gidip soralım dertleri neymiş," dedi yüzbaşı. Ben helikopterin kulakları sağır eden gürültüsünde, "Pilot inmek istiyor!" diye bağırdım Brita'ya.

Yüzbaşı inmek için aşağıda münasip bir yer arandı. Sürüye yakın bir noktaya doğru alçalmaya başladık. Çoban ile Çarli kendilerini sürüden kurtarmışlardı. Çoban Çarli'nin desteğiyle topallayarak Eriksen'e doğru gidiyordu.

Helikopter yere kondu. Pervaneler durunca, teker teker atladık yere. Ben çobanın, "Allah belanızı versin, az daha öldürüyordunuz beni!" diye bağıran sesini duydum. Koyunlar bir ağızdan meliyor, çoban küfrediyordu, Çarli çobanın üstünü başını silkeliyordu. Hepimiz onlara doğru koştuk.

"Yahu size o kadar işaret ettik, ne diye tekrar tekrar alçaldınız üzerimize!" diye bağırdı Çarli, yanına varınca da yavaş sesle konuştu, "Çoban canını zor kurtardı, koyunlar az daha öldürüyordu herifi!"

"Yapma yahu!"

"Pazarlığa hazırlan, bacağı kırılan hayvanlar var."

"Ne diyorsun!"

O sırada topallayan çoban da yanımıza geldi. Üstü başı perişandı. Kepeneği yırtılmış, paramparça olmuş, kavalı koyunların ayaklarının altında ezilmişti.

"Deli misiniz, nesiniz!" dedi, "Hayvanların arasında sıkıştım kaldım. Zor kurtardım canımı. Üç koyunun bacağı kırıldı bu arada."

"Bu hayvanlar niye toplaştı böyle?" diye sordum.

"Koyun korktu muydu toplaşır. Saçılan keçidir, koyun değil."

"Biz sana söylemiştik ama," dedi Çarli, "nasıl bir sahne çekmek istediğimizi biliyordun. Niye uyarmadın bizi."

"Ben yukardan çekeceksiniz zannettim. Bana helikopterin hayvanların üstüne ineceğini söylemediniz!"

Başladı yine bir yeni pazarlık! Çoban bacağı kırılan koyunları hemen kesmek zorundaydı. Oysa bayramı beklese çok daha para edeceklerdi... Kepeneği yırtılmıştı, kavalı ezilmişti, besbelli kendi kaburgaları da kırıktı çünkü böğrü ve sırtı ağrıyordu. Maddi, manevi tazminat talep ediyordu.

Bir fiyasko daha!

Yorgun, kızgın ve bezgin otele döndük ki, Danimarkalı ekibin sosyal haklardan sorumlu elemanı saatini gösteriyordu, yarım saat geç döndüğümüz için!

Eriksen'i adamın yakasına yapışırken gördüm. Kavga görmeye dayanamadığım için odama kaçtım hemen.

Akşam yemeğinde Eriksen çok sinirliydi. Brita'nın koyun sürüsü yerine keçi sürüsü bulup getirme fikrine itiraz etti. Brita'yla ilk kez atıştılar. Helikopter ekibi de ne yazık ki, geri dönecekti. Oysa yüzbaşı ve emekli albay çok eğleniyorlardı aramızda. Ertesi sabah kahvaltıya indik, bizden önce gelip masada oturan emekli albayın yüzünden düşen bin parçaydı. Omuzları çökmüş, başı masaya düştü düşecek, gözlerinin altı morarmıştı.

"Nesi var albayın, kötü bir haber filan mı aldı?" diye sordum yüzbaşıya.

"Sadece uykusu var," dedi yüzbaşı, "dün gece koridorda sabaha kadar nöbet tuttu çıplak huri görmek için ama kesat bir geceymiş, huri filan geçmemiş."

"Bileydim bizim setçi Nuri'yi koştururdum koridorda," diye göz kırptı Çarli, "çıplak huri yerine çıplak Nuri görürdü. Hiç yoktan iyidir."

İyi ve kötü günleriyle, birbirinden tuhaf olaylarıyla, acı tatlı hatıralarıyla, bana kattığı müthiş deneyimle gelip geçmişti, dolu dolu yaşanmış dört ay. Anadolu'da bir yörenin insanları, âdetleri, alışkanlıkları, değerleri, açıkgözlülüğü, konukseverliği, hoşgörüsü, gündelik yaşantısı, toprağından fışkıran bin bir renkli kır çiçeği, otu, böceği hakkında derin bilgim vardı artık. Korkan koyunların sağa sola kaçışmayıp, birbiri üstüne yığıldıklarını bile katmış bulunuyordum bilgi dağarcığıma.

Filmi, planlanan sürede çekebileydik, İstanbul'daki çekimlerde de çalışacaktım ama iki ay gecikmeliydik. Çocuklarım temmuz ayında tatile gelmiş, görevimi bırakıp gidememiş, henüz yüzlerini görememiştim. İstanbul'da nasılsa deneyimli birini bulurlardı. İstifa ettim ki onlarla birlikte en azından iki haftalık bir tatil yapabileyim. Benim işkadınlığım da bu kadardı işte... Çocuklarımın önceliğine kadar!

Ankara/Avanos arasında defalarca gidip gelmekten iyice yıpranmış Laci'yle bu kez İstanbul yoluna düştük. "Biraz daha dayan cefakâr dostum," dedim Laci'ye, "tatilimizi de yapalım çocuklarla, sonra emekli edeceğim seni."

Yeni Bir Hayatın Eşiğinde

Ruhu olduğunu varsaydığınız nesnelerden ayrılmanın ayrı bir hüznü vardır ve vedalaşırken insanlara yaptığınız gibi sımsıkı sarılıp onları öpemezsiniz. Hayvanlara yaptığınız gibi başlarını, sırtlarını okşayamazsınız. Arkalarından ağlayamazsınız. Bir düğüm gelir oturur boğazınıza, binlerce anınızı, an'ınızı bilen o şeyin yerine yenisi alınacağı için evden atılan bir masa mı, giyilmekten yıpranmış bir ceket mi, yoksa yolları, yolculukları paylaştığınız arabanız mı, her ne ise, bilirsiniz ki yokluğu hissettirecektir kendini. Nesneler de boyunlarını büker bu ayrılışlarda, hatta bazen Laci'nin yapmış olduğuna inandığım gibi, yerini alan arabanın kaportasını, dar alanlara her park edilişinde çizdirterek, sinsice intikam alır.

Laci'den sonraki arabam beyazdı. Beyaz'ı evime yakın bir yere park etmek için, sokakta üç tur atıp nihayet eve girebildiğimde telefon çalıyordu. Nefes nefese koştum açmak için.

"Seni arayıp duruyorum, annen söylemedi mi?" dedi Tunca.

"Yeni döndüm Tunca, arayacaktım..."

"Bankerler hapı yuttuktan sonra, bankalara gün doğdu. Yine bir banka reklamı var. Yarın toplanalım mı?"

"Yarın cumartesi. Ben hafta sonu bir düşüneyim, pazartesi erkenden ararım seni," dedim.

"Neyi düşüneceksin?"

"Tunca, film işlerine ara versem diyordum."

"Ne yapacaksın yerine?"

"Yazmakla ilgili bir şeyler."

"Yazıyorsun zaten *Cumhuriyet*'e filan."

"Sürekli yazmaktan söz ediyorum ben."

"Gazetelere kapak atmayı kolay mı sanıyorsun. Köşeler parsellenmiş çoktan."

"Gazetede değil düşündüğüm. Bir-iki yakın arkadaşım var basında, bir dergide mesela..."

Lafımı kesip duruyordu Tunca ama zaten ben de tam olarak ne diyeceğimi bilemiyordum. Bildiğim, film işlerinden çok yorulduğumdu. Setlere dönmek içimden gelmiyordu.

"Kızım, bir-iki röportaj yazısıyla bu paraları kazanabilir misin sen? Her neyse, pazartesi öğlene kadar ara, mutlaka," dedi.

Haklıydı, gazetelere yazmakla aynı parayı kazanamazdım ama Ali iş bulmuştu Cenevre'de. Hafta sonları ve derslerden sonra Sothebeys'de çalışıyor, bayağı da iyi para kazanıyordu. Üzerimdeki yükü hafifletmişti kısacası.

Aynı akşam, Şehir Tiyatrosu'ndaydık annemle birlikte. Ara oldu, ben sigara içmediğim için kulise çıkmaya üşendim, yerimde kaldım. İki sıra önümde oturan Betûl Mardin'i görünce, kalkıp yanına gittim, hatır sormaya. Birkaç laf ettik, yerime döndüm. Sigara içmeye çıkanlar yerlerine dönmeye başlamışlardı, baktım Betûl bana sesleniyor.

"Efendim," dedim.

"Ayşe, senin kalemin kuvvetliydi değil mi?"

"Yazıyorum işte gazetelere bir şeyler."

"Organizasyon da yapıyorsun?"

"Evet. Sahne yapımcılığı organizasyon değil de nedir?"

"Başka işin yoksa yarın sabah bana ugrasana."

"Evine mi, otele mi?"

"Sabah onda eve gel. Geç kalma."

Oyun başlamak üzereydi, Betûl önüne döndü.

"Yaa Ayşeciğim, işte böyle, ömrümüzün yarısı geçmiş farkına bile varmadan... Sen artık film çekmediğine göre, şimdi ne yapıyorsun, öykü yazmanın dışında?" diye sordu Mustafa Kemal.

"PR yapıyorum... Halkla ilişkiler yani."

"Nerede?"

"Asil Nadir Grubu'nda."

"Deme yahu! Nerden buldun elin İngiliz'ini?"

"Asil Nadir İngiliz değil ki, Kıbrıslı."

"Kraliçeden plaket alıp duran işadamı değil mi bu? Sahiden merak ettim. Sen nasıl buldun bu işi?"

"Uzun hikâye," dedim. Öyle dedim ama uzun filan değil, çok kolay olmuştu Asil Nadir şirketlerine geçişim. Pazartesi sabahı tam saatinde Betûl Mardin'in Teşvikiye'deki evinin kapısındaydım. Elime bir neskafe tutuşturup anlattı:

Şu çok ünlü Kıbrıslı işadamı Asil Nadir, hani İngiltere'de kraliçeden ödül filan alan adam, Türkiye'de de birtakım şirketler kurmuştu. İşte bu Asil Nadir Şirketler Grubu'nun bir PR'a ihtiyacı vardı. Beni hiç ilgilendirmeyen bir işadamının hikâyesini bana niye anlatıyordu acaba Betûl Mardin? Bir reklam filmi istemeyeceğini anladığımdan beri, dikkatim dağılmıştı, yarım kulak dinlemeye başlamıştım, hatta aklım tamamen başka yerdeydi. Birden bir cümle yakaladım, bana mı soruyordu PR olur musun diye? Karşındakini doğru dürüst dinlemezsem böyle olur işte, abuk subuk şeyler duyarsın! Betûl Mardin gözlerini dikmiş yanıtımı bekliyordu.

"Şey... tam anlayamadım Betûlcüğüm, ne dedindi tam olarak?"

"Dedim ki, ben bu şirketlere danışmanlık yapıyorum ama benim bir sürü başka müşterim var. Sheraton'u mesela hiç bırakamam. Sonra bir armatör arkadaşım var, sonra şey var..." gitti yine benim dikkat. Niye anlatıyor bana bunları?

"Eğer kabul edersen, sen House PR olursun, ben de danışman olarak kalırım, gerektiğinde devreye girerim, belli günlerde uğrarım, bir de elbette önemli olaylar olduğunda."

"Pardon pardon! Ben mi Asil Nadir şirketlerine House PR olacağım?"

"Evet."

"O ne demek?" diye sordum.

"Full time iş demek. Sabah gideceksin, altıya kadar çalışacaksın. Gerektiğinde akşam yemeklerine de katılacaksın, diğer şehirlerdeki şirketler için yolculuklara çıkabileceksin. Çok çalışmanı gerektiren ciddi bir iş bu."

Hiçbir şey bilmeden sahne yapımcılığına soyunan ve piyasanın en aranan sahne yapımcısı olan ben değil miydim! O işin üstesinden geldimse, bunun da gelirdim evvel Allah, hele de Betûl Mardin elimden tutacaksa.

"Aylık mı alacağım?" diye sordum.

"Kabul ediyorsun yani?"

"Ciddi ciddi düşüneceğim. Maaşımı da öğrenirsem..."

"Maaş işini benimle değil, onlarla konuşursun."

"Sen başaracağımı düşünüyor musun?"

"Düşünmüyorum. Eminim."

Sonra telefona uzandı, çevirdi, karşısında kim varsa, onunla konuştu, "Sana sözünü ettiğim kişi ne zaman gelsin görüşmek için?" diye sordu, bana döndü, "Pazartesi uygun mu?" dedi.

"Uygun," dedim.

"On birde sende olacak. Adı, Ayşe Kulin."

Kapattı telefonu. Her şey çok hızlı gelişiyordu.

Pazartesi sabahı erken kalktım. Üzerime beş ayrı kıyafet denedikten sonra, yine her zaman giydiğim etek cekette karar kılıp, özenle makyaj yaptım ve çıktım evden. Önce Taksim Gezisi üzerindeki Cumhuriyet Apartmanı'na gidip, Betûl Mardin'in teklifini kabul ettiğim takdirde muhatap olacağım Metin Münir'le görüştüm, maaş durumunu öğrendim, sonra eve dönüp Tunca Yönder'e telefon ettim.

"Hafta sonu bir holdingden teklif aldım Tunca," dedim, "sen ekibini bensiz kur."

"Müdür mü oluyorsun?"

Ha, ha, ha, güldü telefonda. Ben de güldüm, "Genel müdür!" dedim.

"Göbek bırak o halde. Genel müdürlere yakışır. Haydi, saçmalamayı bırak da saat ikide gel, işimize bakalım."

"Tunca, ciddiyim. Halkla ilişkiler yapacağım."

"Film işinde sürekli ilişkidesin zaten halkla."

"Bu, öyle ilişki değil. İş, iş!"

"Sen ilişki istiyorsan ben sana ne ilişkiler bulurum."

Bir yandan gülüyor, bir yandan kızıyordum Tunca'ya beni ciddiye almadığı için.

Hiç bitmeyen uzun bir konuşma oldu. Tunca beni vazgeçirmeye çalıştı ama kandıramadı. Biraz buruk kapattı telefonu. Bense, belli saatlerde başlayıp biten, üstelik evime yürüme mesafesinde bir işte çalışmanın, filmcilikteki kadar çok olmasa da her ay elime geçecek maaşın miktarını bilerek, ayağımı yorganıma göre uzatmanın bana iyi geleceğini düşünüyordum. Yanılmamışım. O çok renkli, çok hareketli film dünyasını aramadım değil, ama yeni işimde önüme bambaşka ufuklar açılacaktı. Nihayet yıllardır gönlümde kükreyip duran aslana da kavuşacaktım, üstelik!

Patronum, *Dünya* gazetesinin de hissedarıydı. Çalışmaya başlamamın üçüncü ayında, gazetede de çalışmayı talep etmiş, haftanın iki günü çalışmak üzere, gazeteye kadrolu girmiştim. Böylece en azından haftada birkaç gün, önümde kâğıt-kalem, kulaklarımda daktilo sesi ve dosyamda yayınlanacak (sonsuz uykulara dalmayacak) yazılar olacaktı! Nihayet! Oh be, yaşasın!

Elbette *Dünya*'da yazma isteğimin kolayca kabul görmesinin bir derin nedeni yok değildi. Size hemen anlatayım:

Gazeteleri taramak ve bünyemizdeki şirketlerden herhangi biriyle ilgili bir habere rastlarsam, haberi kesip dosyalamak, benim işlerimin arasındaydı. Nefret ettiğim bir işti, vakit alıyordu, beni geliştirmiyordu ama işimdi işte! Filmde çalışırken alışmıştım sabahın köründe horozlarla kalkmaya. Aslında ilkokula başladığım günden üniversiteyi yarıda bıraktığım güne kadar, derslere yetişmek üzere erken kalkmıştım. Üniversiteyi yarım bırakmama neden olan çocuklarımın doğumundan sonra da, onlar bebekken ve okula başladıklarında her çocuklu anne gibi erken kalkmıştım. Çocuklar evden ayrıldıktan sonra da, erken kalkılması gereken bir işte çalışmaya başladığım için, sabahları yatıp uyumak nasip olmamıştı bana. Kısacası hayatım boyunca erken kalkmıştım, vücut sistemim o şekilde ayarlanmıştı. Çok geç de yatsam, sabahları erkenden ayaklanıyordum mutlaka. Yeni işimde, dokuz hatta dokuz buçuktan önce hayat başlamıyordu ama madem erkenden uyanıyordum, evde amaçsız dolanmak yerine, hemen giyinip ofise kadar yürüyor, yedi buçuk sularında başlıyordum gazeteleri taramaya. Dokuz sularında, diğerleri işbaşı yaparken, ben gazete taramasını bitirmiş oluyordum.

İşe başladığımın birkaç hafta sonrasıydı, ben her sabah yaptığım gibi, erken bir saatte ofise gitmiş, gazeteleri tarıyordum. Kapımın açıldığını hissettim. O saatte kim olacak ofiste, temizlikçi Hacer Hanım'dan başka! Kafamı gazetelerden kaldırmadan, "Her zamanki gibi, lütfen," dedim, "ama bu sabah kahveyi biraz daha bol tut Hacer Hanım, çünkü geceden kaldım."

"Emredersiniz."

Aaaa, bir erkek sesi bu! Başımı kaldırıp baktım. Genç, esmer bir adam. Bu yüzü hayal meyal bir yerden hatırlıyor gibiydim. Yok, çıkaramadım.

"Birini mi aramıştınız?"

"Yoo, öylesine geziyordum."

"Kim soktu sizi içeri? Ofis odalarımızda öylesine gezemezsiniz."

Ayağa kalkıp yanına gittim, "Lütfen beyefendi, içerde bekleme odamız var, birini bekliyorsanız, orada oturup bekleyin. Dokuz buçuktan önce kimse gelmez, hatta en iyisi şimdi gidin, daha sonra gelin."

"Peki o halde, yerime geçeyim ben."

"Ben göstereyim size..."

"Ben yerini biliyorum, şu koridorun en ucundaki oda."

"Hayır, bekleme salonu şu tarafta..."

Usulca kolundan tuttum, ters tarafa yönlendirmek için.

"Valla sizin gibi bir elemanım oldukça, sırtım yere gelmez Ayşe Hanım," dedi.

"Tanışıyor muyuz?"

"Tanışıyoruz. Bendeniz Asil Nadir."

"Aaaa! Aaaa!"

Ağzımı kapatamıyordum bir türlü. Gençlik yıllarımın gür kıvırcık saçlı Asil'i, uzun boyuyla beliriyordu hayalimde. Yüzü değişmiş, saçları değişmiş, giyimi değişmiş hatta aksanı da değişmiş, fakat gözleri aynı. Sadece gözlerinde yakalayabiliyorum, yirmi yıl öncesini. Ben ne diyeyim şimdi karşımdaki adama? Patronuma Asil diye hitap edemem. Asil Bey demek çok zorlama geliyor.

"Hiç tanımadım, vallahi. Çok değişmişsiniz."

"Yaşlanmış mıyım?"

"Bilakis. Hiç yaşlanmamış ama değişmişsiniz. Sizi tanıyamadım çünkü çok daha genç biri zannettim."

"İltifat ettiniz. Çok memnun oldum şirketimde çalıştığınıza... Çalıştığına. Sen diyebilirim, değil mi?"

"Elbette."

"Gel odama, bir kahve içelim Ayşe."

Yol verdi bana, önden yürüdüm. Odasını ilk kez görecektim, çünkü sahibinin yokluğunda kapısı hep kilitli olurdu. Kapı açıktı, içeri girince şaşırdım. Yirmi yıl içinde çok ama çok mesafe katetmişti Asil. Dekorasyonda, duvardaki tablolarda, masaların üzerindeki objelerde sadece paranın değil çok ince bir zevkin de izleri vardı. Kabarık saçlı, uçları sivri ayakkabılı ve Kıbrıs aksanlı çekingen Asil, yıllar öncesinde kalmıştı. Odasında benimle konuşan yakışıklı adamın hafif Kıbrıs aksanı öylesine bir özgüvenle çıkıyordu ki ağzından, ona yakışıyor hatta karizmatik bir hava katıyordu.

"Tanıştığımız akşamı hatırlıyorsun, değil mi?"

"Hatırlamaz olur muyum," dedim.

Benim, 1961-63 yılları arasında, dediğini mutlaka yaptıran bir kayınvalidem vardı. Kolejden mezun olur olmaz, bu kayınvalidenin oğluyla evlenmiş, Londra'ya üniversite okumaya gitmiştik karı-koca. Doğum kontrol hapıyla henüz tanışmamış olduğumdan, hiç hesapta olmayan iki çocuk gelmişti dünyaya arka arkaya ve çocuk bakmaktan, bende üniversiteyi bitirmeye mecal kalmamıştı. Bir buçuk yıl çabaladıktan sonra, pes etmiştim.

Milletlerarası telefonla konuşmak o yıllarda bir eziyetti! Londra-İstanbul arası telefon bağlatmak bazen on iki saat bile sürebiliyordu. Öyle ahizeyi kaldırıp numarayı çevirmek, hayal bile edilemiyordu henüz. Operatör aranıyor, istenen memleket, şehir ve numara yazdırılıyordu. Santral memuru insaflı ise, beş saatten önce bağlanamaz gibisinden bilgi veriyordu ki, beş saat boyunca eve tıkılmayasın. Kimi de sır tutar gibi suskun olurdu. O zaman telefon başında akşama kadar beklenirdi. Pazar günleri bizim telefon bekleme günümüzdü. Annelerimiz sesimizi duymak için sabahtan yazdırırlardı telefonumuzu Türkiye'den. Sokağa çıkamaz, sinemaya, tiyatroya gidemez, parkta dolaşamaz, yürüyüş yapamaz, evimizde oturur telefon beklerdik.

Bekledik yine, bir pazar günü. Önce kayınvalideye bağlandık. Oğluyla konuştu uzun uzun. Oğlunun suratı düştü. Sonra ben aldım telefonu. Hal hatır sorulduktan sonra, baklayı çıkardı ağzından. Kayınvalidenin bir arkadaşı, arkadaşının da bir kızı varmış. Kız, bir Kıbrıslı çocukla evlenmiş, Londra'ya yerleşmişler. Kayınvalide, arkadaşının kızı Londra'da yalnızlık çekmesin diye bizim onlarla meşgul olmamızı, bir gece yemeğe davet etmemizi istiyordu. Mehmet'in suratının niye sarktığı anlaşılıyordu. Tanımadığımız bu çifti, istesek de istemesek de çağıracaktık yemeğe. Yoksa, her pazar telefonda sorguya çekilmeyi göze alacaktık: "Çağırdınız mı?" sorusuna, "Hayır, henüz değil," derken, her seferinde bir gerekçe bulmak kolay iş değildi.

"Bir an evvel çağırıp kurtulalım," dedim kocama.

"Yahu, hiç tanımadığımız insanlarla ne konuşacağız," dedi.

"Buluruz konuşacak şeyler."

"Sen çağır, benim Birmingham'da işim çıkmış olsun."

"Yatak odasında mı saklanacaksın?"

"Sinemaya giderim."

"Madem gelecek olanlar senin annenin ahbapları, benim işim çıkmış olsun."

"Kadınların ne işi olabilir ki, mantıklı değil."

Söylediği lafa bakın hele! (Boşadım zaten ben bu kocayı Türkiye'ye döner dönmez.) Aramızda bir süre daha tartışıp, sonunda bir akşam evimize yemeğe davet ettik kayınvalidemin arkadaşının kızı ile kocasını.

Çok genç bir karı-koca, ellerinde çiçekle geldiler. Her ikisi de uzun boylu, her ikisi de çok saçlı, her ikisi de tarzları, giyimleriyle Türk'ten çok, İtalyan havalıydı.

Ayşegül ve Asil ile Mehmet ve Ayşe; bizim daire kapısının önünde tanıştık. Tüm endişelerimize rağmen gayet de keyifli bir akşam geçirdik. Sonra da onlar bizi çağırmıştı ama Mete bir gün önce ateşlenince, gidememiştik.

Asil Nadir'in odasında kahvemi içtim. Biraz geçmiş günlerden biraz da gelecekteki projelerinden söz ettik. Yerime dönerken, beni nezaketle kapısının önüne kadar geçirdi ve tam ayrılırken sordu:

"Soyadın değişti, değil mi Ayşe?"

"Aslıma döndüm," dedim, "ben artık Ayşe Kulin'im."

Böylece tam yirmi yıl aradan sonra Asil'le bu kez onun kapısının önünde bir daha tanıştık. O gün kahvemi içtikten sonra odama dönerken, eski bir dostun yanında çalışıyor olmanın rahatlığı içindeydim. Asil Nadir, onun işyerinde çalıştığım sürece bana hep saygılı ve anlayışlı davrandı. Bazı müdürlerle anlaşmazlığa düştüğüm zamanlarda ki bu, alaturkalıklara tahammül edemediğim için sıkça oluyordu, elini her seferinde sırtımda hissettim. *Dünya* gazetesinde yazı yazma isteğime de, bir fincan kahvenin kırk yıllık hatırına, onay verdi. Ama ben de karşılığında, gecemi gündüzüme katmış, deli gibi çalışıyordum. Hayatım boyunca hep birkaç kişilik iş çıkarmaya yeltenmem, burcumun "hizmetçi" burcu olmasından ya da alın yazımın "çalışmak" üzerine programlanmasından olabilirdi ama bu işyerindeki başarımın esas nedeni başkaydı. Betûl Mardin, benden kısa süre içinde dört dörtlük bir PR yaratmıştı.

Dergilere ve gazetelere şirketlerimizle ilgili bilgi vermek üzere daktilonun başına oturmuştum zaten. Bu arada *Dünya* için de iş dünyasından dedikodular, haberler yazıyor, dönemin ünlü işadamları ve siyasetçileriyle röportajlar yapıyordum. Önceleri, yazı yazma arzumu böylece tatmin edeceğimi sandım.

Ne gezer! Daktilonun önüne oturunca, eski hastalığım büsbütün nüksetti.

Yazmak!

Sadece şirketle ilgili yazılar, iş dedikoduları, ufak tefek sanat haberleri değil, öykü ve deneme yazmak!

Dinlenmek için yazmak. İç dökmek için yazmak! Mutlu olmak için yazmak!

Gazete taramaları için ofise biraz daha erken gidip taramaları biraz daha hızlı yapıp, kalan zamanda yazmak, yemeğe çıkılmadığı akşamlarda yazmak, yatmadan önce yazmak, sabah kalkar kalkmaz yazmak.

Sonra, kaçınılmaz an geldi.

Yayınlatmak için yazmak!

Ben dersimi almamış mıydım önce Yaşar Nabi Bey'in odasında, sonra defalarca başka kapılarda? Ama yenilen pehlivan güreşe doymazmış. Üstünden yıllar geçti o günlerin, hem ben yeni tecrübeler edindim, yeni öyküler ürettim, belki bu sefer... Üstelik ev kadını etiketini "çalışan kadın"a değiştirmişken, neden olmasın? Allah'tan kim umudunu kesmiş ki!

Sonra bir akşam, Çiçek Pasajı'nda arkadaşlarla yenen bir yemekte bir şey çalındı kulağıma. Kulaklarımı diktim, nefesimi tuttum, dinledim; şuydu cümle, "YAZKO'nun başında şimdi, bizim Mustafa Kemal var ya..." gerisini duymadan, "Hangi Mustafa Kemal?" diye sordum.

"Atatürk," dedi içlerinden biri. Gülüştüler.

Israrcıydım, "Hangi Mustafa Kemal?"

"Kaç tane var ki! Ağaoğlu işte, bizim Tektaş'ın kardeşi," dedi Yücel (Lugal).

Kalktım masadan, dışarı çıktım. Yağmur çiseliyordu. Yüzümü Allah'ın rahmetine çevirdim. Annem ile babamın düğün gecesinde yaz olmasına rağmen çok yağmur yağmış. Berekettir demişler. Ne bereket ama, yegâne mahsul, ben!

"Tanrım, anamdan esirgediğin çocukları bana verdin madem, babamdan esirgediğin şansı da bana ver," diye dua ettim, "bir fırsat koy önüme. Aç kapımı. Lütfen."

Ertesi gün, sabahın kör karanlığında önce telefonla bilinmeyen numaraları, sonra YAZKO'yu aradım, öğleden sonra ise, iki saatliğine yerime Nil Adula'yı oturtmuş, soluk pembe dosyam koltuğumun altında, Cağaloğlu'ndaydım; Mustafa Kemal Ağaoğlu'nun karşısında!

Havadan sudan, oradan buradan konuşup gönlünü aldıktan sonra, uzatmıştım dosyamı, tek bir öykücük okuması için. Direnmişti. Ben de direnmiştim, bana olan zaafının verdiği şımarıklıkla.

"Bir öykü on dakikanı alır. Bak saat tutuyorum. Sadece on dakika okuyacaksın. Haydi başla!"

O okurken, ben rahatsız olmasın diye, pencerenin önüne gitmiş, gözlerimi kapayıp cama başımı dayamıştım.

Ya, bir beş dakika sonra, Mustafa Kemal, "Okudum öykünü, beş para etmez!" derse! Hiç düşünmediğim bir ihtimaldi bu, ama bir ihtimaldi yine de. Ne yapardım o zaman?

Gayet basit, "Vaktini aldığım için özür diliyorum," der çıkardım. Sonra sokakta gizli gizli ağlardım dolmuşa yürürken. Gözyaşlarını içime akardı, çoğu zaman olduğu gibi.

Açtım gözlerimi saatime baktım, Mustafa Kemal dosyayı okumaya başlayalı on beş dakika olmuş. Demek en uzun öyküyü seçmiş. Hangisiydi acaba en uzun olanı, hatırlamaya çalıştım. Yok, hatırlayamıyordum. Yavaşça, çok yavaşça çevirdim başımı, baktım. Kollarını masaya, başını da kollarına dayamış, okuyor. Dikkatle.

Pencereye dönüp, dışarı baktım yine.

Eminönü'nün hamalı, erkeği bol sokağından, el arabasına tepeleme kumaş topları yüklemiş bir adam geçti. Bir adam, bir adam daha. Hiç kadın geçmez mi bu sokaktan? Bir oyun oynasam, desem ki, penceremin altından on kadın geçerse, kitabım basılacak. Yok, on kadın fazla! Yedi kadın yeterli! Haydi Kulin, haydi kızım, burası İstanbul, yedi kadın da geçer, on yedi kadın da! Kalbim küt küt atmaya başladı... Ah Tanrım, işte bir kadın! *Cumhuriyet* gazetesine gidiyor olmalı, omzunda bir fotoğraf makinesi sallanıyor. Ha gayret bir tane daha; göbekli bir erkek çocuğunu elinden tutmuş, çekeleyerek yürüyen bir anne; bir tane de koca kıçlı, emprime elbiseli... ha gayret.

Kurudu kadınlar, geçmez oldular. Eyvah! işyerlerinin kapanmasına daha çok var. Keşke başlatmasaydım bu oyunu! Olacağı varken olmazsa eğer işim, suç bende. Ne diye böyle aptal şeylere takılırım! Ah, o ne! Öğrenciler döküldü karşı kaldırımdaki okuldan. Ekose eteklikli kızlar üçer-beşer geçiyorlar penceremin altından. Biri karşıya geçip, simitçiden simit aldı. Darıya üşüşen kuşlar gibi toplandı diğerleri de simitçinin başına. Saydım, tam sekiz kız. Bir de çaprazındaki binadan çıkan kadınlar... Ohoooo!

Usulca dönüp baktım Mustafa Kemal'e. Okuyor. Yarım saat dolmuş çoktan. Dizlerim kesilir gibi oldu. Bayılacağım galiba. Gidip yavaşça yerime ilişsem? Yok, kıpırdamayacağım, bozulmasın büyü.

Kapı vuruldu. Hay Allah kahretsin!

Mustafa Kemal kaldırmadı kafasını dosyadan.

Bir daha vuruldu kapı ve hemen açıldı. Edebiyatçı bir karı-koca; kadın şair, erkek yazar, önce kapıdan kafalarını uzattılar, aradıkları kişiyi görünce içeri girdiler.

Mustafa Kemal nihayet kaldırdı başını kitaptan, "Buyurun, buyurun," dedi.

"Biraz geciktik. Trafik yoğundu," dedi kadın şair.

"Ayşe sen tanışıyor musun..."

Hemen atıldım;

"Elbette. Tanışmadık ama tanımaz olur muyum," dedim, içimdense, "Tam da gelecek zamanı buldunuz!"

"Ayşe benim çocukluk arkadaşım," dedi Mustafa Kemal, "öyle anlaşılıyor ki, yakında o da tanınacak bu cenahta. Öykülerini okuyordum. Çok beğendim."

"Doğru mu söylüyorsun?" diye atıldım.

"Evet. Beklemiyordum doğrusu."

Neden beklemiyordun? Neyim eksik ki beklemiyordun? İyi öykü yazmak için erkek mi olmalıydım. Tomris mesela, erkek mi? Pınar erkek mi? Ya Füruzan? Bu şıkkı geçelim o halde, edebiyatçı çevreden bir kocam veya bir sevgilim mi olması gerekiyordu, beklentiyi yükseltmek için? Ha, pardon, erkek değil ama devrimci olmam gerekiyordu, elbette. Tutuklanmış, içerde yatmışsam daha da iyi. Öyle zengin kocaların karılarına ya da zengin babaların kızlarına yazarlık yakışmaz. Ayın sonunu zor getiren babamın görüntüsü ve duruşu, bir prensi andırıyorsa bunda benim hiç suçum yok! Ona genlerini aktaran anasını babasını suçlayın! Zengin kocalardan da beş kuruşluk nasiplendimse, iki gözüm önüme aksın! Ne kat, ne yat ne de nafaka! Ben kendi geçimini eşek gibi çalışarak kendisi sağlayan bir vatandaşım da, kendimi acındırmam şart mı? Bu ne biçim bir mahalle baskısı be? Tüm bunları söyleyebilirdim, içimi dökebilirim Mustafa Kemal'e ama odada başkaları vardı ve ben yazdıklarımı beğendiğini söyleyen bu adama nankörlük etmemeliydim. Şansımı zorlamamalıydım.

* * *

"Yani... Şey mi diyorsun... Basacak mısın?"

"Editörüme de okutacağım. Sana haber veririm."

"Ya o beğenmezse?"

“Beğenmezse nedenlerini söyler, sen de ona göre düzeltmeler yaparsın.”

“Ben kaçayım o halde şimdi.”

“Kaç bakalım. Ama önce numaranı bırak ki sana ulaşabileyim,” dedi Mustafa Kemal.

“Ne zaman ararsın?”

“Bir-iki güne kadar.”

Ev telefonumu, iş telefonumu ve adresimi yazıp bıraktım. Çıktım odadan. Merdivenlerde uçmuş olmalıydım, kendimi sokakta buldum. Ayakların yerden kesilmesi böyle bir şey demek ki, ben gidiyordum ama kaldırıma basmadan. İki karış havada yürüyordum sanki. Kanatsız bir kuş gibi! İşe dönmedim. Eve de gitmedim. Bu haberi ilk babama vermek üzere arabamı Edirnekapı Mezarlığı'na sürdüm. Babamın üzerinde minik mor çiçekler açmıştı.

O gün akşam yemeği için anneme gittiğimde, anneannem de oradaydı. Salonda başköşede, her zamanki yerinde oturuyordu.

“Size bir müjdem var,” diye bağırdım kapıdan girer girmez, “nihayet kitabım basılıyor!”

“Ne kitabı?” dedi anneannem.

“Hani hep yazıyorum ya... Basılıyor işte!”

Annem mutfaktan seslendi, “Anlamadım, ne basılıyormuş?”

Benim yerime anneannem yanıtladı:

“Hayal kızım, hayal! Hani bir şeyler yazıyordu ya, yine hayal etmiş işte, çocuk!”

HAYAL!

Ah anneanne!

Bu evrende varoluş nedenim olduğuna inandığım tek becerimin adı, oldu hayal!

Ve yıllardır yazdığım onca öykü, deneme hatta bir kısa romanın toplamı, bir şeyler! Bendeniz de, kırk iki yaşındaki çocuk! Dev çocuk!

Ağlasam mı, gülsem mi? O an hissettiklerimi asla unutamadığım için, bu kitabın adını *Hayal* koydum.

Güneşe Dön Yüzünü 1984

Bir-iki gün geçti. Umutla bekledim. Bir hafta geçti. Sabırla bekledim. On gün geçti, umudum kırık bekledim. Sonunda dayanamadım, çevirdim telefonu. Dıırt dıırt dıırt! Mustafa Kemal telefonuma yanıt vermiyor, kaçıyor benden desem, nereden bilecek benim aradığımı. O zamanlar böyle cep telefonu filan yok, insanın adını anında açık eden, hatta yüzünü gösteren. Telefon dediğin, ütü büyüklüğünde kocaman siyah bir alet, lök gibi masanın üzerinde durur. Kapı zili gibi çalar.

Birkaç gün daha bekledikten sonra, her şeyi göze alıp, öğlen tatilinde gittim YAZKO'ya. Öldürecek değiller ya beni. Ben de öldürecek değilim kimseyi, basmayacaklarsa, kapıyı çarpar çıkarım alt tarafı.

Gittiğimde, çarpacağım daire kapısı aralıktı, süzüldüm içeri. Doğru Mustafa Kemal'in odasına yürüdüm. Bu kapı kapalıydı, tıklatıp daldım odaya.

Aaaa! Mustafa Kemal'in yerine bir başka adam kurulmuş.

"Mustafa Kemal'i... Beyi aramıştım da..."

"Yoklar," dedi adam.

"Ne zaman gelir?"

"Gelmez."

"Ha! Bir yere mi gitti? Yolculuğa mı çıktı?"

"İstifa etti."

Yine bir "Aaaa!" çıktı benden ve kapıya en yakın duran iskemleye yığıldım.

"Neden aramıştınız kendisini?"

"Kitabımı basacaktı," dedim ama sesim duyulmadı. Sesim beni bırakıp gitmiş. Ne zaman lazım olsa gider zaten, Allah'ın cezası ses! Öksürdüm, boğazımı temizlemek için.

"Adım Ayşe Kulin," dedim, "ben öykülerimi vermiştim de, o demişti ki... öyküler iyi demişti."

Adamın güçlü sesi benim cılız, ürkek sesimin üzerine düştü.

"Sizin bizde bir kitabınız var, basılacak. Öyle değil mi?"

Baktım yüzüne. Mavi gözleri var. Bunun da mı hain mavi gözleri var? Yoksa bana mı öyle geliyor?

"Kendimi tanıtayım. Erol Toy ben."

Ben biliyordum bu adı! İmparator diye bir kitabı vardı, Vehbi Koç'un hayatını anlattığı... Başka kitapları da vardı... Adam ayağa kalkmış, elini uzatıyordu bana. Kalktım yığıldığım sandalyeden, elini sıkıp, masanın yanındaki koltuğa oturdum bu sefer, geçen geldiğimde oturduğum eski yerime.

"Ayşe Hanım, kitabınızı, bir önceki yönetimin basılacaklar listesinde gördüm, ama bazı sorunlar var."

"Şey, Mustafa Kemal niye istifa etti, öğrenebilir miyim mümkünse?"

"YAZKO zor durumda, biliyorsunuz (hiç bilmiyordum), düze çıkarılması için neler yapılması gerektiği konusunda diğer üyelerle fikir ayrılığına düştü, kendi arzusuyla çekildi."

"Bundan böyle kitap basmayacak mısınız?"

"Programlanmış birkaç kitap var, sizinkinin de aralarında olduğu. Onları basacağız basmasına da..."

Bir sessizlik oldu. Konuşmasını bekledim. Sessizlik uzadı.

"Vazgeçtiniz basmaktan, öyle mi?" dedim.

"Vazgeçmedik."

"Basılacak yani?"
"Yardımcı olursanız, evet."
"Nasıl yardımcı olabilirim ki?"
"Dedim ya, YAZKO büyük sıkıntı içinde... Kâğıdınızı kendiniz alırsanız..."
"Pardon?"
Bir kere daha söyledi.
"Kaç para bu kâğıt?"
"Üçüncü hamur, değil mi?"
Börek hamuru olsa bileceğim de, ne bileyim ben kâğıttaki hamuru? Bilgisizliğimi belli etmemek için, ses etmeden bekledim. Bir hesaplar yaptı. Bir rakam söyledi.
"Düşüneyim," dedim.
"Düşünün, haber verin. Ama kitabın hemen basılmasını istiyorsanız bir an önce karar verin. Sıraya girin yani."
"Ne sırası?"

"Basım sırası. Kitabın adı belli mi?"

"Değil."

"Kapağı?"

Şaşkın şaşkın baktım yüzüne. Anladı, akıllı adam!

"Bu sizin ilk kitabınız mı olacak?"

"Evet."

"İçinde bulunduğumuz şartlardan dolayı kapağı siz yaptıracaksınız. Önce adını kararlaştırın. Bakın, size bir yol göstereyim, öykülerden birinin adını kitabın adı olarak seçin. O öyküyü başa alırız."

"Ne zaman getireyim?"

"En kısa zamanda hazır edin. Daha kapak hazırlanacak, edecek..."

Erol Toy ayağa kalkıp elini uzattı. Bu herhalde artık çık git, benim başka işlerim var, demekti. Ben de kalktım.

"Parayı yarın getirebilir misiniz?"

"Hangi parayı?"

"Kâğıt parasını işte."

"Ben çalışıyorum," dedim, "cumartesiden önce gelemem. Hem hazırda param da yok. Önce parayı bulmam lazım."

"Kitabınızı bastıracaksanız acele edin, yok bastırmaktan vazgeçecek olursanız haber verin lütfen."

Vazgeçmek mi? Her şeyden vazgeçerdim, kitabımı bastırmaktan asla! Anneanne, dayı, teyze el açıp dolaşsa mıydım, yoksa işyerinden avans mı isteseydim?

Ne gerekiyorsa yapacaktım, yeter ki kitabımı elimde tutayım. Bana para kazandırmasa da olur. Para umurumda değildi. Zaten iyi ki umurumda değilmiş, bir de para kazanamamış olmanın ezikliğiyle uğraşmadım sonradan.

Çıktım YAZKO'dan. *Cumhuriyet* gazetesinin önünden yürüyüp caddeye vardım, dolmuşların kalktığı yöne yürürken parayı nereden bulacağımdan çok, kapağı nasıl kotaracağımı düşünüyordum. Çalıştığım şirketin reklam gerektiren işleriyle zaten ben uğraşıyordum. Birçok grafiker tanıyordum bu sayede. Aralarından biri bir kapak çiziverirdi bana, yeter ki ben kitabın adını belirleyeyim.

Dolmuş sırasında beklerken bir an önce eve varıp bugün yaşadıklarımı babama aktarmak istedim; akıl danışayım, kitabın ismini seçelim, kâğıt parasını nasıl temin edeceğimi konuşalım. Sıra nihayet bana geldi, şoförün yanında oturmayı tercih ederdim ama benim önümdeki orayı kapınca, ben de arka tarafa, pencere kenarına oturdum, Taksim'e doğru yola düzüldük ve dank etti; babam yok!

Babam öleli neredeyse bir yıla yaklaşıyordu ama jeton bir türlü düşmüyordu bende. İnatla o hayattaymış gibi davranıyordum. Öyle yaparsam sanki geri gelecekti. Neyse, ben isim bulmalıydım, şimdi! Yüzümün sol tarafına sabah güneşi vuruyordu. Kıpırdanıp duruyordum. Şoför aynadan gördü herhalde huzursuzluğumu, artık her ne düşündüyse;

"Rahat değil misiniz siz orada?" diye sordu.

"Rahatım," dedim, "yüzüme güneş vuruyor da... Yapacak bir şey yok."

"Tamam o zaman."

Yanımda oturan yaşlı bey kızgın bir bakış attı şoföre ama sesini çıkarmadı. Ben gözlerim kapalı, kıpraşmadan oturmaya çalışırken, birden aklıma geldi, öykülerimden birinde yedi-sekiz yaşlarındayken babamla yaşadığım bir olayı anlatmış, öykünün adını da "Güneşe Dön Yüzünü" koymuştum. Al işte, kitabın adı! Kapağa da yüzünü güneşe dönmüş, saçları örgülü bir kız çocuğu çizdirirdim. Babam yine yetişmişti imdada!

Kâğıt parasını dayımdan aldım. Cumartesi günü YAZKO'daydım. Yanıma bir genç çocuk kattılar, o önde ben peşinde, koşar adım Cağaloğlu'ndan Gülhane yönüne giden yollara saptık, bir sağ bir sol, yine sol, sonra sağ ve demir bir kapıdan, mahzene girer gibi eğilerek girdik.

"Siz bekleyin," dedi çocuk. Parayı aldı gitti. Ben Kırk Haramilerin inine girmişim gibi tedirgin bekledim. Ya geri gelmezse diye düşündüm, ya ötede bir yerde bir başka kapı varsa mesela, paramı alıp oradan sıvışmışsa, ben ne yaparım. Çocuk yaklaşık yirmi dakika sonra, kucağında zor taşıdığı paketlenmiş birkaç top kâğıtla geldi.

"Bu kâğıtlar çok büyük ama," dedim.

"Kesilecek onlar," dedi bana bir şey öğretmenin gururu içinde.

Sus be kadın, cehaletini belli etmesene! YAZKO'ya dönene kadar ağzımı açmamaya karar verdim ama YAZKO'ya dönmedik. Bir başka mahzene uğrayıp kâğıtları bıraktık. Cağaloğlu'nda ne kadar çok işyeri varmış birkaç merdivenle yer altına inen. Sonra çocuk, "Tamam abla," dedi.

Bana genç çocuklar abla diye hitap ediyorlardı o yıllarda, henüz teyzeye terfi etmemiştim.

"Ne tamam?"

"Yani, malı yerine teslim ettik. Ben buradan ayrılayım. Sen de evine dön."

"Sen nereye istersen oraya git de ben eve değil, YAZKO'ya dönüyorum," dedim, malı teslim ettiğimiz yerin kapı numarasını ezberime almaya çalışırken.

Kâğıdın parasını ben ödediğime göre, bir-iki soru sorma hakkımın doğduğunu düşünüyordum. YAZKO'ya döndüm, Erol Toy'un karşısına yerleştim ve kâğıtları teslim ettiğimiz adresi bildirdim.

"İyi işte, orada basılacak kitap," dedi, "dizdirme işi bitince, basılacak. Siz de kapağı bir an önce getirin."

"Kaç adet basacaksınız?"

"Bin."

"Ben yüzde on mu alacağım?"

Erol Toy, o anda çalan telefona yanıt verdiği için beni cevaplayamadı. Konuşması ise uzadıkça uzadı. "Boş ver, dedim içimden," kâğıt parası olmayan adam, bana yüzde ödeyecek değil herhalde! Yıllardan beri bu anı beklemiyor muydum ben? İşte basılıyordu ilk kitabım. Yeter ki bir arıza çıkmadan basılsın, para kazanmasam da olur. Aklıma kötü şeyler getirmemeliydim! Kötü düşünceler kötülük çekerdi. Ben artık sadece iyilik istiyordum hayatımda.

Konuşması süren Erol Toy'a elimle bir veda işareti çaktım ve çıktım odasından. O hâlâ telefondaydı, zavallı adam, yine kimlerden nerelerden para bulmak için.

Güneşe Dön Yüzünü adını verdiğim öykü kitabımın kapağını, birlikte çalıştığımız grafikerlere yaptırmak istemedim. Onlar ülkenin isim yapmış insanlarıydı. Zamanları da çizimleri gibi kıymetliydi. Bir arkadaşımın, bu alanda henüz hiç tanınmamış bir yakını hazırladı kapağı. Bir hafta içinde, beyaz zemin üzerine biri mavi, diğeri kahverengiyle çizilmiş iki eskiz koydu önüme: Bir bahçe çitinin üzerine, yüzünü güneşe dönerek oturmuş küçük bir kız çocuğunun resmi. Ben iki renkten birini seçecektim. Eskizleri eve götürüp anneme gösterdim.

"Bu hangi fotoğrafındı senin, niye bende yok bundan?" diye sordu annem, "Baban mı çekmişti bu resmi?"

"Bu ben değilim ki anne."

"Sen değilsen kim bu?"

"Hayali bir resim bu."

"Ama senin de o yaşlarda tıpkı böyle bir elbisen vardı, karpuz kollu."

"Anneciğim, o yıllarda bütün kız çocuklarının elbiseleri karpuz kolluydu."

"Vallahi senin fotoğrafına bakarak çizdi sandım, kimse çizen."

Kapak, bizim evde sevildi ve tutuldu. Daha masalımsı bir görüntü verdiği için, bizim şeytan üçgeni, yani annem, anneannem ve ben, mavi eskizi seçtik.

Ertesi gün işten çıkınca YAZKO'ya, kapağı teslim etmeye koştum. Erol Toy yerinde yoktu. Bir not yazıp, kapakla birlikte masasının üzerine koydum. Eve varınca kapağın eline geçtiğinden emin olmak için telefon ettim, telefonu cevap vermedi. İki gün boyunca telefonu hiç cevap vermedi Erol Bey'in. İkinci gecenin sonunda, ertesi gün YAZKO'ya gitmeye karar vererek girdim yatağa. Sabah evden çıkmak üzereyken, erkenden çaldı telefon. Açtım, hatta Erol Toy.

"Ben de sizi merak ediyordum," dedim, "telefonlarınız yanıt vermiyordu."

"Çünkü telefonlarımız kesik."

"Yaaa!"

"Bize yardımcı olabilir misiniz sayın Kulin?"

Sayın olmam durumu kurtaramıyor ne yazık ki, diye düşündüm, sayın değil, ekselansları da deseniz bana, boş gayret, çünkü bende de para yok!

"Ben ne yapabilirim ki?"

"Sizin çevreniz var. Tek bir telefonu açtırabilsek, borçluların peşini bırakmayacağım ama..."

O anlatıyordu. Çaresizdi. Kıvranıyordu. YAZKO'da kitapları yayınlanan yazarlardan para bulma ümidini tamamen kaybetmiş olmalı ki, kitabı henüz yayınlanmamış bir başka çulsuzun çevresine kalmıştı işi. Acaba kitabı basmak için bana baskı mı yapıyor diye düşündüm. Yardımcı olmazsam, basmaktan vaz mı geçecek? Sorsa mıydım acaba? Bu düşünceyi aklımdan hemen kovdum. Adam bana böyle bir şey söylemiyordu. Çare arıyordu sadece. Acıdım. Sıkıntıya düşmüş insanlara gerçekten üzülürüm her zaman. Yardımcı olmaya çalıştım. Acaba satılacak bir şeyleri yok muydu. Kitaptan başka neleri olabilirdi ki? YAZKO'nun rafları satılamamış kitaplarla doluydu.

Aklıma bir fikir geldi. Beni bir saat sonra aramasını söyledim. O sırada bir bankanın yöneticisi miydi yoksa sahibi mi olmuştu, şu anda hatırlayamıyorum, Erol Aksoy'a telefon ettim. Acaba banka çalışanlarına dağıtmak üzere birkaç koli kitabı maliyetine satın almak istemez miydi? Önümüzde bayram vardı, koliden çıkacak sürüyle çocuk kitabını, çocukları olan elemanlara dağıtırdı, romanları kadın çalışanlara, erkek işçilerin eşlerine verirdi. Güzel bir kültürel etkinlik başlatmış olurdu. Sordu, kendini geliştirme kitapları da var mıydı?

Kendini geliştirme kitapları mı? O da nesi?

1980'lerin başında ülke insanı Amerikalı yazarların kişisel gelişim kitaplarını okumadan gelişmekteydi.

"Boş ver kişisel gelişimi," dedim, "edebiyat okusunlar."

Belki hayat standartları değil ama dünyaya bakış açıları gelişirdi kitap okuyarak.

Uzun uzadıya tartıştık.

"Haydi ama Erol, koca bir bankaya hiçbir şey ifade etmeyen küçük bir miktar karşılığında, bir kültür kurumu kurtulacak..."

İçimden, "Pardon, kurumun telefonları kurtulacak," diye doğruladım.

Sonunda ikna oldu Erol, "Yollat kolileri," dedi.

Akşamüstü beni arayan Erol Toy'a müjdeyi verdim. Sonra usulca sordum, benim kitabın kapağını görmüş müydü, beğenmiş miydi? Bir sessizlik oldu, sonra,

"Evet," dedi Erol Toy.

* * *

Mustafa Kemal'i bulmak ve ona Erol Toy nasıl biridir, güvenilir midir diye sormak istiyordum ama onun bendeki tek telefonu

YAZKO'ya ait olandı. Bu nedenle ne arkadaşıma ulaşabiliyor ne de Erol Toy hakkında danışabiliyordum. Böylece, bana düşen şimdi oturup beklemekti. Umudumu kesmeyerek beklemek. Öyle yaptım! Herhangi bir şeyi, hele biraz da umutsuzca bekliyorsanız, beklemek zordur. Allah'tan bu bekleyiş sırasında, Betûl Mardin ile Asil Nadir'in Kıbrıs'taki şirketlerinin durumunu incelemek için Kıbrıs'a gidip geldik. Paketleme atölyesini, meyve suyu fabrikaları ile İngiltere'deki Marks & Spencer's firmasına dikim yapan işyerlerini gezdik.

Ben Kıbrıs'a ilk kez, 1970'li yılların başında, Kıbrıs henüz bölünmeden önce gitmiştim. Bunca yıl sonra, adayı yeniden göreceğim için heyecanlıydım ama içimin sürekli pır pır etmesinin asıl nedeni, aklımdan çıkmayan kitabımdı. Dönüşte ne zaman piyasaya çıkacağına dair bir haber alır mıydım acaba? Baskı ne kadar sürerdi, hiçbir fikrim yoktu.

Kıbrıs'a ayak basmamızla birlikte, Betûl'ün yüzünden kalbimin pırpırı filan kalmadı. Halka ilişkiler mesleğinin ABC'sini, işte bu yolculukta öğrendim.

Betûl Mardin, PR yetiştirmek üzere yanına kattığı insanları eğer büker, tornadan geçirir ve hiç hissettirmeden eğitirmiş meğer!

Aynı şeyi bana da yaptı.

Uçaktan indik, bizi karşılamaya gelen arabaya kurulduk. Yol üzerindeki atölyeye uğradıktan sonra, Girne'deki otelimize gidecektik. Yolculuk öncesinde bana, "Yanında bir defter ve kalem bulunsun," demişti. Araba yola koyulur koyulmaz;

"Kalemini defterini çıkart," buyurdu, "yolda gördüğün eksiklikleri notunu al!"

Pencereden dışarı bakıyordum, pürdikkat. Pastoral bir manzara, zeytin ağaçları, tek katlı kasaba evleri, mevsime rağmen muhteşem bir güneş... Ne eksikti ki, not alayım?

"Not almıyorsun!"

"Eksik saptamadım da ondan. Harika bir manzara, yol güzel."

"Biz nereye gidiyoruz?"

"Giysi fabrikasına."

"Bir eksik yok mu?"

"Yok."

"İyi düşün."

Düşündüm, "Trafik İngiltere'de olduğu gibi ters yönden akıyor," dedim.

"Bu eksiklik değil."

"Başka bir şey bulamadım."

"Yolda bir tane olsun fabrikayı işaret eden tabela gördün mü?"

"Görmedim galiba."

"Görmedin çünkü yok! Kıbrıs dışından gelip fabrikayı görmek isteyecek yabancılar için, bu büyük bir eksiklik."

"Haklısın."

Hemen not aldım.

"Fabrikaya yaklaşınca dikkat kesil. Binanın durumuna bak, binanın sıvaları dökülmüş mü, bahçesi varsa bakımlı mı, bahçe kapısı paslı mı, değil mi? Tabelası eski mi, yeni mi? Firmayı belirleyen bir bayrağı, flaması var mı? Binanın içinde çok sıkı bir gözlem yapmalısın. Eşyaların temizliği, eskiliği... Bizi karşılayan personelin kılık kıyafeti, davranışları nasıl? Nazik ve güler yüzlüler mi? Tanıtım broşürleri var mı, varsa yeterli mi ve hangi dillerde?"

O konuştukça ben not alıyordum. Sonradan işyerlerini gezdikçe, eksikleri onun notlarına bakarak saptadım.

Yolculuk bittiğinde işimin püf noktalarını kavramış, altı ay sonra Betûl'ün en gözde yardımcılarından biri olmuştum. Marifet bende değil, ondaydı. Benim gibi dikkati dağınık birini dahi eğitmeyi başarmıştı hocaların hocası!

Kıbrıs yolculuğu bir haftadan fazla sürmüştü. İstanbul'a döndük. Ofiste işler birikmişti. Önümüzde, Asil Nadir'in büyük yatırımcılarını ağırlayacağı ziyaretin ayrıntılı programı ve *Dünya* gazetesi için ayırmam gereken zaman vardı. Baskıya verildiği söylenen kitabım ara sıra aklıma düşmüyor değildi ama o kadar yoğun çalışıyorduk ki, telefon edecek vakti bile bulamıyordum Erol Toy'a.

Ekim ayına girmiştik galiba, bir gün masamın üzerindeki telefon çaldı. Karşımda oturan Nil, uzanıp açtı.

"Erol Toy arıyor," dedi.

Telefonu Nil'in elinden almadan, derin bir nefes çektim içime.

"Buyurun Erol Bey."

"Ayşe, kitabınız hazır. Dağıtıma verdim, sizin için de birkaç kitap ayırdım..."

Lafını bitirmesine fırsat vermedim.

"Öğlen tatilinde oradayım."

Kapattım telefonu.

"Metin filan, Çin lokantasına gidecektik hani?" dedi Nil.

"Kitap çıktı!"

"Ne kitabı?"

"Benim kitap. *Güneşe Dön Yüzünü.*"

"Aaaa! Hayırlı olsun! Bak isterim bir tane."

"Ben çıkıyorum," dedim.

"Daha öğlen olmadı ki..."

"Ancak giderim."

Taksim'de Eminönü dolmuşlarının kalktığı yere, yürümedim, uçtum. Dolmuş çabuk kalksın diye yolcu bekleyen üç boş yerin de parasını ödeyip kaldırdım dolmuşu.

"Kızım, bari taksiye bineydin," dedi arkada tek başına oturan yaşlı adam.

Haklıydı ama, insanlarla omuz omuza, onların aralarında konuştuklarına kulak kabartarak, hayata dokunarak gitmenin ince bir keyfi vardı. İstanbul'da yaşamakta olan orta ve bir alt sınıfa karışıp çalışan gayretkeş, çilekeş vatandaşlarla, onlardan biri olmanın verdiği o tuhaf dayanışma duygusu içinde, bir arabada birlikte çalkalanmanın, trafiğin keşmekeşine birlikte dayanmanın, açıkgöz sürücülere birlikte kızmanın, hiç tanışmadığın kişilerle bir yolculuk boyu kader birliği etmenin sıcaklığını hissetmeyi severim çok. Yalnızlık duygumu alır.

Eminönü'nde inip, Cağaloğlu yokuşunu bir nefeste çıktım. YAZKO'nun sokağına saptığımda kalbim küt küt atıyordu.

Ana kapı... Merdivenler... Daire kapısı yine her zamanki gibi aralıktı... İttim, içeri girdim, tık tıklamak filan yok, daldım Erol Toy'un odasına.

Masasının üzerinde üst üste duruyordu kitaplarım. Hiçbir şey söylemeden elimi en üstte durana uzattım, dokundum kitabıma.

Mete doğduğunda ben baygındım, sonradan doğan çocuklarım gibi, kucağıma verememişlerdi onu. Gözlerimi odamda açmış, yirmi dakikadan beri yanımdaki beşikte yatan oğluma elimi uzatmış, incitmekten korkarak, usulca dokunmuştum. Bir mucizeyi gerçekleştirmiş olmanın, dünyaya bir insan getirmenin gururuyla, bu bebeğin sırtıma yüklediği sorumluluğun ağırlığıyla, biraz korku ama inanılmaz, dayanılmaz bir sevinçle dokunmuştum. Kalbim, sanki çocuğuma dokunan parmağımın ucunda atmıştı bir süre.

Çok benzeri duygularla uzattım elimi, doğumunu çok uzun zamandır beklediğim bu yeni çocuğuma, hayallerimin, duygularımın ürününe, mucizeme.

Sonra kavradım kitabı, aldım bir süre de elimde tuttum; fırından yeni çıkmış, sıcak bir ekmek tutar gibi, keyifle ama elim yanarak. Burnuma götürüp kokladım. Mis! Sonra oturdum Erol Toy'un karşısında duran sandalyeye ve başlığı okudum:

GÜNEŞE DÖN YÜZÜNÜ.

Sonra kapağını açtım, iç kapağı okudum.

Güneşe Dön Yüzünü.

Tanrım! Yanlış yazılmış! Büyük harflerle, YÜZÜNÜ değil YÛZÜNÜ yazıyor, iç kapakta. Heceledim yavaşça. Yû-zü-nü.

Erol Toy'a baktım. O önündeki kâğıtlardan kaldırmadı gözlerini. Bir daha okudum, bu kez daha yüksek sesle: "Güneşe Dön Yûzünü."

"Ne bu?" dedi.

"İç kapak," dedim.

Tek kaşı havaya kalktı, bir şey söylemedi.

İlk sayfayı açtım, okudum. Bir sayfa daha çevirdim, ilk öykünün adını okudum bu kez. BOZKIRDA SUSUZ BÜYÜR ÇİÇEAK. Aaa, yeter ama!

İlk sayfada yedi adet imla yanlışı buldum. İkinci sayfada on adet. Okumaya devam ettim. Bir ara okuduğum hikâye, anlamını tamamen kaybetti. Aman Allahım, bir başka hikâyeden bir bölüm okumaktaydım. On beş satır sonra yine birinci hikâye başladı. Demin kitabıma ilk kez dokunan parmağımı, araya karışmış paragrafın üzerinde tutarak, Erol Toy'a uzattım kitabı.

Aldı, baktı.

"Ayşe... Şey... Başka yerlerde de olmuş bu durum. Sen gelmeden önce karıştırıyordum kitabı, ben de gördüm. Soruşturdum tabii. Dizgiden alıp matbaaya götürürken ayağı takılmış bizim oğlanın, düşmüş. Elindeki kalıp da düşmüş tabii, saçılmış kaldırıma. Sonra harfleri toplayıp, rasgele yerleştirmiş anlaşılan... Fırça çektim kerataya. Yani biraz karışıklık olmuş ama anlaşıyor yine de hikâyeler."

Sanırım bir damla yaş, göz pınarımdan ipini koparıp yanağıma süzüldü.

"Aaa, ağlama ama. Buna ağlanır mı? Bak, basılmış kitabın, işte. Çok da güzel olmuş. Kapağı sevdim. Ağlamasanıza... Ağlama ama."

O bana bir sen, bir siz takılarıyla ne yapacağını bilemeden konuşadururken, ben ağlamıyordum. Sadece yaşlar iniyordu yüzüme. Benim söyleyemediklerimi, bağıramadıklarımı dile getirircesine art arda dökülüyordu yaşlar. Tanrım, niye zırlıyorum ben elinde kitabımı evirip çeviren bu adamın karşısında.

Yaşları elimin tersiyle silip, kalktım.

"İşe dönmeliyim," dedim. Kapıdan çıkarken seslendi:

"Kitaplarını almayacak mısın?" Elindeki kitabı uzatıyordu.

Önce kapıyı vurup çıkmak geldi içimden ama bir an sonra, kapı tam kapanırken, elimi soktum kapı ile pervazın arasına, parmaklarım sıkışmaktan kıl payı kurtuldu. Özürlü doğan çocuğuna sahip çıkmak istemeyen hain ana durumuna düşmeyecektim. O benim kitabımdı. Masada duran diğerleri de öyle. İçeri girdim, hem Erol Toy'un elindekini hem de masada duranları toparladım, tam çıkarken,

"Çok üzgünüm Ayşe," dedi, "keşke imkânlar elvereydi de..."

Çıktım.

İbrahim Paşa Konağı'nın hemen arkasında babaannemin konağı vardı. Babacığımın büyüdüğü ev. Ben oraya gideyim, diye geçirdim içimden, babama çok ihtiyacım var, hem de gözyaşlarımdan dolayı rimellerim akmıştır şimdi, yüzümü yıkarım. Halam bana bir bardak su ve bir avuç teselli verir. Her duruma uygun sözleri vardır onun, insanın içine su serpen.

Adliyeye doğru inen yokuşta hızlı hızlı yürüyordum ki yaşlar yine boşanmaya başladı gözlerimden. Artık Erol Toy'un karşısında olmadığıma göre, sıkmadım kendimi. Bu semtin sokaklarında nedense hep telaşla koşuşturan insanların arasında, burnumu

çeke çeke yürürken, birdenbire, biri kollarını yanlara açıp önüme çıkarak durdurdu beni.

"Ayşe! Hayrola, ne oldu?"

Genç bir adamdı, kesin tanıyordum ama kimdi, çıkaramıyordum. Adını sormaya da utanıyordum. Şimdi desem ki ona, kibirli, ukala filan değilim, bir özrüm var, simalar aklımda kalmıyor. Bu yüzden yaptığım gafları, çektiğim eziyetleri, hatta evdekilerden işittiğim azarları anlatsam, kızacağına, acırsın bana...

"Yok bir şey."

"Ağlıyorsun ama."

"Ağlıyor muyum? Yok canım, niye ağlayayım!"

"Gel, oturalım şurada bir yerde, bir çay iç, kendine gel."

"Yok, yok. Ben halama gidiyordum..."

"Halanı mı kaybettin?"

"Hayır, hayır. Bir şeye canım sıkıldı da... bir şey oldu yani."

"Benim de bir davam vardı, adliyenin parkında yer yoktu."

Bu adam bir avukat olmalı. Tabii yaa, Turgut muydu, neydi adı? Yan yana yürümeye başladık.

"Yapabileceğim bir şey var mı?" diye sordu, "Biliyorsun, ben avukatım."

"Kitabım basılmıştı... Şimdi, az evvel geçti elime. O kadar çok yanlış var ki, ona üzüldüm. Bak, iç kapaktaki isim bile yanlış yazılmış." Gösterdim.

"Yeniden bassınlar o halde."

"Basarlar mı?"

"Hatalı bastılarsa, basmaları lazım. Onlar prestij kaybeder, sen değil. Kim bastı?"

"YAZKO."

"Haa!"

"Ne oldu?"

"Yahu, onlar batmadı mı? YAZKO batıyor diye duydum. Birçok yazar parasını alamadı da oradan. Bana gelenler var aralarında."

"Zor durumda olduklarını biliyorum da..."

"Gel, gidelim, bakalım ne yapabiliyoruz."

"Boş ver," dedim.

"Hani yerleri şuracıkta olmasa... Ama yakın çok. Gel, gidip konuşalım."

Geri döndük, yokuşu Divanyolu'na doğru çıkmaya başladık. Yolda birkaç şey sordu bana adının hâlâ ne olduğunu bilmediğim avukat arkadaşım. Kaç adet basıldı, nasıl bir anlaşma imzaladım, vesaire. Sorularına yanıtım yoktu. Kitabımın basılmasını o kadar uzun bir zamandır ve o kadar çok istiyordum ki, ne para kazanmak umurumdaydı, ne kontrat imzalamak.

"Bir daha böyle bir işe kalkışmadan bana gel, sağlam bir anlaşma yapalım."

Bir daha mı? Bir daha kitap yazan ne olsun!

Beni yeniden karşısında görünce, "Bir şey mi unuttun?" dedi Erol Toy.

"Konuşmaya geldik," dedim.

Masasının yanında karşılıklı duran iki sandalyeye oturduk.

"Bendeniz bu sefer, Ayşe Kulin Hanım'ı temsil ediyorum," dedi, kitabımı elinde tutan avukat(ım).

"Hoş geldiniz Tayfun Bey kardeşim."

Demek bu muhitte tanıyorlardı avukatı. Bu adı hemen ezberle, hatta kafana kazı, bir daha da unutma, dedim kendi kendime.

"Buyurun. Sorun nedir?"

Tayfun avukat, konuşurken Erol Toy'un bir kaşı yine hafifçe havadaydı.

"Kitap, gördüğünüz gibi baştan aşağı yanlış dolu. Müvekkilim kitabın yeniden basılmasını talep ediyor," diye bitirdi konuşmasını, avukatım.

"Ayşe çok hızlı davranmış ama bu ne yazık ki mümkün değil."

"Bu durumda dava açmak zorunda kalacağız."

Erol Toy'un havadaki kaşı yerine dönerken, "Siz bilirsiniz," dedi sükûnetle.

Onlar aralarında konuşurlarken ben dikkatle dinliyordum konuşulanları. Mahkemeye gittiğim takdirde, bir süre sonra karşımda muhatap bulamayacağımı anlar gibiydim. Birden çok sıkıldım.

"Tayfun Bey, tamam," dedim, "çıkalım biz. Aramızda konuşalım, sonra bakarız."

"Üzgünüm. Çok üzgünüm Ayşe. Hakikaten büyük şanssızlık çocuğun dizgiyi düşürmesi," dedi Erol Toy, "ama oluyor böyle şeyler."

Çıktık. Ben yaralı kitaplarımı bağrıma basmış, önden yürüyordum. Tayfun yetişti, "İstersen dava açarım ama parası yok bunların. Batmışlar," dedi.

"Dava filan açmayın. Bu bana bir işaret," dedim.

"Ne işareti?"

"Mis gibi bir işin var, kitap senin neyine, diyor Allah bana. Bir daha kitap filan bastırmayacağım!"

Tuttum sözümü. Kitap bastırmayı silip attım kafamdan, tam on sene.

İşime döndüm. Omuzlarım çökmüş, gözümün ışığı sönmüş, bitmiş, enkaza dönmüşüm. Odama girer girmez, "Bu halin ne senin? Kötü bir şey mi oldu?" diye sordu Nil.

Elimdeki kitapları masama bırakırken başımla işaret ettim.

"Haydi gözün aydın! Basılmışlar işte!"

"Sen bir de içini gör. Bitmez tükenmez hataları, birbirine geçmiş öyküleri..."

Devam edemedim, dudaklarım titremeye başladı.

Nil kitapları incelerken bir yandan da söyleniyordu.

"Buna mı üzüldün böyle? Deli misin sen be, ben de anneannene bir şey oldu sandım!"

İrkildim, "Anneannem turp gibi, hamdolsun," dedim.

"Ne bileyim, suratının halini görünce, birine bir şey oldu sandım."

Haklıydı Nil, dünyada üzülecek şey mi yoktu! Geçtim yerime, günlük işlerimi yapmaya başladım ama kitabım aklımdan çıkmıyordu. Bir an unutur gibi oluyordum, işe dalıyordum, gözümün önünde, *Güneşe Dön Yüzünü* yazan iç kapak ve sonra da BOZKIRDA SUSUZ BÜYÜR ÇIÇEAK yazan ilk öykünün başlığı beliriyordu, ha gayret, önümdeki işe dönüyordum. Derken gözümün önünde değişik öykülerden iç içe geçmiş paragraflar, birlikte yazılmış de'ler, da'lar, boğazımda bir tıkaç, yüreğimde bir ağırlık, içimde bir sıkıntı...

Eve erkence gittim o gün. Bir kırmızı kalemle yanlışların altını çizerek, kitabı baştan sona okudum. Sayfaların tümü kıpkırmızı oldu. Yanlışı olmayan tek bir sayfa değil, neredeyse tek bir satır yoktu. Ne demişti bana anneannem, "Hayal işte," demişti. Bu hayal filan değil tam bir kâbustu, kâbus!

Yatakta başıma bir ağrı saplandı. Gece uyuyamadım. Sağa dön, sola dön, sabahı zor ettim. İşe her zamankinden de erken gittim o sabah. Gazete taramamı yaparken bir haber ilişti gözüme: Başbakan Özal, büyük bir heyetle Çin'e gidiyor. Yanında işadamlarını, gazetecileri ve elbette malum zevatı götürüyordu.

Dokuza doğru Nil geldi. Haberi gösterdim.

"Bizim patron da var mı işadamlarının arasında?" diye sordum.

"Sanmıyorum," dedi, "olsa Metin (Münir) söylerdi."

"Asil Bey bugün ofise uğrayacak mı acaba, ne dersin?"

"Bilmem. Neden sordun ki?"

"Bir şey danışacağım."

"Ne?"

"Saçımı kızıla boyasam mı diye soracaktım."

"Bana, 'Sana ne!' diyorsun. Dün kitap acısı yaşamasaydın, gösterirdim sana ben. Aksiliğin üstünde yine, matemin bitmemiş anlaşılan."

"Bitmedi. Biteceğe de benzemiyor. Hilkat garibesi doğurmuş gibiyim. İsyan içindeyim."

Sustuğum anda, utandım kendimden. Kitaptı bu, çocuk değil! Bir kitaba bu kadar önem vermeye, bu kadar üzülmeye değer miydi! Sapıtıyor muydum ben yoksa? Kim bilir, belki de!

Sapıtmak hakkımdı benim. İki kere boşanmış, hiçbir seferinde bunalıma girmemiş, bir klinikte tedavi görmemiş, tek bir gönül açıcı, moral düzeltici hap bile yutmamış, hatta teselli yolculuklarına dahi çıkarılmamıştım. Ah yavrum, vah yavrum, acılarını unutması için onu bir tebdili havaya yollayalım, dememiş ailemin anaç kadınları.

Anne tarafındaki aile tarihinde ilk boşanan bendim zaten. Baba tarafımda da sadece halam göstermiş kendini aldattığını öğrendiği kocasına, anında kapıyı ki, yıllardan 1935'tir ve o yüzden adı "çatlak"a çıkmış halamın. Eee, kılavuzu karga olanın... Ama bunca kılavuz arasında ben niye halayı seçmiştim, sorsalardı söylerdim. Evlilikler ve birliktelikler sevgi, saygı ve güven üzerine kurulur. Güven ve saygıyı yitirince, iki bacağını kaybeden masa çöker, işte bu yüzden boşanıyorum, derdim. Halam da böyle düşündüğü için, hemen boşanıp kocasını için için sevmeye devam etmişti. Kimseye laf ettirtmemişti, hep Ekrem Bey diye andığı eski kocası için. Ben aksi gibi, öyle için için de sevemem. Duygularım dışa dönüktür. Seviyorsam gösteririm, şapur şupur öperim, dokunurum, sarılırım örneğin. Aynı nedenle küs de duramam uzun süre. Ya hep ya hiç gibi bir ifrat durumu vardır bende! Ve şu hale bakın ki, karşımda ruh hali gün boyu gökyüzünün rengiyle birlikte değişen, çoğu zaman çok karamsar, çoğu zaman çok asabi, mutluluk anları pek ender bir sevgiliyle baş etmeye çalışıyordum üstelik. Beni başlarda çok mutlu etmiş ama ilk yılın sonundan itibaren, her geçen gün biraz daha yıpratan bir ilişkiydi bu. Ben ancak aldatılınca giden kadın takımına ait olmalıydım ki, örümcek ağına takılmış sinek gibi, hareketsiz kalmıştım ilişkinin içinde. Sevgilim beni aldatmıyor sadece kemiriyordu; neşemi, yaşama sevincimi, ruhumu. Günbegün azaldığımı görüyor ama kurtulamıyordum.

Bu ruh haline bir de fiziksel yorgunluğu ve endişelerimi ekleyelim. Yıllardan beri hiç ara vermeden it gibi çalışmıştım. Çocuklarla yaptığım tatiller dahi tatil sayılmazdı. Bir ev kiralamışsak ya da bir otele kapak atmışsak, mayolarını durula, dağınıklarını topla, peşlerinden koştur. Güneşte uzun kalmasınlar, başlarına güneş geçmesin diye endişelen, biraz daha büyüyüp akşam çıktıklarında onlar dönmeden uykuyu kendine haram et. Yirmi yaşından beri böyleydi hayatım; çocuklar yanımdayken dertleri başkaydı, uzaktayken başka... Yeterince besleniyorlar mı, erken yatıp uykularını alıyorlar mı, cep harçlıkları yetiyor mu, derslerine çalışıyorlar mı, ya kötü insanlarla arkadaşlık ederlerse, ya çakarlarsa, ya üniversiteye giremezlerse! Hayatımda "çocuklar iyi not aldı, çocuklar sınıfı geçti, çocuklar tatile geliyor"un dışında, beni sevindirecek hiçbir şey kalmamış gibiydi. Çalışma tempomun içinde ise kendime ayıracak, keyfimce yaşayacağım tek bir günüm dahi yoktu. Sırf bu yüzden kamera arkasından kaçmış, bana yaşam alanı bırakacak bir işe girmiştim ama bu kez de boş kalan zamanımı gazete ve dergilere yazı yazmakla geçiriyordum.

İşte böyle bir haldeyken ben, bir ışık belirmişti ufukta.

Kitabım! Adını boşuna koymamıştım. Güneşe döndürecekti yüzümü. Bir bahar rüzgârı estirecekti, yelkenlerimi yaşama sevinciyle dolduracaktı, tüm sıkıntılarımı unutturacaktı da... Ahh, masamın üzerinde duran kitaba bir bakın, oysa! Bir gün bir kitap müzesi açılsa, örgülü saçlarıyla güneşe dönük oturan kızın kapak olduğu bu kitap, kesin müzenin en kötü basılmış kitabı olarak öncelik alırdı müzede.

Elimin tersiyle vurdum kitaba, yere düştü.

Birden çok ama çok acıdım kendime.

Bir çıkış yolu aradım. Bir şey, bir nefes, bir yenilik, bir hoşluk. Aklıma bir fikir geldi.

Olur mu acaba? Yerimden kalkıp, kapının girişinde oturan sekreterin yanına gittim.

"Asil Bey gelecek olursa, telefonumu çaldırır mısın lütfen," deyip yerime döndüm.

Telefon öğlen saatlerinde çaldı.

"Asil Bey geldi," dedi sekreter kız, "şu anda odasında."

Bu kez ben kaldırdım telefon ahizesini, "Asil Bey, beş dakikanızı alabilir miyim boşsanız?" diye sordum.

"Bekliyorum. Buyur," dedi patronum.

Asil Nadir'e Çin seyahatine katılıp katılmayacağını sordum. Katılmıyordu. O sırada başka bir seyahati vardı, çok önceden planlanmış. Cesaretimi toplayıp bir nefeste sordum sorumu. Başbakan madem gazetecileri götürüyordu yanında, acaba ben de *Dünya* gazetesinin bir muhabiri olarak katılabilir miydim geziye?

"Harika bir fikir," dedi Asil Nadir, "hatta gazeteci olarak değil, benim PR'ım olarak katıl. Bizim grubun reklamını da yaparsın, gerektikçe. Bana bilgi getirirsin Çin'deki iş imkânları hakkında."

Şimdi fırlayıp adamın boynuna sarılma sakın! Sakın! Yerimde oturup, sadece pişmiş kelle gibi sırıttım.

"Bir şey soracağım Ayşe, nereden aklına geldi bu?"

"Dürüst olabilir miyim?"

"Dürüst ol."

"Büyük bir hayal kırıklığı yaşadım da, bambaşka bir ortamda bulunmak toparlanmama yardımcı olur diye düşünüyorum."

"Hangimizin hayal kırıklıkları yok ki! Sen bir de bana sor," dedi, "iş hayatında zirvedeyim ama özel hayatım hatalarla, hüsranlarla dolu."

Benim kitaba dair hayal kırıklığımı, bir gönül meselesi zannetmişti Asil Nadir, düzeltmedim, bıraktım öyle bilsin! Odama döndüm.

"Çin'e gidiyorum," dedim, Nil'e.

"Nereden çıktı bu?"

"Saçımı kırmızıya boyasam mı diye soracaktım ya patrona, sordum, değişiklik istiyorsan Çin'e git, dedi."

"Ben de röfle yapmak istiyordum, gidip sorsam mı?" dedi Nil.

Çin

Yanlış hatırlamıyorsam, ilkokulun üçüncü sınıfındaydım, Büyük Atlas'ın ortalarına doğru, tüm dünya ülkelerinin iki sayfaya yayıldığı bölümde, Çin kocaman bir sarı lekeydi haritada. Türkiye'den büyüktü de, adı küçücüktü; ÇİN! Çin-çin-çin, tekdüze bir müziğin notaları gibiydi. O sarı lekeye avcumu bastırmış, tüm yapraklarına ve çayırlarına saman renginin hâkim olduğu sapsarı bir ülke düşlemiştim. Ayrıca bir de aklımda, büyük teyzemin elinde terlikle oğlunu nasıl kovaladığının öyküsü vardı, çok daha önce duyduğum. Oğlu ortaokuldayken, *Bir Çinli adem/Gözleri badem/Sıkacaksın incecik belini/Çıkaracak kıpkırmızı dilini* diyerek, parmaklarıyla gözlerini yanlara çekmiş, dilini çıkararak evde Nâzım'ın dizelerini okumuş, annesini peşinden koşturmuştu. Suat Teyzemi genç bir kadın olarak düşünemediğimden, o günkü haliyle elinde terlik, paytak paytak dayımın arkasından koşarken hayal etmiş, gülmekten kırılmıştım.

Anneannem de Nâzım'ın şiirlerini yazdığım defteri bulduğunda, benim üstüme yürümemiş miydi, kız kardeşi gibi? Demek ailede Nâzım okuyanların kovalanması âdettendi ama aynı ailede genç kuşaklara Nâzım'ı yasak etmek de mümkün olmuyordu. Her genç, an geliyor, Nâzım'ın şiirini tadıyordu.

Her neyse, biraz da bu şiir yüzünden işte, ben Çinlileri sapsarı benizli, badem gözlü, incecik belli insanlar zannederdim çocukken. Ömrümün ilk Çinlileriyle yaklaşık bir beş yıl sonra Ankara'da tanıştım. Bay ve Bayan Lee; komünist olmayan (bir de Mao'nun lideri olduğu komünist Çin vardı, aynı anda) Çin Cumhuriyeti'nin büyükelçisi ve karısı. Ufak tefektiler, gözleri çekikti ama renkleri sandığım gibi limon sarısı değildi. Bir Çin vazosu gibi ince ve zarif, saçlarını hep ensesinde toplayan ve yandan düğmeli, daracık, ipek giysiler giyen Madam Lee, gerçekten incecik belliydi ve damak tadımıza yabancı fakat lezzetine bayıldığımız Çin yemekleriyle sık sık ağırlardı, birlikte briç oynadıkları annemle babamı. Okul tatilleri için Ankara'daysam, ben de nasibimi alırdım, çünkü bu çiftin benim yaşlarımda çocukları vardı. Kırmızı ağırlıklı dekorasyonu, mıy mıy müziği, mavi-beyaz Çin porselenlerinde sunulan değişik yemekleriyle, bana çok ilginç ve gizemli gelen sefarete gitmeyi çok severdim.

Yıllar sonra, Londra'da öğrenciyken bir de Çinli arkadaşım oldu. Mehmet kendi okulunda tanıştığı Çinli genci bir akşam eve yemeğe getirdi. Ho kısa boylu değildi, Mehmet'ten bile uzundu boyu. Çin'in kuzeyinde yaşayanların uzun boylu olduklarını söylemişti. Bütün akşam ülkelerimizi, âdetlerimizi konuşmuştuk.

"Sevgilin var mı?" diye sormuştum.

"Yok, İngiliz kızlarını beğenmiyorum," demişti.

"Neden?"

"Tüylü oluyorlar."

Haydaaa!

"Sapsarı İngiliz kızları niye tüylü olsunlar?"

"Tüylüler. Kollarında bile tüy var. Oysa Çinlilerde hiç tüy olmaz. İpek gibidirler. Bak."

Gömleğini sıvadı, kolunu gösterdi. Hayatımın ilk köse kolunu görünce, çaktırmadan kendi kollarıma göz atmış, beni maymun zannetmesin diye, hırkamın yukarı sıvadığım kollarını bileğime kadar indirmiştim.

Sonraki yıllarda tüylerden hiç gocunmayan Çinlilerle de tanışmıştım ama Çin kafamda hâlâ sarı bir lekeydi. Ve işte şimdi, bu tenleri ipekle, karakterleri demirle dokunmuş insanların, saman sarısı sandığım ülkelerini görmeye gidiyordum. Gizemli bir tapınağın kapısını aralamak üzereydim sanki. Hayatımda hiçbir yolculuğu böyle tuhaf bir heyecanla, yerinde duramadan beklememiştim. Vizemi, Ortaklar Caddesi'ndeki Çin Konsolosluğu'nun yetkili ofisinden aldım. Elime kalın bir dosya tutuşturdular. Çin'e dair ne bilmek istiyorsam vardı içinde. Bir de ayrıca aynı geziye katılan Türk yetkililerin listesi... Upuzun bir liste. Bakanlar vardı, müsteşarlar vardı, sürüsüne bereket işadamı, gazeteci... Ve kaçınılmaz olarak, ofiste neden benim Çin'e gittiğime dair dedikodular, hasetler, kıskançlıklar da vardı.

"Hepsine boş ver," demişti Nil, "git keyfini çıkar gezinin."

"Bu bir iş gezisi, keyif gezisi değil."

"Yine de keyfini çıkar."

Şafak sayar gibi gün saydım. Şafak söktü. Uçağa bindim.

Uçak, bu uçuş için özel tanzim edilmişti. Turgut ve Semra Özal en önde, kendileri için hazırlanmış özel yatak odalarındaydı. Bir sonraki bölümde, bakan ve müsteşarların oturdukları yerler vardı. Biz sıradan insanlar, yani gazeteciler, devlet protokolünün arkasındaki koltuklara işadamlarıyla karışık yerleştirilmiştik. Ben, Rahmi Koç ve rahmetli Ali Koçman'la aynı sıradaydım. Bizleri alfabe sırasına göre yerleştirmişler diye düşünmüştüm ama o günlerde Özal'ın ayrıcalıklı prenslerinden biri olan Güneş Taner, tam önümde oturuyordu. Demek ki henüz bakan olmamıştı, biz K'lı; isimler de tesadüfen bir araya düşmüştük.

Uçak kalkışa geçip rotasına girdikten sonra, Başbakan Özal biz gazetecilerin bulunduğu bölüme geldi. Gazeteci arkadaşlar hemen ayağa fırlayıp çevresinde bir halka oluşturdular ve sorular sormaya başladılar. Başbakan her birini tanıyor, sorularını teker teker yanıtlamaya çalışıyordu. Sonra gözü ilk kez gördüğü bana takıldı, adımı ve hangi gazetede çalıştığımı sordu. Ben, huyum icabı her iktidar partisine muhalif olduğum için, ANAP'a da karşıydım. Özal'ın Türkiye için Türk parasını koruma kanununu değiştirerek, dünyaya bir pencere araladığını, bu pencereden içeri bol hava girdiğini elbette biliyordum, ekonomik reformlarını beğeniyordum. İtirazım tarzınaydı. Başbakan ve Papatya karısını, tahammül çizgimin sınırlarını zorlayacak kadar itici buluyordum. Nedenini bilmediğim bir antipati duyuyordum ikisine de. Yolculuğa önyargılarımla çıkmıştım. Fakat rahat tavırlarıyla aramıza karışıveren bu kısa boylu, şişman başbakanın, yumuşak, tatlı bir sesle ve çok sevimli bir konuşma tarzıyla anlattıklarını dinlerken, daha birinci günde önyargım çözülmeye başladı. Özal, espri yapıyordu, şaka kaldırıyordu, sorulan tüm sorulara yanıt veriyordu, hatta zaman zaman da ilginç şeyler anlatıyordu. Söylediklerini kaçırmamak için, yavaş yavaş bulunduğum arka halkadan önlere doğru kaymaya başladım, farkına bile varmadan neredeyse burnunun dibine kadar!

Uzun gidiş yolculuğumuzda, Turgut Özal'a karşı tüm antipatim, eriyip gidecekti.

O yıllarda Türkiye'nin elinde uzun mesafeli uçuşları yapabilecek uçak yoktu herhalde ki, benzin ikmali yapmak üzere Doha'ya indik. Gazeteciler gazetelerine yolculuk intihalarını, dedikodularını ve başbakandan aldıkları haberleri iletmek üzere, havameydanındaki telefonlara koşuştular. Gençten, uzun boylu bir gazeteci, benim oturduğum yere yakın telefonlardan birini kapmış, az ileride oturan Mehmet Barlas'a telaş içinde sesleniyordu:

"Mehmet Abi, Mehmet Abi, gazeteye haber yazdırıyorum da, biz nereye indik, burası neresi abi?"

"Doha," dedi Mehmet Barlas.

Gazeteci, havameydanının uğultusu içinde tam duyamadığı yerin adını telefona bağırdı, "Oha, Oha! Oha'ya indik."

"Sana oha!" diye geri sesledi Mehmet Barlas, "Doha oğlum, Doha. Elindeki dosyada var hepsi, okusana."

Yolculuk sırasında bu gazetecinin, Semra Özal'ın peşinden koşturmaktan dosya okumaya vakit bulamayacağını öğrenecektim. Herhalde magazin değeri yüksek haberler için görevlendirilmişti ve başbakanın eşinin yanından bir an olsun ayrılmıyordu. Ama gezi boyunca, magazin değeri yüksek bir olay hiç olmadı Semra Özal açısından. Buna şaşmadım değil, başbakanın bir moda dergisine mankenlik yapan eşinden, aşırı davranışlar beklemişim. Oysa Semra Özal son derece ölçülüydü. Ben gerekmedikçe yanına yaklaşmadığım için, yolculuk sırasında onunla tanışma imkânım olmadı, ta ki uçağımıza binip dönüş yolculuğumuza başlayana kadar.

Uçağımız Pekin'e vardığında saat öğleden sonra iki sularıydı. Havameydanındaki VIP salonunda yapılan basın toplantısından sonra otelimize uğrayıp, valizlerimizden on dört saatlik uçuşta bumburuşuk olmuş giysilerimizi çıkararak yıldırım hızıyla giyindik, bizim için otelin kapısında beklemekte olan otobüslere doluştuk. Program, biz daha İstanbul'dayken günler öncesinden dakikası dakikasına belirtilmişti. Büyük meydandaki karşılama töreninin ardından Çin lideri Deng ve Özal'ın baş başa konuşacakları bir toplantı düzenlenecekti; biz gazeteciler resim çekmek ve bilgi almak için kapıda bekleyecektik. Sonra da, araçların içinde bir şehir turu ve saat altıda akşam yemeği ki bu yemek için üstümüzü değiştirme imkânımız yoktu. Bu nedenle ben valizimin en üstüne, hem karşılama törenine hem de akşam yemeğine uyabilecek lacivert bir elbise ile beyaz bir ceket koymuştum.

Otobüsler bizi saat tam üçe beş kala, dünyanın üçüncü en büyük meydanı olan Tienanmen Meydanı'na bıraktı. Meydanı kıpkırmızı bir protokol halısı ikiye bölüyordu. Halının her iki tarafında Pekin'in tüm okullarından toplanarak getirilmiş ilkokul çocukları, Çin ve Türk bayraklarının renkleri olan sarı-beyaz-kırmızı giysiler içinde, ellerinde Çin ve Türk bayraklarıyla bizi bekliyorlardı. Bir meydanda değil de bir papatya ve gelincik tarlasındaydık sanki. Çünkü sürekli çalan müziğe uyarak, rüzgârda hafifçe dalgalanan kır çiçekleri gibi sallanıyordu çocuklar. Görevliler bizleri çocukların tam karşısında, tören boyunca duracağımız noktalara yönlendirdiler. Böylesi bir disiplini ancak uzun bir baskı rejiminden geçmiş insanlar kotarabilirdi. Koca meydanda her bir kişinin duracağı nokta önceden belirlenmişti. Protokolde en önde devlet ricali, bir kol mesafesinde işadamları, onlara bir kol mesafesinde gazeteciler, yaş ve kıdem sırasına göre, milim oynamayan noktalara dizildik. Bu düzen, Çin'deki yolculuk boyunca hiç değişmeyecekti; her birimiz, kendimiz için işaretlenmiş noktalarımızda duracak, masalarda adlarımızın bulunduğu yerlerde oturacak; elimize verilen numaralara haiz arabalara binecektik. Ne bir karışıklık yaşanacaktı ne bir yanlışlık... Bir durum hariç!

Ben, kendime ayrılan noktada dikilmiş, Başbakan Özal ve Çin lideri Deng'in gelişini beklerken, etrafı incelemeye başlamıştım. Türk diplomatların eşleri hava çok sıcak olduğu için açık gri veya krem rengi tayyörler giymişlerdi. Bir sonraki bölümde yer alan Türk işadamlarının eşleriyse, daha tedbirli davranmış, koyu renk tayyör ve şömizye elbiseleri tercih etmişlerdi. Biz gazeteci kadınlar da yine ciddi renklerde etek ceket kombinasyonları içindeydik. Erkekler koyu renk takım elbiseliydi. Çinli kadınlar silme siyah dar etekli, beyaz bluzlu ve dizde biten eteklerinin altında, pantolon çoraplıydı. Etekleri iki santim indirseler, çorapların konçları gözükmeyecekti ama onların dünyasında, böyle bir endişe yoktu anlaşılan. Haki rengi, düğmeli üniformalarını iki yıl önce çıkartmış, beyaz bluz, siyah etekten oluşan bir başka üniformaya geçmişlerdi. Biz böyle etek-pantolon-ceket topluluğu olarak, çalmakta olan Çin ve Türk marşlarını saygıyla dinleyip, kızgın güneşte mayışırken, bir siyah limuzin aktı kırmızı halının üzerinden. Çinli ve Türk korumalar koşuştular. Limuzin durdu, üniformalı Çinliler bir omuz hareketiyle Türk korumaları alt edip, aracın kapısını açtılar. Dışarıya önce tombul ve tonton başbakanımız çıktı, sonra arabadan, mevzun olduğunu söyleyemeyeceğim bir bacak uzandı, Semra Özal kırmızı halıya iniş yaptı ve o anda hepsi siyah-beyaz giyinmiş Çinli kadınlar ile soluk ve ciddi renklere bürünmüş Türk kadınların ve tümü koyu renk takım elbiseli erkeklerin bulunduğu meydana, bir gökkuşağı düşmüş gibi oldu. Çünkü başbakanımızın eşi, Çin'in Mao devriminden beri asla görmediği, hatta hayal dahi edemediği renklerle bezenmiş (siyah ipek kumaşın üzerine serpilmiş, parlak siklamen, parlak sarı, parlak yeşil ve parlak mor renkte hilal desenleri) bir uçuşan elbise giyiyordu. İnce askılı elbisenin üzerine giydiği aynı kumaştan pardösünün, çepeçevre bir farbalası da vardı ve kırmızı halıda hızlı hızlı yürürken, şanlı bir bayrak gibi dalgalanmaktaydı. Semra Hanım, bir süre önce geçirdiği trafik kazasından dolayı bir de boyunluk takıyordu ve onu kem gözlerden korumak için sevenleri tarafından armağan edilmiş bilumum mavi boncuklu nazarlık bu boyunluğu süslemekteydi. Çinli kadınlar bu renk ve boncuk cümbüşünden çekik gözlerini alamıyorlardı.

Karı-koca, uzun kırmızı halıda, Deng'in onları beklediği noktaya kadar hızlı adımlarla yürüdüler. Genişlik açısından değilse de (Çinlilerin tümü zayıftı o tarihte) boy bakımından, bulundukları ülke insanlarıyla gayet uyumluydular. Hatta, Çin'in ufacık tefe-

cik lideri Deng'in, kendinden iki misli uzunlukta bir kazık gibi tepesinden bakmayan bu yabancı devlet adamına, sırf bu yüzden büyük sempati duyduğunu iddia edebilirim. Çünkü ben de tam o anda kendi başbakanımı, *Güliver Devler Ülkesinde* gibi hissettirmeyen Deng'e, minnet ve sempati duymaktaydım.

Semra Özal'ın rengârenk uçuştuğu tören sonrasında, Turgut Özal'ın Deng'le konuşmasını izlemek üzere biz gazeteciler, konuşmanın yer aldığı binaya yönlendirildik. Önce sadece iki dakika için, makam odasına alınıp bol bol fotoğraf çektik ve ben kaşla göz arasında, Deng'in koltuğunun altındaki, oturağı andıran çanağı tespit ettim, fakat önüme sürekli birileri dikildiğinden, resmini çekemedim. İki dakikanın sonunda, salonun dışına çıkartılıp, gazeteciler için hazırlanmış sıralara tüneyerek, konuşmanın sona ermesini bekledik. İçerde Türk olarak sadece Başbakan, Dışişleri Bakanı ve Türk sefiri kaldı. İki liderin konuşması bir saate yakın sürdü. Ülkelerini dış ticarete ve dış dünyaya açarak büyümeyi hedefleyen liderlerin herhalde müşterek konusu boldu. Konuşma bittikten sonra dışarı çıkan başbakana da ilk soruyu ben yönelttim,

"Efendim, sayın Deng konuşmanız esnasında koltuğunun altında duran çanağa hiç tükürdü mü?"

Özal bir an şaşırdı, sonra gülümsedi;

"Siz *Dünya*'nın yazarı değil miydiniz?" diye sordu. Bravo başbakanıma, aklında tutmuş gazetemi. Ben fil hafızasına sadece Demirel sahip zannederdim. Sorduğum sorudan utandım azıcık.

"Tükürmedi ama genzini öksürerek sık sık temizledi," dedi Özal. Belli ki okumuştu Çin hakkında hepimize verilen notları. Baharlarda havada uçuşan polenleri sürekli soluyan Çinlilerin, genizlerini temizlemek için durmadan tükürme ihtiyacı hissettiklerini biliyordu. Başka sorular geldi, başka gazetecilerden. Özal onları yanıtlarken, yürüyordu. Daha sonra başbakan olacak Çiller gibi koşarcasına, yanındakileri nefes nefese bırakacak bir tempoda değil, normal bir hızla yürüyor, bir yandan da soruları yanıtlıyordu. Başbakan gözümde şişko sıfatından tonton sıfatına o akşam terfi etti.

Toplantı sonrasında, geniş merdivenlerden inerek iç içe geçen salonları olan bir başka alana götürüldük. Salon girişine konmuş panolarda, alfabetik sıralanmış adlarımızın yanında, oturacağımız masaların numaraları yazıyordu. Devlet erkânı, işadamları ve gazetecilerin oturacakları masalar, birbirine açılan üç değişik salona yerleştirilmişti. Masalarda aynı meslekten olan Çinliler ve Türkler birlikte oturacaklardı. Her şey net ve açıktı ama kafa karışıklığı yaşayan iki kişi vardı aramızda. Bunlardan ilki, yer seçimlerinde gazeteci kimliği ile işadamı kimliği arasında tereddüt yaşayan rahmetli Feyyaz Tokar, diğeri de aramıza Amerika'dan uçarak katılmış olan bir hanım gazeteciydi.

Feyyaz Tokar'ın sorunu ilk akşam çözüldü. Tokar, işadamıydı ama gazeteci kontenjanıyla geldiği için, yeri gazetecilerin masalarında ayrılmıştı. Zorluk çıkarmadı, kaderine razı oldu ve çoğu yemekte biz gazetecilerle oturdu.

Gazeteci hanım ise kaderine razı olmadı. Her yemek öncesinde yemek salonlarına herkesten önce o daldı, gazetecilerin masasında kendi adının yazılı olduğu kartı kaptı, işadamlarının bölümünde, Rahmi Koç'un yanında oturması gereken kişinin isim kartını buruşturup yere attı ve yerine kendi kartını koydu. Saçını başını yolan Çinli personelin Çince ve İngilizce itirazlarını da duymazlıktan geldi. Bu işin farkına varanlara da, her yemek öncesinde, masalarda umutsuzca adını arayan bir başka işadamının haline gülmek düştü.

İlk akşam yemeğimizin sonunda otellerimize döndüğümüzde, saat dokuza geliyordu. Biz Türklerin uyku saati için oldukça erken bir zamandı ama çok uzun bir yolculuk yapmıştık, bir saat güneşin altında tören için, bir saat da Deng-Özal görüşmesinde kapı önünde bekleşmiştik. İngilizcesini zor anladığımız Çinlilerle sohbet etmeye gayret ederek yemek yemiştik. Artık bir rahat uyku hepimizin hakkıydı. Çinliler de zaten ne kadar yorgun olabileceğimizi hesaplayıp, tüm konser ve gösterileri sonraki günlere koymuşlardı. Ufak tefek insanların beden boylarıyla hiç uyum sağlamayan upuzun gökdelendeki odamda, başımı yastığa, ertesi gün "hayalimin Çin'i"ni bulmak umuduyla koydum ve derin bir uykuya daldım.

Ertesi sabah, biz kadın gazetecilerin sıkıcı bir programı vardı. Erkek meslektaşlarımız başbakanın programını, bizlerse Semra Özal'ın programını izleyecektik. Ben *Dünya* gazetesi için, başbakanı izlemeyi tercih ettiğimi söyleyip durdumsa da, arabalar kişi sayısına göre ayarlanmıştı, son dakika yapacak bir şey yoktu. Bir kadın gazeteci olarak, diğer hanım meslektaşlarımla birlikte Semra Özal'ın programını izleyecektim, çaresiz. Sabah erkenden Semra Hanım'ın oteline götürülmek üzere arabalara bindirildik. Yola çıkar çıkmaz ilk sorum;

"Aaa, bisiklet yarışı mı var?" oldu.

"Yoo, insanlar işlerine gidiyorlar," dedi mihmandarımız.

Sokaklar karınca baskınına uğramış gibi bisikletlilerle doluydu. Kadın, erkek, yaşlı, genç ve çocuk benim gözüme milyonlarca görünen bir kalabalık, bisiklet üstünde dört bir yöne pedal çeviriyorlardı. Bunca bisiklet nasıl çarpışmıyordu, bir Türk için anlaması zordu. Ara sokaklardan, zaten silme bisiklet dolu olan caddeye başka bisikletler dökülüyordu. Kırmızı ışıklarda zınk diye duruyorlar, yeşil yanınca aynı anda harekete geçiyorlardı. Kıyafetler de hep aynıydı, hepsinde beyaz gömlek, kadınlarda siyah etek, erkeklerde siyah pantolon! Bir gösteri seyrediyordum sanki.

Semra Hanım'ın kaldığı otelde bizi bir sürpriz bekliyordu. Bir gün önce Doha'yı Oha anlayan gazeteci arkadaş, biz kadın gazetecileri atlatmış, ilk röportaj için bizden önce dalmıştı hanımefendinin odasına. İlk ve taze haberlerini almış olarak yüzünde mutlu bir ifadeyle çıktı odadan, koridora sıralanmış bizlerin önünden azametle yürüdü, gitti. Biz bekleşenler, sinir olduk. Semra Özal bizi fazla bekletmedi. Yanında diğer bakanların, danışmanların eşleriyle çıktı odasından. Üzerinde küçük desenli kahverengi bir şömizye elbise vardı. Bir gün öncesine göre, hayli sakin bir kıyafetti. Biz kadın gazeteciler, bir büyük limuzine doluşarak, az evvel odadan çıkan erkek gazeteciyi de yanımıza sıkıştırarak, konvoy halinde, Çin'in o sırada en önemli kadını olan, Çin Ulusal Kadınlar Federasyonu Onursal Başkanı Deng Yingchao'yu ziyarete gitmek üzere yola düştük. "Uzun Yürüyüş" diye bilinen yüz günlük yürüyüşe katılmış olan bu kahraman kadını merak ediyordum.

Federasyon binasına vardığımızda, Semra Özal çoktan gelip yerleşmişti yerine. Uzun salonun en sonunda, yan yana konmuş gösterişli koltuklarda Yingchao'yla oturuyorlardı. Her ikisinin de arkasındaki taburelere çevirmenleri ilişmişti.

Bizler de uzun salonda, yan yana dizilmiş sandalyelere yerleştik. Ne zaman bir salonda yan yana konmuş sandalyelere ilişsem, hep mevlit dinleme havasına girerim. Bu yüzden suratımda hüzünlü bir ifade belirmiş olmalıydı ki;

"Canın bir şeye mi sıkıldı?" diye sordu, yanımdaki sandalyede oturan Nazlı Ilıcak.

"Yoo. Neden?"

"Mahzunlaştın birden."

Nazlı'nın ağabeyi Ömer'le ilkokuldan sınıf arkadaşıydık. Ayrıca babalarımız sıkı dosttu, annelerimiz de birbirlerine tahammül göstererek görüşürlerdi. Çocukken birbirimizin doğum günü partilerinde birlikte çok yaramazlık etmişliğimiz, saklambaç, kovalamaca oynamışlığımız vardı. Siyasi görüşlerimiz taban tabana zıttı ama hukukumuz eskiydi. Çocukluk arkadaşı olmanın hatırına, siyasetten uzak durarak, beraber takılıyorduk dünyanın öteki ucundaki Çin'de.

"Nazlı sen bu Çinli kadının özgeçmişini okudun mu? Kadın bir derya," dedim, "kadınların özgürleşmesine çok emeği geçmiş, söyleyecek çok lafı olmalı. Bizimki ne konuşacak acaba?"

"Semra Hanım'ın eline, söylemesi gerekenleri yazıp vermişlerdir," dedi Nazlı.

"İnşallah öyledir. İyi bir intiba bıraksın istiyorum."

"Merak etme, bırakır."

Acaba? Endişelerim vardı ama laf sokmadım Nazlı'ya. Bir tarihi temsil eden yaşlı Çinliye baktım. Deng Yingchao'nun gözünde, kalın camlı gözlükleri vardı, yüzünün derin çizgileri seksen yaşını inkâr etmiyordu ve oturduğu kocaman koltukta, olduğundan da ufak görünüyordu. Semra Hanım ise cüsse itibariyle koltuğunu dolduruyordu doğrusu. Çinli kadın, yaşlı titrek sesiyle konuşmaya başladı. Kısa konuştu. Tercüman söylediklerini Türkçeye çevirdi. O, başbakanın eşi muhterem hanımefendiye ve yanındaki zevata hoş geldiniz, onur verdiniz filan derken, ben onlardan tarafa bakmıyor, bulunduğumuz mekânın duvarlarındaki ve tavandaki süsleri inceliyordum. Sonra birden kristal gibi bir ses duydum. Tiyatro sahnesinin kraliçelerinden Nedret Güvenç'in berrak sesini andıran, güzel tınılı bir ses. Yavaşça çevirdim başımı, hayret, ne güzel sesi varmış Semra Özal'ın! Gayet iyi konuşuyordu, üstelik çok düzgün bir diksiyon ve çok düzgün bir Türkçeyle. O Papatya saçmalıklarını icat eden, dergilere mankenlik yapan kişiden hiç beklemediğim bir ses ve konuşma! Şaşırdım.

"Güzel konuşuyor," diye fısıldadım Nazlı'ya. O sırada onun söylediklerini Çinceye çeviriyorlardı. Çeviri bitince, yaşlı kadın bir şeyler daha söyledi, söyledikleri Türkçeye çevrildi. Kendimi, Semra Hanım'ın sesini adeta beklerken buldum. Bize bu arada, üstleri kapaklı nefis porselen fincanlarda Çin çayı ikram ettiler. Çaylarımızı sessizce içtik. Şimdi sıra bu hanımların irticalen konuşmasına gelmişti. Yan yana oturmuş, gülümseyerek birbir-

lerine bakıp durmayacaklardı herhalde. "Haydi bakalım" dedim içimden, "işte şimdi hapı yuttun, Papatya Hanım! Ezberleme konuşmalar bitti. Bakalım şimdi ne söyleyeceksin kendiliğinden?"

Semra Hanım, düşüncemi okumuş gibi, konuşmaya başladı. O kristal sesiyle gayet yerinde bir konuşma yaptı, içtiğimiz çayla ilgili bir şeyler sordu, Çinli muhatabı onu yanıtladı. Başka konuya geçti, Türkiye hakkında bilgi verdi, Türk kadınlarını ve Cumhuriyet dönemi kazanımlarım anlattı. Ben hayretler içinde, yeni keşfettiğim Semra Hanım'ı izliyordum.

"Hep böyle akıllıca mı konuşur?" diye sordum Nazlı'ya.

"Akıllı kadındır," dedi.

Ben ne önyargılı biriyim diye düşünüp utandım azıcık.

Bu ziyaretin sonrasında, bir çocuk yuvasını ziyaret ettik ve beni hayrete düşüren şeyler öğrendim! Çin'de her çocuk memeden kesildiği gün yuvaya veriliyordu. Çocuklar, ana-babaya değil, devlete aitti. Bir annenin çocuğuna kendisinin bakma hakkı yoktu, her sabah erkenden anne işe, çocuk devletin kreşine gidiyordu. Devletin eğitim verdiği kesindi de sevgi verebiliyor muydu acaba çocuklara? Ana şefkati, baba evi sıcaklığı? Onlarsız büyüdüğünde bir makineye dönüşmez miydi çocuk? Oysa ne kadar sevimli, ne cana yakındılar, tek tip kıyafetleri, çömeldiklerinde popolarını açıkta bırakan akıllı tasarımlı donlarıyla, hep birlikte oynayan, çizgi gözlü çocuklar. İnsanın içinden ipek yanaklarını öpmek, düz siyah saçlarını okşamak, yumuk kollarını ısırmak geliyordu.

Semra Hanım, Türkiye'den getirdiği oyuncakları ve şekerleri bu çocuklara dağıttı. Çocuklar yaşları çok küçük olmasına rağmen hediyelere üşüşmediler, uslu uslu sıranın kendilerine gelmesini beklediler. Çocukluklarını yaşayamayan, analarına şımaramayan şanssız çocuklar diye geçirdim içimden. Sonra aklıma kendi ülkemde bir sürü çocuk doğurup, onları doyuramadığı için sokaklara salan ana-babalar geldi. Çocuklarına cehaletlerinden, törelerinden dolayı sevgi, şefkat veremeyen, yol gösteremeyen, okutmayan, küçücük yaşta tarlalara süren, kocalara satan aileler ve bu çocuklara sahip çıkamayan devlet! Buyurun işte, iki tezat! Tefrit ile ifrat! Savrulsun bakalım insanoğlu birinden ötekine! Sarkaçın orta yerde durduğu ülkeler de vardı ama biz direnip dururduk, hep makul olana karşı. Böylesi düşüncelerle dolandım yuvada, çocukları kucakladım, öptüm, sevdim, büyüdüklerinde bu çocukların ülkelerine daha insani bir rejim getirmelerini dileyerek.

Çocuk yuvası ziyaretinden sonra otelimize dönüp yemek yedik. Lobide Nazlı'yla kahve içerken yanımıza Ersin Faralyalı geldi. Sonraki yıllarda bakan da olacaktı ama o sırada Türkiye Odalar Birliği başkanıydı. Benim için önemli olan ne başkanı olduğu değil, Robert Kolej'den eski ve yakın bir arkadaşım olmasıydı. O da bizimle kahvesini içti ve sordu:

"Ben şehri görmek için dışarda biraz yürümek istiyorum. Dükkânlara falan bakacağım. Gelmek isteyen var mı?"

"Haydi Nazlı, kaldır poponu," dedim, "Pekin'de bir yaya turu yapalım."

"Yok, ben biraz uyumak istiyorum. Hâlâ çok yorgunum. Dün gece yerimi yadırgadım, iyi uyuyamadım," dedi Nazlı.

Ersin'le çıktık otelden, sağımıza dönüp yürümeye başladık. Bisikletliler aynen sabah olduğu gibi, doldurmuşlardı caddeleri. Bisikletin dışında tek tük taksi ve otobüs de geçiyordu ama Çinliler belli ki iki tekerlek üzerinde yaşıyorlardı. Birkaç blok mağazalara bakarak yürüdük, sonra Ersin;

"Bak bu sokakta Çin tipi yapılar var, gel bakalım," dedi. Gösterdiği sokağa saptık, ucuna kadar gittik. Kapılarının önünde küçük taburelere oturmuş yaşlı adamların önünden geçerek sokağın ucuna kadar gittik. Bir başka caddeye geldik. Bu sefer karşı kaldırıma geçip yukarı doğru yürüdük.

"Bana bak, epey uzaklaştık, ya kaybolursak?" diye sordum.

"Hilton'da kalıyoruz yahu. Kime sorsak bilir."

Haklıydı, uzatmadım. Bir sokak satıcısından bir şeyler aldı Ersin, oraya buraya derken, yorulduk, otele dönmek istedik. Ama otelin ne yönde olduğunu hatırlayamadık. Sokaklardaki bütün yazılar Çin harfleriyle yazılmıştı. Birini durdurup sorduk.

"Hilton which way?"

Gülümseyerek başını öne arkaya salladı. Eliyle bir istikamet göstersin istiyorduk ama Çinli sadece gülüyor ve başını sallıyordu.

"Anahtar yanında değil mi? Ucunda Hilton yazan bir tahta vardı."

"Resepsiyonda bıraktım. Sen?"

"Ben de. Çünkü o ucundaki tahta kocamandı. Otelin kartı filan yok mu sende?

"Yok!"

"Fatura filan?"

"Ne faturası! Her şey ikram."

"Polise soralım," dedim. Caddenin ortasında trafiği idare eden polisin yanına gittik. Herhalde rahatsız edilmekten tedirgin oldu, yüksek bir sesle ho-ka-hu gibi sesler çıkardı.

"Hilton, Hilton?" dedim ben.

"Hiltın?" dedi Ersin.

Polis bir taraftan trafiği idare ediyor bir taraftan da tek heceli kelimeleri arka arkaya sıralayarak, bize bağırıyordu.

"Hotel, hotel. Hotel, yahu!"

"Fransızca deneyelim. İlton? Otel?"

Ne yapsak olmuyordu. Sonunda polis bizi iteledi, ayrıldık yanından, aynı komediyi bir taksi şoförüyle de yaşadıktan sonra, ben endişelenmeye başladım. Bizi anlamıyorlardı. İngilizce, Fransızca, Almanca bilmiyorlardı. Daha da beteri yabancı sevmiyor, yardımcı olmaya çalışmıyorlardı. Koca bir caddenin ortasında kayıptık, derdimizi anlatamıyorduk ve bu kimsenin umurunda değildi. Halimize önce gülerken, yavaştan korkmaya başlamıştık. Ersin'in hali benden beterdi. Panik içindeydi.

"Ersin, şimdi düşünmeye çalışalım. Otelden çıkınca önce sağa yürümüştük. Sonra o sokağa saptık, karşıya geçtik, sen bir şeyler aldın. Sonra ne tarafa gittik, hatırla lütfen."

"Kafam durdu. Hatırlayamıyorum."

"Dünya döndükçe bu sokakta bir aşağı bir yukarı yürümeyeceğiz herhalde."

"Bir sigara içeyim ben," dedi.

"Bak yola tükürmek yasak. Sigara külü düşürmek de yasak olabilir, ona göre ha! Bir de tutuklanmayalım."

"İçmemeye gayret ediyordum ama artık dayanmayacağım," dedi. Elini göğüs cebine sokup sigarasını çıkardı, dudaklarının arasına koydu, ceketinin cebinde çakmak aradı, elini cebinden çıkardı ve avucunda minik bir kibrit kutusu! Üzerinde Hilton yazıyordu.

Aynı anda bağırdık!

"Alllaaah!" dedi Ersin, ayrıca!

Yanımızdan geçen ilk Çinliyi durdurduk. Genç bir kızdı. Kibrit kutusunu gösterdik, baktı, dudak büktü, sonra çevirdi kutuyu, tersinde herhalde Hilton'un Çincesi yazıyordu, gözlerine ışık geldi, sevinçli bir sesle bir şeyler söyledi. Kurtulduk! Kız önde biz peşinde, yürüdük, saptık, karşı kaldırıma geçtik, eliyle koluyla sapmamız gereken yolları gösterdi. Bizi kapıya kadar götürsün istedik ama ayrıldı bizden. Ne gam! Kibrit elimizdeydi artık.

O gün nihayet odama çekildiğimde penceremin önünde durup, bu görmüş geçirmiş, yaşlı şehre bakarken düşündüm, cebinde o kibriti bulamasaydı Ersin, sokaklarda hâlâ adres mi soruyor olurduk diye. Gözlerimin önünde uzanan şehir, çok geniş caddeleri, ferah meydanlarıyla çocukluk hayalimdeki sarı lekeden ne kadar farklıydı! Ben ufak tefek insanların yaşadığı, kırmızı boyalı küçücük evlerle dolu bir masal ülkesi hayal etmiştim. Oysa önümde, modern ve ruhsuz bir şehir seriliydi. Çin'in ruhunu keşfetmek için, başkentten ülkenin kalbine doğru ilerlemek gerektiğini birkaç gün içinde öğrenecektim. Ama Pekin'den ayrıldıktan sonra hayat, hele yemek alışkanlıklarına sıkıca bağlı olanlar için, zorlaşmaya başlayacaktı. Türklerin çoğu, özellikle de Nazlı Ilıcak, kahvaltıda ille ekmek, peynir ve reçel yemek istiyordu. Oysa Çinlilerin yemek kültüründe ekmek yoktu. Uluslararası otellerin dışında ekmek bulmak imkânsızdı. Sabahları sadece pirinç çorbası içiyorlardı. Fransızlar duymasın, hayatlarında peynir görmemişlerdi ve Nazlı'nın beş ayrı dilde söyleyip, eliyle tarif etmeye çalıştığı peynirin

ne olduğunu katiyen anlayamıyorlardı. Ne istediğimizi anlatamamanın sıkıntısı, Çin'in içlerine doğru ilerledikçe, had noktalara ulaştı. Mesela, biz gazetecilerin kaldığı öğretmenler evindeki öğle yemeğinde, yağlı kâğıtlara sarılı bir yemek servis etmişlerdi. Önce hepimiz balık buğulama zannetmiştik. Yağlı kâğıdı açtık, sebzeli sosun içindeki beyaz etli nesne balık desem değildi, et için fazla beyazdı, en çok tavuğu andırıyordu fakat oldukça sertti. Kesemeyince, neme lazım, ben yemedim! Çin'e gitmeden önce, mutfak alışkanlıkları hakkında çok yazı okumuştum, fareden köpeğe her türlü hayvanı ve böceği yediklerini biliyordum. Masadakiler, daldılar yemeğe, ne olduğunu anlayamayıp birbirleriyle et mi balık mı yoksa tavuk mu geyiği yaptılar bir süre, sonra bize servis yapan Çinli kıza sordular, işaret diliyle. Kız bir eliyle kafasına iki kulak, diğer eliyle poposuna bir kuyruk yaptı ve miyav dedi. O anda masadan öğürtü sesleri yükseldi. Ağzını eliyle kapatıp tuvalete koşan da vardı, ağzındakini tabağına tüküren, tabağını masanın ortasına iten de... Çinli kızın çizgi gözleri olmuştu bir çift yuvarlak, ne olup bittiğini hiç anlayamamıştı.

Ertesi gün, Çin'in iyice içlerine doğru akmaya başladık. Pekin'den ayrılınca, çocukluk hayallerimin Çin'ine yaklaşır gibi oldum. Başlarında hasır şapkalarıyla, omuzlarında taşıdıkları değneğin uçlarına dengelenmiş sepetleriyle Çinliler, bana kendi ülkemin çok uzaklarda kalmış yoğurtçularını, şerbetçilerini, sokak satıcılarını anımsatıyorlardı. Anavatanlarımız aslında çocukluk anılarımızdır diyen her kimse, doğru söylemiş. Ben nasıl kendi ülkemde hasret çekiyorsam çocukluğumun şehirlerine, Çin'de de çocukluk hayallerimin sarı ülkesini boş yere aradım durdum. Yer yer izler vardı o efsaneden ama Çin değişmişti.

Dönüşümüz uçakla ve Hong Kong üstünden olacaktı ama yolculuğumuz son anda gemi yolculuğuna çevrildi. Yolculuk boyunca her derdimize koşan Can Pulak, bu değişimin nedenini soranlara kaçamak yanıtlar verdiyse de sonunda esas neden öğrenildi elbette. Türkler o kadar çok alışveriş etmişlerdi ki, paketlerini hiçbir uçak kabul etmiyordu. Paket dedimse, Papatyaların bolca satın aldıkları kıymetli/kıymetsiz taşları, mücevherleri düşünmeyin sakın. Bizi Hong Kong'a götürecek geminin yanaştığı iskeleye geldiğimizde, bazısı neredeyse apartman yüksekliğindeki koskocaman paketleri görünce gözlerimize inanamadık. Özal iktidarına kadar yurtdışına çıkamayan vatandaşlar, Çin'de sudan ucuz buldukları buzdolabından çamaşır makinesine türlü beyaz eşyayı ve televizyonu, insan boyunda Kluazone Çin vazolarını, porselen yemek tabaklarını ve akla hayale gelebilecek bilumum eşyayı yüklenmiş, yurda taşıyorlardı. Bu eşyaların taşınabilmesi için fazladan ikinci bir vapur ayrıca iskeleye yanaştı. Özal dönemi Türklerinin alışverişinin yüklenmesi kırk beş dakika kadar sürdü. Aynı şekilde, yurda dönüş için de ikinci bir uçak getirtildi Türkiye'den. Ben bulmuşum karşımda insanı azarlamayan başbakanı, sordum elbette:

"Sayın başbakanım, bu duruma ne diyorsunuz? Aşırıya kaçma olmadı mı bu yağmayı andıran alışveriş?"

"Ayşe Hanım, arkadaşların çoğu ilk defa yurtdışına çıktılar. Bir daha Çin'e ne zaman gelecekler ki? Varsın alsınlar, fazla mal göz çıkartmaz," demez mi!

Dönüş yolculuğu için uçağa yerleştiğimde, en azından şunları öğrenmiştim: Çin sarı değil, yeşildi; Semra Özal itici değil, akıllı, girişken ve kişilik sahibiydi; Turgut Özal ise zeki ve sevimliydi. Bu gezi bana çok ama çok iyi gelmişti. Bir sürü değişik insanla tanışmıştım. Sadece Çin'i görmekle kalmamış, hiç aklıma gelmeyecek bir sürü konuda, Çin'e mercimek satmaya gelen Urfalı bir tüccarın sayesinde mesela, mercimek hakkında bile fikir sahibi olmuştum.

Dönüş yolunda, uçağın orta yerinde, dört kişilik sırada üç kişi oturuyorduk. Yanım boştu. İyice kaykıldım, ön koltuğa dayadığım dizlerimin üzerinde gazeteye vereceğim yazıyı yazarken, uyuyakalmışım. Uykumdan bir anons sesiyle uyandım. Pilot değil, yolculuk boyunca bize önderlik eden Can Pulak konuşuyordu. Katar'a yaklaşıyorduk ve başbakanımız o sırada rahatsız olan Katar emirine bir geçmiş olsun ziyareti yapmak istediği için, birkaç saat sürecek bir iniş gerçekleştirecektik. Önce yolcuların arasında bir telaş başladı. Planda programda olmayan bir ziyaretti bu. Acaba uçakta bizlerden saklanan bir arıza mı vardı? Sorular birbirini kovaladı. Bizler, yani huzura çıkmayacak olanlar iki saat boyunca uçakta mı bekleyecektik?

Yok, hepimiz inecekmişiz uçaktan.

Yeni bir telaş dalgası... Acaba bomba ihbarı mı alınmıştı? Bomba olmadığına ikna edildikten sonra, bir başka sorunun telaşı başladı. Yirmi saate yakın bir uçuş için, tüm yolcular son derece rahat kıyafetler içindeydik. Üzerimizi değiştirmek mümkün değildi, tüm valizler bagaja konmuştu. Katar emirinin sarayına bu kılıkta gitmek saygısızlık olmaz mıydı? Bu, elbette biz kadınların kaygısıydı. Teminat verildi, seferi olduğumuz biliniyordu, elbette olduğumuz gibi gidecektik saraya. Başbakan ve eşi, kendi özel odalarında askıya astıkları giysilerini giyebilme fırsatı buldular ama onların dışında, hepimiz saraya Turist Ömer gibi gidecek, gerçek prensesler tarafından prensesler gibi ağırlanacaktık!

Katar'a indik. Uçağa yanaştırılmış olan limuzinlere binmek üzere, sırayla boşaldık. Sıra bana geldi, merdivenden inmeye başladığım anda, kıpkızıl bir ejderha alevden diliyle yaladı beni. Sanki çok sıcak bir fırının kapağını açıp, başımı içine sokmuştum. Gölgede elli dereceyi bilmeyene bu sıcağı tarif etmek kolay değil! Hırçın bir rüzgâr eteklerimi havalandırırken, ellerimle eteklerimi kapatmak için çırpındım. Rüzgâr da alevden bir kamçıyla vuruyordu bacaklarıma. Aşağıda, küçük çaplı bir tören vardı. Birkaç Katarlı bakanın yanı sıra Türk büyükelçisi o sırada Katar'da olmadığı için elçilik maslahatgüzarı ve eşi, başbakan ile eşini karşılamaya gelmişlerdi.

Merdivenlerden iner inmez kendimi, bizi bekleyen limuzine attım. Ohh be! Klimalı arabanın içi, buzdolabı gibiydi.

Başbakan ve Katar emiri baş başa konuşurlarken erkek yolcuların ne yapacaklarına dair bir fikrim yoktu ama biz kadınları emirin eşleri, kızları, kız kardeşleri sarayda ağırlayacaktı.

Katar'da dikkatimi iki şey çekti. Sokaklarda, caddelerde insan yok gibiydi. Ve ikide bir kaldırım kenarında çürümeye bırakılmış bir hurda Amerikan arabasıyla karşılaşıyorduk. Nedenini şoförümüzden öğrendik. Bozulan ya da lastiği patlayan arabaların tamircisi olmadığı için, sahipleri onları bozuldukları noktada bırakıp, bir yenisini alıyorlarmış. Amerikan arabalarının bolluğu da, Arapların gösterişli, büyük, geniş arabaları tercih etmesinden dolayı imiş. Şehirden biraz uzaklaşınca, kenarında çöp torbaları birikmiş bir yüksek duvar boyunca ilerlemeye başladık. Meğer bu, sarayın duvarıymış. Çöpler de sarayın çöpleri olmalıydı. Çöpleri halı altına süpürmekle eşdeğer duvar dışına bırakmak, yani ilerde daha büyük sorunlar yaratacak geçici çözümlerle yetinmek! Evet, belli ki adım adım yaklaşıyorduk ülkemize. Az sonra, görkemli demir kapılar açıldı ve bizim konvoy saray bahçesinde yol aldı. Cennet işte böyle bir yer olmalıydı. Nefis ağaçların, rengârenk çiçeklerin arasından süzüldük, saraya vardık. Aynı cehennem sıcağına ineceğimi sandım ama, bahçenin havası bahar havası gibiydi. Bahçe meğer klimalarla soğutuluyormuş. Mermer bir avluda, başları kırmızı kefiyeli adamlar koşuştular, kapıları açtılar, indik, saraya girdik. Ferah, geniş, mermer zeminli, mobilyaları İngiltere'den getirilmiş, modern döşenmiş sarayda iç içe açılan salonlar vardı ve bu salonlarda, saat öğleden sonra üç olmasına rağmen, Lanvin, Dior, Chanel gibi ünlü moda evlerinin marka tuvaletlerini giymiş, saçları yapılı, yüzleri bol makyajlı birbirinden güzel Arap prensesleri bizi bekliyorlardı.

Biz THY yolcuları, buruşuk pantolonlarımız, eteklerimiz, tişörtlerimiz ve spor ayakkabılarımızla aralarına dağıldık. Tek iyi giyimli kişi Semra Özal, hepimizin ayıbını örtüyordu. Semra Hanım, siyah tül bir tuvalet giymiş olan en yaşlı prensesle başköşeye yerleşti. Yanına, maslahatgüzarımızın eşi oturdu. Sanırım yaşlı prensesin de yanında diğer prensesler protokole göre dizilmişlerdi. Bizler salondaki diğer kanepe ve koltuklara dağıldık. Format, Çin'dekinin aynıydı. Semra Hanım ile yaşlı prensesin konuşmalarını maslahatgüzarın eşi İngilizceye çeviriyordu. Sıkıcı, sıradan bir konuşmaydı. Nazlı Ilıcak ile ben, yine yapışık kardeşler gibi yan yana oturmuştuk. Alçak sesle günün bu saatinde aşırı süslenmiş prenseslerin dedikodusunu yaptık biraz. Oturduğumuz yerden, avluya kurulmuş muhteşem sofrayı da görebiliyorduk.

"Benimle avluya gelsene," dedi Nazlı, "gazetem için resim çekmek istiyorum."

"İzin verirler mi acaba resim çekmemize?"

"Sadece sofranın birkaç resmini çekeceğim. Senin için de çekerim eğer istersen."

"Sağ ol ama benim gazete resim kullanmıyor," dedim. Kalktık, yavaşça avluya süzüldük. Biz dışarı çıkarken bir garson, şerbet bardaklarının dizili olduğu bir büyük gümüş tepsiyle içeri giriyordu. Avluya hazırlanmış upuzun masanın üzerinde yok yoktu. Çay sofrasıydı güya ama kuzu bile vardı sofrada. Elbette çikolatalısından meyvelisine beş ayrı pasta, kekler, sandviçler, börekler, ezmeler, neler de neler. Sofranın başında bekleyen, başlarına kırmızı damalı kefiyeler sarmış muhafızlar bize sevecen gözlerle baktıkları için, Nazlı birkaç resim çekti değişik açılardan. Sonra içeriye döndük, yerlerimize oturduk.

Semra Hanım, bir şeyler anlatıyordu prensese. Söylediği İngilizceye çevrildi, prenses yanıtladı, onun söyledikleri de Türkçeye çevrildi. Derken yine Türkçe çarptı kulağıma ama Semra Hanım'ın billur sesi değildi bu.

"Gazeteci hanımlar, prensesin huzurundan izin almadan çıktınız. Lütfen kendisinden özür dileyin!"

Doğru mu duydum ben?

"Haydi ama, bekliyorum."

Dönüp Nazlı'ya baktım. Kıpkırmızı olmuştu. Benim de yanaklarım, kulaklarım yanıyordu. Ağzımı oynatmamaya gayret ederek, "N'apıcaz?" diye fısıldadım.

"Hiç," dedi. İkimiz de sesin geldiği yöne bakmadık ama, maslahatgüzarın eşinin konuştuğunu ve bize hitap ettiğini biliyorduk. Salon ölüm sessizliğine bürünmüş gibiydi. Biz görünürde, gözlerimizi karşı duvara dikmiş, hiç kımıldamadan oturuyorduk ama ben oturduğum yerde yok olmak istiyordum. O güne dek bir prensesin huzurunda bulunmamıştım ama aile terbiyesinin önemsendiği bir Osmanlı konağında büyümüştüm. Büyüklere hürmet etmeyi de, adap, usul de bilirdim. Nasıl gelmişti başıma böyle bir iş! Sırf dışarı çıkıp resim çeken arkadaşıma eşlik ettim diye, bu yaşımda azar işitiyordum resmen. Yok olamadığıma göre, bir ok olup fırlamak ve maslahatgüzarın eşinin kalbine saplanmak geliyordu içimden ya da bir arı olup, kadının dilini sokmak. Hayalimin en coşkun çalıştığı zamanlar stres altında olduğum anlardır, nedense. Oturduğum yerde içim içimi yerken, yine o billur sesi duydum.

"Hanımefendi, benim gazeteci arkadaşlarım demin görevleri gereği avluya çıkıp fotoğraf çektiler. Bu güzel şerbetinizden içemediler. Sizden çok rica etsem onlara da birer bardak şerbet getirtebilir misiniz?" diyordu Semra Hanım, söylediklerinin İngilizceye çevrilmesini bekleyerek.

Başımı çevirmemeye çalışarak, sadece gözlerimle o yöne baktım. Maslahatgüzarın eşi, aynen Nazlı ile benim yaptığımız gibi, Semra Hanım'ı duymazlığa gelmiş, karşıda bir noktaya bakıyordu. Az bir zaman geçti, maslahatgüzarın eşinin suskunluğu sürünce, yine Semra Hanım konuştu, artık billur da değil, benim için dünyanın en güzel mezzo soprano tınısıyla. Bu kez İngilizce konuşuyordu. Oxford İngilizcesi konuşmuyordu elbette, Nişantaşı'nda Oxford Üniversitesi olmadığı için, ama ne söylemek istediği yanlış zaman kipi de kullansa, gayet iyi anlaşılıyordu.

"Benim gazeteci arkadaşlarım az evvel görevleri icabı resim çekmek için avluya çıktılar, bu lezzetli şerbetleri içemediler. Onlar için de birer bardak rica edebilir miyim," diyordu. Ama aslında, ey maslahatgüzarın eşi hanım, ben başbakan eşi olarak burada otururken sen hangi cüretle benim himayemdeki gazetecileri, Arap prenseslerin önünde küçük düşürürsün, ben buna izin vermiyorum, demek istiyordu.

Yaşlı prenses ellerini çırptı. Bir Arap garson koşarak geldi, koşarak çıktı ve biraz sonra Nazlı ile bana gümüş tepsi içinde birer bardak şerbet sundu. Her ne şerbetiydi bilemeyeceğim ama hayatım boyunca içtiğim en lezzetli içkiydi. Belki de o olayın etkisinde, doğru dürüst cümle bile kuramayan niceleri meydanda at koşturduğunda, insan yönetmenin inceliklerini iyi bilen bu akıllı kadının siyasetten uzak durmasına, hep hayıflanmışımdır.

Çin yolculuğunun dönüşünde, annem heyecanla beni bekliyordu, hem Çin haberlerini duymak hem de bana müjdesini vermek için. Her gün Akademi Kitabevi'nin önünden geçiyor, çok satan kitaplar listesini kontrol ediyormuş.

Güneşe Dön Yüzünü listeye girmiş! Sadece Akademi Kitabevi'nin değil, o yılların haftalık aktüalite dergisi olan *Kim*'in de çok satanlar listesine girmiş üstelik.

O haliyle nasıl becermişti bu kitap listeye girmeyi acaba?

Kitabın ilk imzası Kadıköy'deki Gençlik Kitabevi'ndeydi. Bana sadece üç kişi gelmişti imzaya, annem, kuzinim Filiz bir de eski kocam Eren. Annem ve Filiz arkadaşlarına dağıtmak üzere toplam on dört, Eren de kendine, annesine ve çocuklara birer kitap aldığı için, ben o gün toplam yirmi adet kitap satmıştım. İmza arkadaşım genç şair kızın sattığından bir misli fazla! Sevinmiştim. Daha sonra, Akademi Kitabevi'nin sahibi rahmetli Hadi Bey iki ayrı imza günü düzenlemişti bana. Bir keresinde Ferhan Şensoy'la birlikte imza yapmıştık, Teşvikiye Caddesi üzerindeki küçük kitapçı dükkânında. Kadıköy'deki imzaya göre bayağı hareketliydi Teşvikiye. Konu komşunun, eşin dostun, yoldan geçerken görüp kitap almaya girenlerin sayesinde yüze yakın kitap satılmıştı.

Kitap macerası kötü başlamış, tahminimden daha iyi gitmişti ama ben kitabımın başına gelenlere o kadar çok üzülmüştüm ki, ikinci bir denemeyi göze alamadım. Zaten Ercan'ın tüm dergilerine haftalık ve aylık yazılar yazıyor, otel dergisini de çıkarıyordum. Bir de *Dünya* gazetesi yazarlığı vardı. Eh, daha ne olsun! Elimdekilerle yetinmeye karar verdim. Kitap bastırmak neyimeydi benim!

Ne öngörü varmış meğer anneannemde, yazarlık gerçekten de hayalden öteye gidememişti.

Kırık Bebek Kırık Yürek

Tunca reklam filmlerinde çalışmaktan vazgeçtiğim için bana kırgındı. Her ikimizin de işi başımızdan aşkın olduğundan, tesadüfen dahi karşılaşamamıştık son birkaç aydır. Telefonda kızının sesini duyunca, herhalde dedim, ya Nisan ağzımı arayacak setlere geri döner miyim diye ya da babasıyla ikimizi bir araya getirecek barışalım diye. Oysa dargın değildik ki!

Nisan, Tunca'nın öz kızı değil, çoktan boşanmış olduğu karısının kızıydı aslında. Annesiyle evlendiğinde yaşı çok küçük olduğu için, Nisan Tunca'yı baba bilmiş, onun evinde ve elinde büyümüştü. Annesiyle ayrıldıktan sonra bile onların baba-kız ilişkisi devam etmişti, o kadar ki, Nisan iş hayatında Tunca'nın soyadını kullanıyordu.

"Bugün veya yarın buluşabilir miyiz bir ara, seninle bir şey konuşmak istiyorum," diyen Nisan'a çok kati bir sesle, "Bak Nisan, babanı çok sevdiğimi bilirsin ama kararım kesin, sakın benden işimi bırakmamı istemesin, çalışma saatleri belirlenmiş bir işte çalışmanın keyfini sürüyorum ve çok memnunum hayatımdan," dedim, "İşe gitme saatim belli, eve dönme saatim belli... Oh be, ne güzelmiş meğer işin böylesi!"

Bir an sessizlik oldu telefonda sonra Nisan, "Ama ben başka bir şey söyleyecektim," dedi.

"Ah, özür dilerim."

"Babam, Murat'tan ayrıldım diye benimle de dargın bugünlerde. Biz de uzun zamandır görüşmedik."

"Hay Allah! Ayrıldınız mı sonunda? Kiraz'ı ne yaptınız?"

"Kiraz'ı yine Ankara'ya yolladık, halasına. Ben çok istedim bende kalmasını ama Murat diretti. Annem mahkemede benim aleyhime ifade verince."

"Ne!"

"İnanamadın değil mi? Annem, Murat'ın şahidi olarak duruşmaya çıktı ve dedi ki, bunlar gece gündüz çalışıyorlar, çocuğa bakacak halleri yok. Zaten halası baktı iki yaşına kadar, yine halaya verin siz onu. Hâkim de öyle karar verdi, artık çocuğun anneannesi de böyle söyledikten sonra."

"Vay..."

Ağzımdan fırlamaya hazırlanan kötü sözü zor tuttum. Nisan, Tunca'nın asistanlığını, bazen de sahne yapımcılığını yapan Murat Ateş'le evliydi ve Kiraz adında minik bir kızları vardı. Saatleri belirsiz film işlerinde çalıştıkları için kızlarını iki yaşına gelene kadar Kiraz'a çok düşkün olan halasına bırakmışlardı. Her fırsatta gece treniyle Ankara'ya gider, çocuklarını görürlerdi. İki yaşına gelince Kiraz'ı yanlarına aldılar. Ama bu sefer de evlilik yürümedi. Kocaman gözlü Kiraz kız, yeniden Ankara'ya postalanıyordu demek ki. Oysa ne sevinmişti anne ve babasının Cihangir'deki küçücük evine getirildiğinde.

Yüreğime bir ok saplanmış gibi oldu. Ben de hayat boyu çocuk hasreti çektiğimden, hani neredeyse bana verin, ben bakayım diyecektim, bari anasıyla aynı şehirde yaşasın diye Kiraz.

"Ayşe, ben bambaşka bir şey konuşmak istemiştim seninle," dedi Nisan, "bu akşam iş sonrası buluşalım mı?"

"Tamam da konu nedir?"

"Konu senin bir öykün."

"Pardon?"

"Senin kitabını okudum da, orada GÜLİZAR diye bir öykü var. O öyküyü film yapmak istiyorum."

"Yaa!"

"İzin verir misin?"

Vermez miyim! Değil sadece Gülizar'ı, al bütün öyküleri film yap, Nisan.

"Yapımcı kim? Kim çekecek?"

"Kadri Bey'e de okuttum öyküyü. Kadri Yurdatap'a. Bayıldı, yapımcısı o olacak, yönetmeni de ben."

"Nisan, öğlen tatilinde buluşalım mı?" dedim, "Akşam bir işim vardı da..."

İşim filan olduğundan değil, konuyu konuşmak için akşama kadar bekleyemeyeceğimden.

"Taksim'deki Çin lokantasına gidelim," dedi Nisan.

Çin! Uğurlu kelimem! Harika!

"Saat yarımda Çin'de," dedim Nisan'a, "şu Kiraz'ın işini de bir anlat bana ya, çok canım sıkıldı yine ayrılacaksın diye kızından."

"Sorma Ayşe. Perişanım. Annemi ölene kadar affetmeyeceğim."

Vah canım, dedim içimden, sen de mi üye oldun bizim kulübe! Ne kötü bir şeydir bilsen, ölünceye kadar kin duymak bir insana, ayakkabında sürekli ayağına batan minik bir çakıl taşı varmış gibi, rahatsız edici, huzur kaçırıcı bir duygudur! Ama iş, evlat üzerine oynanan pis bir oyun olunca, evladın canı da ananın canı kadar yanınca, bağışlamak artık insanı aşıp, Allah'a kalıyor, öteki alemde.

Buluştuk aynı gün Nisan'la. Konuştuk. Anlaştık. Akşamüstü anneanneme uğradım. Annem de oradaydı. Müjdemi vereyim dedim ama hemen vazgeçtim anneannem yine kehanette bulunur da, bu proje de bir "hayal" oluverir diye.

Bu proje hayal olmadı.

Benim Gülizar adını verdiğim öyküm, Türk sinema tarihine *Kırık Bebek* adıyla geçti. Öykümün başkarakteri Artın Usta'nın senaryoda ikinci plana düşmesine beni ikna eden kişi ise, Nisan değil, Kadri Yurdatap oldu.

"Ayşe Hanım kızım, sinemada gişe çok önemlidir. Artın Usta'yı yaşlı bir oyuncu oynayacak. Kimse yaşlı adam görmek için sinemaya gitmez. Ama Gülizar'a ağırlık verirsek, ki ben Hülya'yı düşünüyorum (her kim idiyse o) film çok iş yapar, hepimiz kârlı çıkarız," demişti. O kadar sıcakkanlı ve tonton bir insandı ki, hayır diyemedim, "Senaryoyu ben yazarsam düşünürüm," dedim.

"Sen yaz!"

Sıra geldi Hülya'nın kim olduğunu öğrenmeye. Kulaklarımı ve gözlerimi açınca, pek çok dergi ve gazetede ismine, resmine rastlamaya başladım.

Nisan da zaten, "Ayşe, Gülizar'ı oynayacak olan, taze erik gibi bir kız, görünce bayılacaksın," demişti ki gerçekten de görünce bayılmıştım. 1987 yılında Hülya Avşar, dünya güzeli bir kızdı. Benim Türk sinemasıyla ilgim, çocukları Cüneyt Arkın filmlerine götürmekle sınırlı kaldığı ve onların yurtdışına gidişiyle tamamen kesildiği için, Hülya'yı haliyle gözden kaçırmışım.

Nisan ayrıca, "Bu film bir kadınlar filmi olacak. Reklamını öyle yapacağız," demişti, "Senaristi, başoyuncusu ve yönetmeniyle üç kadının filmi olacak Gülizar."

Bu filmin gişesinden bana yüzde gelmedi. Benim için para kazanmak o günlere kadar "yap işini, al paranı" durumuydu. Savaş yıllarında doğmuşsanız parayı savurmamaya (yoktur çünkü), babamın kızıysanız boş odalarda ışıkları kapatmaya, suyu boş yere akıtmamaya, memur çocuğu iseniz faizdi, yüzdeydi anlamını bile bilmemeye talimlisinizdir. Eee, bende bunların hepsi var! Bir danışmanım, menajerim, akıl verenim ise yok! Hikâyemin karşılığı olan birkaç bin lirayı taksitle aldım, senaryo için de ayrı bir miktar aldım, bitti gitti! Kazancı ille de parayla ölçmeyen biriyseniz benim gibi, kazancım büyüktü! Öncelikle Kadri Yurdatap'ı tanımıştım, sonra da Türk sinemasını. Her ikisi de büyük birer artıydı hayatımda. Türk sineması tam da o yıllarda çehre değiştiriyordu. Yapmacık cümlelerden, abartılı duygulardan, iç bayıltan göz süzme, bıyık burmalardan ve en önemlisi fakir kız/zengin oğlan, zengin kız/şoför oğlan formatından vazgeçiliyordu. *Gramofon Avrat*, *Aahhh Belinda!*. gibi müthiş filmlerin birinden çıkıp, diğerine giriyordum. Türkân Şoray'ın bir çift baygın göz, dolgun dudaktan ibaret olmadığını keşfediyordum. Tük sinemasının tadına varışımı, Nisan'a borçluyum bu yüzden.

Senaryoyu büyük bir coşkuyla yazdım. Her ne kadar senaryoya eklenen karakterlerin arasında öyküm eriyip gittiyse de, senaryo benim elimden çıkıyordu neticede. Yeni kişileri de ben yaratıyor, filme azıcık kara mizah katıyordum. Sonra Nisan, ben ve Eriş (filmin genel koordinatörü ve Nisan'ın o sırada sevgilisi, sonradan kocası) çok uzun süren bir toplantıda senaryoyu baştan aşağı okuduk. Eriş çok yere müdahale etti, replikleri kısalttı. Sinir oldum ama elimden bir şey gelmedi. Rol dağıtımı yapılmış, yan rollere müthiş oyuncular seçilmişti tiyatrodan. Erdal Özyağcılar Hülya'nın babası, Güzin Özyağcılar annesi, Derya Alabora ablası rolündeydi. Artin Usta'yı Orhan Çağman oynayacaktı.

Çağlayan'da bir yerdeydi galiba, Artin Usta'nın evi ve iş mekânı olarak bir atölye tutuldu. Film çekimine başlandı. İlk gün ben öğlen tatilini zor edip, taksiye atlayıp gittim. Uslu uslu seyrediyordum ki bir kenarda oturmuş, aaa o da nesi? Senaryoda hiç yeri olmayan bir sahne eklenmiş! Kim yaptı bu işi bana sormadan dememe kalmadı, bambaşka replikler duydum. "DURUN; DURUN!" diye bağırarak attım kendimi orta yere.

"Nisan, nereden çıktı bu konuşmalar, bu... bu... şeyler!"

"Eriş son dakika ekledi."

"Olmaz ama..."

"Ayşe Hanım, lütfen," dedi sahne amiri. Oyuncular ters ters bakıyorlardı. Köşeme döndüm. Yüreğim ağzımda seyretmeye başladım, başına daha başka neler gelecek diye senaryonun. Bu sırada Hülya, Belgrat ormanlarında bir piknik sahnesi için hazırlanmış, geldi. Ayağında topuklu ayakkabılar, üzerinde kat kat bir beyaz fisto elbise. Nisan'ın yanına koştum.

"Nisan, bu kızın bir spor ayakkabısı yok mu?"

"Niye sordun?"

"Pikniğe böyle mi gidilir! Partiye gider gibi giyinmiş. Kim karar veriyor oyuncuların giysilerine?"

"Kendileri getiriyorlar."

"Nasıl yani? Bir bütçe yok mu bu iş için?"

"Ayşe, burası Yeşilçam, TRT stüdyoları değil," dedi Eriş.

O gün setten gönlü kırık ayrılıp döndüm ofise. Sonraki günlerde birkaç kere daha gittim sete. Erdal Özyağcılar her seferinde kendi için yazdığı üç-beş satırla gelip, repliklerine ilave edilmesini istiyordu. Başka bir oyuncu, başka şey istiyordu. Nisan gencecikti, ufacık tefecikti, üstelik inanılmaz zarif, uysal bir kızdı. Tepesinde durup, her yaptığına karışan Eriş'le ayrı, sürekli kendilerine replikler yazan oyuncularla ayrı mücadele ediyordu. Ben sete her gidişimde saçımı başımı yoluyordum. Benim senaryom bu değildi, kafamda canlandırdığım film de böyle değildi. Çekim ekibi her şeye rağmen kibarlık edip bana, sen artık gelme demediler ama, beni gördüklerinde yüzlerinde güller açmıyordu. Sonunda ben uğramaz oldum sete, kızmamak, üzülmemek, kimseyi tedirgin etmemek için.

İşte tam da o günlerde, *Bir Kırık Bebek* çekim aşamasındayken, bir yeni film oynuyordu sinemalarda. Adı bir tuhaftı; *Hayallerim, Aşkım ve Sen.* Başrolde Türkân Şoray. *Gramofon Avrat*'tan beri

düşkünü olmuştum Türkân'ın, kalktım gittim. Aman Tanrım, biri benim duygularımı çalmış ve bu duygulardan bir film yapmış! Filmde senaryo yazan genç bir çocuk vardı. Hayranı olduğu ünlü oyuncu (Türkân) için bir senaryo yazıyor, bin bir uğraştan sonra, Türkân'a senaryosunu okutuyor, çektirtmeyi başarıyor ve tıpkı benim yaptığım gibi sete, yazdığı filmin çekimini izlemeye gidiyordu; ben ne yaşadımsa, hepsini yaşamak, neler hissettimse aynı duyguları hissetmek için. Yönetmen ve yapımcı sahneleri değiştiriyorlardı, replikleri ya uzatıyor ya kısaltıyorlardı, günbegün yapılan değişikliklerle tanınmaz hale geliyordu özgün senaryo ve fıttırıyordu çocuk. Benim yapamadığımı yapıyor, kriz geçirip duman ediyordu ortalığı. Her şeyi kırıp döküyordu. Sırf o sahne için, filmi ağzım kulaklarımda tam üç kere seyrettim üst üste. Ohh be, rahatladım!

Çekimler nihayet bitti ve bizim film sessiz sedasız gösterime girdi. Annem birkaç arkadaşıyla Pangaltı'daki sinemaya gitmiş seyretmeye.

"Nasıl beğendin mi?" diye sordum.

"Çok beğendim," dedi ama süt dökmüş kedi gibi bir duruşu vardı.

"Anne, bir terslik var! Ne oldu?"

"Yok bir şey."

"Var, var. Ben anlarım. Seyircilerden biri kötü bir laf mı etti film hakkında."

"Yok, vallahi etmedi."

Israr ettim, sonunda ıkına sıkına çıkardı ağzından baklayı. Salon bomboşmuş. Kendisi ve iki arkadaşının dışında seyirci yokmuş sinemada. Hafta içleri öyle olur, dedim. Ben filmi kaç kere izlemiştim sette ama sırf o tecrübeyi yaşamak için, ben de kalktım, gittim İnci sinemasına. Annemin gittiği günden bile beter bir durum. Bir ben, bir de en arkada tek vücut olmuş, öpüşüp duran bir çift. Koca salonda üç kişi!

Oysa film, 1. Ankara Film Festivali'nde Orhan Çağman'a En İyi Yardımcı Erkek Oyuncu, Derya Alabora'ya da En İyi Yardımcı Kadın Oyuncu ödüllerini getirmekle kalmadı, bir de Kültür Bakanlığı Özel Ödülü'nü aldı. Niye sinemaları dolduramamıştı, onu da bizim anlaşılmaz hallerimize veriyorum.

Hayat hiç kimse için, değil sürekli yükselen, düz bir çizgide bile ilerlemiyorken, benim için niye değişik olsundu ki!

Kötü basıldı diye üzüldüğüm kitabım tahminim çok ötesinde satmış hatta Türk sinemasına çeşitli ödüller alan bir film kazandırmıştı. Rüyamda görsem inanamayacağım bir yolculuk yapmış, Çin'e gitmiştim. Yazılarım *Dünya* gazetesinde yayınlanmıştı. Sevgilimle iyi gitmeyen ilişkim, kavgasız gürültüsüz kopma noktasına gelmiş, iyi olmuştu ve artık severek yaptığım bir işim vardı.

Kader bana sürekli gülümsemeye başladı demeye kalmadı, şirket içinde, bir çalışma arkadaşımda, nedenlerini bilemediğim bir husumet oluştu bana karşı. Davranışlarındaki kabalık açıktı ama sebebi açık değildi. Neden böyle davrandığını anlayabilmek için kafa yormadım değil. Aklıma sadece tek bir şey geliyordu: Asil Nadir şirketlerinin logosunu değiştirme operasyonum.

Şirketin logosu Londra'da hazırlanmış, tüm kâğıt malzeme bu şekilde basılmıştı. Zarfların ve dosya kâğıtlarının üzerinde, kocaman yuvarlak bir dünya ve bu dünyanın içinde koyu maviyle belirtilen şirketler. Bu logo, Türkiye ve Kuzey Kıbrıs'taki işletmeler ile fabrikaları kapsamıyordu. Türkiye'de kurulan şirketler ise, niteliklerini belirleyen kendi logolarını istiyorlardı. Şirketlerin görsel işlerini, Türkiye'nin en iyi grafikerlerinden biri olan Erkal Yavi hazırlıyordu. Bir gün bu konuda konuşmak için randevu istemiş, ofise gelmiş ve bana şöyle demişti:

"Bak Ayşe, bu kocaman dünyanın altına, diğer şirket amblemlerini de koyunca, logo neredeyse sayfanın dörtte birini kaplıyor. Çok çirkin bir görüntü oluşuyor. Yeniden bir çalışma yapmak, amblemi ufaltmak lazım. Ana şirketi, altındaki diğer şirketlerin amblemlerini kapsayacak bir dam gibi tasarlamayı düşünüyorum..."

Her neyse, o uzun uzun anlattı, gösterdi, çizdi ve ben anladım. Hakkı vardı. Elimizdeki mevcut logonun altına veya yanına, Türkiye ve Kuzey Kıbrıs'taki şirketlerini dahil etmek mümkün değildi. Durumu Betûl Mardin'e anlattım. "Asil Bey yakında İstanbul'a geliyor, onunla konuş, hallet," dedi. Geldiğinde ona da söyledim. Akıllı adamdı, hemen anladı.

"Söyle Erkal'a, yeni bir logo çalışması yapsınlar, ben burada değilsem, Betûl Hanım'la birlikte siz karar verirsiniz," deyince, Erkal'ı arayıp müjdemi verdim.

Logo değişecekti ama eski logonun basılı olduğu tüm malzemeyi tükenene kadar kullanacaktık. Bir-iki ay geçti, yeni logonun hazır edildiği günlerde bu arkadaş hışım gibi daldı odama.

"Sen niye kendi başına işler yapıyor, pişmiş aşa su katıyorsun!" diye bağırdı.

"Kendi başıma yapmıyorum, Asil Bey'e danıştım," dedim.

"Bana niye danışmadın?"

"Çünkü logo hazırlamak benim iş alanıma giriyor. Sen dış ticaretten sorumlusun. Halkla ilişkilerden, dolayısıyla görsel malzemeden ben sorumluyum."

"Her şeyden ben sorumluyum. Benim haberim olmadan kuş uçmayacak bu ofiste."

"Betûl Mardin'e de sordum..."

"Ne dedim ben? Benim haberim olmadan kuş uçmayacak bu ofiste dedim!"

"Pekâlâ, madem öyle, bundan sonraki kuşlar için sana danışırım. Ama logo kuşu uçmuş bulunuyor," dedim şakaya vurarak. Ben bir türlü anlamıyordum, bu kadar basit bir şeye kızmış olmasını. Kapıyı vurup çıktı. Bu konuda başka bir konuşma da geçmedi aramızda. Bitti, gitti. Ya da ben öyle zannettim, çünkü bir müddet sonra aynı odayı paylaşan biz halka ilişkiler ekibinin ve ayrıca Nil'in önüne birer bildiri koydurdu bu arkadaş. Bundan böyle hepimizin sekreterliğini yapan genç kız, sadece onun yazılarını daktiloya çekecek, onun işleriyle ilgilenecekti. Bize vereceği tek servis, telefonlarımızı bağlamakla sınırlanıyordu. Önce şaka yaptığını zannettik. Sonra sekreter kızın bize takındığı küstah tavırlardan anladık ki bu işin şakası yok. Diğer arkadaşlarım ne düşündüler bilemiyorum, bende tuhaf bir his uyandı; bu gereksiz zulmün muhatabı bendim aslında, diğerleri benim narıma yanmaktaydı. Her zaman kapısını vurarak girdiğim, bir adım ötedeki odasına bu kez sekreterinden randevu istetip, gittim.

"Bir sorun olduğunun fakındayım. Konuşarak çözelim mi, her neyse o sorun," diye iyi niyetle yaklaşmaya çalıştım.

"Burada herkes başına buyruk davranmaya başladı. Asil Bey'in yokluğunda burayı ben idare ediyorum," dedi. "O yokken, şef benim."

"Tamam da, şefler şikâyetleri de dinlemekle mükelleftir. Halka ilişkiler olarak sekreterlik hizmetlerine ihtiyacımız var, oysa sekreterin bize davranışı hiç hoş değil..." Sözümü bitirtmedi, "Bundan sonra işler böyle yürüyecek, anladın mı, ayı!"

Ayı! Ayı? Bana ayı dedi! Doğru mu duydum? Ayşe demek isterken ayı mı çıktı ağzından yanlışlıkla? Ben, ayı? O yıllarda kilom 53. İrikıyım değilim, ayıya benzer bir halim yok, hani "karı" demiş olsa... Birden bir gülme tuttu beni. Kahkahalar boğazımda düğümlenmiş, bıraksam belki büsbütün kızacak. Zor tuttum kendimi, odadan dışarı çıktım. Banyoya koştum. Kafamı havluya gömüp güldüm, güldüm. Sonra yüzümü yıkadım. Bu sefer de ağlamak geliyordu içimden ama hayır ağlamayacaktım. Ayı dedi bana ya, resmen ayı dedi; ayı herif! Odasına dönüp bir yumruk mu atsaydım suratının ortasına? Bir tokat mı patlatsaydım? Yok, geç kaldım, olmaz artık! Onu bana ayı der demez yapmalıydım ki ayı nasıl olunur, görsün! Hayır, hayır, iyi ki yapmamışım! Tek bir kerecik, çok kızdığım için oğlanlardan birinin poposuna bir tekme sallamıştım çocuk birinci sınıfa giderken, ona hiçbir şey olmadı ben ayak bileğimi kırıyordum az daha, on gün boyunca topallamıştım. Eminim birinin yanağına tokat patlatsam, en az üç parmağım alçıya alınır benim. Öylesine bir nane mollayım yani!

İlk şaşkınlığım geçince kızgınlığım arttı. Prizde unutulmuş ütü gibi, giderek daha çok kızıyordum. Sıcaklık, tabanlarımdan başlamış, yukarı tırmanıyordu, içimde bir alev topu dolaşıyormuş gibiydi. Karnım, göğsüm, boynum, yanaklarım yanıyordu. Ateş başıma çıktı sonunda, neredeyse saçlarım tutuşacaktı.

Yerime döndüm, iki kâğıt aldım, birinciyi daktiloma taktım, istifa mektubumu yazdım. İkinciye, bu şahsa neden işten ayrıldığımı anlatan bir mektup yazdım. Mektupları kapımızın girişinde oturan dar etekli sarışın sekreterin masasına koydum. Başını bile kaldırmadı, tıkır tıkır bir şeyler yazıyordu makinede.

"Bu mektupları hemen yerlerine götür!" dedim. Dediğim anda da kendi sesimden kendim korktum. Hayatımda ilk kez birine rica etmiyor, emir kipiyle konuşuyordum. Başını kaldırdı, hayretle yüzüme baktı. Sanıyorum saçlarım diken dikendi. Sanıyorum gözlerimden ve ağzımdan ateş fışkırıyordu. Eminim o anda bir insandan çok bir canavarı andırıyordum.

"Hemen dedim, hemen!"

Hiçbir şey söylemeden, iskemlesini itti, kalktı, zarfları eline aldı ve hayret, ilk kez hiç kırıtmadan yürüdü, karşısındaki odaya doğru. Ben de tuvalete yürüdüm yine. Kapıyı kilitleyip, sırtımı serin duvara dayadım, sakinleşmeyi bekledim. Aynadan yansıyan yüzüm çirkindi. Çok çirkindi. Emir vermek bana hiç yakışmamıştı. Beni rahatlatmamıştı da. Keşke gidip yumruğumu, hak eden kimsenin suratına patlatsaydım, diye düşündüm, en azından doğru hedefe kusardım kızgınlığımı, zavallı bir kıza değil. Sonra da herhalde erişkin hayatımın ilk dayağını, çalışma arkadaşımdan yemiş olurdum. İlginç bir tecrübe olurdu!

Odama döndüm. Telefonum çaldı, açtım. Yönetim Kurulu Üyesi Fahri Görgülü istifamı geri almamı rica ediyor, "Odama gelin, konuşalım," diyordu. Ne çabuk okumuş mektubu! Ne diyecektim odasına gidince, filanca bana ayı dedi mi diyecektim. Allahım ne komik bir duruma düşmüştüm!

"Ayşe Hanım, sizin üzerinize fazla iş mi yıktık? Bir şeye mi gücendiniz?"

"Tamamen özel nedenlerle efendim. Hayatımda bazı gelişmeler oldu..."

"Ani bu karar ama. Dün böyle bir şey yoktu."

"Evet ani oldu biraz."

"Ben istifa mektubunuzu görmezden geldim. Özel hayatınıza karışamam elbette ama, lütfen ani karar vermeyin. Uzun uzun düşünün e mi! Ama belki de hayırlı bir gelişmedir. İnşallah..."

"Düşüneceğim, söz veriyorum size," diye kestim lafını, aceleyle. Fahri Bey, evlenme teklifi aldığımı düşünüyor olmalıydı. Çünkü bir kadının başına gelecek yegâne hayırlı iş, bir kocadır nedense. Başıma gelen en hayırsız işlerin kocalardan kaynaklandığını ona söyleyemeyeceğime göre, gece boyunca düşünür, söyleyecek bir şey bulurdum elbette. İstifam için bir sebep göstermeliydim insanlara? Gerçeği ancak Nil'e ve Betûl Mardin'e anlatabilirdim, Fahri Bey'e veya başkalarına değil. Yarım saat sonra da, gelişmeyi duyduğuna emin olduğum Betûl Mardin telefon etti. Tek bir cümle söyledi;

"İşten çıkınca bana gel."

Akşam yemeğini Betûl Mardin'in evinde yedim. Olayı ona naklederken, ben bir muhatabımın yerine geçiyor, bir kendimi oynuyordum, her ikimizin de yüz mimikleriyle. Çok güldük, kahkahalar attık. Sonra bir hüzün çöktü ikimize de. Eğlencesi bir tarafa bırakıldığında, içine düştüğüm zor bir durumdu, sadece benim için değil, hepimiz için. Betûl Mardin beni yetiştirmişti, o işte bana ihtiyacı vardı. Gidişim zor doldurulur bir boşluk bırakıyordu çünkü otuz yıl önce her köşebaşına, bir iyi yetişmiş PR elemanı düşmezdi.

Ya ben ne yapacaktım?

Tunca'ma geri dönecektim herhalde kös kös.

Konuşmadan oturduk bir zaman. Sessizliği Betûl Mardin bozdu.

"Ayşe," dedi, "önümüzde İzmir Fuarı var. Fuarı düzenlemek senin işindi. Bu işin şu anda başına geçecek başka biri yok. Biliyorsun, ben başka kurumların da PR'ıyım. İstanbul'u bırakıp gidemem. Sen de beni yarı yolda bırakamazsın. Sen planladığımızdan birkaç gün önce git İzmir'e, ön çalışmalara başla. Hazırlık iki-üç hafta sürer, fuar başlar, on gün de o sürer. En az bir ay boyunca bu kişiyle muhatap olmazsın, suratını görmezsin. Fuar bitince, Allah kerim, yeniden konuşuruz."

"Tamam," dedim, güzel işimi borçlu olduğum ustama.

Sancar Maruflu ile fuar alanında kuracağımız stantları hazırlamak üzere, İzmir'e uçtum. Sancar beni havalanında karşıladı, Çiğli'de askeri havalanından bozma küçük bir meydana inerdi eskiden uçaklar. Açık havada valizlerimizi beklerken, valiz bandının üzerine takılmış elektrikli ızgaralarda cazır cuzur ses çıkararak yanan pervaneler, sinekler kafamıza dökülürlerdi.

"Önce fuar alanına gidelim," dedi Sancar.

Hay Allah! Ben önce otele gidip saçlarımdaki sinekleri silkelemek istiyordum, karşımdaki tonton ve şişman genç adam da heyecanla bana fuarda kiraladığı yerleri göstermek istiyordu. Hevesini kıramadım, önce fuara gittik. Koskocaman bir alan kiralamışız. Türkiye'de paketlemeden tutun Niksar suyuna kadar beş-altı şirketimiz vardı, her bir şirket için ayrı yer tutulmuş. Bu kadar kısa zaman içinde nasıl bitirilecekti onca iş! İzmir'de kimseleri tanımaz, etmezken hem de.

"Merak etme Ayşe, yarın sabah mimarımız otele gelecek," dedi Sancar, "sana yardım etmeleri için genç kızlar da ayarladım. Davetiyeleri yazacaklar, asistanlığını yapacaklar."

Sancar Maruflu, o yıllarda İzmir'de halkla ilişkiler yapan tek kişiydi ve Allah için işini çok iyi yapıyordu. Bana bir de akşam yemeği yedirip, otelime bıraktı.

Yerimi Efes Oteli'nde ayırtmışlardı. Odam havuza ve bahçeye bakıyordu. Üç buçuk hafta kalacağım otel odama yerleştim. Gürültülü çalışan klimayı kapatıp yattım. Boğucu bir sıcak vardı, uyuyamadım, balkona çıkıp yıldızları seyrettim bir süre. Yıldızlardan biri, bana dostça göz kırpıyor gibi geldi. Sevindim. Klimayı tekrar çalıştırıp, yattım, İzmir'deki ilk uykuma. Ertesi sabah, mimarla buluşup konuştuktan, Sancar'ın kızlarına davetiye listesini teslim ettikten sonra, işim bitti. Şimdi birkaç gün, stantların kurulmasını beklerken, işim olmayacaktı. Mayomu giyip havuza indim.

Hafta içi olduğu halde kalabalıktı havuz. Gölgeli bir köşe arandım. Havuz kenarında hiç gölge yoktu, çimenlere doğru yürürken biri seslendi. Döndüm baktım, yıllar öncesinden tanıdığım bir arkadaş. Engin.

"Sen ne arıyorsun burada?" diye sordu

"Gölgeli bir yer arıyorum."

"Bulamazsın. Sana bir şemsiye getirteyim. Otelde mi kalıyorsun?"

"Evet," dedim, "fuar için geldim. Asil Nadir'de çalışıyorum, fuarda stantlarımız var da, onları hazırlayacağım."

"Eylüle kadar buradasın, şu halde."

"Bir mucize olmaz da işler bir haftada bitmezse, öyle görünüyor."

"Egeliler dalgacıdır, bu tür işleri bir haftada bitiremezler."

"Üç haftada bitirirler mi?"

"Ne demişler, Allah'tan umut kesilmez."

Arkadaşım bana bir buzlu kola, bir de şemsiye getirmelerini söyledi.

Şemsiyenin gölgesine çektiğimiz şezlonglarımıza uzanıp, lafladık. Yıllar, yıllar önce onunla ilk tanıştığımda o yedek subaylığını yapıyordu, ben nişanlıydım. Bir sonraki karşılaşmamızda, Ankara'da genç bir diplomattı. Ben boşanmıştım, o nişanlıydı. Evlendi, Londra'ya tayini çıktı. Ben de İstanbul'da evlendim ikinci kez. Arada karşılaşmadık, yaklaşık on yıl kadar sonra duyduk ki, Dışişleri'nden istifa etmiş Engin, İzmir'e yerleşip aile işinin başına geçmiş. O yıllarda, her ikimiz de evliyken, ayrı şehirlerde yaşamamıza rağmen ara sıra görüşürdük. Müşterek arkadaşlarımız ve aynı yaşlarda çocuklarımız vardı. Devran dönmüş, gün gelmiş, eşlerimizden aynı nedenlerle boşanmıştık. Ayrı şehirlerde

yaşadığımız için de pek karşılaşmamıştık. Dolayısıyla edecek lafımız çoktu.

"Oğlun nasıl?" diye sordum.

"İyi. Benimle kalıyor, biliyorsun. Ama şu ara yaz tatili için annesinin yanına İstanbul'a gitti. Seninkiler nasıl?"

"Benimkiler de şu anda çifte büyükanneleriyle Bodrum'dalar. Bu fuar işi biter bitmez ben de katılacağım onlara."

Biraz daha lafladık. Ben kalkmaya davranırken;

"Akşam başka işin yoksa yemek yiyelim mi?" diye sordu.

"İşim yok," dedim, "yiyelim."

"İzmir'in balıkları Boğaz balığına benzemez ama trançası iyidir. Bir balıkçıya götüreyim seni."

Akşam saat sekizde otelin lobisinde buluşmak üzere sözleştik. Odama dönüp, kitabımı okudum. Saat yedi buçuk sularında Sancar telefon edip beni yemeğe götürmek istediğini söyledi.

"Keşke sabah söyleseydin. Bir arkadaşıma rastladım havuzda," dedim, "davetini kabul ettim, onunla çıkıyorum."

"Tanır mıyım?"

Söyledim adını. Pek etkilendi. Benim arkadaş meğer İzmir Ticaret Borsası'nın, Esiad'ın ve pek çok kurumun daha başkanıymış, şuymuş, buymuş. Yarım kulak dinledim. Tüm bu etiketlerden Sancar kadar etkilendiğimi söyleyemem. Beni ilgilendiren sadece nazik ve hoş bir insan olmasıydı; söylemeden edemeyeceğim ve de yakışıklı!

"Bu akşam sana iyi eğlenceler," dedi Sancar.

Biz bu eski arkadaşla akşam yemeğini Birinci Kordon'da bir balıkçıda yedik. Birbirimizin özeline hiç girmeden şuradan buradan, müşterek arkadaşlarımızdan konuştuk. Saat on bire doğru beni otelime kadar getirip bıraktı.

Ertesi gün, marangozlarla işim vardı, mimarla fuara gittik. Öğle yemeğinde Sancar gelip beni aldı, pek popüler bir lokanta olduğunu söylediği Bonjour'a götürdü. Oturduk bir masaya, yemeklerimizi ısmarladık. Az sonra, tam da yandaki masaya benim arkadaş gelip oturmaz mı birileriyle.

"Ne tesadüf!" dedi Sancar.

Tesadüfler o öğle yemeğiyle sınırlı kalmadı. Arkadaşıma ya gittiğim kafelerde veya havuzda tesadüf ediyordum ya da onunla yolda karşılaşıyordum. Evinin benim kaldığım otelin hemen yanında olduğunu bilmesem, rastlantıları denk düşürdüğünü zannedebilirdim. Sık karşılaşmalarımız gerçekten tesadüflere dayanıyorsa, yukarıda bir yerden planlanıyor olmalıydı çünkü bu karşılaşmalar hep bir yemek davetiyle sonuçlanıyordu ve her ikimiz de gündüzleri çalıştığımızdan, yemekler haliyle akşama oluyordu. Üç hafta boyunca birlikte, İzmir'in Alsancak semtinde gidilmedik lokanta bırakmadık. Bu zaman içinde ben de bu arkadaşın daha önce pek bilmediğim bir yanını keşfettim; İngilizlere has bir espri anlayışı vardı, beni güldürüyordu. Daha doğrusu birlikte gülebiliyorduk. Değer yargılarımız, dünya görüşümüz, siyasi bakış açımız, aynı tarz müzik sevmemiz, aynı tarz ailelerde büyümüş olmamız, şu, bu; hatta yaşadığımız iyi ve kötü tecrübeler, bu tecrübelere vermiş olduğumuz tepki... Evet hepsi uyumluydu ama benim için hepsinden önemlisi, mizahta tutturduğumuz uyumdu. Gülmenin ayıp ya da günah sayıldığı iklimlerde yaşayamayacağım kesindir benim, ama kolay kolay da gülemem. Şarlo'dan İnek Şaban'a, Danny Kay'e ııh! Mizah illa zekâ içerecek, Peter Seller çizgisinde, kara mizah olacak! Durum bu kadar vahimken, her yemekte beni güldürebilen bir adam... Harika!

Fuar stantlarımız zamanında tamamlandı. Asil Nadir İzmir'e teşrif ettiğinde, tüm hazırlıklar tamamlanmıştı. Açılıştan bir gün önce, baş başa konuşmak için öğle yemeğine çağırdı beni. Otelin terasında, kuytu bir köşede oturduk.

"Gitmekten vazgeçtin mi?" diye sordu.

"Geçmedim."

"Olanları Betûl'den öğrendim. Sorun yaşadığın kişiyi işten atmak hariç, dile benden ne dilersen."

"Hiçbir dileğim yok Asil Bey."

"Bak Ayşe, babamla onun babası çok eski ve yakın dosttu. Ölürken oğlunu babama emanet etmiş. Babamın da bana vasiyeti var, onu kollamam için. Bir tür baba yadigârıdır yani anlatabildim mi?"

"Çok iyi anladım."

"Şimdi söyle, kalman için ne yapabilirim."

"Hiçbir şey," dedim. "Üzgünüm, gerçekten çok üzgünüm, işimi seviyordum ama huzursuz yaşamayı beceremiyorum. Biliyorsunuz, maddi manevi tüm sıkıntıları göze alıp beni inciten iki kocamı, gözümü kırpmadan boşadım."

"O halde seni Londra'daki ofise aldırayım. Özel asistanım ol veya yine PR yap."

Başımı salladım hayır anlamına.

"Neden? Londra senin bir zamanlar yaşadığın şehir. Yabancılık çekmezsin!"

"Buradan ayrılamam Asil Bey. Benim babam da annemi bana emanet etti. Üstelik anneannem de var ve çok yaşlı. Gözüm arkada kalır."

"Ama çocukların İngiltere'de."

"Oxford'da yatılı okuldalar. Londra'da onları görme imkânım yok ki. Ara tatillerde zaten buluşuyoruz."

"Bu gece bir kere daha düşün teklifimi. Son kararını bana yarın söyle. Yok yok, vazgeçtim! Bu önemli bir karar, acele etme," dedi Asil Nadir, "Sen şimdi Bodrum'a tatile gidiyordun değil mi, tatil dönüşü bildir kararını."

Haklıydı, ülke değiştirmek, tren yolunda makas değiştirmek demekti, başka mecraya akmaktı. Çok iyi düşünmek lazımdı. Ama ben hiç düşünmedim. Ne yapmam gerektiğini iç sesim, iş arkadaşım bana ayı dediği an fısıldamıştı kulağıma, buraya kadar, demişti! Keşke böyle olmasaydı! Ah keşke daha neler, neler böyle olmasaydı! Keşke'siz yaşanamıyordu işte! Ben kararımı çoktan vermiştim de, kalmam için elinden geleni yapan patronuma ayıp etmemek için, hemen değil, Bodrum dönüşü bildirecektim gidişimi.

Kuzinim Filiz, arabamı İstanbul'dan İzmir'e getirdi. Birlikte çocuklarımın büyükanneleriyle tatil yaptıkları, birkaç yıldan beri gittiğimiz Bodrum'daki hep aynı küçük Aktur evine doğru yola düzüldük. Her zamanki çocuk peşinde koşuşturmalı tatil beni bekliyordu. Tek fark, büyümekte olan oğlanların yılbeyıl değişen disiplin sorunlarıydı. Büyükler kızlara asılmaya ve arabamı aşırmaya başlamışlardı. Küçüklere yapılan tembihler de "güneşte fazla kalmayın, denizde çok açılmayın"dan "sizin yaşınızda eve sabaha karşı gelinmez, asla saat on ikiden geç kalmayacaksınız," şeklinde değişmişti. Yani hayat zorlaşıyordu benim için. Tatilin sonunda İstanbul'a döndüğümde, işimin olmayacağı da cabasıydı. Ağzımı açmadan oturuyordum arabayı kullanan Filiz'in yanında. Karabağlar'ı yeni geçmiştik.

"Ne düşünüyorsun arpacı kumrusu gibi?" diye sordu Filiz.

"Filiz, sana bir iyi, bir kötü iki şey söyleyeceğim," dedim, "hangisini önce söyleyeyim."

"Kötü olanı söyle. Çıksın bünyenden."

"Ben işten ayrılıyorum."

"Neden? Çok memnundun hani?"

"Biriyle takıştım. Öyle icap etti."

"Sen geçimsiz değilsindir, ne oldu?"

"Bazı sözler söylendi... Geri dönüşü yok. Annem ve Koko bilmiyorlar. Tatilde üzülmesinler diye, tatil dönüşü söyleyeceğim, İstanbul'da."

"Valla ben de üzüldüm," dedi Filiz, "neyse boş ver. İyi şey neydi?"

"Yeni bir sevgilim var."

"Bak buna çok memnun oldum," dedi Filiz, "eskisi sana iyi gelmiyordu. İnşallah yenisiyle mutlu olursun."

Çin'deyken girdiğim her camide, her tapınakta ellerimi açıp, dua etmiştim Allah'a. Ne para pul, ne şan şöhret istemiştim. Tek istediğim çocuklarım için sağlık ve iyilik, kendim için beni hırpalamayacak, üzmeyecek bir insandı. Takkeli ya da cüppeli hiçbir makamın onayına ihtiyaç duymaksızın, sırf kendi özgür irademizle birlikte olmayı seçerek, birbirimizi asla incitmeden, asla aldatmadan geriye kalan yıllarımızı huzur içinde birlikte geçireceğimiz bir hayat arkadaşı.

Birkaç ay sonra beni İzmir'e getiren uçak havaalanına doğru alçalarak süzülürken, pencereden aşağıya bakmıştım. Deniz masmaviydi ama şehir üst üste yaslanmış bir beton yığınıydı. Sadece bir avuç yeşillik vardı Kadifekale mevkiinde. Şaşırmıştım. İzmir'e ilk kez on altı yaşındayken bir okul gezisiyle geldiğimde, yeşillikler içindeydi. Birinci Kordon'da birbirine yapışık beton binaların yerinde, palmiyeli, çam ağaçlı bahçelerin içinde iki katlı taş evler vardı. Dünya güzeli bir Akdeniz şehriyken, o güzelim evlerin hepsi yıkılmış, bahçesiz apartmanlar olmuştu. İçim acımıştı aşağıdaki beton yığınına baktığımda. Yazık etmişler canım İzmir'e demiştim. Tanrıya Çin'de ısmarladığım kişiyi bu şehirde bulacağımı o anda bilmiyordum hem de o sırada söylendiğim, denize nazır modern beton apartmanlardan birinde!

(Meraklısına not: Yirmi sekiz yıl önce kendime verdiğim söze sadık kaldım. Hiçbir makamın onayına gerek görmeden, sadece kendi özgür irade ve isteğimle hâlâ birlikteyim hayat arkadaşımla. Biri onun, dördü benim beş oğlumuz, sekiz torunumuz var. Bizim yaşta her insan gibi, torun keyfi sürüyoruz artık ve eskisi kadar sık olmasa da, hâlâ birlikte gülebiliyoruz.)

Bodrum tatilinin sonunda, İstanbul'a döner dönmez Asil Nadir'e, daha tatildeyken itinayla hazırladığım veda ve teşekkür mektubumu postaladım.

Bir özel veda mektubum daha vardı, adrese elden teslim edilmesi gereken. Sandığımdan zor oldu. İlişkiler çoktan bitmiş olsa da, her iki taraf bunu bilse de, ayrılıklar hazindir, *dalından koparılmış bahçeler anımsatır.*

İstanbul'da beni iki sürpriz teklif bekliyordu.

Birincisi Betûl Mardin'den geldi. Telefonda, kısa ve kesindi.

"Yarın bana sabah kahvesine gel!"

Ne zaman böyle bir telefon gelse Betûl Mardin'den, ucunda bana bir güzellik vardır. Gittim. Sara Koral benden evvel gelmiş, oturuyordu arkadaki çalışma odasında. Sara, onun yetiştirdiği ve ara sıra birlikte çalıştığı asistanlarından biriydi. Özellikle önemli davetlerin verileceği zamanlarda Betûl Mardin sofra adabını ve süslemesini çok iyi bilen Sara'ya başvururdu. Asil'in bazı kalabalık davetlerinde, bize yardım etmişliği de vardı.

"Siz ikiniz," dedi Betûl Mardin, "ortak olabilirsiniz. Hatta üçümüz bir şirket kurabiliriz ilerde. Ama şimdilik, ikiniz birleşin ve ben yetişemediğim işleri size ihale edeyim. Ne dersiniz?"

"Düşüneyim bunu," dedim.

Bu tekliflerden biriydi. Diğer teklif aynı gün Tunca'dan geldi.

"Bir dizi çekeceğim TRT'ye. İlk sesli yapım olacak," dedi telefonda.

"Anlayamadım Tunca," dedim, "sessiz film devrinde değiliz ki!"

"Oyuncular stüdyoda seslendirme yapmayacaklar. İlk kez kendi sesleriyle konuşacaklar, televizyonda."

"Onca lafı ezberleyebileceklerini mi sanıyorsun oyuncuların?"

"Tiyatrocuları oynatacağım dizide. Bu bir ilk olacak."

"*Aşk-ı Memnu* vardı, ilk dizi olarak."

"O stüdyoda seslendirilmişti ve renksizdi. *Ayaşlı ve Kiracıları* ilk renkli ve özgün sesli dizi olacak."

Heyecanlandım, "Sen de bir edebiyat uygulaması yapacaksın, öyle mi?"

"Aynen. Söyle şimdi, var mısın, yok musun?"

"Varım! Varım! Varım!" dedim, düşünmeye gerek görmeden.

Sonra Betûl Mardin'e ve Sara'ya telefon ederek, sekiz bölümlük bir dizi projesine evet dediğimi bildirdim.

"Sen git dizini çek, sonra da gel," dedi Betûl Mardin, "bu işin acelesi yok. Sara bekler."

Teşekkür ettim, sonra hayatımda yepyeni bir sayfa açmaya hazırlandım, yeni sevgilim ve yeni işimle.

İnişli yokuşlu yollarda, devam ediyordu hayat!

Akıp Giden Günlerimiz

Ayaşlı ve Kiracıları'nı çekim tarihimiz 1988'di, mekânımız ise Taksim Sıraselviler'den Alman Hastanesi'ne doğru giderken, sola sapan sokaklardan birindeki Rizo Apartmanı'ydı; 1930'ların art deco çizgilerini yansıtan yüksek tavanlı, mutfağı kuzineli, yerleri İtalyan karolarıyla kaplı, antika değeri yüksek o muhteşem binalardan biri. Kiraladığımız dairede kalorifer yoktu. Spot ışıkların gücü ve nefesimizle ısınıyorduk. Bu yüzden çekim aralarında evin en sıcak yeri olan mutfağa doluşuyorduk. Birkaç elektrikli soba da almıştık ama odalar o kadar büyük, tavanlar öyle yüksek, pencere pervazları o kadar haraptı ki, bana mısın demiyordu ısıtıcılar. Bizi en zorlayan şey ne soğuktu ne de binanın eskiliği, bizi zorlayan, Tunca'nın (azmi mi desem, inadı mı yoksa hevesi mi) diziyi sesli çekmekteki ısrarıydı. Gözükmemesine çok dikkat ettiğimiz halde sık sık kameraya yakalanan kocaman mikrofonu, kolları güçlü bir set işçisi, konuşmakta olan oyuncunun kafasının üzerine doğru, tepeden sarkıtıyordu. Oyuncular tiyatrocu oldukları için, ezber sorunumuz yoktu, ama çevredeki seslere mani olamıyorduk. En ufak bir gıcırtıda, hışırtıda, haydii yeni baştan! Sadece gıcırtı da değildi mesele. Ezan mı okundu, dur bekle. Sokaktan "Patatiiis, sovaaan," diye yırtınan sokak satıcısı ya da bir simitçi mi geçti, o sahneyi yeniden çek! Aygaz kamyonunun müziği, çocuğunu çağıran annenin sesi, arkadaşına seslenen delikanlı, cama çarpan kuş, düğmenin hemen yanına astığımız ihtara rağmen sık sık çalan zil, hatta bir keresinde Taksim semtine nereden düştüyse, anıran bir eşek! Dahası da var, karın guruldamaları, diş gıcırtıları, derin alınmış nefesler, hapşırık, esneme! Her seferinde sil baştan! Sil baştan! Sil baştan! Şaşar kalırdım oyunculardaki derviş sabrına.

"Tunca, zaman kaybediyoruz. Para kaybediyoruz. Vazgeç bu sevdadan. Gel, herkesin yaptığı gibi çek dizini, sonradan seslendirsinler yahu!"

"Biz burada tarih yazıyoruz Kulin! Bu bir ilk olacak."

"Bu çekim asla bitmeyeceği için, olsa olsa bir fiyasko olacak Yönder!"

"Sen git kendi işine bak."

Çaresiz bakardım, ilk başlayan ve en son biten kendi işime. Tunca için hava hoştu. İşini bitirdi miydi fırlar giderdi. Oyuncular da öyle ama benim gibi yapım sorumluluğunu taşıyanlar öyle mi! Ben ve Tunca'nın damadı olduğu için, kayınpederine kıyak olsun diye her işin ucundan tutan Murat'la, işi bitip gidenlerin, amiyane tabirle kıçlarını toplardık. Üzerlerinden çıkarıp attıkları giysiler, takı, gözlük gibi aksesuvarlar itinayla kaldırılır, ertesi gün giyilecek giysiler, takılacak takılar, evin dekorasyonuyla ilgili eşyalar hazır edilir, setten ayrılanların yevmiyeleri, yol paraları ödenir, tam sıra eve dönmeye gelmişken farkına varılır ki, sokağa çıkma yasağının başlamasına beş-on dakika kalmış, evlerimize kadar gitmeye vakit kalmamış!

Haydii, yine kıvrıl bir köşeye, üstüne gocuğunu çek, uyu.

Allah'tan *Ayaşlı ile Kiracıları,* bir platoda değil, gerçek bir evin içinde çekiliyordu ve romanda beş adet değişik yatak odası vardı. Şöyle ki; romana adını veren Ayaşlı, açıkgöz bir adamdır. Ankara'nın başkent ilan edilmesinden sonra, evininin odalarını İstanbul'dan devlet dairelerinde çalışmaya gelen memurlara kiralamayı akıl eder. Hikâye, onların bu evdeki yaşamlarının ve ilişkilerinin üzerine kuruludur. Bu nedenle Rizo'nun odalarını, bu insanların paylaştıkları salon, mutfak ve elbette özel hayatlarını yaşadıkları çeşitli yatak odaları şeklinde tanzim etmiştik. Evi uzakta olanlar da yatak odalarındaki dekor yataklara uzanıp, geceyi Rizo'da geçirirlerdi. Biz yakında oturanlar bile, yayın günü yaklaştığında çekimi tamamlayamamışsak, geç saatlere kadar çalışır, mecburen Rizo'da kalırdık. Böyle birkaç gece, önce yorgunluktan sızıp hemen uyuduğumu, sonra da gecenin bir yerinde soğuk ve rutubetten dolayı uyanıp, sabahı zor ettiğimi hatırlıyorum.

Tüm bu çileye rağmen, dizinin oynadığı günlerde, Rizo'nun salonuna kurduğumuz televizyonda emeğimizin sonucunu, tüm ekip hep birlikte toplanmış seyrederken, zevkten dört köşe olurduk. Her sahnenin ardındaki cefayı, eziyeti, komediyi, yaratıcılığı sadece biz bilirdik. O sahnenin kaç kere tekrar edildiğini, oyuncuların hangi noktada gülme veya sinir krizine tutulduğunu da. Dizi boyunca nefesler tutulur, aramızda çıt çıkmazdı. Dizi reklama girer girmez her kafadan bir ses çıkar, bir uğultu kaplardı odayı. Dizi başlar başlamaz yine nefesler tutulurdu. Dizimizin ardından kutlamaya, eğlenmeye, hafta boyu çektiğimiz sıkıntıların kurtlarını dökmeye giderdik, çoğu zaman da çatır çutur tabak kırabileceğimiz, sirtaki, zeybek, rebetiko çalan Rum meyhanelerine. Sonra yine bir haftalık çılgın çalışma dönemi başlardı ve çekilen tüm eziyetlere değerdi. Çünkü bence *Ayaşlı ve Kiracıları,* TRT'nin bugüne kadar yaptığı çok iyi üç-beş işten biridir, hâlâ. Bana sadece unutulmaz anılarımı değil, ayrıca on iki yıldır emek verdiğim işin, kamera arkasının ilk ödülünü kazandırmıştı üstelik.

Evet, çok yoruldum, çok çalıştım ama Radyo Televizyon Yazarları Derneği'nin Çevre Düzeni ve Sanat Yönetmenliği Dalındaki Televizyon Başarı Ödülü'nü getirip kütüphanemin rafına koyduğumda, her şeye değdi. İlerde başıma dert olacak bronşitin, soğuk ve rutubetli odalarda filiz vermesine bile!

Dizi biter bitmez, söz vermiş olduğum gibi, Sara Koral'ı aradım. Bir deneme yapmaya karar verdik. Önce birkaç iş yapacaktık birlikte. Anlaşabildikse, uyum sağladıksa birbirimize, bir şirket kurabilirdik ilerde. Böyle düşünmüştük ama hayatın rüzgârı umduğumuzdan sert esti. Bizi önüne katıp sürükledi. İleri tarihleri bekleyemeden kurumsallaştık. Bir anda kendimizi boğazımıza kadar işe batmış bulduk!

Özenle seçip özel yaptırdığımız dosyalarımız parlak somon rengiydi. Üzerinde açık gri kabartmayla AYŞE KULİN/SARA KORAL yazıyordu. Dosya kâğıtlarımızın da üzerinde aynı yazı vardı. Tam yüz adet dosya, beş yüz adet de dosya kâğıdı yaptırtmıştık. Nasıl ödemiştik hatırlayamıyorum. Ama anneannemin emektar gündelikçi terzisinin diktiği, iş kadını havası yaratmak için koca vatkalı iki cekete ödediğim parayı bir deftere yazmışım. Miktarı okurken çok güldüm, o parayla şimdi bir bardak şarap eşliğinde bir tabak tavuklu salata zor yeniyor, AVM içi kafelerde. Sara *bon adres* diye ısrar ettiğinden, Sara'nın evinin adresini vermiştik. İçimden, sanki ben teneke mahallesinde oturuyorum demiş ama ısrarcı olmamıştım. O yıllarda benim evim Valikonağı'nda, Sara'nınki Ayaspaşa'daydı ve aslında Sara'nın yokuşlu evine gidip gelmek, Valikonağı'na gitmekten daha zordu ama Ekselsior Apartmanı, şehir tarihini bilenler için hem ünlü yapılardan biriydi hem de çok güzel manzarası vardı. Ne yazık ki, müşterilerimiz arasında bize gelen pek olmuyordu. Genelde biz gidiyorduk onların ayağına.

Yüksek topuklu ayakkabılarımız, koca vatkalarımız, kabarık saçlarımızla bir işten ötekine, omuz omuza koşturup duruyorduk sokaklarda. Bizi bekletirlerse ben ifrit oluyordum, paramızı savsaklarlarsa Sara. Birbirimizi tamamlayan uyumlu çalışan bir ikiliydik. Black & White köpekleri gibi her an yan yana; birimiz esmer diğerimiz sarışın.

İlk işimiz, bir işadamının buluşu için bir basın toplantısı düzenlemekti. Adamcağız elmas kullanarak bir kesici yap-

mıştı, bu müthiş icadı bir basın toplantısıyla tüm iş dünyasına ve kesiciyi kullanacak sanayi dallarına duyurmak istiyordu. Basın toplantısına araba sanayii yan ürünleri üreten firmaların yabancı müdürlerini, teknisyenlerini filan da davet etmişti. Fikrimi soracak olsa, sadece kesiciyi kullanacak olan çevreye yoğun bir tanıtım yapmasını tavsiye ederdim. Bizim ancak siyasi kişiler ile medyatik tiplerin dikkat çekebildiği ve her an bir başka önemli gelişmenin olageldiği ülkemizde, kim takardı elmas uçlu kesme aletini!

İstanbul o günlerde Özal sayesinde dünyaya açılmış olduğundan bazı ünlüler tarafından da ziyaret ediliyordu ve gazetecilerin, kesici alet buluşlarını haber etmekten daha önemli sayacağı işleri oluyordu. Tanıtıma gazeteci getirebilmek biraz zor da olsa, bizim ilk işimizdi bu, ciddiyetle ve dört elle sarıldık işimize. Çevirmen bulduk, Sheraton Oteli'nde bir toplantı salonu tuttuk, ikramı ayarladık.

Bir çarşamba günü saat on birde her şey hazırdı, işadamının özel konuklarının hepsi gelmişti, ikram güzeldi, Sara ve ben koca vatkalı tayyörlerimiz, dar eteklerimiz, özenle taranmış saçlarımızla Allah için kibar bir şıklık içindeydik; gelgelelim basından iki kişiden başka gelen yoktu. O gün başbakan İstanbul'da bir açılışa katılacağı için, ne kadar basın mensubu varsa, açılışın yapılacağı fabrikaya koşturmuş, bize de gele gele marjinal bir-iki gazeteden gencecik iki muhabir düşmüştü. Sara on bir buçukta, oğlunun okulundaki veli toplantısına gitti, mecburen. Müşterinin ateş hattında ben tek başıma kaldım. Ne beceriksizliğim kaldı, ne acemiliğim. Çevirmeni de beğenmiyordu üstelik. O on cümle söylüyormuş, çevirmen iki cümle çeviriyormuş. Diyemiyordum ki, çevirmen aslında söylediklerinizi harfi harfine çeviriyor ama siz lafınızı tekrar ediyorsunuz, o, tekrara gerek görmüyor.

İlk işimiz kocaman bir fiyasko oldu! Haber sadece birkaç gazetede göze batmayan küçücük puntolarla iç sayfalarda verildi. Asrın müthiş icadı böylece gün yüzüne çıkamazken, Sara ve ben de zor durumda kaldık. Otelde basın toplantısı yapmak için tuttuğumuz küçük salonu ve kahve ikramını müşteri biraz homurdanarak ödedi. Sara'ya, kendimize düşen payı almamayı teklif ettim. "Olmaz," dedi ortağım, "bu bizim ilk işimiz, zararla siftah etmeyelim, işin uğuru kaçmasın."

Sonra altından büyük başarılarla kalktığımız başka işler aldık Sara'yla. İkinci işimiz Meyzi Baran'dan geldi. Benim sevgili arkadaşım, eminim bana destek olmak için, yeni kurduğu seyahat acentesi İliada'nın tanıtım broşürü ve tüm kırtasiye malzemelerini bize hazırlattı. Bu işteki başarımız ve aldığımız övgü, birinci işin hayal kırıklığını unutturdu bize.

Sonra bir kürk defilesi yaptık bir kürkçü için. Defileye annelerimizi de davet ettik. Annem, hiç yerinde duramayan bir can olduğu için, defile başlamadan önce, soyunma odasına beni aramaya gelmiş. Ayaklarında uzun çizmeleri, don-sutyen dolanan sülün gibi ve makyajlı kızları görünce, alı al, moru mor yanıma geldi.

"Ne biçim bir iş yapıyorsun sen?" dedi gözlerinden ateş fışkırarak, "Bu ne rezalet!"

"Çabuk salona dön, yerine otur," diye tısladım anneme.

"Ben evime gidiyorum!"

"Güle güle! Seni çağıranda kabahat!"

Defile başladı. Kızlar sırayla kürkleri üstlerine giyip, sahneye çıkıyorlardı. Kimisi kürkünü kaydırıyordu omuzlarından, içinden bir gece elbisesi gözüküyor, kimi kuşağını dahi çözmüyordu kürkünün, podyumda salınıp, geri dönüyordu. Ben perdenin gerisinden gözlüyordum konukları, baktım annem gitmemiş, Sara'nın annesinin yanında süt dökmüş kedi gibi oturuyor. Defile bitince, yanına gittim.

"Anne, sen niye böylesin?" diye sordum. "Bunu bana hep yapıyorsun anne. İnsan kendi kızına itimat etmez mi?"

"Ay ben ne bileyim," dedi, "sizi kandırdılar sandım, kızları öyle yarı çıplak görünce, ayaklarında da çizmeleri... aklına kötü şeyler geliyor insanın. Bak ne diyeceğim, size bu defile için para vereceklerine acaba birer kürk mü verseler."

Bu mümkün değildi ama aslında ne kadar iyi olurdu, çünkü bir sonraki işimizde, ben çok üşüyen biri olarak, az daha donuyordum. Yavaş yavaş adımız duyulmuş, ünümüz yürümüştü ve İstanbul Belediyesi'nden bir iş gelmişti bize. Yılların İstanbul Hal'i, Haliç'i terk ederek, yeni yerine taşınacaktı. İstanbul Belediye Başkanı Bedrettin Dalan, TEM otoyolu üzerinde, kocaman, modern bir hal binası yaptırmıştı. Malını getiren her kamyon, geldiği dükkânın arka kapısındaki rampaya yanaşacak, malını boşaltıp, kimsenin yolunu kesmeden, trafik sorunu yaratmadan çekip gidecekti. Öyle, yerlere dökülen çürük çarık meyveler, sebzeler, çöpler hiç olmayacaktı eskisi gibi. Dükkânların avluya bakan ön taraflarıysa, şık vitrinler halinde düzenlenecekti. Sandıklarda renk renk sebzeler, meyveler, güzelce dizilecek, müşteri istediği malı görüp, siparişini verecek, ne kargaşa olacaktı, ne gürültü. Sadece hareket ve bereket!

İşte biz bu halin açılışını yapacaktık.

"Kızlar," demişti Belediye Başkanı Dalan, "yabancı konuklar da çağırdım, güzel bir açılış yapın. Akılda kalsın, hakkında konuşulsun, İstanbulumuza yakışsın."

Sara'yla saatler süren toplantılar yaptık. Halin bir bayrağı olması gerektiğine karar verdik. Bayrağın tasarımını benim Asil Nadir'deyken birlikte çalıştığım Erkal Yavi'ye verdik. Bayrak, bahar mevsiminde bir tarla gibi, açık yeşil olsun istedik. Üzerinde kış meyvesi olarak bir portakal, yaz meyvesi niyetine kiraz, bir-iki tane de sembolik sebze bulunsundu, mesela domates ile biber. Erkal birkaç eskiz hazırladı, eskizleri alıp belediyeye koşturduk. Dalan fikri çok beğendi. Yardımcılarını çağırıp bir seçim yapacaklarını söyledi. Biz Sara'yla iki saat kadar sonra belediyeye döndük ki, başkanın odasında kıyamet kopuyor. Halden kalabalık bir grup gelmiş, her biri her ne satıyorsa, bayrağın üstünde o meyve veya sebzenin deseni olsun istiyordu. Kavun karpuzdan tutun, patlıcandan, biberden geçin, salataya, fasulyeye, bamyaya, muşmulaya kadar, tüm mevcut meyve ve sebzenin bir satıcısı vardı. Her kafadan bir ses çıkıyordu ve kimse ödün vermiyordu.

"Aranızda kura çekin," dedim ben, "bir bayrak, üzerinde en fazla üç meyve, üç de sebze resmi kaldırır. Kurayı kazananların sebze ve meyvelerini koyalım."

"Hepsini koyalım, kimsenin gönlü kırılmasın," dedi içlerinden biri.

"Karınıza elbiselik emprime almıyorsunuz beyler! Bayrak bu, bayrak! Halinizin yani sizin sarayınızın damında dalgalanacak! Lütfen makul olun!"

Yine her kafadan bir ses çıkmaya başladı. Biz bin pişman olmuştuk önerdiğimiz bayrak için. Dünyanın ilk kabzımallar savaşı, gözümüzün önünde çıkmak üzereydi. Kendi ürünleri bayrakta gözükmeyecekse, bayraksız kalmaya razıydılar. O gün bir neticeye varılamayınca, desensiz bir bayrak üzerinde anlaştık. Ama sonrasında nasıl anlaştılarsa artık, bayrakta bir portakal ile bir kırmızıbiber ve bir salkım üzümü hatırlıyor gibiyim.

Açılış kasım ayındaydı. Hava soğuktu, halin henüz hiç ısıtılmamış taş koridorları buz gibiydi. Bu yüzden simit, sıcak salep, çay ve ıhlamurun yanı sıra fincanlarda, koskocaman bir kazanda kaynayıp duran sebze çorbası da ikram etmiştik konuklara. Her tarafa balonlar, bayraklar asmıştık. Renkli kandiller sarkıtmıştık. Folklor ekipleri getirtmiştik. Her dükkân kendi ikramını kendi yapıyordu ayrıca. Çok keyifli, çok renkli bir açılıştı. Dalan'ın ağzı kulaklarındaydı, tahminlerinin de ötesinde bir renk, müzik, neşe cümbüşüydü. Hele halin orta yerinde kaynamakta olan kocaman kazandaki lezzetli sebze çorbasına bayılmıştı konuklar.

Benim aklımda tüm bunlar ve bir de ne çok üşüdüğüm kalmış. Eve döndüğümde, ayaklarımı dinlendirmek için değil, sırf ısıtmak için sıcak su dolu bir kaba batırdığımı iyi hatırlıyorum.

Belediyeye pek çok iş yaptık Sara'yla. Başkanın Özel Kalem Müdürü Reha Bey'in sesini duyduk muydu telefonun ucunda, bilirdik ki bir belediye arabası bizi almak üzere yola düşmüştür çoktan.

"Reha Bey, başka yerde randevumuz var..."

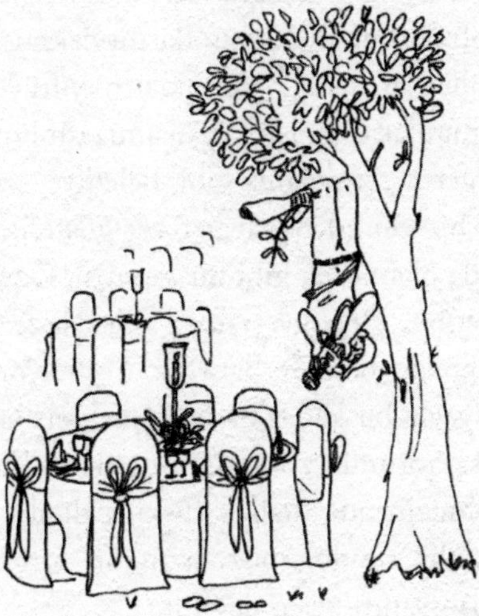

“Bu memleket işi efendim, o randevuyu erteleyin, önceliği bize verin.”

“Siz de bize memleket işlerini hiç olmazsa bir gün önceden haber verin.”

Sonuçta binerdik bize yollanan araca; kelle koltukta (çünkü ne hikmetse belediye araçları yolda gitmez, uçarlardı), bazen yok sayılan kırmızı ışıkları görmemek için gözlerimizi yumarak, bazen çığlıklar atarak vardığımıza göre yerimize, her belediye aracının tepesinde bir koruyucu melek oturuyor olmalıydı.

Belediye için yaptığımız en muhteşem iş, Avrupa Konseyi’ni ağırlamak için verilen akşam yemeğini düzenlemek olmuştu. Davet Beylerbeyi Sarayı’nın bahçesinde veriliyordu. Düğün organizasyonlarının dahi özel şirketlere yeni yeni verilmeye başladığı bir dönemdi bu. O muhteşem bahçede, çınar ağaçlarının altına serpiştirdiğimiz masaları çiçeklerle, mumlarla o kadar güzel süslemiştik ki, rakip şirketlerden misafir gibi bahçeye sızan casus PR'lar sofralarımızın fotoğraflarını çekmişlerdi. Ağaçların dallarına kandiller asmıştık. Konukların yürüyeceği yolun iki yanına küçük mumlar dizmiştik. Şansımıza muhteşem bir mehtap da vardı o gece. Yetmezmiş gibi, belediye, sarayın açıklarına demir attırdığı bir gemiden havai fişek gösterileri yaptırıyordu. Peri masallarında olabilecek gibi bir geceydi. Özellikle o gecenin sonrasında, İstanbul Belediyesi'nden işler bize gelmeye değil, çağlayan gibi akmaya başladı. Sara ne düşünüyordu bilmiyorum ama ben belediyeyle bu kadar özdeşleşmekten hoşnut değildim. Ayrıca hizmet sektörünün zorluklarını giderek daha iyi görmeye başlamıştım. İşimizin adı "halkla ilişkiler"di de halkla ilişkinin sınırı nerede çizilir, sunduğunuz hizmetin sorumluluğu nerede biter; bu soruların yanıtı kesin değildi.

Örneğin, bir bankanın açılış kokteylini düzenlemek için İzmir'e gitmiştim. İşverenin talebi üzerine on kutu havyar almıştım balık pazarından. Elbette bozulmamaları için, kutuları açıp tatlarına bakmadım, İzmir'e kadar buzların arasına yatırıp taşıdım havyarları. Davetiye yazımından tutun, hep bildiğini okumaya alışmış aşçıbaşının değişik bir menüye, İzmir Devlet Orkestrası'nın müzisyenlerini o gece sadece keman ve flütle hafif parçalar çalmaya ikna etmeye kadar uğraşıldığı, her ince ayrıntının tıkır tıkır işlediği bir gecenin sonunda, bir havyar kutusundan bozuk havyar çıktı diye zılgıt yemek!.. Yok, hayır! Bu bana göre bir iş değildi.

İstanbul'a döner dönmez Sara'yla konuştum. Her ikimiz de, birbirini severken kaynana yüzünden ayrılan karı-kocalar gibi üzgün ama ortaklardan birinin gönülsüz olmasından dolayı birlikteliğin zorluğundan emin, yolları ayırdık. Halka ilişkiler, şirket bünyesinden ayrıldıktan sonra, bana uymamıştı. Ben girişimci bir can değildim.

Aylin'e *Giden Yolda Münir Nurettin* ve Foto Sabah Resimleri

Hayatımın yeni düzeninde, çok yazı yazmak vardı, tam istediğim gibi! Sara'yla yolları ayırdıktan sonra, Ercan Arıklı'nın tüm yayınlarına yazı verir olmuştum. Aylık dergilere, haftalıklara, *Kadınca* gibi kadınlara, *Erkekçe* gibi erkeklere, *On Yedi* gibi gençlere yönelik yayınlara, değişik imzalarla çeşitli yazılar yazıp duruyordum. Ara sıra, Sara çok sıkışırsa ona yardım olsun diye bir işin ucundan tuttuğum da oluyordu ama pek ender.

Haftanın her günü, gidip süreli yayınlarda mesai yapmıyordum ama o yıllarda şimdi Metro City'nin bulunduğu yerin arka sokaklarındaki işyerine, yazılarımı vermek için sık uğrardım. Kısaltmaları, düzeltmeleri yapmak için boş bulduğum masalardan birine çökerdim. O günlerden birinde, baktım, kazık gibi boyuyla duruyor başımda, Ercan.

"Kulin, senden yeni bir yazı tarzı geliştirmeni isteyeceğim," dedi.

"Porno isteme de, dile benden ne dilersen."

"Yok, porno değil. Bak, (İngilizce bir dergi uzattı) buradaki gibi, roman türünde ama kısa yazılmış, ilginç ve gerçek hayat hikâyeleri üret. *Kapris* dergisi için, her ay bir hikâye, resimleriyle birlikte. Fikir nasıl? Müthiş değil mi?"

"Değil. Çünkü ilginç hayatı olan insanı nereden bulacaksın? Haydi buldun diyelim, hayatını bir dergide okumak isteyecek mi bu insanlar?"

"Deneyeceğiz. Odama gel de bir liste yapalım," dedi.

"Önce şu dergiyi okuyayım. Bakalım neymiş bu müthiş tarz."

"Oku, bitirince gel."

Ercan'ın işaretlediği sayfayı okumaya başladım. Gerçekten ilginç bir hayat hikâyesinin özetiydi. Öyküyü bitirmeden bırakamadım elimden. Sonra gittim arkadaşımın odasına.

"Nasıl?" dedi başıyla elimdeki dergiyi işaret ederek.

"İyi."

"Neyse, olumlu bir laf çıktı ağzından."

"Fikir iyi de Ercan, zor. Bak dergideki adam her şeyi açıkça anlatmış. Türkler böyle anlatır mı?"

"O senin işin. Anlattıracaksın."

"Yok abi, ben insanları tuzaklara düşürüp hayatlarının gizli sayfalarından ipuçları çıkarıp yazamam. Bana göre değil. Başka yazar bul bu iş için kendine."

"Sen yaz, başka ad kullanırız."

"Olmaz. Ben, bana anlatılan neyse ancak onu yazarım. Dedektiflik yapamam."

"Pekâlâ, önce bir liste yapalım seninle, kimlerin ilginç hayat hikâyeleri vardır, saptayalım. Bari listenin yapılmasına yardımcı ol."

"Tamam. Listeye yardımcı olayım."

Başladık birlikte sesli düşünmeye. Önce kendi okulumuzdaki yakından tanıdıklarımızı saydık. Benim aklıma önce Aylin geldi. Aylin, ikimizden de birkaç sınıf büyüktü ama aynı dönemde okuduğumuzdan, Ercan da hatırlıyordu onu. İlk evliliğini prens olduğunu iddia ettiği ama tahta bir türlü oturamayan bir Libyalıyla yapmış, sonra da resmen kaçmıştı altın kafesinden. Bu haberler gazetelere düştüğü için, Ercan da bilirdi macerasını.

"Aylin," dedik, hemen hemen aynı anda.

"Görüyor musun Aylin'i? Ne yapıyor acaba şu sırada?" diye sordu Ercan.

"En son geçen kış New York'tayken gördüm," dedim, "dördüncü kocasıyla evliydi."

"Boşanmış mı Radomisli'den?"

"Çoktaan. Yeni kocası film yapımcısı olduğu için, Aylin kesin oyunculuğa soyunur diyordum ama şu işe bak sen, Amerikan ordusuna katılmış. Öyle bakma yüzüme şaşkın şaşkın. Psikolog ya bizimki, Irak savaşında zedelenen ruhları tedavi etmek üzere girmiş orduya, doktor olarak yani."

"Ona ulaşabilir misin?"

"Elbette."

"Tamam, yazalım onu listemizin en başına," dedi Ercan, "sen hemen irtibata geç."

"Oğlum, kadın New York'ta yaşıyor. Beni oraya mı yollayacaksın?"

"Yok artık. Sorularını yolla, yanıtlasın."

"Sen başka isimler de düşün, aramızda koca bir okyanus olmayan."

"Anabella var," dedi.

"O da kim?"

"Tarabya koyunda Anabella diye çok güzel bir kotra dururdu, bilir misin? İşte o kotraya adını veren kız. Zengin bir Levanten ailenin kızı. Bir ara bir cambazın peşinden gidip, sirkte filan yaşamıştı. Alalım listeye."

"En az beş isim bulmamız lazım, bir seri yapmak istiyorsan. Figenimiz var, onu da yazalım. Hayatı çoğumuzunkinden ilginçtir."

"Bir de bir diplomatın oğlu vardı, çok yakışıklıydı. Neydi adı? Hani annesi ve babası Japonya'da mı, öyle uzak bir yerde intihar etmişti."

"Andermanların oğlu," dedim, "Münir Anderman."

"Nerden tanıyorsun sen onu?"

"Ben Londra'da öğrenciyken o da oralarda takılıyordu, İzlandalı bir karısı vardı, dünya güzeli."

"Yazalım listeye. Birini daha bulalım."

Okuldan ve yakın çevremizden başka kimse bulamadık. Sonra ben, "Cömert Baykent," diye bağırdım. Şeker kralı İpar'ın torunu, yakışıklı, maceraperest, esrarengiz tavırlı Cömert, hani bir zamanlar Ajda Pekkan'la büyük aşk yaşayan.

"Ayşe, sen bunlardan birini seç, yaz öykünü, vallahi yazdıklarına hiç karışmayacağım," dedi.

"Kimsenin anlatmak istemediği özeline girmem, bak! Söz mü?"

"Söz veriyorum."

"Anabella'yla başlayalım o halde," dedim, "madem sen tanıyorsun kızı, randevu işini sen hallet."

Kapris dergisinde çıkan yazı serisi işte bu konuşmanın sonucunda başladı.*

Aynı akşam, 1994 yılının kasım ayında, e-posta henüz hayatımıza girmemiş olduğu için, Aylin'e bir faks çektim. Notum kısaydı:

Aylinciğim, Arlıklı'nın dergilerinden birine hayatını yazmak istiyorum, resimlerini de kullanacağım. Ne dersin? Kabul edersen soru hazırlayacağım, yanıtını geciktirme.

Yanıtı, saat farkından dolayı ancak ertesi gün geldi.

Harika olur. Bana soruları yolla, ben de sana hemen fotoğraf ve belge yolluyorum Betin'le.

Betin, Aylin ve ben Ankara'da aynı apartmanın komşu dairelerinde oturduğumuz için birlikte büyümüş, oynamış, okula gitmiştik. Biz çocuklar gibi anne babalarımız da çok yakın dosttu. Babalarımız emekli olup hepimiz İstanbul'a döndükten sonra da görüşmeye devam etmiştik.

---

* O seride yayınlanan öykülerin birkaçı, *Bir Varmış Bir Yokmuş* adlı öykü kitabındadır.

Betin ne zaman New York'a gitse, mutlaka Aylin'de kalırdı. Demek şu sıralar yine New York'taydı. Boston Üniversitesi'nde okuyan kızını görmeye gitmişti herhalde. Aylin'in onayını telefonla müjdeledim Ercan'a. Aylin sorularımı da hemen cevaplarsa, öyküyü bir ay sonraki *Kapris*'e yetiştirebilirdim.

"Anabelle'dan randevu aldım, ilk olarak onun öyküsünü yapalım," dedi Ercan. Öyle yaptık. Anabella röportajını roman formatında yazmıştım, tam Ercan'ın istediği şekilde. O ay *Kapris* kapışıldı. Hiç dönüşü olmamış derginin. Ercan, bu işi biliyordu Allah için!

Betin, Aylin'in Amerikan başkanları Reagan ve Baba Bush'la çekilmiş fotoğraflarını, ordudan aldığı diploma ve takdirnameleri, bana bir on gün sonra getirdi.

"Morali bozuktu, çok iyi geldi bu röportaj haberi ona," dedi Betin.

"Niye bozuktu morali?"

"Joe'dan boşanmamakta direniyor, sırf inadından. Ama yolun sonuna gelindi, Joe ne istiyorsa kabul etti, yakında bitecek bu iş. Fakat bizim kız içine sindiremiyor bunu."

"Hay Allah!"

"Joe'ya, senden sıkıldım diyerek, evini bırakıp bir seneliğine Oklahoma'ya giden kendisi ama şimdi pişman."

"Geçer," dedim, "tek derdi bu olsun. Boşanmak yıpratır insanı ama bir süre sonra o kadar iyi gelir ki, anlatamam."

Aylin'e uzunca bir mektup yazdım. Ondan da uzunca bir yanıt geldi. Yılbaşında Engin'le birlikte gelsenize diyordu, sen yeni evimi görmedin, kocaman bir bahçesi, bir sürü odası var. Rahat edersiniz, hem de şu dergiye yazacağın yazı için, ne istersen sorarsın bana. Ona, yılbaşına değil ama büyük bir ihtimalle en geç mart başı geleceğimi bildirdim, hemen. Sonra oturdum, ona soracağım soruları hazırladım.

Tam da o günlerde beni çok sevgili bir dostum aradı. Onat Kutlar'la yollarımız ilk kesiştiğinde, ikimiz de Repro Reklam'da çalışıyorduk. Ben malum, reklam yapımcısı o ise metin yazarı olarak. Her ikimiz de boş zaman bulduk muydu, daktilolarımızın başına çöker, harıl harıl bir şeyler yazardık. Sanırım Onat o günlerde İlyas'ı yazıyordu. Ben onun ne yazdığını hiç okumadım ama kendi yazdıklarımı ona hep okuturdum. Ne kadar çok yüreklendirirdi beni, yazmaya devam etmem için. *Güneşe Dön Yüzünü*'nün son halini de ona okuttuktan sonra götürmüştüm YAZKO'ya. Dostluğumuz Repro'dan ayrıldıktan sonra da devam etmişti. Beni bir ağabey gibi sever, kollardı. Bir yapım şirketi kurduğunu söylemişti, Çiçek Bar'da karşılaştığımızda. Şimdi telefonda bana Coca Cola'nın sponsorluğunu üstlendiği, Coke'n Roll diye bir gençlik programına başladığını anlatıyordu. Ekibin başında olacak güvenilir birine ihtiyacı vardı. Ben deneyimliydim, güvenilirdim, acaba kabul eder miydim teklifini.

"Yaklaşık on yıldır film çekmiyorum Onat," dedim, "bu işlerin tamamen dışında kaldım, piyasadaki insanlar değişti, hiçbirini tanımam etmem. Bir set işçisinin yevmiyesi ne oldu, haberim yok. Sana benden daha donanımlı biri lazım."

"Bana sen lazımsın," diye ısrar etti. "Kabul edersen çok makbule geçecek. Yevmiyelerle filan uğraştırmayacağım seni. Programın iki sunucusundan biri çok genç bir şarkıcı, diğeri mankenlikten gelme genç bir oyuncu. Hem onları hem de ekibi toparlayacak birine, yani sana ihtiyacım var, lütfen."

"Ben Ercan'ın dergilerine sürekli yazı yazıyorum, yazılarımı kesemem ki."

"Çekimler sadece cumartesi günleri. Pazardan çarşambaya, haftanın üç günü senin olsun. Perşembe, cuma ve cumartesini bana ver."

Onat'ı kıramadım. Bu iş, yazılarıma mani değildi. Dergilere yazı yazmayı hayatım boyunca bir yan iş olarak hep sürdürmüştüm zaten. İşi kabul ettim ama, daha birinci gününden pişman olmuştum. İlk toplantıda masanın başına oturan on yedi kişinin sadece biri sigara içmiyordu, o da bendim. On dakika sonra odada kesif bir bulutun altında kalmıştık. Onlara sigaranızı balkonda için demenin faydası olmayacağını biliyordum. Kızlı erkekli gencecik çocuklar sigaralarını içmiyor, emiyorlardı adeta.

Bütün iyi niyetime rağmen, benim bu programa katkım sadece üç ay oldu. Sigara yüzünden değil, kendini oyuncu sanan bir kazmanın yüzünden ayrılmak zorunda kaldığımı itiraf etmeliyim. Sigara dumanı ekmek parası için sineye çekilebiliyordu da, kendini vazgeçilmez zanneden birinin görgüsüzlüğüne, kabalığına dayanmak, arkadaş hatırına çiğ tavuk yemeye razı benim için dahi mümkün değildi. Üç ay sonra, Coke'n Roll bensiz devam etti.

Ben döndüm yine kürkçü dükkânı daktilomun tam gün başına.

Para ve koca konularında pek şanslı bir insan sayılmam. Ama hiçbir zaman da işsiz ve eşsiz bırakmamıştır beni hayat. Ne zaman bir kocayı kapıya koyup ya da işten ayrılıp, "Şimdi ben ne yapacağım Allahım?" desem, o, hep yeni bir kapı açmıştır önüme. Saray kapıları değil, ama rızkımı onurumla kazanabileceğim, beni kimseye muhtaç etmeyecek alçak gönüllü kapılar.

Yine öyle oldu. Selçuk Erez telefon etti. Dergilere filan hâlâ yazıp yazamadığımı sordu. Yazdığımı söyledim. Selçuk, arkadaşımdı. Tanınmış bir jinekologdu ama o da benim gibi yazma meraklısıydı. Gazetelere, dergilere yazmakla yetinmemiş, öyküler, kısa romanlar da yazmıştı. Onun kitaplarını basan yayıncının, Münir Nurettin Selçuk'un hayatını yazdırmak için birine ihtiyacı varmış. Soruyordu acaba ben yazar mıyım, diye.

"Bilmem ki, bir düşüneyim," dedim.

"Çok uzun düşünme, adamın acelesi var," dedi, "kitabı mayıs ayına yetiştirmek istiyor. Fazla zamanı yok."

"Yarın söylerim sana."

"Ayşe, bence önce git adamla konuş, parasını filan öğren, sonra düşün."

Telefon numarasını yazdırdı.

"Nerede bu yayıncı?" diye sordum.

"Cağaloğlu'nda. Eski *Hürriyet*'in tam karşısı."

Ertesi sabah, saat on sularında aradım Selçuk'tan aldığım numarayı. "Ben Ayşe Kulin," dedim, "Profesör Selçuk Erez verdi numaranızı, Münir Nurettin kitabı için..."

"Haa, evet, evet. Kitap fuarında standımız var, oraya buyurun. Sel Yayınları diye bakın, ben yarın bütün gün orada olacağım."

"İrfan Bey, değil mi?"

"İrfan Sancı."

"Öğleden sonra uğrarım," dedim.

Kerim'in evinde bir Pazar buluşması.
Kalabalık ve neşeli bir aileydik biz.

Cassy

Kiara

Ziya

Annem, oğullar, gelinler, torunlar, Engin, KuzenAhmet Sarper, eşi Nesrin ve oğlu Can. Selimler yurt dışında ve bekar. Cassy o gün grip. Kiara ve Ziya aileye çok sonra katıldılar.

Evimden
uçan
ilk kuş.

Metcyi nikah
masasına
yürütüyorum.
Cenevre
Mart 1991

Ali'yi nikah
masasına
yürütüyorum.
İstanbul
Aralık 1994.

Sıra
Kerim'de.
Bodrum
Haziran
1997.

Selim kızı
kapıp önden
koştu.
Peşinden zor
yetiştim.
Alaçatı
Eylül 2007.

Önce Mete'den Aurelia bir buçuk yıl sonra Dilara geldi.

Ali'nin Tarası üç numara.

Mete'den üçüncü kız Cassandra.

Kerim'in kızı Yelin no: 5 olduğu için ben ona Şanel derim.

Nihayet Ali'den bir oğlan Alpi.

Kız torunu özlemiştim. Kiara Sitare. Selimin ilki.

Alpi'yi yalnız bırakmamak için Selim Ziya'yı yaptı.

Bu resimde Kiara ve Ziya henüz doğmamıştı.

Babalar ve Kızları

Mete, Aure ve Dilara.

Ali ve Tara.

Kerim ve Yelin.

Selim ve Kiara.

Torun Keyfi

Dede ve ilk gözağrıları.

Ali'nin Tara ve Alpi'siyle.

Ben Yelin'e Şanel
derim çünkü
o no: 5.

İtina ile yemek yedirilir.

Süperman Ziya derin uykuda.

Anneciğim'den hatıralar

Birlikte Urla'da son yazımız. 2007.

Rüya gibi bir yazdı.

Bir Tatlı Huzur

O yıllarda kitap fuarı Taksim Meydanı'ndaki Etap Otel'in alt katındaydı. Mekân dar olduğu için tıklım tıkış olurdu fuar günleri boyunca. Sel Yayınları'nı, zemin katın en dipte kalan stantlarının arasında buldum. İrfan Sancı'yla oturacak yer olmadığı için, ayaküstü konuştuk. Bir kültür serisi başlatmıştı, birinci kitap Sabahattin Ali'nin hayatıydı. Kitabı gösterdi, kuşe kâğıda basılmış, normal kitap ebatından biraz daha büyük, resimli bir kitaptı. Karıştırdım sayfalarını. Biricik arkadaşım Filiz'in, babacığıyla birlikte çekilmiş çocukluk resimleri; dünya güzeli karısıyla, dostlarıyla fotoğraflar.

"Böyle bir seri başlattım," dedi İrfan Bey, "sırada Münir Nurettin, sonra da Yaşar Kemal var. En az on iki kitap yapmak istiyorum."

"Harika bir fikir."

"Sizden isteğim, yazının yüz sayfayı geçmemesi. Özet halinde hayatı, eserleri, mümkün olduğunca çok fotoğraf... Telif yüzdesi vermiyoruz. Size avans vereceğiz, kitap bitince de anlaştığımız miktarın tamamını."

Önce kaç para alacağımı konuştuk. Elli bin lirada anlaştık.

"Tek şartım, kitabı bana mart ayında teslim etmeniz. Üstat nisan ayında doğmuş. Çıkışını o güne denk düşürmek istiyorum," dedi İrfan Bey.

Kasım ayının içindeydik. Parmaklarımla hesapladım, kasımı saymazsam, üç hatta üç buçuk ayım vardı. İstediği yüz sayfa yazıydı, alt tarafı.

"Yaparım," dedim.

Eve döner dönmez ilk işim evdeki ansiklopedilerde Münir Nurettin'i aramak oldu. Vardı, evimdeki Meydan Larousse'ta bir kısa paragraf; doğumu, bestekâr ve icracı olduğu bilgisi ve ölüm tarihi, sadece! Ne eserleri hakkında bir bilgi, ne başka bir şey! Annemin evine kadar koşturup babamın ansiklopedilerine baktım. Yine dört-beş satır bilgi, hepsi buydu! Şaşırdım. Bu kadar ünlü bir insanın ansiklopedik tanıtımı birkaç satır mı olurdu? Sanatçının kızına gitmeye karar verdim. Belki onun evinde babasına dair bir arşiv bulurdum.

Ertesi gün, sabah kahvesine Meral Abla'nın evindeydim. Heyecan içinde, babasının kitabını yazacağımı, yardımlarını beklediğimi anlattım. Ben sevineceğini zannediyordum.

"Senin yazı yazdığını bilmiyordum," dedi.

"Uzun zamandır yazıyorum Meral Abla. Dergilere, gazetelere yazıyorum. Hatta bir de kitabım var."

Bir sessizlik oldu.

"Neden isteksizsin böyle?"

"Babam hakkında yazılmış kitap yok. Madem yazılacak, iyi bir şey olsun isterim."

"Yardım edersen, iyi bir şey olur."

"Ben ne yapabilirim ki?"

"Bana babanın dostlarının, öğrencilerinin, yakınlarının adlarını verirsin. Timur Selçuk'a ulaşmamı sağlarsın. Hepsiyle konuşurum."

"Timur konuşmaz. Selim de zaten Amerika'da yaşıyor."

"Selim kim?"

"Timur'un kardeşi."

"Aaa, bilmiyordum."

"Bilmezsin elbette. Babamın tekne kazıntısı, on yaş küçüktür Timur'dan."

"Anlat işte bunları bana. Timur'un telefonunu verirsen..."

"Veremem Ayşe. Bana kızar."

"Ofisi hâlâ Sıraselviler'de mi?"

"Evet."

"Ben bulurum."

"Timur'un annesinin telefonu var mı sende?"

"Onu karıştırma."

"Olur mu, o da babanın hayatının bir parçası."

"Ben izin vermiyorum bu kitaba. Vazgeçtim," dedi.

Israr etmedim. Kahvemi bitirince kalktım. Eve gidip İrfan Sancı'yı aradım.

"Kızı izin vermiyor, ne yapacağız şimdi?" diye sordum.

"Kızının iznine ihtiyacımız yok," dedi, "Münir Nurettin halka mal olmuş bir sanatkârdır, isteyen hakkında kitap yazar, isteyen tez yazar. Yazılanlar hakaret içermedikçe, ailesi buna karışamaz. Gidin bunu böylece anlatın."

Meral Abla'yı, aman sakın yeni uyanmış uyku sersemi olmasın, günün sonunda yorgun olmasın ki yanlış anlamasın diye, en sakin olabileceğini düşündüğüm bir saatte aradım.

"Meral abla, dedim, "Madem sen istemiyorsun, ben bu kitabı yazmaktan vazgeçtim. Ama Sel Yayınları kararlı, başka bir yazar bulup yazdıracaklar. Kimi bulacaklarsa artık, o da senin dostun olmayacaktır benim gibi. Sana danışmadan, senin hassasiyetlerini gözetmeden yazabilir, istersen sen bir avukata danış, düşün taşın, sonra beni ara. Kararın değiştiyse, kitabı ben yazarım, yazdıklarımı da sana okuturum. Tek amacım, bu değerli müzisyenin hayatına dair bir kitabın bulunması. Ben dedikodu yazarı değilim, hayatının fırtınaları, aşkları beni ilgilendirmez ama iki oğlu arasında on yaş fark varsa, yaşamının on yılını işgal etmiş bir kadından da hayat hikâyesini yazarken söz etmemek olmaz. Her neyse, sen düşün iyice, sonra ara beni. İstemiyorsan, ben çekileceğim. Başkası yazsın."

Meral Selçuk, beni bir gün sonra aradı.

"Kızımla ve damadımla görüştüm, sen yaz ama bana her yazdığını okut lütfen," dedi.

"Elbette," dedim, "sen de şimdi bana otur bir liste hazırla, babanın hayatta olan dostlarının adlarını ve telefon numaralarını, öğrencilerini... Kim onu bana içtenlikle anlatabilirse, hepsinin dökümünü yap lütfen."

Meral Selçuk'un listesi uzun değildi. Babasının pek çok dostu vardı ama çoğu öbür âleme göç etmişti. Kalanların da telefonlarına ya bir yakını ya da bakıcısı çıkıyor, o kişinin değil geçmişi konuşmak, bir saat öncesini bile hatırlamadığını söylüyordu. 1995 yılında annem unutkanlık illetinin pençesine düşmemişti henüz. Eğer o sırada demansla tanışıklığım olaydı, başvurma ihtiyacı duyduğum tüm unutkanların, bir saat öncesini hatırlamamalarına rağmen, geçmişi ayrıntılarıyla aktarabileceklerini bilir, ayaklarına giderdim. Listemde birçok ismi çizdikten sonra, sonuçta, elimde iki-üç isimle kalakaldım ve ilk önce Orhan Nasuhioğlu'yla konuştum. Bu beyefendi gerçek bir Münir Nurettin hayranıydı ve tüm konserlerini en ön sırada oturarak dinlemişti. Kızı Meral'in yanı sıra, benim en değerli kaynaklarımdan biri oldu.

Korkunç soğuk bir kış yaşıyorduk. Bazı yıllar İstanbul sokaklarına şubattan önce kar düşmez. 1995 yılında, kar İstanbul'a aralık ayının başında geldi ve gitmek bilmedi. Anadolu yakasında oturan yaşlı hanımefendiye gideceğim gün, lodos fırtınası yüzünden vapur seferleri iptal edilmişti. Karlar eridiğinde ise, bana randevu vermiş olan bir başka yaşlı beyefendi, soğuk almış, yatağa düşmüştü.

Ben de bu arada, Meral Selçuk'un sandık odasındaki arşivinin içine düşmüştüm. Eski müzik dergilerini, sanatçının en popüler olduğu yıllardaki magazin dergilerini de bulup, bilgi ve resim topluyordum.

İrfan Sancı, arada bir telefon ediyor, kitabın nisan ayına yetişmesi için mart başında teslim etmem gerektiğini hatırlatıyordu. Ama ben hava muhalefetinden dolayı bir türlü bana anılarını nakledecek kişilere ulaşamıyordum. Aralık ve şubat aylarını, karın dinmesini, kötü havada hastalanan yaşlıların iyileşmesini beklemekle, arşiv çalışması yapmakla ve Timur Selçuk ile annesinin peşinden koşmakla geçirdim.

Timur Selçuk'un Sıraselviler üzerindeki ofisine gitmeyi başarabilmiştim sonunda. Küçük odasındaki masanın arkasında Timur, masanın öte tarafındaki koltukta ben, diğer koltukta simsiyah ve benim boyumdaki Orfe, oturduk! Orfe bir köpekti. Daha doğrusu bir köpek beydi. Koltuğa kurulmuş, bacak bacak üstüne değil de kol kol üstüne atmıştı. Efendisi yasaklamasa bir de sigara tüttürecekti eminim. O da sahibi gibi gözlerini dikmiş bana bakıyor, çaresizliğimden keyif alıyordu adeta.

"Bana anlatacağınız tek bir anınız yok mu?" diyordum, "Timur Bey, lütfen, bir anı, bir konuşma, bir sandal gezintisi, birlikte çıkılan bir yürüyüş ya da ne bileyim, müzisyensiniz ikiniz de, baba-oğul birlikte çalıp söylediğiniz bir şarkı..."

"Kusura bakmayın Ayşe Hanım, hatıralarımı ben kendi yazacağım kitaba saklıyorum."

O kadar ısrar ettim ki sonunda Orfe kocaman ağzını açıp pespembe dilini dışarı sarkıtarak esnedi. Bu, efendimin canını sıkmaya devam edersen, seni yiyiveririm, demekti galiba.

"Belki anneniz anlatır," dedim, "telefonunu rica edebilir miyim?"

"Vereyim ama anneme ulaşamazsınız. O hiç konuşmaz. Boşuna vakit kaybetmeyin diye söylüyorum."

Yapacak başka şey yoktu. Kalktım. Timur Selçuk ve Orfe beni kapıya kadar geçirme nezaketinde bulundular.

Timur'un hakkı varmış. Söylediklerine kulak asmadığım için çok vakit kaybetmiştim, annesinin peşinde koşarken. Gerçekten çetin cevizdi. Bir akşam saat yedi sularındaki ilk telefon konuşmamız aynen şöyleydi:

"Alo."

"Şehime Hanımefendi'yle görüşmek istemiştim."

"Ne hakkında?"

"Münir Nurettin'in hayatını anlatan bir kitap yazılıyor da..."

Lafımı bitirememiştim, "Hanım evde yok!"

"Ne zaman döner acaba? Sabah arasam?"

"Yolculuğa çıktı. Birkaç ay yok."

"Siz kimsiniz?"

"Komşusuyum. Çiçeklerini suluyorum."

"Size telefonumu bıraksam, aradığında verebilir misiniz?"

"Beni aramaz."

Başka bir şey söylememe fırsat vermeden kapatmıştı telefonu. Birkaç gün sonra bu kez sabah erken aramıştım.

Sesimi tanımış olmalı, "Hanım evde değil!" demişti, yine.

"Siz kimsiniz?"

"Temizlikçiyim."

Bak hele! Telefondaki hanımın o kadar güzel bir sesi ve diksiyonu vardı ki, tam bir tiyatrocuya yaraşır şekilde, hemen anlamıştım telefonu açanın kendisi olup, benimle oyun oynadığını. Bozuntuya vermemiş, yazılmakta olan kitap hakkında bilgi vermiştim sadece, hanımı geldiğinde ona aktarması için.

"Ben hanımı görmem. İşim bitince giderim."

Aynı günün akşamında bir kere daha aramıştım.

"Belki fikir değiştirmişsinizdir diye arıyorum hanımefendi. Bakın, üstadın ilk eşinden olan kızıyla uzun uzadıya konuştum. Kitap tamamen bu ilk eşin ve kızının bakış açısından yazılıyor. Oysa üstadın sizinle de bir yaşantısı olmuş, çocuklarınızın yaş farkına bakılırsa, en az on yıl sürmüş bir birliktelik var. Kitabı sizi dahil etmeden tamamlamayı içime sindiremiyorum. Size dair yanlış bir şey de yazmak istemem. Lütfen, lütfen hanımefendi, izin verin görüşelim."

"Hanımefendi evde yok!" kapanmıştı telefon.

Onu, telefonun başında hayal etmeye çalıştım. Eğilmiş miydi acaba telefonun üzerine doğru, kulağına gelen seste, geçmişte kalan aşkını arar gibi? Ağlıyor muydu, pişman mıydı? Hayatının akıp giden günlerine esef mi ediyordu, yoksa her şeye değdi mi diyordu? Kim bilir nelere göğüs germişti, sevdiği adam hayattayken. O yıllarda, evli bir erkekten iki çocuk sahibi olmayı göze alabilmek, tek başına iki evlat yetiştirmek, ne büyük bir cesaretti! Ne kadar çok tanımak isterdim bu güçlü kadını, ondan bir şeyler öğrenmek, kendi bakış açımı biraz olsun yumuşatabilmek için. Timur Selçuk, konuşmamız esnasında bir ara ağzından kaçırmıştı

Kalamış'taki evlerinde babasıyla birlikte akşam yemekleri yediğini. Ben olsam, çiçekten çiçeğe konan, gönlünü frensiz bıraktığı halde, karısından, evinden, evinin konforundan, salondaki köşe berjerinin kucaklayıcı rahatlığından kopamayan sevgilime, akşam sofralarımda asla yer açmazdım, mesela. Oysa, Şehime Hanım gösterebilmiş o özveriyi. Sesine mi âşık oldu, düzgün hatlı yüzüne, fiziğine mi acaba?

O cefakâr ilk eşi de tanımak isterdim, sevgili kocasının çapkınlıklarını sürekli bağışlayan, sevgilisinin sofrasından kalkıp, belki de koynundan çıkıp gecenin geç saatlerinde karısının güvenli sıcaklığına, alıştığı yatağına dönen kocayı, başka kadının kokusu sinmiş teniyle kabullenebilen. O ilk eşten, koşulsuz sevmek ve bağışlamak adına öğreneceklerim vardı. Ama birinci eş hayatta değildi, diğeri ise saklanıyordu.

Saklananı, telefonlardan netice alamayınca, evinin kapısında beklediğim de oldu, kapısını çaldığım da. Tüm çabalarım nafileydi. Sonunda pes ettim ve ona iki erkek evlat vermiş bu hanıma hiç istemeden çok az yer verdim Münir Nurettin'in yaşamöyküsünde. Başkalarına anlattırabilirdim ama o hayattayken, onu başkalarının ağzından yazmak istemedim. Madem Şehime Hanım susmayı seçmişti, kararına saygı göstermeliydim. Yazık oldu, kitap, bir kadın tarafından bir erkeğe duyulan tutkulu aşktan yoksun bitti.

Sel Yayınları öyküyü bir an önce bitirmem için baskı yapıyordu. Mart ortasına doğru, tüm eserlerinin dökümü ve ölümünün ardından hakkında yazılanlarla birlikte, kitabı toparladım. Arşivlerden seçtiğim ama en çok da kızı Meral Selçuk'un albümlerinden aldığım resimleri, konser programlarını da ekledim dosyama. Sıra, dosyayı teslim etmeye ve bana söz verilen parayı almaya geldi.

İrfan Bey ile Taksim'de Etap Otel'in girişindeki kafede buluştuk. Pencerenin hemen yanındaki masalardan birine karşılıklı oturduk. Benim elimde sarı kalın ve büyük bir zarf vardı, İrfan

Bey'in elinde de bir evrak çantası. Önce getirdiğim resimlere baktık. Meral Selçuk'un resimleri bana vermeden önce, iadesi için bana ettirdiği yeminlerin aynını ben İrfan Bey'e ettirdim. Yakın masalarda oturanlar bizi duyduysa ne düşündüler acaba bu sonu gelmeyen yemin ettirmelerden. Çayımızı içtik, kitabın baskısı için ne kadar zaman gerektiğini filan konuştuk. Derken İrfan Bey evrak çantasını kucağına koyup açtı ve bana, "Ayşe Hanım, elinizi masanın altına uzatır mısınız?" dedi.

Şaşırdım. "Niye?"

"Paranızı vereceğim."

"Masanın üzerinden verseniz olmaz mı?"

"Şey, parayı yolda bankaya uğrayıp aldım, zarf istemeyi akıl edememişim. Şimdi size para verirken görürlerse... Yani bir şey zannetmesinler. Ayıp olmasın diye size..."

"İrfan Bey, bu geçkin karıya bunca parayı verene enayi derler diye mi korkuyorsunuz yoksa."

Ben gülüyordum ama İrfan Bey kıpkırmızı oldu. Bir omzunu iyice düşürmüş, masanın altından parayı uzatıyordu. Solumda pencere vardı, sağıma baktım, hazır bizi seyreden yokken, ben de uzattım elimi, avcundaki tomarı kavradım. Gözümden yaşlar iniyordu gülmekten. Bu sefer de ben, İrfan Bey'in rüzgârına kapıldım, parayı kucağımdan masanın üzerine çıkaramıyordum. Nihayet, ben de para tomarını çantama attım, başımı kaldırdım ve garsonla göz göze geldim. Artık adamın ne düşüneceğini Allah'a bıraktık, ikimiz de.

Münir Nurettin'i yazarken kaynak yokluğundan, eski, tozlu dergi sayfalarındaki kitap bitlerini solumaktan, karlı yolları arşınlamaktan ve oğlu ile annesinin olumsuz yaklaşımından çok çekmiştim ama, paramı alırken o kadar çok güldüm ve eğlendim ki, hepsinin acısı çıktı. Ve herhalde hayatım boyunca bana masa altından uzatılan ilk ve son para, bu oldu.

Biyografilerim arasında çok az belge ve çok az canlı kaynağa dayanarak yazdığım tek kitaptır *Bir Tatlı Huzur*. O yüzden içime pek sinmemiştir. İsterdim ki Münir Nurettin'in öğrencileri ya da müzikologlar onun hakkında müziğine ağırlık veren nice başka kitaplar yazsınlar. Bugüne kadar yazılmadı ne yazık ki! Ne zaman dergi, gazete ve kitap eklerinde üstat hakkında birileri bir şeyler karalayacak olsa, bu biyografiden (ç)alıntılarla yazarlar, kaynak gösterme nezaketinde bulunmadan. Aldırmam. Önemli olan Türk musikisinin bu çok önemli bestekârı hakkında başvurulacak bir kitabın bulunmasıdır ki, Sel Yayınları ve çok az kaynakla çalışmayı göze almış bir yazar sayesinde, meraklıları için bir kitap vardır, en azından. *Bir Tatlı Huzur*, bestekârın tüm eserlerinin dökümünü de içerir ayrıca.

Gece Gelen Telefonlar Tekin Değildir

Gece yarısından sonra gelen telefonlar hep felaket habercisidir, benim için. Ne zaman derin uykularımdan uyandımsa ya çocuklardan birinin araba kazasını haber verirdi hattın ucundaki kişi ya da annemdi babamın hastalığı sırasında yine ateşlendiğini, fenalaştığını söylemek için. Uykumu bölen telefonu, bu yüzden kalp çarpıntılarıyla, el yordamıyla bulup açtım.

Betin'in sesini duydum.

"Alo, Ayşe, uyandırdım seni," diyordu. Demek uyuyup kalmışım bu sabah. Uzandım başucu lambasını yaktım, aaa, saat sabahın altı buçuğu! Aman Tanrım, Ender'e bir şey oldu! "Betin! Ne var, ne oldu? Ender..."

"Ender iyi. Dinle beni, kapıdan çıkmak üzereyim, fazla vaktim yok. New York'a uçuyorum. Aylin öldü."

"Neee! Ne demek öldü! Neden öldü!"

"Bilmiyorum. Bildiğim tek şey ölmüş olduğu. Cenazede bulunmak için gidiyorum. Anneme bu haberi sen vereceksin. Beni sakın merak etmesin. Ben iyiyim, iyi olduğuma inanmazsa, ancak o zaman Aylin'in vefatını söylersin ona. Annem saat dokuzdan önce uyanmaz. Lütfen evine git, durumu anlat, bizi sakın merak etmesin. Kızı, torunu, damadı, biz hepimiz iyiyiz. İlk fırsatta arayacağım onu."

"Sen ne zaman öğrendin?"

"Dün gece, geç vakit. Nilüfer aradı, o söyledi. Haydi, çıkıyorum şimdi. Ender arabada bekliyor. Teşekkür ederim Ayşe."

Kapattı telefonu. Yatağın içinde, iki büklüm kalakaldım. Ölürken hayatı sinema şeridi gibi geçermiş insanın gözünün önünden derler ya, ben de mi acaba ölüyordum ki, çocukluğum, ilk gençliğim resim resim akıyordu gözlerimin önünden. "Pál Sokağı Çocukları" gibiydik biz Soysal Apartmanı'nın çocukları; ben, Nuri, Madelet, Muhan, Betin, Aylin ve Aylin'in bize hiç yüz vermeyen ablası Nilüfer. Aylin ince uzun bacakları, atkuyruğu saçlarıyla doru bir tay gibi, Betin o yıllarda tombul, ben iki örgülü çöp bacaklı bir çocuğum, kupalı saklambaç oynuyoruz evin önündeki arsada. İlkokul çocuklarıyız hepimiz. Sonra, Aylin'in hepimizden ayrılıp İstanbul'a koleje gitmesi, bir sırık kızdan, güzel bir genç kıza dönüşmesi... Lise yıllarında, bir sülün gibi artık Aylin, atkuyruğu çözülmüş, omuzlarına düşen karavel saçlarında kızıl pırıltılar var... Neler geçiyor gözlerimin önünden... Binlerce anı...

Mişel'le mutlu bir çiftken son kocası Joe ile evlenirken Büyükada'daki düğün yemeğinde, yine o son kocanın New York'taki muhteşem Town House'undaki davette adamın gözlerini Aylin'in alımlı güzelliğinden alamaması. Nasıl da takdirle bakıyordu karısının kurduğu şık sofraya, hazırlattığı lezzetli Türk yemeklerine, karısından etrafa saçılan yaşama sevincine. Sonra ne oldu da boşanmaya kadar vardı bu ilişki? Bu, ölüme doğru yokuş aşağı koşuş niye? Ölümün hiç yakışmadığı Aylin, ne yaptın sen?

Çıktım yataktan, giyinmeye başladım. Bir yandan da Süha Teyze'ye ne söyleyeceğimi düşünüyordum. "Kızım niye bana haber vermeden gitti Amerika'ya?" diye soracaktı. Haliyle Amerika'da okuyan torunu Serra'nın başına bir şey geldiğini düşünecekti. Ne desem inanmayacaktı, çünkü bilirdi ki eğer bir felaket yoksa, biricik kızı ona veda etmeden çekip gidemez. Buna emindim çünkü ben de kendi annemin tek ve biricik evladıydım tıpkı Betin gibi. Tek evlatların omuzlarındaki ana-baba sorumluluğu misliyle fazladır kardeşli çocuklardan.

Tek çocuk anaları bilirler o tek evladın veda etmeden gitmeyeceğini, bir felaket olmadıysa. Süha teyzeye doğruyu söylemeye karar verdim. Ancak öyle inanırdı, Serra'ya kötü bir şey olmadığına.

Evden çıkmak için kapıya yürürken saatime bakmayı akıl ettim. Yediyi çeyrek geçiyordu. Ben nereye gidiyordum bu saatte! Geri dönüp, elbiselerimle yattım yatağa tekrar. Bir üşüme geldi, sanki üstüme lapa lapa kar yağıyordu. Yorganı kafama kadar çektim, çocukluğumu, ilk gençliğimi birlikte geçirdiğim Aylin'e hıçkırarak ağladım nihayet, karanlığında yatağımın.

Suha Teyze, sabah kızını arayıp, evdeki hizmetçiden apar topar Amerika'ya uçtuğunu duyunca, neler düşündüyse artık, benden Aylin'in ölümünü öğrendiğinde hiçbir şey söylemeden, kucağında kavuşturduğu ellerine bakarak, sessizce oturdu. Aylin elinde büyümüştü, bağırıp çağıracağını, ağlayacağını, çırpınacağını sanmıştım. Hiçbirini yapmadı. Duruşuna sinmiş kederiyle, hiç konuşmadan oturmaya devam etti. Sonra, kırık bir sesle, "İnşallah artık huzura kavuşmuştur yavrum," dedi.

Evime döndüm. Bu korkunç haberi bir de anneme vermek içimden gelmedi. Suha Teyze nasılsa arardı onu, bugün. Nitekim telefon çaldığında, ben ucunda annemin olduğunu bilerek kaldırdım ahizeyi.

Annemin ilk sorusu, "Doğru mu?" oldu.

"Doğru," dedim.

"Niçin? Nasıl?"

"Sebebini bilmiyorum henüz. Öğrenince söylerim sana."

Annem hem ağlıyor hem konuşuyordu ama ben dinlemiyordum. Aklımda Aylin'le ilgili bir yazı yazmak vardı. Ona verdiğim sözü tutmalıydım. Resimler yollamıştı bana, onları bulmalıydım.

"Anne, kapı çalınıyor. Arayacağım sonra seni, e mi canım."

Kapattım telefonu, bana Betin'le yolladığı resimleri, belgeleri buldum. Sonra Okay Gönensin'e, *Yeni Yüzyıl* gazetesinin başındaki arkadaşıma telefon ettim.

"Okay, bir arkadaşımı kaybettim, onun hakkında bir yazı yazacağım, resimler de var. Lütfen basar mısın?"

"Kim ki?"

"Şimdi uzun uzadıya anlatamam. Yarın ya da öbür gün yazıyı hazırlayıp getireceğim. Sen bana gazetede yer ayır."

"Öyle her yazıyı basamam Ayşe, kim bu?" diyordu ben kapatırken telefonu. Hiç aldırmadım. Ertesi gün Betin'den nasıl öldüğünü öğrenir, yazının sonunu o zaman yazardım. Ben yazıyı yazıp resimlerle birlikte götürdüğümde, Okay'ın yazının üstüne atlayacağından adım gibi emindim. Aylin, eğer dünyayı görebiliyorsa bulunduğu yerden, buna çok sevinecekti. Zaten gazetede hayatının yayınlanması için bana resimleri kendi yollatmamış mıydı! Bu veda yazısı ona son bir hoşluk olurdu, benim tarafımdan. Telefon ben çalışırken zırzır çalmasın diye fişini çekip, daktilomun başına oturdum.

Yazı bittiğinde ağlıyordum yine. Yüzümü yıkayıp annemi aradım. Bu sefer uzun uzun konuştum onunla. Aylin'in öldüğüne katiyen inanmıyordu. Biri bizi işletiyormuş, kesin!

"Anneciğim," dedim, "Betin beni mutlaka arar, ondan nasıl, neden öldüğünü öğrenir, sana söylerim. Belki de inşallah biri Betin'i işletmiştir. Akşama benden haber bekle."

Nitekim, Betin çok geç bir saatte aradı, bana bilgi vermekten çok, annesine dair bilgi almak için. Daha doğrusu, ben Süha Teyzey'e Betin'in ani gidişi hakkında ne anlattımsa, o da annesine aynı şeyi söylesin diye.

"Gerçeği söyledim," dedim.

"Ne yaptı?"

"Olgunlukla karşıladı. Sakinleşemeyen senin değil benim annem. Betin, Aylin nasıl ölmüş?"

"Kendi arabasının altında kalmış. İzah edilemeyen tuhaf bir kaza. Cenaze yarın askeri törenle kaldırılacak."

"Cenazeden sonra beni arar bilgi verir misin?" diye sordum, "Ya da bir faks çek. Onun için bir yazı hazırlıyorum."

"Çok iyi ediyorsun. Severdi öyle şeyleri. Cenazeden sonra sana bilgi veririm," dedi Betin. Sözünü de tuttu. Onun cenazeye ilişkin verdiği ayrıntılı bilgiyi kullanarak, yazıyı bitirdim. Resimleri de yanıma alıp bir taksiye atladım, yoğun trafikte bir türlü ilerleyemeyen arabada, Okay'ın yerinde olması için dua ederek vardım menzilime. Okay yerindeydi. Sen şunlara bir göz at, ben on beş dakika sonra geleceğim," dedim. "Basmak istemezsen yazıyı geri alırım."

Yazı ve resimleri Okay'ın masasına bırakıp çıktım, Kapalıçarşı'ya inen caddedeki kahvelerden birinde çay içtim ve Okay'ın yanına geri döndüm. Okay beni görür görmez, "Basıyorum," dedi, "cumartesi ekine."

Pazar günü telefonun zili durmak bilmedi. Sabahın erken bir saatinde Aylin'in ablası Nilüfer'in telefonuyla uyandım. Ta New York'ta nereden nasıl haber almıştı, bilemiyorum, yazıdan haberi vardı ve teşekkür ediyordu. O gün beni aramayan eş dost kalmadı. Son telefon ise, Okay'dan geldi.

"Ayşe bütün gün telefonlar durmadı. Herkes kim bu Aylin diye soruyor. Annem ki hayatta gazete eki okumaz, o bile telefon etti. Sahi Ayşe, kim bu Aylin? Senin neyin olur?"

"Kuzinimin kuzini."

"Yazdıklarının hepsi doğru mu?"

"Haydaa! Okay doğru olmasa yazar mıyım!"

"İnanılır gibi değil de."

"Değil," dedim "ne yaşadıkları ne de ölümü inanılır gibi değil."

Bir telefon daha geldi, bir gün sonra. Ercan Arıklı, hiç uzatmadan konuya damardan girdi, "Kızım sen hemen otur, Aylin'in hayatını roman yap!" dedi.

Aylin'in hayatı romandı zaten. Çok az insana nasip olan rengârenk, tutkulu, çılgın, hayırlı bir hayattı. Bir ömre beş değişik yaşam sığdırmıştı Aylin. Sırasıyla Arap prensesi, tıp öğrencisi, ünlü bir psikiyatr, Amerikan ordusunda asker ve kendisi olmuştu. Nilüfer'in Türkiye'ye dönmesini bekledim izin almak için. Acaba nasıl bakardı kız kardeşinin hayatının romanlaşmasına.

Tahminimden de sıcak baktı Nilüfer, "Onu yeniden hayata döndürmek gibi bir şey bu. Yaz elbette," dedi.

Yazayım da, sonra ne yapacağım yazdıklarımla. Aylin gibi birinin hayatı üç yüz sayfada zor biterdi. Ben dünyanın masrafını edip Amerikalara gidecektim; kocalarıyla, hastalarıyla, dostlarıyla, meslektaşlarıyla konuşacaktım; onca emek harcayıp aylarca uğraşacaktım ve yazdıklarım elimde kalacaktı, kapımın önünde benzini olmadığı için süremediğim bir araba gibi. Aynen buydu, yayıncısız bir kitap, benzinsiz arabaydı! Yayıncıdan yana olan şansım ise malumdu. Öykülerim için zar zor bulduğum yayınevi batma aşamasındaydı. Üstelik yeminliydim de kapı kapı yayıncı aramamaya. Ben bu konuda hayıflanıp dururken, rahmetli Ergin Telci, "Yahu, neden daha evvel düşünemedim! Benim bir yayıncı arkadaşım var, seni ona götüreceğim," diye telefon etti.

"Kim?" dedim yayıncıların hepsini tanırmışım gibi.

"Atıl. AFA Yayınları'nın sahibi."

Ergin, Aylin'in, kız kardeşi Elçin de benim sınıf arkadaşımdı. Okul yıllarımızda Elçin'in evinde tanıştığımız günden itibaren Ergin'le ağabey-kardeş gibi olmuştuk. Yıllar sonra Robert Kolej'in sosyal etkinlikler derneğinde de birlikte çalışıyorduk, özellikle yoksul çocukları okutmaya yönelik bazı başka sosyal yardımlaşma derneklerinde de. Bir süredir iyi değildi Ergin. Bitkin görünüyordu ama bunu aşırı içkisine veriyorduk, biz arkadaşları. ileri derecede kanser olduğundan değil bizlerin, kendinin bile haberi yoktu, o günlerde.

"Sen bana adresi ver, ben giderim," dedim.

"Ben götüreceğim seni," dedi, "ne zaman müsaitsen bana söyle, randevu alayım."

Bir gün kararlaştırdık. Ergin'i arabamla Bebek'teki evinden aldım, Taksim'e park ettik. Atıl her kimse, onun, İstiklal Caddesi'nin Taksim'e yakın sokaklarından birinde bulunan işyerine yürüyecektik. Koluna girdim Ergin'in, AKM'nin önünden Ağa Camii'ne neredeyse yirmi dakikada geldik. Arkadaşım yürüyemiyordu.

"Ergin, yalvarırım şurada bir kahvede otur bir şey iç, bak ben çok üzülüyorum seni yoruyorum diye."

"Ben yorulmuyorum," dedi, "seni ben götüreceğim."

Zar zor vardık Atıl'ın yerine. Bürosunun altında bir de kitapçı dükkânı varmış meğer AFA Yayınları'na ait. Binaya girdik ki, dimdik bir merdiven var önümüzde.

"Git beni kitapçıda bekle, Atıl'ı alıp geleyim," dedim.

"Sen çık önden. Ben yavaş yavaş çıkarım," dedi. İnadını biliyordum, çıktım merdivenleri. Yukarıda, onun bastonunun ve sürüklenen adımlarının sesini suçluluk duygusu içinde dinleyerek bekledim. Nihayet geldi. Beni göbekli, uzun saçlı ve sakallı Atıl'a tanıştırdı.

Atıl'ın küçük odasında, birbirimizin ağzından ala ala, anlattık Aylin'in olağanüstü hayatını.

"İşte bu hayatı romanlaştırıyor Ayşe," dedi Ergin, "onun anlaşmak üzere olduğu bir yayınevi var ama ben dedim ki, Atıl benim arkadaşımdır, onunla konuşmadan imza atma," dedim. "Hatırım için, kabul etti."

Bu palavrayı duyunca kıpkırmızı oldum ve ne tarafa bakacağımı şaşırdım. Ergin'le göz göze gelsem gülmeye başlayacağım. Atıl gözlerimi yakalasa, hemen anlayacak Ergin'in yalanını. Yere baktım.

"İyi ettin," dedi Atıl.

"Biz zaten biliyorsun bir kadın dizisi yapıyoruz. Milena'nın, Camille Claudet'in hayat hikâyelerini bastık, Frida Kahlo var, Madame Curie var, bütün ünlü kadınların biyografilerini çevirtiyorum sırayla."

Benim gözlerim hâlâ yerdeydi ama farkındayım ki olumlu bir yöne doğru akıyordu konuşma.

"Bu kitap da bir Türk kadınının yaşamöyküsü," dedi Atıl.

Doğru mu duydum?

"Tamam o zaman. Bir anlaşma hazırlayalım," dedi Ergin.

Yok artık! Henüz fol yok yumurta yokken, ne anlaşması? Bodoslamadan gidiyordu Ergin. Kızdıracak adamı şimdi, vazgeçecek diye ödüm koptu.

"Ben bir Amerika'ya gideyim hele de..." diyecek oldum.

"Amerika'ya gitmek için para lazım," dedi Ergin, "avans alırsın yayınevinden, hemen gidersin ve bir an önce başlarsın yazmaya."

"Burası Türkiye yahu! Ne avansı Ergin Telci?"

Yaptın mı yapacağını arkadaşım! Kaş yapayım derken göz çıkarmak buna denir.

"Oğlum, kız masraf edecek. Sadece randevu için telefon etmesi bile dünyanın parasını tutar. Kitap basıldıktan aylar sonra alacağı yüzde onla idare edilecek bir iş değil ki bu."

"Pekâlâ, yüzde on yerine yüzde on iki telif veririm," dedi Atıl, "ama önce kitabı göreyim."

Ben gözlerimi yerdeki kilimden kaldırıp tavana diktim bu sefer.

"Tamam ama ben bu yolu bir daha yapamam. Bu merdivenleri de bir daha çıkamam. El sıkışın şimdi, bir ön anlaşma imzalayın," dedi Ergin.

"Erginciğim, Atıl Bey hele bir anlaşma hazırlasın, ben sana göstermeden imzalamam merak etme," dedim.

"Atıl, bak bu kız benim kardeşimdir. Benim kız kardeşlerimden hiç farkı yoktur, ona göre ha!"

"Tamam abi," dedi Atıl, "sözüm söz. Yazsın getirsin, basacağım."

Ergin'in beni kendi gibi bir başka içkiciye eliyle teslim etmek istemesindeki ısrarı konuşma ilerledikçe anladım. Özel muamele bekliyordu benim için ve iki lafın arasına benim içkici olmadığım halde, ne kadar temiz yürekli biri olduğumu sıkıştırıyordu, o da bizden biri demek ister gibi. Sürekli içenler, sosyal içicilere benzemezler, bir cemaatin birbirlerini kollayan üyeleri gibidirler. Aralarındaki sessiz dayanışma, aşırı içmelerinin ortak nedeninden kaynaklanır herhalde. Haksızlıklarla başa çıkamayınca, çoğu kez duyarlı ve merhametli olan bu insanlar, kaba, hoyrat insanlarla ve adil olmayan sistemle baş edemedikleri için, alkole sığınırlar. Bazen kaçıştır alkol, bazen de başkaldırıştır.

Çaylarımız bitince kalktık. Atıl bana yayınladıkları kadın biyografilerini verdi, okuyup fikir edinmem için. Bazılarını çoktan okumuştum zaten, bozuntuya vermeden, hepsini aldım.

"Siz bir otuz sayfa kadar yazdıktan sonra bana gösterir misiniz yazıklarınızı?" diye sordu Atıl.

"Elbette. İlk bölümü bitirir bitirmez gelirim."

"Merakla bekliyorum."

Allahım, pencereden süzülüp göklere mi uçsam, damların üzerinde kanat mı çırpsam, eve kadar koşa koşa mı gitsem? Körün istediği bir göz, Allah vermiş iki göz. Adamın yayıncı olmasının yanı sıra bir de kitapçı dükkânı vardı üstelik! İçim içime sığmıyordu. Ben, elimdeki poşette AFA'nın yayınladığı kadın biyografileri serisi, koluna girdim yine arkadaşımın, yavaş yavaş indik merdivenleri, yavaş yavaş yürüdük, arabaya varana kadar beş dakikalık yolu yine yarım saatte aldık.

Direksiyona geçtikten sonra, "Ergin, bugün benim için yaptıklarına çok ama çok teşekkür ederim, arkadaşım," dedim.

"Sus kız! Lafını bile etme. Ben ne yaptım ki?"

"Daha ne yapacaksın! Benim yirmi beş yıldır yapamadığımı yaptın, yayıncı buldun bana."

Ergin'in sayesinde bir yayıncım vardı artık. Şimdi, bir an önce New York'a uçup, Aylin'i tanıyan insanlarla konuşmalıydım. Onat'ın Coke'n Roll'undan ayrılmış olmasaydım, şimdi cebimde beni oraya uçuracak para olurdu diye hayıflanırken, İzmir'den sevgilim aradı. Mart ayında bir iş görüşmesi için New York'a gitmesi gerekiyordu ve bana yeni bir diziye filan başlama da birlikte gidelim, diyordu.

Nutkum tutuldu, bir süre konuşamadım.

"Yoksa gelemiyor musun, reklam işi mi aldın yine?" diye sordu.

"Almadım," dedim, "geliyorum, evvvet! Tarihi belli mi?"

"Mart başı. Benim görüşmelerim üç günde biter ama sen de gelirsen biraz daha uzun kalırız diye düşündüm. Yeri ona göre ayırtacağım."

Ben ne şanslı bir insandım ya!

Hiç vakit kaybetmeden kimlerle görüşeceğime dair bir liste yaptım kendime. Betin cenazeden dönmüştü çoktan, o bana Aylin'in son iki kocasının telefon numaralarını, fakslarını ve adreslerini verdi. Zaten her ikisiyle de tanışıyordum, onlara hemen birer faks çektim, yazmak istediğim romandan söz ettim, New York'ta olacağım tarihleri bildirip, randevu istedim. Aylin'in psikolog kocası Radomisli'den ayrıca Aylin'in hastaları hakkında da bilgi istiyordum. Hastaların telefon numaralarını veya adreslerini yollayabilirse, randevu almaya çalışacaktım, geldiğimde konuşmak için. Günlerim, tanımadığım onlarca insana mektup yazmakla, faks çekmekle, randevu talep etmekle geçti. Çoğu akşam, saat kurup yattım ki, New York'ta kimseyi işinde rahatsız etmeden, akşam saatlerinde evlerindeyken telefonda konuşabileyim.

Nihayet New York'a doğru yola çıktığımda Aylin'in Amerika'da yaşayan son iki kocasıyla, birkaç önemli hastasıyla, yakın arkadaşlarıyla ve yanında çalışan yardımcılarıyla randevularım kesinleşmişti. Ablası Nilüfer'den, en yakın arkadaşı Betin'den ve müşterek kuzinimiz olan Semra'dan aldığım sürüyle telefon numarasını da oraya vardığımda arayacaktım ki, İstanbul'daki telefonum, ödeyemeyeceğim miktarlar yüzünden kesilmesin.

İlk randevum, Aylin'in hayatı boyunca belki de gerçekten tek âşık olduğu adam, üçüncü kocasıylaydı. Mişel Radomisli 'yle onun küçük ofisinde oturmuş Aylin'i konuşurken, ikimizin de zaman zaman gözleri yaşlanıyordu. Mişel bana, Aylin'in Oklahoma'ya gitmeden önceki dönemde çok mutsuz olduğunu, özellikle Joe'nun kızlarının onunla çok uğraştıklarını anlattı.

Ertesi gün, Aylin Mişel'le evlendikten sonra onların yanında çalışmaya başlayan Nuri'nin evindeydim. Nuri'yi Ankara'da, Nilüfer'in evinde çalıştığı delikanlılık yıllarından tanırdım. Bana açık kalplilikle, Aylin'in onu doktorlara göndererek nasıl tedavi ettirdiğini, değil sadece sakalının çıkmasını, sesinin kalınlaşmasını, evlenip çocuk sahibi olmasını bile Aylin'e borçlu olduğunu anlattı. Çok özeline girdiğinde, kadınlarla ilk tecrübelerini anlattığında rahatsız olduğumu hatırlıyorum. Fakat bunu bir iç dökme olarak kabul ettim. Çok şeyi borçlu olduğu Aylin artık yoktu, onun bir uzantısı gibi gördüğü bir yakınına açılma ihtiyacı duymuştu belki de... Dinledim. Sonra, bu anlattıklarını asla kitaba almayacağımı söyledim.

"Yoo, ne anlattımsa yazabilirsiniz," dedi, "belki aynı hastalığı çekenlere umut olurum. Hem de sayenizde meşhur olurum.

"Anlamadım Nuri, neden meşhur olmak istiyorsun."

"Benim başımdan neler geçti bu gurbet ellerde. Hayatımı kaleme almak istiyorum Ayşe Abla. Anlattığım her şeyi yazın ki, benim de reklamım olsun. Anlatacak şeyi olmayan adamı kim okur ki?"

"Emin misin Nuri? Anlattıkların çok özel şeyler."

"Niye anlattım ki, yazasınız diye tabii."

Nuri'nin evine bir kere daha gittim. Yine uzun uzun konuştuk. Aklımın ucundan bile geçmedi ona bir kâğıt imzalatmak.

Bir sonraki röportajım Aylin'in son kocası Joe'yla olacaktı. Joe, her ne kadar ihtimal vermesem de Aylin'in esrarengiz ölümüyle ilgili töhmet altındaydı. Evet, o tuhaf kaza sırasında New York'ta değildi ama Aylin'den kurtulmaya çalıştığını hepimiz biliyorduk. Başka birini azmettirmiş olamaz mıydı? Bu konuyu defalarca konuşmuştuk Engin'le aramızda. Ne Engin ne de ben, yetmişine merdiven dayamış, koca göbekli, dört çocuklu Joe'nun katil olabileceğine ihtimal vermiyorduk asla ama ben onunla konuşmaya giderken, Engin çok tedirgin oldu. Benimle gelmeye kalktı, zor vazgeçirdim.

Joe'yla ofisinde buluştuk, önce uzun uzun konuştuk. Sonra beni arabasıyla Aylin'in öldüğü yeri göstermeye götürdü. Aylin'in son oturduğu evi ilk defa görecektim, yolda heyecanlıydım. Ev, New York'a bir saat kadar uzakta, gösterişli villaların birbirinden büyük bahçelerle ayrıldığı, çok zengin insanların oturduğu bir mahalledeydi. Her kadının rüyalarını süsleyecek, modern ve çok şık bir yapıydı. Ne kadar mutlu olabilirdi o evde. Ah Aylin!

Joe bana karşı nazikti, bahçeyi ve evin her tarafını gezdirdi. Sorularımın hepsini yanıtladı. Kazanın olduğu noktada bir sürü resim çektim. Evde bir saatten fazla kaldık. Polis tutanaklarını da görmek istedim. Dönüş yolunda konuşmaya devam ettik. Hayır, Aylin'i Joe öldürmüş olamazdı ama ölmüş olduğuna pek üzüldüğünü de zannetmiyordum.

Joe'dan sonra, Aylin'in hastalarıyla, komşularıyla, kapıcısıyla konuştum. Listemdeki yirmiden fazla kişiyle görüştükten sonra, İstanbul'a döndük.

Evime varınca ilk işim, New York'ta konuştuğum kişilerin sesleri hâlâ kulaklarımda, yüz ifadeleri, mimikleri, edaları aklımda hâlâ tazeyken, onları kaleme almak oldu. Yazdıklarımın arasında bana en ilginç gelen, Nuri'nin ve Rahibe Nancy'nin öykülerini seçtim, Engin'e çıktı aldırtıp, AFA Yayınevi'ne postaladım. Atıl benden tek bir bölüm yollamamı istemişti, ben ona iki bölüm yolluyordum. İki-üç gün sonra, yazdıklarım eline geçince, üzerinde konuşmak için telefon ederdim Atıl'a, eğer beğendiyse, Aylin'in zaten çok iyi bildiğim çocukluğu ve öğrencilik yıllarıyla devam ederdim.

Üç gün sonra, sabah saatlerinde ettiğim telefonu ilk çalışta sekreter açtı.

"Ben Ayşe Kulin," dedim "size bir zarf yollamıştım, elinize geçti mi?"

"Dün geldi. Atıl Bey'e verdim."

"Atıl Bey'le görüşebilir miyim?"

"Hemen bağlıyorum, Ayşe Hanım."

Bekledim biraz.

"Ayşe Hanım... şey... Atıl Bey çıkmış. Ben bir ara arka tarafa geçmiştim, o zaman çıkmış olmalı."

"Ne zaman döner acaba?"

"Bilemiyorum."

"Aradığımı söyler misiniz lütfen. Numaram var onda ama bir kere daha vereyim."

Söyledim numaramı. Kapattım. Aklıma hiç kötü bir şey gelmedi o gün, Atıl'ın geri aramamasına rağmen.

Ertesi gün yine aradım.

"Toplantıda," dedi sekreter.

"Ne zaman çıkar toplantıdan."

"Öğlen saatlerinde."

Öğlen saatlerinde aradığımda, az evvel çıkmıştı. Saat üç sularında aradığımda, henüz dönmemişti. Bir gün ara verip tekrar aradığımda, o gün işe gelmeyecekti. Bir gün sonra aradığımda biraz önce çıkmıştı. Bir haftanın sonunda, sekretere dedim ki;

"Atıl Bey'le görüşmem gerekmiyor. Anlıyorum ki romanımı basmaktan vazgeçti. Yarın sizi aradığımda, bana deyin ki, evet, vazgeçmiş! Bunu duymak istiyorum. Madem kendi söyleyemiyor, bana siz söyleyin. O zaman, sizdeki dosyamı bana geri göndermenizi isteyeceğim. Hepsi bu. Siz benden kurtulacaksınız ben de sizin ofisi aramaktan. Tamam mı?"

"Tamam," dedi sekreter.

Ertesi gün aradığımda, sekreterin bana, Atıl Bey romanınızı basmaktan vazgeçmiş, demesini bekliyordum. Dosyamı yollaması için, Urla'daki evimizin adresini verip kapatacaktım telefonu. Ama sekreter öyle demedi.

"Atıl Bey'le konuşamadım," dedi.

"Seyahatte mi?"

"Evet."

"Ne zaman döner?"

"Haftaya."

"O zaman haftaya ararım sizden yanıtımı almak için."

Bir hafta sonra, sekreter Atıl Bey'in henüz dönmediğini söyledi.

İnat ettim, netice alamayacağımı bildiğim halde, sırf şan olsun diye, bir ay boyunca günde iki kez aradım. Bir ay sonra sekretere şöyle dedim:

"Yarın İstanbul'a dönüyorum. Hafta içinde uğrayıp dosyamı alacağım. Lütfen dosyayı bana hazır edin."

"Elbette," dedi sekreter.

Ertesi gün Atıl'ın ofisinin dik merdivenlerini tırmanırken, beni buraya eliyle getiren Ergin'in basamakları ne zorluklarla çıktığını hatırlayınca gözlerim doldu. Sevgili arkadaşıma bir hafta önce kanser teşhisi konmuştu. Buradan çıkınca, onu ziyarete gidecektim ama üzülmesin diye, Atıl'ın sözünde durmadığını, kitabı basmaktan vazgeçtiğini ona şimdilik söylemeyecektim.

Atıl'dan dosyamı ertesi gün de alamadım, çünkü dosyayı bulamamışlardı. Büyük bir ihtimalle kaybolmuştu. Pes etmedim. Güvenimi hak etmeyen kuruma yazdıklarımı bırakmak istemiyordum. Ya öykümü aşırır da kendilerine aitmiş gibi kullanırlarsa! Evet, bir paranoya geçirdiğimi itiraf ediyorum ama çıldırmak için iyi bir nedenim vardı.

"Çarşamba günü geri geleceğim. Dosyam şu masada durmuyorsa, burayı talan edeceğim," dedim çok alçak ve sakin bir sesle, raflarda duran kitapları işaret ederek. Gülümsüyordum da galiba. Sonra dönüp gittim. Çarşamba günü geri geldiğimde dosya masadaydı. Hiçbir şey söylemeden aldım ve çıktım.

Bir gün sonra Urla'ya geri döndüm. İçimde Aylin'i yazmak için ufacık bir heves kalmamıştı. Engin bütün iyi niyetiyle bana sık sık, başladığın kitabı mutlaka bitir, nasılsa bir yayıncı bulunur, diyordu ama o benim yayıncılarla olan yirmi beş yıllık maceramı bilmiyordu.

Urla'da, oturdum yine bilgisayarın başına, tuşlara vurmaya başladım. Aylin'den vazgeçmiştim. Bu sefer, ruh halime uygun, hazin bir öykü dökülmüş parmak uçlarımdan; anneannemin, tam kırk dokuz yıl boyunca yaşadığı Narmanlı Apartmanı'nı terk edişinin hikâyesi! Anneannem, Bosna'dan göçen babaannem gibi vatanını hiç terk etmemişti ama iki kez yuvasını terk etmişti. İlki çocukluğunu, gençliğini, evliliğini, anneliğini yaşadığı Beyazıt'taki konaktı, diğeri ise Teşvikiye'deki Narmanlı Apartmanı. Kocasının ölümünden sonra onu hayata bağlayan yegâne torununu, beni kucağına aldığı, ömrünün geri kalan kısmını geçirdiği, ölümü de yarım asırdır yattığı yatağında karşılamayı umduğu, Narmanlı'nın üçüncü katında, anacaddeye bakan dairesi! Enflasyon, sattığımız mülklerin gelirini sıfırlamış, satacak başka mülk kalmamıştı. Ev sahibinin haklı olarak istediği artışı verebilmesine imkân yoktu. Mecburen annemin yanına taşındı. Sürgüne gitmekten beter olmuştu, son kez çıkarken elli yıldır yaşadığı evinin kapısından; dolayısıyla, hüzünlü bir öyküydü yazdığım.

Elimden çıkan ikinci öykü de en az onun kadar hazindi. Boşandığım kocamın, çocuklarımın velayetini benden almak için bana açtığı davayı konu ediniyordu, isim vermeden. Yalancı şahitler, iftiralar, korkutmalar, yurtdışında okumalarına izin vermediğim takdirde çocuklarımı kaçırmakla tehdit etmeler! Gözyaşları içinde yazmıştım çaresiz ve çok genç bir annenin duruşmalarda küçücük çocukları için verdiği savaşı.

Beni bilgisayarın başında gördüğünde, "Bakıyorum, Aylin'e devam ediyorsun," demişti Engin.

"Yok, Aylin'i yazmıyorum."

"Ne yazıyorsun o halde kaç gündür?"

"Bambaşka şeyler... Öyküler."

"Okuyabilir miyim?"

"Çıktı alamayız ki. Bilgisayardan mı okumak istiyorsun?"

"Diskete alalım yazdıklarını, yarın ofiste çıktı alırım."

"İyi fikir," dedim.

Ertesi gün Engin iki öykünün çıktısıyla geldi.

"Ayşe, okudum bunları ben, müthiş iki öykü yazmışsın. Hele anneanneni anlattığın öykü inanılmaz güzel. Bunları yayınlamak lazım."

"Olur. İki öykü yayınlamak için yayıncılar sırada bekliyorlarmış. Haber yollamışlar bana, Ayşe Hanım öykülerini hiç durmasın, getirsin demişler."

"Bak, yayıncının yaptığına çok üzüldüğünü biliyorum ama umudunu kaybetme bence. Bir gün biri seni fark edecek."

"Kimse o biri, acele etse iyi olur çünkü ben yolun yarısını geçeli çok oldu Engin," dedim.

Birkaç gün sonrasında gazetelere bakıyorduk, Engin bana *Cumhuriyet*'i uzattı, "Bak ne var burada?" dedi.

Uzanıp aldım, kıvırdığı sayfayı.

"Ne var?"

"Okusana."

"Burada okuyacak bir şey yok ki! Bir ilan var sadece."

"İlanı oku."

"Haldun Taner Öykü Ödülü yarışması şartları. Eee, ne var bunda?"

"Şartları okusana Ayşe. Yayınlanmamış veya bu yıl yayınlanmış iki yeni öyküyle katılabiliyorsun."

"Ne diyorsun sen? Yarışmaya mı katılayım?"

"Evet, aynen öyle diyorum."

"Saçmalama Engin. Ben kendime daha bir yayıncı bulamamışım. Kim bana ödül verir?"

"Bu yayıncı bulma yarışması değil, öykü yarışması," dedi Engin.

"Şartları okumadın mı, her öyküden on dört takım istiyorlar. Bu evde çıktı alamayız ki!"

"Ama ben fabrikada alabilirim."

"Orası makarna fabrikası, öykü fabrikası değil," dedim ve bu konuşma sona ersin diye kalkıp bahçeye çıktım.

Hafta sonuna kadar da bilgisayara hiç dokunmadım. Hayal kırıklığımı iki öyküye döküp rahatlamıştım. Kafamdan atmıştım Atıl'ı.

Pazartesi günü Engin işten Urla'ya döndüğünde,

"Bugün benim sekreter bana değil sana çalıştı," dedi.

"Pardon?"
"On dört takım öykü çıktısı aldı."
"Neden?"
"O iki öyküyü çoğaltıp yarışmaya yolladım."
"Atıyorsun!"
"Atmıyorum."
"Bana sormadan nasıl yaparsın böyle bir şey?"
"Sen bugüne kadar hep yayıncı kapılarını zorlamışsın. Yanlış kapı! Belki şans seni başka kapıda bekliyor. Bir kez de yarışma kapısını dene bakalım."
"Ben bunu hiç duymamış olayım ki seninle kavga etmeyelim," dedim Engin'e.
"Tamam," dedi, "hiç duymamış ol."
Bu konuyu bir daha hiç açmadık ama ben yarışma ilanının olduğu *Cumhuriyet* gazetesini aradım, buldum ve sakladım.

Sonbahar geçti, çetin bir kış geldi. Bol karlı kış günlerinde ben Münir Nurettin'in hayatını yazmaya çalışıyordum. Tamamen unutmuş gitmiştim yarışmayı. O kadar ki, Çiçek Bar'da bir akşam Erdal Öz'e rastladığım ve ona birkaç öykümü göndermek istediğimi söylediğimde, bu öykülerin bir yarışmaya gönderilmiş olduğu aklıma dahi gelmedi. Zaten bana pek yüz vermemişti Erdal Öz, "Bir ara bırak yayınevine öykülerini," demişti sadece.

Ertesi gün, Engin'in yarışmaya yollamak üzere hazırladığı zarflardan artan birini kapıp, dörtnala koşmuştum Can Yayınları'na. Erdal Öz yoktu yerinde ya da bana öyle söylemişlerdi.

Aradan bir-iki ay geçmişti. Ben, artık yanıt beklemiyordum. Alışmıştım ne de olsa reddedilmeye. Bir gece yine Çiçek Bar'daydık arkadaşlarımla, kalabalığın arasında gözüme Erdal Öz çarptı. Şeytan dürtü, yanına gittim.

"Erdal Bey, okudunuz mu?" diye sordum usulca.

"Neyi?" dedi. Aldın mı cevabını, yenilgiye doyamayan salak güreşçi! Dön arkanı git! Hayır, gidemedim, "Size bıraktığım öyküleri," dedim.

"Haa! Yok, okumadım daha."

Başka bir şey söylemeden kendi masama döndüm.

"Suratının hali ne böyle?" diye sordu Feride, "Bir şey mi oldu?"

"Bir şey olmadı," dedim. Israr etti, "O konuştuğun adam mı canını sıkacak bir şey söyledi sana?"

"Öykü bırakmıştım da, okumamış."

"Boş ver. Bak yakında Münir kitabın çıkacak piyasaya. Sahi ne zaman çıkıyordu tam olarak?"

"Daha var. Mayısın ilk haftalarında inşallah."

"Sen bitti demiştin de..."

"Ben teslim ettim. Kitap şu anda yayına hazırlanıyor," dedim, neşemin kaçtığını belli etmemeye çalışarak. İki hafta sonra bir pazartesi akşamı, yine Çiçek Bar'daydık, Feride, Sirel ve ben, biz bekâr kızlar. Birimiz dul, ikimiz boşanmış, kolejden sınıf arkadaşlarıydık. Evli barklı arkadaşlarımızı rahatsız etmekten çekindiğimiz için, çoğu zaman birlikte takılırdık üçümüz. Pazartesi günleri iş çıkışlarımızda buluşur, Çiçek Bar'a giderdik, pazı sarma, köfte yer ve birer bardak şarap içerdik.

Bu pazartesi, Erdal Öz, bu kez barın başında ayakta durmuyor, az ilerdeki masada oturuyordu. Göz göze geldik. Parmağıyla gelmemi işaret etti.

"Geçenlerde konuştuğun adam seni çağırdı galiba," dedi Feride.

"Komi çağırır gibi!"

"Belli ki okudu öykülerini. Sırası mı şimdi gurur yapmanın. Git haydi git."

Haklıydı. Kalktım isteksizce, gittim yanına.

"Adresini yazar mısın bana," dedi.

Sevindim bir anda, "Okudunuz mu?"

"Yazacağım size."
"Beğendiniz mi Erdal Bey?"
"Okursun işte."
Bir sen, bir siz... kafası karışık olmalı adamın.
"Yani beğenmedinizse, nerelerini zayıf buldu..."
Kesti sözümü.
"Ben öğretmen değilim. Benim işim kitap yazmayı öğretmek değil, kitap yayınlamak!"
Sesi sertti, adeta çocuk azarlıyordu. Bozuldum ama belli etmedim. Eğildim, masadaki peçeteye adresimi yazarken aklıma takıldı, özgeçmişimin başında adres yok muydu, yahu! Masama döndüm.
"Okumuş mu?" diye sordu Feride.
"Göreceğiz," dedim.
O hafta içinde, bana postadan büyükçe bir sarı zarf geldi. Yırttım, içinden ikinci bir zarf çıktı... Engin'in benim için hazırladığı zarflardan biri. Onu da açtım. İçinden benim adresli, telefonlu özgeçmişime tutturulmuş iki öyküyü çekip çıkarırken, küçük bir beyaz kâğıt uçtu yere. Eğilip aldım. Normal bir A4, yarısından ikiye bölünmüş, üstüne el yazısıyla kısa bir not karalanmıştı.

Sayın Kulin,
Son öyküleriniz, öncekilerin de gerisinde. Sizin için üzgünüm.
Erdal Öz.

Bir daha okudum. Erdal Öz'ü hiç bilmeden kırmış, kızdırmış olmalıydım. Artık reddedilmelerin arsızı olmuştum ya, sadece şunu düşündüm; özenle ayırdığı sayfanın diğer yarısını ne için kullandı acaba? Herhalde ziyan etmemiştir.
Erdal Öz'ün mektubunu aldığım haftanın içinde, Münir Nurettin Selçuk'un yaşamöyküsü *Bir Tatlı Huzur,* kitapçılar-

da satışa sunuldu. Kitap hem klasik Türk müziği sevenlerin dikkatini çekti hem de Münir Nurettin'in kişiliğinden dolayı, muhafazakâr okurların da ilgi odağı oldu. Böyle bir şeyi hiç beklemiyordum. Şaşırdım kaldım. Yayınevi birkaç yerde konuşma organize etmek için harekete geçti, bir televizyon programından davet aldım.

İki gün sonraydı, akşam yemeğini annemde yemiş, eve dönmüştüm, telesekreterimde bir mesaj buldum.

"Sayın Ayşe Kulin, Haldun Taner Öykü Ödülü'nü kazandınız. Sizi kutluyoruz. Ödül töreni, *Milliyet* gazetesi salonunda..."

Başa aldım mesajı, yeniden dinledim. Şakacı arkadaşım Nedim (Göknil) beni işletiyor olmalıydı, her zamanki gibi. Telesekreteri olsa, ben de onu arayacak, Oscar Ödülü için aday gösterildiğini söyleyip kutlayacaktım ama telesekreteri yoktu. Ben de işyerindeki sekreterine telefon edip, mesaj bıraktım. Kadın şaşırdı.

"Ne Oscar'ı? Ne diyorsunuz?"

"Siz mesajı verin, o anlar," dedim. Nedim'den hiç ses çıkmadı. O gece biraz erken yattım, yatağımda kitap okuyordum ki, kapı çalındı.

Bu saatte kim gelir diye söylenerek sabahlığımı üstüme geçirip kapıyı açmaya gittim. Kapıda bir postacı vardı, elinde de bir telgraf. Gece telgrafları kötü habercilerdir. Rengim uçtu. Kapının önündeki iskemleye çöktüm. Kime ne oldu acaba? Oğlanlardan hangisi kaza yaptı yine? Ellerim titreyerek açtım telgrafı, kapıda hâlâ dikilen postacının bakışları altında okudum.

Haldun Taner Ödülü'nü kazandığım için, zamanın Kültür Bakanı Fikri Sağlar beni tebrik ediyordu. Telgrafın içeriğini bilen postacı da bir türlü gitmiyor, bahşiş bekliyordu. Çok oluyor ama bu Nedim, dedim içimden, tevekkeli değil, aramadı beni, telgrafı hazırlıyormuş. Nedim yapardı. Daha neler neler yapardı, benim uçuk ve yaratıcı sevgili arkadaşım.

Yarın olsun, ben ona gösterecektim!

Ertesi sabah, dingin kafayla hem mesajımı dinledim bir kere daha hem de telgrafı okudum.

Ya doğruysa! Ya gerçekten ben ödül kazandımsa!

Sadece üzüntü ve keder değil, bazen de hayalini dahi kurmadığınız bir şey, bir güzellik, bakarsınız gelip bulmuş sizi.

Görmemişin Ödülü Olmuş

Haldun Taner Öykü Ödülü, benim için umudun kırıldığı noktaya tutulan ışıktı. Önüme ilk kez açılan şans kapımdı, beni ünlü, mutlu veya kutlu ettiği için değil sadece, yolumu aydınlatıp bana iyi bir yayıncının kapısını açtığı için. O ödülü bana layık görenlere sonsuz minnet borcum var.

Ödülün getirdiği sevinç tartışılmazdı ama büyük bir heyecanla beklediğim ödül töreni tam bir kâbustu. *Milliyet* gazetesinin himayesinde yapılan tören, ne hikmetse, bu kurumda onuncu, yirminci, otuzuncu, kırkıncı yıllarını dolduran, kapıcıdan müdüre her çalışanın bir hatır plaketi alacağı güne rast getirilmişti. Biz de aile boyu oradaydık; o sırada Türkiye'de bulunan oğlum Selim, annem, Engin ve ben. Selim geç kaldı, yolda inanılmaz bir trafiğe yakalandık. Ben geciktiği için oğluma dırdırımla dünyayı dar ettim. Güneşli'deki *Milliyet* gazetesine nihayet vardık ki ne görelim, tören bir toplantı salonunda değil, yemekhanenin açıldığını tahmin ettiğim holde yapılıyordu ve edebiyat ödüllerini alacak üç yazardan önce, elli kişiye daha plaket verilecekti. Dolayısıyla herkes ayakta bekleşmekteydi. Biz de o kalabalığa katıldık ve elbette önce bu tür törenlerde ahkam kesen zevatı dinledik. Ardından yaklaşık kırk beş dakika, onlarca kişinin gelip plaketini alırken duygularını ifade etmesini... Tıklım tıkış alanda, sıkıntı içinde plaket dağıtımının sona ermesini beklerken, terlediğim için saçım ve makyajım bozuldu, yorgunluktan rengim uçtu, gözlerimin altı morardı, giysim buruştu. Biz ana kız, ayakta uzun süre duramayız, tansiyonumuz düşer. Anneme ve başka yaşlı kişilere birer sandalye bulundu. Ben, yaşlılarla birlikte oturmayı kendime yediremediğim için ayakta durmayı tercih ettim. Başım dönmeye başladı. Neyse ki plaket alanlar son plaket de verilince konuklarıyla birlikte, büfenin bulunduğu yere doğru akıp, alanı boşalttılar.

Alanda sadece Haldun Taner Ödülü alacak üç yazar, ödülü veren jüri üyeleri, bir de benim mürüvvetimi görmeye gelmiş ailem kaldı. İkinci ve üçüncü olan yazarlar, yani Çetin Yiyenoğlu ve Selma Fındıklı, yanlarında aile efradını taşımamışlardı. Oysa ben müsamereye çıkmaya hazırlanan ilkokul çocuğu gibi, tam takım gelmişim. Görmemişin kızı durumu! Rezalet! Hayatımda ilk kez diğer çocukların yurtdışında olduğuna şükrettim, yoksa onlar da, kalabalığıma eklenecek, büsbütün rezil olacaktım. Bizi ödüllerimizi vermek için çağırdıklarında, orada bizlerden başka hemen hemen kimse kalmamıştı. Herkes büfenin başındaydı. Biz büfeye geçtiğimizde ise, büfede bir şey kalmamıştı.

Törenin perişanlığına rağmen, yine de Haldun Taner Öykü Ödülü, hep baş tacım oldu. Hayatımda edebiyat alanında aldığım ilk ödülümdü. O güne kadar hiç tatmamış olduğum bir özgüven duygusuyla göklerde uçmuştum. Haldun Taner Öykü Ödülü kuşkusuz bir sinerji yaratmıştı ve ilk telefon Sel Yayınları'ndan gelmişti. "Hazır arkanıza ödül rüzgârını almışken, niye hemen bir öykü kitabı basmıyoruz?" diye soruyordu İrfan Bey.

"Sadece iki öyküyle katılmıştım yarışmaya," demiştim, "iki öykülü kitap olmaz ki!"

"Siz yazar değil misiniz, oturun yazın birkaç öykü daha."

Kapattım telefonu. İrfan Bey, hayatta en çok duymak istediğim şeyi söylemişti, "Siz yazar değil misiniz, oturun yazın!" Oturdum daktilomun başına, hiç ara vermeden beş öykü daha yazdım. Nasıl yazdığımı inanın bilemiyorum. Sanki yukarılarda bir kanala bağlandım ve kelimeler bana aktılar, aktılar, yüreğimden geçip, parmak uçlarımdan kâğıda döküldüler. Yirmi gün sonra, elimde *Foto Sabah Resimleri*'yle karşısındaydım İrfan Bey'in. Kitabın adını da Selçuk Erez'e borçluyum. Yeni öykülerime göz atmak için bana uğradığında, ben de kitabıma isim arıyordum. Yarışmaya Piyano adıyla katılan ve birincilik ödülü alan öyküm üzerine konuşurken, öylesine çıktı ağzından, Foto Sabah Resimleri, dedi.

"Budur!" diye bağırdım, "İsmi buldum! Hem anneannemin öyküsünün adı olsun hem kitaba adını versin."

Yayına çok çabuk hazırlandı kitap. Kapağa basılması için de anneannemin çok güzel bir gençlik resmini vermiştim yayınevine. İrfan Bey'in eşi Selma Hanım, benim de bir siyah beyaz resmimi istedi. Yaklaşık on beş yıldır renkliydi artık fotoğraflar ve ben gençlik yıllarıma ait bir resim vermek istemiyordum. Arka kapağa, özgeçmişin yanına koyacaklarmış, vesikalık resim boyutunda, gözükmeyecekmiş bile, istemeye istemeye verdim bir siyah beyaz resim, otuzlu yaşlarımın sonuna doğru çekilmiş. Oysa ben o yıl, elli dört yaşındaydım.

Kitabın hazırlık aşamasına da hiç katkım olmadı. Bir yazar kitabının basımına ne ölçüde katılır bilemediğimden, öyküleri teslim ettikten sonra uğramadım yayınevine. Gerçi iki kitabım daha vardı, ama birincisi batmakta olan bir yayınevinde basılmıştı; diğeri ise telifine bile sahip olmadığım ısmarlama bir kitaptı. Neyse, kitabın basıldığı haberi gelince koşturarak gittim Sel Yayınları'na.

Kitabın kapağından, gözümün ısırdığı esmer, genç bir kadın bana bakıyordu! Adını okudum kitabın, *Foto Sabah Resimleri!*

"Bu ne!" diyebildim, "Anneannemin resmini vermiştim size, kapak için."

"Konsept değiştirdik, yazar resimlerini ön kapağa basmaya karar verdik."

"Ama bu benim gençlik resmim. Üstelik koyu çıkmış, bana da benzemiyor, bambaşka biri gibi, genç ve esmer."

"İyidir, iyidir."

"Madem konsept değiştirdiniz, insan bir haber vermez mi? Yeni bir fotoğraf çektirirdim, en azından. Şimdi diyecekler ki gençlik resmini basmış."

Benim bu hayatta gönlüme göre bir kitabım hiç olamayacak mıydı! Neyse, uzatmadım artık, elimde ödül kazanmış bir öykü kitabı vardı, ayrıca bir de harika kapaklı bir Münir Nurettin kitabı. Alışık olmadığım bir özgüven duygusuyla, Zeynep'e (Oral) danışarak bir yayıncılar listesi yaptım kendime, en başa Metis'i, sonra İletişim'i ve Selçuk'un önerisiyle Bilgi'yi yazdım. Listenin sonuna, biraz tereddüt ettikten sonra, Remzi Kitabevi'ni ekledim elim titreyerek, çünkü Zeynep, oraya girmek çok zordur, demişti. Yayınevlerinin telefon numaralarını Bilinmeyen Numaralar servisinden öğrendim. Anneannemin yüzünden edindiğim alışkanlıkla, iyi gün perşembe sabahı, besmele çekip başladım teker teker aramaya, listemdeki numaraları. Metis meşgul çıktı. İletişim'i aradım, dıırt dıırt dıırt! Bilgi, Ankara'da olduğu için, onu boş verdim. Yeniden Metis ve İletişim... hep meşguller. Bunlar ne konuşurlar böyle dakikalarca! Yarım saate yakın meşgul çıkan numaraları tekrar tekrar çevirdikten sonra, Ya Allah dedim ve denedim Remzi Kitabevi'ni. Açıldı! Alo dedi, bir kadın sesi. Ya ne istediğimi söylediğimde beni terslerse? Ne yapayım, kapatayım mı? Kalbim küt küt, ellerim terli, boğazımı temizleyip, dedim ki,

"Ben Haldun Taner Öykü Ödülü'nü kazanan yazarım. Sizinle bir..."

"Bir dakika, sizi Erol Bey'e bağlıyorum," dedi, bana artık çok tatlı gelen o ses. Birtakım hışırtılar, tıkırtılar, biraz uzunca bekledim ama sonunda, "Buyurun, ne istemiştiniz?" diye sordu Erol Bey. Haydi kızım, heyecanlanma, sakin sakin kendini tanıt, Aylin'i anlat ve sonunda ekle, "Bir randevu talep edebilir miyim?" Hepsini yapmış olmalıyım ki, "Yarın sabah on bir uygun mu?"

diye sordu muhatabım. Doğru mu duymuştum, bir ay sonra gelin, bir yıl sonra bakarız filan değil, telefonun ucundaki adam bana "yarın on bir" mi demişti, yoksa ben hayal mi görüyordum? Doğru duymuşum sevgili okur, çünkü ertesi sabah, saat tam on bire iki dakika kala, ben Remzi Kitabevi'nin kapısından içeri giriyordum, sabahın köründe yatağın üzerine yaydığım yığından seçtiğim, aklım sıra en *cool* kıyafetimle.

Yaklaşık kırk dakika sonra aynı kapıdan çıkarken, Aylin'in bir yayıncısı vardı artık! Bana, "Yazıp, getirin, basacağım," demişti Erol Bey ki, yayınevinin PR'ı, editörü, müdürü, genel yayın yönetmeni filan değil, harbiden sahibiydi.

Yalan söyleyecek hali yoktu herhalde. Dur, Ayşe frene bas! Atıl da sahibi değil miydi AFA'nın? Ne oldu? Yok, boş yere umut verecek birine benzemiyordu bu Erol Bey. Masası da Atıl'ın masası gibi çarşamba pazarını andırmıyordu, derli toplu, düzenli bir masaydı. Masanın üzerinde bir adet *Bir Tatlı Huzur*, bir adet de *Foto Sabah Resimleri* duruyordu. İlk öyküyü (anneannemin öyküsünü) okumuş, çok beğenmişti. Ben yanına varmadan önce, dersini de çalışmıştı yani. Yaşşşa sen anneanne! Pardon canım, ne yaşa'sı, nurlar içinde yat, senin öykünle vurduk Erol Bey'i! Sevdim ben bu Erol Bey'i! Üstelik, adı da Erol, halamın en sevdiğim oğlunun adı! İçimden gelen ses, bu kez tamamdır, diyordu. Şimdi hemen bir telefon bulup, önce Ergin'e haber vereyim. Atıl'ın vazgeçtiğini anladığında ne çok üzülmüştü! Sonra Engin'e, annem'e, Koko'ya, Aylin'in romanını yazmamda ısrar eden Ercan'a, Betin'e, Selçuk'a, Feride'ye, Sirel'e ve elbette Zeynep'e de ki, boşuna deneme demişti bana; kulaklarına inanmayacak duyunca. Yine iki kanat takıp uçmaya başladım, taa evime kadar! Binaların, damların, ağaçların, köprülerin üzerinden sırtımda iki kanatla geçtim. Nefes nefese çıktım merdivenleri, ilk işim Ergin'e telefon etmek oldu.

"Buldum Ergin, yayıncı buldum! Remzi kabul etti, basacak."

"Yaşa sen kız!" diye bağırdı Ergin, yorgun sesini zorlayarak, "Öğleden sonra gel de anlat nasıl oldu."

Ertesi gün çektim hemen daktilomu önüme, açtım Amerika'dayken tuttuğum notlarımı, yazdım yazdım, yazdım. Sonra Urla'ya gittim. Yazın üç ayını, Urla'da denize gitmeden, bazı günler bahçeye bile çıkmadan, duvara bakan yazı masamda Aylin'i yazarak geçirdim. Sonra Engin'e dedim ki, "Sorularım birikti. Yanıtlarını ilk ağızdan almak için, tekrar New York'a gitmem lazım."

Haydii, bir Amerika yolculuğu daha! Bu kez Aylin'in eski sevgilileri, yakın arkadaşları ve rahibenin dışında başka hastalarıyla da buluştum, Japonya'ya gittiği yaşlı adamla da, bir ara flört ettiği yakışıklı bir yayıncıyla da. Üçüncü eşi Mişel'i de aradım yine. Yazdığım bölümlerden bahsettim.

"Nuri'ye dikkat et, sağ gösterip sol vurabilir," dedi bana, "Amerikan tipi davalara pek meraklıdır."

"Ne demek o?" diye sordum.

"Hani kendilerini geçen arabanın önüne atıp, sonra tazminat isteyen tipler vardır ya..."

"Yok canım, adam çok iyi niyetliydi bana karşı. Çok heyecanla bekliyor kitabın basılmasını. O da kitap yazmak istiyormuş, bu kitapla meşhur olursa daha iyi satarmış."

"Nuri mi kitap yazacakmış? Güldürme beni."

"Öyle dedi valla."

"Ben sana söylemiş olayım da," dedi Mişel, "sonra başın ağrımasın. Aylin'le beni bile mahkemeye vermişliği vardır onun."

İstanbul'a döndükten sonra, kitabın başlangıç bölümüne koyacak olduğum ailenin öyküsünü yazmakla işe başladım. Bu bölümü yazmak kolaydı çünkü aynı aileden sayılırdık. Sıkıştıkça kuzinim Semra'ya veya Aylin'in ablası Nilüfer'e telefon edip bilgi alıyordum. Kitap hiç bitmeyecek gibi dursa da mayıs ayında tamamlandı. Erol Bey yaz ayları iyi satış olmaz diye kitabın çıkışını eylül ayına planlamıştı.

İlk baskısı iki bin adet olacaktı. Ben Erol Bey'e şöyle dediğimi hatırlıyorum: "Elinizde kalmasından korkmayın sakın, bu kitabı bizim okulda okuyanlar, Ankaralılar, bir de adı Aylin olanlar mutlaka alır."

"Merak etme, İstanbullular da alır," demişti Erol Bey.

İşte o günlerin birinde Remzi Kitabevi'nden aradılar. Sekreter, birilerinin bana ulaşmaya çalıştığını söyledi. Birkaç kere aramışlar. Telefonumu vermek istememiş.

"Numarayı aldınız mı?" diye sordum.

"Yazmıştım şuraya. Hemen vereyim," dedi. Telefonu kapatıp hemen çevirdim, kendimi tanıttım.

"Aaaa!!" diye bağırmışım. Sirel bana uğramıştı sabah kahvesine, suratımdaki tuhaf ifadeyi görünce, "Ne oldu ayol?" diye sordu, "Bir şey mi var?"

Ahizeyi elimle kapatıp konuştum:
"Sait Faik Hikâye Armağanı'nı kazanmışım."

Sait Faik Hikâye Armağanı ödül töreni, bir önceki ödül töreninin acısını çıkaracak derecede özenli ve anlamlıydı. Tören, 9 Mayıs Cuma günü, Pera Palas'ın görkemli salonunda yapıldı. Bu kez ödülün sadece tek bir sahibi vardı, o da bendim! Ödül konuşmasını eleştirmenlerin duayeni ve en saygını rahmetli Fethi Naci yapmış, benim öykücülüğüm, kurgulama tekniğim ve yazı dilimle ilgili çok onurlandırıcı şeyler söylemişti. O cumayı takip eden pazar günü ise Anneler Günü'ydü ve yine aynı ödülü kutlamak üzere, ben ve orada olmak isteyen tüm edebiyatçılar, Sait Faik'in müze evinin bulunduğu Burgaz Adası'na davetliydik. Anneme harika bir anneler günü armağanı olacaktı, tüm çocukluğunun ve gençliğinin geçtiği Burgaz'da kızının mürüvvetini kutlamak. Hoş, Türk anneleri için kızların mürüvveti ancak ve illa bir kocaydı ama annem, evde kalmış dört çocuklu kızı için, koca umudunu çoktan yitirmiş, ikinci dereceden mürüvvete razı olmuş görünüyordu. Ana-kız bir vapura atlayıp, eski ada günlerini yâd ederek, Burgaz'a vardık. Edebiyatçılar, sahildeki kahvelerden birinde toplaşmışlardı. Biz de aralarına karışıp, bir masaya iliştik. Bizim masamızda, o günden itibaren çok iyi arkadaş olacağım iki de şair bulunuyordu, Güvenç Elman ve Tekin Gönenç. Önce hep birlikte Sait Faik'in evini ziyaret ettik, sonra yavaş yavaş, Ada'nın Kalpazankaya mevkiindeki lokantaya yollandık. Ben annemi yokuşta zorlanmasın diye bir faytona bindirdim. Yolda şair arkadaşları da arabaya alınca, lokantaya ilk biz varmış olduk. Orta yere hazırlanmış uzun masanın bir ucuna karşılıklı oturduk. Garson o an başımıza dikildi, "Burası rezerve," dedi, "başka bir masaya oturun lütfen." Kalktık, dört kişilik küçük bir masaya geçtik, biralarımızı ve balıklarımızı ısmarladık. Birazdan diğerleri de geldiler, uzun masaya yerleştiler. Tam yemeklerimiz gelmişti ki, bir hanım yanımıza geldi, "Siz Ayşe Kulin misiniz?" diye sordu.

"Evet," dedim. "Ayşe Hanım, siz bizim şeref konuğumuzsunuz. Lütfen uzun masaya buyurur musunuz."

"Ama arkadaşlarla birlikte oturmuştuk. Şimdi onlara ayıp olur."

"Hep birlikte buyurun. Zaten burada oturuyor olmalıydınız, tüm Sait Faik konukları."

Bizi uzun masadan kovan garson, yengeç gibi yan yan uzaklaşıyordu, çaktırmadan. Şair arkadaşlarla birlikte uzun masaya geçtik ve çok keyifli bir pazar yaşadık.

Annem ile dedemin sahip değiştirmiş köşküne bahçenin dışından bakıp hüzünlendik, sonra da bu köşkte büyümüş anneannemi şükranla andık çünkü ondan aldığım ilhamla kazandığım ikinci çok önemli edebiyat ödülümdü bu.

Bazılarının basmaya layık bulmadığı öykülere, bir başkalarının ödül üstüne ödül vermesi, renklerle zevklerin tartışılamayacağının da açık bir ifadesiydi bence. İşte bu yüzden ben "en iyi yazar", "en iyi roman", "en iyi film" gibi nitelemeleri hiç sevmem. Neye göre, kime göre en iyidirler? Birinin iyi bulduğunu bir başkası kötü bulabilirdi. Ama bir gerçek vardı ki, 2005 ve 2006 yıllarında, *Foto Sabah Resimleri* adını taşıyan öykülerimi, iki ayrı değerli jüri üst üste iki yıl, ödüle layık bulmuştu. Artı, bu ödül sayesinde yine, o pazar günü iki sevgili dost kazanmıştım. Güvenç'i ne yazık ki birkaç yıl sonra kaybettik ama Tekin'le dostluğumuz bugüne dek sürüyor ve onun şiirleri, *Gizli Anların Yolcusu*'nda olduğu gibi, sık sık, romanlarımın bölüm başlarını süslüyor.

Sait Faik Öykü Armağanı en kıdemli ve en muteber edebiyat ödülüydü. Hakkı verilmeli, rüzgârından istifade edilmeliydi. Erol Bey, kitabın basım tarihini temmuza çevirdi. Aylin, baskı sırası bekleyen kitapların önüne geçirildi, fotoğraf seçimleri hemen o gün yapıldı, adı saptandı.

Kitap, yayına hazırlanırken, Aylin'in hayatının roman olması için çok ısrar eden Ercan, yardımını yine esirgememişti. *Aktüel* dergisinde, fotoğrafları da kullanarak kitapla ilgili bir tanıtım yapmayı önerdi. Yayınevinden tanıtım için henüz erken olduğunu söylediler. Tanıtım, kitabın çıkmasına birkaç gün kala, hatta çıktığı hafta yapılmalıydı ki, yazıyı okuyanlar satın almaya gittiklerinde, kitabı bulabilsinler. Yoksa kitap unutulurdu, aynı haberi de dergi ikinci kez basmazdı. Ercan'a söyledim bunu, hak verdi. "Pekâlâ," dedi, "haberi Kürşat yapacak. Sen roman hazır olunca onu ara *Aktüel*'den, hemen gerekeni yapar. Ben de bilgilendireceğim zaten onu."

Kürşat'a her ne söylediyse Ercan, çocuk haberin peşine düştü. İki günde bir arıyor, ne zaman röportaj yapacağız diye soruyor, ben de "Daha vakit var," diyordum. Derken, "Bari birkaç resim verin *teaser* yapayım," demeye başladı. Erol Bey doğru bulmadığı için resim de vermedik. Kürşat'ın belki de onuncu telefonundan sonra, kitap nihayet hazır oldu. *Aktüel*'e telefon ettim, Kürşat Bey'i bağlamalarını söyledim.

"Kim arıyor, diyelim?"

"Ayşe Kulin."

Az bekledim, "Alo," dedi Kürşat.

"Kürşat, müjdem var! Haydi gel, ne istiyorsan veriyorum," dedim.

Ses çıkmadı Kürşat'tan, hatta uzadı sessizlik.

"Hayrola! Peşimde koşmaktan helak oldun, telefonlardan düşmedin, şimdi nazlanıyor musun?"

"Estağfurullah..."

"Tamam o zaman. Nasıl yapalım? Sen mi bana gelirsin yoksa ben mi dergiye geleyim... (uzayan sessizlik)... Kürşat? Kürşat, hatta mısın?" Deli mi ne bu çocuk! Bıktırana kadar aradıktan sonra, şimdi haydi diyorum, sesi çıkmıyor! Yoksa yine bir aksilik mi oldu?

"Siz hangi Kürşat'ı aramıştınız?"

"Bana iki günde bir telefon eden Kürşat'ı," dedim, "yoksa vaz mı geçildi? Hiç şaşmam, hayatımın hikâyesi bu!"

"Şey... Ayşe Hanım..."

Konuşturtmadım Kürşat'ı, durum açıktı ama benim de sigortam atmıştı.

"Bu röportajı ben istemedim Kürşat, Ercan Bey istedi! O ısrar etti. Vazgeçtiyse, açıkça söyle."

"Ayşe Hanım, ben Kürşat Başar. Siz herhalde Kürşat Oğuz'u aradınız."

Bu sefer ben konuşamadım uzun bir süre. Sonra aynı anda ikimiz de kahkahalarla gülmeye başladık. Ben, dünyanın en yakışıklı Kürşat'ına bağlandığımı bilsem, kendimi rezil eder miydim böyle! Bu yanlışlık, benim Kürşat Başar'la dostluğumun başlangıcı oldu ve Ercan öğrenince, bu hikâyeye hepimizden çok, o güldü.

Birkaç gün sonra Engin'le birlikte Londra'ya torunları görmeye gidiyorduk. Evden biraz erken çıktık, uçağa giderken, işyeri havameydanı üzerinde olan Ercan'a uğradım. Dosyayı resepsiyona teslim edebilirdim ama, neme lazım, kaybolur filan diye, bir koşu yukarı fırladım, Ercan'a roman provasını verdim. Şöyle bir karıştırdı, en sona eklenmiş resimlere göz attı ve bana, "Ama Ayşe, bu resmi asla koyamazsın," diyerek bir resim gösterdi. Baktım, Rahmi Koç'un oğlu Ömer ve Aylin, New York'ta, Üner Kırdar'ın bir yılbaşı gecesi evinde verdiği kıyafet balosunda, herhalde kolaylarına geldiği için papaz ve rahibe kıyafetlerine girmişler. Aylin'in bu kıyafetleri, tedavi ettiği rahibeden tedarik ettiğine adım gibi emindim.

"Neden? Ne var bunda?" dedim.

"Siyasileri bilmez misin? Kasım Gülek'in kolejden mezun olurken mezuniyet cüppesi ve kepiyle çektirdiği fotoğrafla, Demokrat Partililer seçim kazanmak için, Gülek Hıristiyan papazı oldu diye propaganda yapmışlardı. Koç'a şu veya bu nedenle kızanlar da alır bu fotoğrafı, aynı şeyi yaparlar. Sakın ha Ayşe, öyle bir şey olursa, mahvederler seni."

Doğru söylüyordu, siyaset hele de Türkiye'de öylesine kirli bir işti ki, her şey mümkündü. Hemen yayınevini aradım. Erol Bey seyahatteydi, oğullarından biriyle konuştum.

"Çıkaramam resmi, artık çok geç, Ayşe Hanım," dedi.

"O halde ben kitabı basmaktan vazgeçiyorum. Baskıya girdiyse baskıyı durdurun. Ya biraz gecikmeyle yeniden basalım ya da kalsın bu kitap."

Uzun bir sessizlik oldu.

"Bari yerine koyabileceğim bir başka resim yollayın," dedi sonunda.

Arabada Nilüfer'den aldığım birkaç albüm vardı. Bizi havameydanına bıraktıktan sonra, Engin'in şoförü albümleri Nilüfer'in evine teslim edecekti. Deli gibi aşağı koştum, albümleri bagajdan çıkarıp tekrar yukarı koşarken, Engin arkamdan uçağı kaçıracağız diye bağırıyordu. Alelacele bir resim seçtik Ercan'la. Tam ayrılırken, Ercan, "Albümleri bana bırak, belki daha iyi bir resim seçerim aceleye gelmeden," dedi.

"Ama albümler aileye teslim edilecekti bugün. Söz vermiştim."

"Şoför gelip alsın sizi bıraktıktan sonra, ben seçtiğim resmi kendi şoförümle yollatırım yayınevine."

Daha ne yapsın sevgili arkadaşım! Binlerce teşekkür ettim, çıktım, arabada kızgın çaydanlık gibi fokurdayan Engin'in yanına otururken şoföre de sıkı sıkı tembih ettim, bizi bıraktıktan sonra hemen yine buraya uğrayıp Ercan'dan albümleri almasını ve bir kağıt parçasına yazarak eline tutuşturduğum adrese götürmesini.

Biz Engin'le bir hafta sonra Londra'dan geri döndüğümüzde, şoför çoktan albümleri Ercan'dan almış, Nilüfer'in Ayazpaşa'daki evine teslim etmiş, kitap da Ercan'ın seçip yayınevine yolladığı resimle baskıya girmişti.

İstanbul'a vardığım akşam, Tayibe'den telaşlı bir telefon geldi. Albümleri almıştı ama bir albüm eksikti. Hemen Ercan'ı aradım. Bütün albümleri şoföre teslim ettiğini söyledi. Yayınevini aradım, sekreter albümlerin hepsini siz alıp götürmüştünüz, seyahate çıkmadan önce dedi ki, doğruydu. Evimdeki dolaplara baktım. Albüm yoktu. Tayibe'yi arayıp albümün bende olmadığını söyledim. Bir kıyamet koptu telefonda. "Ayşe Teyze, bul o albümü yoksa annem beni öldürür," dedi Tayibe, sesi ağlamaklıydı. Bu kez, evdeki tüm dolapları indirdim, kütüphanemi taradım, aramadığım yer kalmadı. Albüm yoktu. Yeniden aradım Ercan'ı, acaba

albümleri bıraktığım gün, odayı temizleyen kadın yanlışlıkla birini başka bir yere koymuş olmasındı. Sorarım, dedi Ercan. Sormuş, temizlikçi kadının haberi bile yoktu albümden. Şoförü de aradım, "Salih iyi düşün, albümlerden birini arabada unutmuş olmayasın?" diye sordum. "Olur mu efendim. Her gün temizliyorum arabanın içini. Öyle olsa görürdüm," dedi. Pes etmedim. Salih'e bir kere daha sordum albümleri doğru adrese mi teslim etti diye. Gerçekten saçma bir soruydu, çünkü albümler teslim edilmişti, sadece tek bir albüm eksikti.

Artık hayatım şöyle bir rutine oturmuştu, Tayibe neredeyse günaşırı beni arıyor, albümü bulup bulmadığımı soruyor, annesini daha fazla oyalayamayacağını söylüyordu. Can havliyle ben de Ercan'ı arıyordum ama bir süre sonra Ercan telefonlarıma çıkmamaya başlamıştı. Geceleri albüme ne olduğunu düşünmekten uyuyamaz olmuştum. İştahım kaçmıştı. Neşem de kalmamıştı, yaşama sevincim de! Engin, hafta sonları buluştuğumuzda, bendeki moral bozukluğunu elbette fark ediyordu. Bir hafta sonu, İzmir'e dönmeden önce, "Bak Ayşe, diyelim ki bu albüm kayboldu. İnsanlar evlat kaybediyorlar, evlat! Tayibe annesine albümün kaybolduğunu söylesin. O da kurtulsun, sen de. Ne yapacak Nilüfer, seni veya onu öldürecek mi?"

"Sen Nilüfer'i tanımazsın," dedim.

"İzin ver tanışayım. Ben söylerim ona albümün kaybolduğunu."

"Sakın ha! Karışma sen bu işe."

Engin gitti. Ben Tayibe'ye Engin'in bana söylediklerini tekrar ettim. "Yalvarırım unutalım şu albümü artık," dedim, "alt tarafı sekiz, on adet resim kaybolan Tayibe, sen cesaret edemiyorsan, annene ben söyleyeceğim."

Tayibe dinlemedi bile beni. Albüm diyor başka şey demiyordu. O gece içimi dökmeye telefon ettiğimde, Engin'den de yüz bulamadım. Bu konudan bıkmıştı. Albüm nerede diye düşünmek yüzünden uykusuz geçirdiğim gecelerden de ben bıkmıştım. Derin bir uyku, sonsuza kadar! Albüm Yüzünden Ölüm! Uçuk bir film adı gibiydi. Elbette intihar edecek halim yoktu ama sapıtır mıydım acaba, albüm yüzünden?

Adı: Aylin kitapçılara girdiğinde, ben Urla'daydım. Engin'le arabaya atlayıp İzmir'e gittik. İkinci Kordon'daki kitapçıya sorduk, kitap gelmiş ama henüz koliyi açmamışlar. Koliyi açtırdık. Telaşımızı görünce;

"Önemli bir kitap mı bu?" diye sordu kitapçı.

"Benim için evet, çünkü ben yazarıyım," dedim.

Haşır huşur yırttığı kâğıtların içindeki kutudan bir kitap alıp uzattı. İçim titreyerek aldım, adını okudum, iç sayfaya baktım, iç kapak adını okudum, arkasını çevirdim. Mükemmeldi! Kitabı kalbimin üzerine bastırdım. Nihayet gönlüme göre basılmış bir kitabım vardı. Beş adet satın alıp çıktık.

Ali'nin ilk çocuğu Tara, babasının işi dolayısıyla yaşadıkları Cenevre'de, 1997'nin 2 Temmuz'unda doğdu. Ben, Tara'yla tanışmaya gittiğimde, kitap neredeyse on beş gündür piyasadaydı. Aynı akşam annem aradı Tara'yı sormak için. Yumuk yumuk gözlerini, yatışını, kokusunu uzun uzun anlattım. Ben de Engin'i aradım, kitabımı sordum. O tek bir cümle söyledi, pek çok şey anlatan, "Üçüncü baskısını yaptı," dedi. On gün sonra İstanbul'a döndüğümde beşinci baskıya hazırlanıyordu *Adı: Aylin.* Hiç kimsenin öngöremediği bir şekilde satıyordu. Kürşat Oğuz'un *Aktüel* dergisindeki resimli röportajından başka reklamı da yapılmış değildi üstelik. Kulaktan kulağa yayılıyordu ünü. Bir yandan da edebiyat dergilerinde çok satanlar listesinden inmediği için yerden yere vuruluyordu.

Ağustosun son günleriydi, Urla'daki evde telefon çaldı, açtım, Erol Bey!

"Ayaktaysan bir yere otur, Ayşe" dedi.

"Hayrola Erol Bey? Kötü haber mi geliyor?"

"İyi haber geliyor. Kaybolan albüm bulundu!"

"Nilüfer'in albümü mü?"

"İçinde Kasım Gülek'in eşi ve çocuklarıyla çekilmiş resimler olduğuna göre, evet."

"Nerede buldunuz?"

"Kasada."

"Siz bana bütün albümleri iade etmemiş miydiniz?"

"Sonradan Ercan Arıklı yayınevine bir albüm daha yollamış, değiştirilen resmin yerine bir başka resim konması için. Sen o kadar titizlenmişsin ki, albüm kaybolmasın diye, siz gelene kadar Ömer albümü kasaya kilitlemiş. Biz albümü ararken de, aksi gibi o yurtdışındaydı. Haberi bile olmadı o telaştan. Tesadüfen bugün başka bir nedenle ben kasayı açınca buldum."

"Siz albümü hemen kasaya geri koyun. İstanbul'a dönünce gelir alırım sizden."

"Tamam Ayşe. Sen de güzel bir uyku çek bu akşam," dedi Erol Bey. Telefonu kapar kapamaz, müşterek dostlarımızdan, "Ayşe, aile albümümüzü yürüttü," gibi sözler sarf ettiğini duyduğum için son derece kızgın ve kırgın olduğum Tayibe'yi aradım. Albümün bulunduğu haberini verdim ve İstanbul'a döner dönmez annesinin evine teslim edeceğimi söyledim, kapattım telefonu.

Yarım saat sonra Erol Bey beni yeniden aradı.

"Ayşe, Tayibe Hanım geldi, odamda oturuyor. Ben seni yan odadan arıyorum, ısrarla albümü istiyor. Sen kimseye vermememi söyledin ama almadan gideceği yok. Ben ne yapayım şimdi?" diye sordu.

"Albümü aldığına dair kâğıt imzalatın, verin," dedim ve zannettim ki bu kitaba dair kâbus, böylece bitecek. Meğer kâbus henüz başlamamış bile!

Eylül ayına girdik. Altıncı, yedinci, onuncu, yirmi beşinci, yirmi dokuzuncu, otuzuncu baskılar... Kitap durmuyordu. İpini koparmış balon gibi yükseliyordu sürekli. Derken, hayır derneklerinden birinin başkanı olan bir hanım aradı, bir konuşma yapmam için. Zaten hâlâ Urla'daydık çoluk çocuk. Kabul ettim, kalktım gittim. Hanımın evi, İzmir'in Kordon'unda, ancak birkaç adet kalabilmiş o güzelim taş evlerden biriydi. Kapıdan girdim ki, ev tıklım tıkış dolmuş. Genç, orta-yaşlı, yaşlı, her yaştan onlarca hanım, bir ağızdan cıvıldaşmakta. Beni görünce etrafımı sardılar, öptüler, sarıldılar, başköşeye oturttular. İltifatlar, ikramlar. Bir kitapla ünlü olmuş bir yazara bu kadar iltifat edilebiliyorsa, sahne starlarının haydi onları da geçtim, gücü elinde tutan politikacıların sevgi ve hayranlık gösterilerinden şımarmaları, kendilerini vazgeçilmez zannetmeleri kaçınılmazdı. O gün odalara, merdivenlere dağılmış hanımlara, cılız sesimi duyurabilmek için bağırdım durdum. Akşam eve döndüğümde sadece sesim kısılmakla kalmamıştı, aynı derneğin başka semtlerindeki şubelerinin başkanlarına, hayır demeyi beceremediğim için, onlarca konuşma sözü vermiştim.

Evet, yazı yazmak kaderimdi benim! Ben yazmak için dünyaya geldiğime, çocukluğumdan beri, hep inanmıştım. Ama hesapta konuşmak hiç yoktu. Ancak her geçen gün öğreniyordum ki, sürdüğüm arabanın iki atı vardı, biri yazmaksa, diğeri konuşmaktı. Derneklerde, okullarda, üniversitelerde, belediyelerde, açılışlarda, kapanışlarda, bir yerlerde sürekli konuşmak. İstesem de istemesem de konuşmak. Aylin'in kitabı, beni üne ve geçimimi sağlayacak paraya kavuşturmuş ama karşılığında huzurumu götürmüştü. Çok eski bir dostluğun da zedelenmesine sebep olmuştu.

Çünkü Nilüfer, kitabın kazancıyla bir fon yaratmamı ve Aylin'in adına tesis edeceğim bir bursla her yıl Amerika'da bir öğrenciye tıp tahsili yaptırmamı istiyordu. Her baskısı iki bin adet basılan ve yazarına %12 telif getiren bir kitapla Amerika'da bir öğrenciye tıp tahsili yaptırmam, aç kalmayı göze alsam dahi mümkün olmazdı. Bunu dilim döndüğünce anlattım ama sanırım Nilüfer, Türkiye'yi Amerika'yla karıştırdı ve kazandığımı zannettiği paraları kazanma imkânım olmadığına hiç inanmadı.

Kasım ayında beni başka bir sürpriz bekliyordu. *Adı: Aylin* romanındaki karakterlerden biri olan Nuri bana maddi ve manevi tazminat davası açmıştı! Mahkeme celbini okuduğumda, aklıma hemen Mişel Radomisli'nin sözleri geldi.

"Seni uyarmış olayım, Nuri'nin dava açma merakı vardır," demişti bana. Oysa, benimle konuşurken ne tatlı, ne munis bir adamdı Nuri. İlk işim, avukat arkadaşım Ahmet Tekeli'yi aramak oldu. Ahmet bana, sonradan danışacağım diğer avukatların aksine, manevi tazminat davasını kaybetme olasılığını göz ardı etmememi söyleyen yegâne avukattı. Çünkü danıştığım tüm diğer avukatlar, her iki davayı da kesin kazanacağımı söylüyorlardı. Engin de İzmir'de birkaç avukata danışmış, aynı yanıtı almıştı. Bu davayı ben mutlaka kazanırdım. Buna rağmen önce Nuri'yle konuşmayı denedim. Rahmetli Ahmet Tekeli'nin Taksim'deki bürosunda buluştuk. Nuri, yüzünde gülücüklerle geldi ve beni görünce boynuma sarıldı.

"Nuri, sen her şeyi kendi isteğinle anlatmadın mı bana? Adını değiştirmeden yazmam için ısrar eden de sen değil miydin?"

"Haklısın abla ama romanda bir yer var ki doğru değildi."

"Hangi yer?"

"Hani ben ilk cinsel ilişkimi yaşadıktan sonra, eve dönüyorum ve Aylin Hanım'a haber veriyorum ya."

"Evet?"

"İşte sonra onunla kutlama yaptık ama senin yazdığın gibi dans etmedik."

Ahmet'le göz göze geldik. Güldüm, "Bu yüzden mi dava açıyorsun bana?"

Önüne baktı Nuri, bir şey söylemedi. Ahmet, Nuri'ye uzun uzadıya Türkiye'de davaların çok uzun sürdüğünü, avukata avuçla para ödeyeceğini, aramızda anlaşmamızın daha doğru olacağını anlattı.

"Ben bir şey ödemiyorum ki avukatlara," dedi Nuri.

"Kim ödüyor?"

"Kimse. Davayı kazanırlarsa, bölüşeceğiz. Şansımı deneyeceğim, belki benim de elime biraz para geçer. Ya da Ayşe Hanım, kitabın telifinden bana yüzde verin."

"Paraya ihtiyacın olduğunu söyleseydin ya bana."

"Ben sadece yasal hakkımı istiyorum."

"Olur mu Nuri! Kitapta adı her geçene yüzde verilmez ki."

Neticede anlaşamadık ama konuşmanın arasında Nuri, kitabın filme çekilme ihtimalini de öğrenmiş oldu.

"Bak abla, film olacaksa Nuri rolünü ben oynamak isterim," dedi, "yoksa gücenirim ha! Ben dururken niye bir başkası benim yerime oynasın ki!"

Nuri'ye şans diledim. El sıkıştık, gitti. Arkasından bakakaldım. Yayıncım Erol Bey, Nuri'nin adını değiştirmem için beni uyarmış, ben Nuri'nin isteği doğrultusunda, değiştirmemekte ısrar etmiştim. Saf ve salak ben! Koca budala! Hiç öğrenmiyordum, hiç ders almıyordum. Meheldi başıma gelenler!

Aynı gün, davamı telif hakları konusunda uzman olan Duygun Yarsuvat avukatlık bürosuna götürdüm. Nuri Amerika'da yaşadığı halde, adres olarak Ankara'yı gösterdiği için, davaya Ankara'da bakılıyordu. Her bir celsenin üç-dört ay sonraya verilmesi, bazı celselerin boş geçmesi, karşılıklı temyiz etmelerin sonucunda, altı yıl süren manevi tazminat davasını kaybettim. Aynı gün Nuri bir de maddi tazminat davası açtı. Ahmet Tekeli arkadaşım dahil, danıştığım her avukatın, bu davanın maddi tazminatı olmaz demelerine rağmen dört yılı aşkın da maddi tazminat davasına bakıldı. Ben, Türkiye Cumhuriyeti'nde Türkçe roman yazan Ayşe Kulin, New York'ta bir el arabasında zerzevat satarak hayatını kazanan

Nuri'den kitabımda bahsederek ona nasıl maddi zarar verebildim, bu sırrı ancak Türk adliyesinde bu kararı veren hâkim biliyor! Kararın böyle çıkacağı kendine malum olan dava hâkimi, bence sicilini korumak için, davayı bir bilirkişiye devretmişti. Yıllar sonra bu karara mart ayında varan bilirkişi, kararını verdikten sonra, kararını aylarca bir türlü imzalayamadı, araya adli tatili bile soktu. Böylece ödeyeceğim tazminat faizi de arttıkça arttı. On yılı aşkın süren davanın harç masraflarına, bir de avukatımın Ankara'ya uçuş, konaklama, yeme-içme masraflarını ve on yıllık birikmiş faiziyle ödenecek tazminatı ekleyin, Aylin'den alın teriyle kazandığım her kuruşu, zaten başlı başına bir tiyatro olan davaya vermiş oldum. Nuri ve avukatları para kazandılar ama bir başka boyutta, bir başka mahkemede vebalini ödeyecekleri bir borcu da sırtlanmış oldular. Ben, Türk adalet sistemine dair ilk dersimi, çocuklarımın velayet davasına bakılırken almıştım. Çünkü davalı olduğum ilk kocamın parasal gücü, benim fersah fersah önümdeydi! İkinci dersimi de, belli bir çevrenin kolladığı davacıma, hiçbir maddi zarar vermeden maddi zarar tazminatı ödeyerek almış oldum. Haksızlığa çaresizlikle boyun eğerken, şu iki karara vardım:

Bir, bir daha biyografi yazmak yok! İki, beni Türk doktorlarına teslim edebilirsiniz, Türk adaletine asla!

Aylin'in kitabı, beni sadece ünlü değil, filozof da yapmıştı... Ha, biraz da yalancı. Çünkü bir zaman sonra Türkan Saylan için son bir biyografi de yazacaktım, Türk adaletine de başvuracaktım ama bir şeyi öğrenmiş olarak: Hayatta asla büyük söz söylemeyeceksin!

Ey Yazar, Az Satsana!

Aylin'in kitabı peynir ekmek gibi satmaya başlayıp beni satış listelerinin en tepesine oturtunca, Orhan Pamuk romanlarından birinin başlangıç cümlesi, "Bir kitap yazdım, hayatım değişti", benim gerçeğim oluvermişti. Birkaç hafta içinde ünlenmiştim ama iki ödülün getirdiği itibar çok satanlar listesinde eriyivermişti.

Bir şey daha öğreniyordum, o da bu ülkede aynı anda iyi ve çok satan yazar olmak neredeyse mümkün değildi. Ya iyi yazar olunacaktı ya da çok satan. En baba eleştirmen bile, karizmayı çizdirmemek için çok satan yazara iyi yazar diyemiyordu kolayca. Şöyle bir mantık çizgisi izliyordu eleştirmenler: Çok satan kitaplar, büyük kitlelere hitap ettikleri için değersizdir. Birikimli, eğitimli ve üstün insanlar, halk kitlelerinin hoşlandıklarını değil, az satan kitapları değerli bulurlar. Demokrasinin en makbul rejim kabul edildiği, dağdaki çoban ile kürsüdeki bilim adamının eşitlendiği, elitin başbakan katında küçümsendiği günümüzde, bu ne müthiş çelişkiydi, eleştirmenler ve edebiyat insanları adına! İyi edebiyat Osmanlı döneminde olduğu gibi sadece elitin tekelinde olsun istenseydi, beş yüzü aşkın işaretle yazılan eski yazıyı, 28 harflik alfabeye mi çevirirdik? Eleştirmenler, kendini çok geniş kitlelere son satırına kadar okutabilmiş bir kitabın, bunu nasıl başardığını hiç merak etmediler. Okur acaba romanın diline mi, kurgusuna mı yoksa konusuna mı kapıldı, neden bu kitabı çok sevdi, gibisinden bir soru da sormadılar. Bana da kitaplarımın satışını engellemek mümkün olamayacağına göre, çok satan yazar olmak düştü.

Çok satan yazar sıfatımla televizyonlardan aranıyordum, gazeteler, dergiler benimle röportaj yapmak istiyorlardı, sokakta yürürken yanımdan geçenler, beni durduruyor, "Siz Ayşe Kulin misiniz?" diye soruyorlardı. Şaşırıyordum, utanıyordum. Bu yenilikten hoşnut değildim. Ben, atılgan olmayan, çekingen yapılı, burcunun özelliklerini taşıyan bir insandım. Burçlara dair, tek bir kitap yoktu ki Başaklar için arka planda kalmayı tercih ederler diye yazmasın. Pısırıklığa yakın bir 'arka plan' merakı vardır bende, babamdan geçme. Toplu fotoğraflarda babamı ara ki bulasın. En arkalarda bir küçük kafadır hep. Ben de onun kızıyım işte. Ama yine babamdan geçme, haksızlığa karşı baş kaldırma, doğru bildiğinde ısrar, yanlış bulduğuna tepki gibi niteliklerle sıyırtmıştım pısırıklıktan, azıcık tortusu kalmış! Elli yaşından sonra, birdenbire ünlenmenin bedeli bu yüzden, benim için ağır oldu, hele de sürekli bir yerlerde konuşmak zorunda kalınca. Sesim zaten en ufak bir tozda kısılır, çıkmaz olur, elimi kolumu nereye koyacağımı ise yeniyetmeler gibi zaten hiç bilememişim, leylek bacaklarımla değnek kollarımın arasına sıkışmış fazla gelişmiş bedenimle orantısız bir görüntü yarattığımı bilerek, bir sahnede durduğumda, sesim stresten büsbütün kısılıyor, söyleyeceklerim aklımdan kaçıyor, başlıyordum mecburen doğaçlama yapmaya. Bu kadın saçmalıyor yahu, bir daha çağırmayalım bunu, demiyordu kimse! Televizyonlarda ise, önceden ayna önünde provası yapılmış, düzgün cümlelerle hazırlanmış, başı sonu belli konuşmalar yerine, o anda aklıma geleni söylediğim için, ünleneli beri, beni korumak niyetiyle başıma "baba" kesilen Engin'den program sonlarında azar işitmek, kaderim haline gelmişti. Can çıksa, huy çıkmıyor, televizyonlara hazırlıklı gitmeye niyetlensem de, olmuyordu işte. Ben neysem, oydum! Hatta özellikle iyi hazırlanırsam başıma gelmedik kalmıyordu.

Bir Rotaryenler toplantısında mesela, rezil olmuştum. Engin halime o kadar acımıştı ki azarlamaya dili varmamıştı. İzmir'de Rotaryenlerin yıllık toplantısında konuşma yapacaktım. Tanınmış bir otelin kocaman balo salonunda şeref masasında oturdum, derneğin malum töreninin bitmesini bekledim. Sıra bir türlü bana gelemiyordu. Bir telaş... Bir koşuşturma... Işıklar söndü, tekerlekli servis arabasının üzerinde mumları yanan bir pasta girdi içeri. Eşi kocasına bir sürpriz yapmış, toplantıyı başkanın doğum gününe denk getirmiş. Başkan mumları üfledi, pasta kesildi, dağıtıldı ve nihayet beni konuşmam için kürsüye çağırdılar. Otel salonu... Başkan... Doğum günü... İyi ki doğdun başkanım şarkısı...

Ben mikrofona doğru yürürken aklıma bir fikir geldi sanıyordum. Meğer içime şeytan girmiş. Mikrofonu elime aldım. Marilyn Monroe'yu taklit etmeye çalışarak, dudaklarımı büze büze, karga sesimle Happy Birthday Mr. President diye şarkı söylemeye başladım. Herkes hayretle bana bakıyordu. Onlar anlamadıkça ben büsbütün abartıyordum. Şarkı bitti, kimse gülmedi, ön masada oturan Engin'i gördüm başını ellerinin arasına almış, önüne bakıyordu. Bir an açıklayayım diye düşündüm. Diyeyim ki Marilyn, ilişkisi olduğu Başkan Kennedy'nin doğum gününde ona böyle şarkı söylemiş, aynı gecenin sabahında ölü bulunmuştu. Bu sefer başkanın eşinin yanlış anlamasından korktum, vazgeçtim. Otellerin balo salonlarından o gün bugündür tırsarım.

Bir de günlük yaşantımda, sokaklarda dolanırken tanınmanın stresi vardı. Yürüyüş yaparken, çarşı-pazarda alışveriş ederken, bir kafede arkadaşlarımla otururken bilinir olmak, benim gibi modayı takip etmeyen, makyaj yapmayan, bakımlı olmayı iş edinmemiş biri için kolay değildi de tesellisi, beni tanımayanların, tanıyanlardan çok daha fazla olması ve çok eğlenceli durumlar yaşatabilmesiydi. Mesela bir yaz günü Bodrum-Yalıkavak'taki kitapçıda kitaplarımı görmüş, bunlar iyi satıyor mu diye sormuştum satıcıya.

"Ne diyorsun, abla," demişti adam, "bir bu karı, bir de Ahmet Altan olmasa, kapa dükkânı, git evine yat! Bu ikisinin sayesinde ekmek yiyoruz."

Bir başka seferinde de, İzmir-Konak'ta D&R'a imzaya giderken, dükkânın üç adım ötesine tezgâhını kurmuş olan korsan satıcıya yerde duran kitaplarımı göstererek, "Şimdi ben bunları para ödemeden alıp gitsem, ne yaparsın?" diye sormuştum.

"Niye alasın ki, hırsız mısın sen?"

"Hırsız olan sensin, çünkü o kitaplar benim!"

"Nerden senin oluyormuş! Dur ya, sen Ayşe Kulin olmayasın?"

Ve bunu söylediği anda koluma sımsıkı yapışıp, bağırmaya başlamıştı avaz avaz:

"Ayşe Kulin burada. Canlı canlı! Alın kardeşler, alın! Ayşe Kulin burada!"

Korsan kitap satması yetmemiş gibi, bir de korsan imza yapacaktı yüzsüz! Kolumu zor kurtarmıştım, hatırladıkça hâlâ gülerim.

Sevdalinka, Füreya, Köprü *ve Diğerleri*

Tanınmak umurumda değildi ama okurlarım tarafından unutulmak istemiyordum. Unutulmamak ise, orada burada konuşarak değil ancak bir başka kitap yazmakla mümkün olabilirdi. İyi de nasıl bir kitap? En saygın ödülün dahi başaramadığı satış patlamasını ve okur hayranlığını bana Aylin sağlamıştı ama madalyonun öbür yüzünde ise eleştirmenlerin çok satan kitapları küçümsemesi ve biyografi türüne olumsuz yaklaşımı yatıyordu. Pekâlâ, ben de bu sefer kurgu romanla çıkacaktım karşılarına! Üstelik arka bahçesi tarih araştırmalarına dayanan, insan trajedileri içeren, emek verilmiş bir romanla. Bir Balkan travmasıyla ki, benim hayatımda da izleri vardı, baba tarafım Bosna'dan göçmüş olduğu için.

Hemen araştırmaya, soruşturmaya başladım ve gördüm ki, çocukluğum boyunca duyduklarımı, sezdiklerimi toparlamaya geç kalmıştım. Ölen ölmüş, geride kalanlardan bir kısmının aklı gitmişti. Halamın oğulları çat pat Boşnakça konuşuyorlardı ama ben babamın görevinden dolayı Ankara'da büyüdüğüm için, babaannemin Boşnakça konuşulan evinden nasiplenememiştim. Babamın evde kullandığı bir-iki kelime dışında, Boşnakça bilmezdim. Ata toprakları hakkındaki yegâne gözlemim, Londra'daki üniversite yıllarımda, İstanbul'a arabayla gidip gelirken, Yugoslavya'dan geçmişliğim kadardı. Zaten Yugoslavya tüm çocukluğum ve gençliğim boyunca demir perde gerisindeydi, orada öyle sere serpe dolaşılamaz, haydi şöyle Bosna'ya kadar bir uzanıp, oraları da görüverelim hazır gelmişken, denemezdi. Bosna ve köklerim konusunda bu kadar bilgisiz olunca, parmaklarımın ucundaki bilgiye başvurmaktan başka çarem kalmamıştı.

İnternete girdim, araştırmaya başladım ve önüme önce doksanlı yılların korkunç savaşından sonra yeniden yapılanmış eski Yugoslavya'nın savaş notları çıktı. Bosna'da bulunan habercilerin notları arasında gezinirken bir kâbus görüyor gibiydim. 1992'deki iç savaş, resmen bir soykırımdı! Anlaşılıyordu ki, Yugoslavya'nın Hıristiyan halkları, yüzyıllardır birlikte yaşadıkları ve kendilerine hiçbir zararı dokunmayan Müslüman komşularını yok etmeye karar vermişlerdi. İki ve beş yaş arası çocukları yuvaya taşıyan bir otobüs başka hangi gerekçeyle taranırdı ki? Bebeklerden ihtiyarlara kadar kadınların ırzına niye geçilirdi? Çoluk çocuğun günlük alışverişini yaptığı bir pazaryeri neden bombalanırdı? Bir ülkenin altı yüzyıllık tapu arşivleri niye yakılırdı?

Bilgisayarın başından kalktığımda, öğrendiklerimin tek başıma taşıyamayacağım kadar ağır olduğunu gördüm. Onları hem paylaşmam şart olmuştu hem de okurlarımı bu vahşet hakkında bilgilendirmenin görevim olduğunu düşünüyordum. Çünkü o sırada biz de kendi ülkemizde, Türkler ve Kürtler olarak, her iki taraftan aşırı keskin milliyetçilerimizle bir iç savaşın eşiğinde duruyor gibiydik. Ders ve ibret almamız gerekiyordu. Romanların bir işlevi de farkındalık yaratmaktır. Bu farkındalığı kendi halkımda, hiçbir işe yaramamış bir iç savaşın felaketini anlatarak oluşturmak istedim. İşte Boşnakçada sevda türküleri anlamına gelen *Sevdalinka* bu nedenle yazıldı. Araştırmaları yazımından çok daha uzun sürdü. Savaşın nedenini okura anlatabilmem için, önce benim kavramam gerekiyordu. Bildiğim merkezi sistem yerine, hiç alışık olmadığım, karmakarışık bir başka sistem vardı karşımda. İçişlerinde özgür sayılabilecek federatif yapılar olan Hırvatistan, Sırbistan, Bosna-Hersek, Slovenya, Karadağ ve Makedonya'nın kendi cumhurbaşkanları vardı ama dışişleri ve milli savunmada tek ülke haline gelip 'Yugoslavya' sayılıyorlardı. Bir de ayrıca özel statüye sahip Voyvodina ve Kosova eyaletleri vardı, kafayı iyice karıştıran. Son savaşta, bu sekiz federatif yapının her biri bir diğeriyle, kimi zaman da iki devlet birleşerek Boşnaklarla savaşmıştı. Gel de çık işin içinden.

Ön çalışma uzadıkça uzadı ve ben yirmi beş yıllık çabadan sonra tek bir romanla edindiğim okurlarımın, arayı çok açarsam beni unutmasından korkmaya başladım. Bosna'nın coğrafyasını, tarihini çalışırken, araya küçük bir öykü kitabı olan *Geniş Zamanlar*'ı sıkıştırmak şart olmuştu.

O yıllarda mevcudiyetlerini yeni fark etmeye başladığımız yatılı din kurslarında intihar vakaları duyulmaya başlamıştı. İlhamını böyle bir vakadan alan bir öyküyle başlıyordu *Geniş Zamanlar*, iz bırakmadan kaybolan aydınların, akşam evlerine dönmeyen solcuların öyküleriyle sürüyordu. Gönül rahatlığıyla yazmaya ancak *Geniş Zamanlar*, 1998 Nisan'ında okurla buluştuktan sonra devam edebildim.

Yugoslavya'nın savaşa sürüklenme nedenlerini kavradıktan sonra, sıra romanı kurgulamaya geldi. Gazeteciler, televizyoncular, doktorlar gibi, savaşta ortalıkta rahatça dolaşabilecek kahramanlar yarattım kendime. İki ayrı dinden insanı birbirine âşık ettim ki, Yugoslavya'da savaşa kadar çok olağan bir durumdu bu. Birçok mutlu evlilikler vardı Katolik Hırvatlar, Ortodoks Sırplar ve Müslüman Boşnaklar arasında. İnsanlar bir diğerinin dinini, mezhebini veya kökünü sorun etmeden, uyum içinde yaşıyorlardı, ta ki iktidar hırsı boyunu aşan bir delinin siyaset meydanına çıkışına kadar. Sonrası, ezelden beri aynı coğrafyayı paylaşmış

halkların iç savaşıydı; akıl almaz bir vahşetti ve Balkanlar'ın işte bu çılgınlığa sürüklenişi yazmaya soyunmuştum ben.

Roman yarılandığında, Bosna'ya gitmek şart oldu. Kahramanlarımın yaşadığı kenti, evlerini, işyerlerini gözlerimle görmem, soluyacakları havayı benim de solumam gerekiyordu. Bosna'ya dair bilgi edinmek için İstanbul'daki Bosna-Hersek Konsolosluğu'na başvurdum. Sanırım beni yanlış anladılar ve parasal yardım istediğimi zannettiler. Konsolosluktan yüz bulamayınca, başka bir formül düşündüm. Elime nasıl geçtiğini şimdi hatırlayamıyorum, internetten de çıkarmış olabilirim, Saraybosna'nın telefon rehberinde bir Kulin buldum. Bosna gibi az nüfuslu ve soyadlarının özgün olduğu yerlerde, aynı adı paylaşanlar, aynı soydan gelir. Kulin adını taşıyan her kimse, kesin akrabam olmalıydı. Hemen telefon ettim ama dil sorunu yüzünden anlaşmamız mümkün olmadı. Bu kez, Boşnakçayı iyi bilen Muzaffer Kaleoğlu Hanım'ı soktum araya. Muzaffer Hanım telefonda, Saraybosna'daki Kulin'e, Türkiye'den bir akrabasının Bosna'yla ilgili bir kitap yazmak üzere oraya geleceğini anlatırken, telefon elinde kalakaldı. Meğer adam bir küfür sallayıp, suratına kapatmış telefonu. Anladım ki Bosna'ya ön hazırlıksız gidecek, ne halim varsa, gidince görecektim!

Biletimi aldım, valizimi hazırladım, eşyalarımın arasına babamın, başucumda duran çerçeveli resmini yerleştirdim ve "Haydi babam, sen hayattayken gidememiştik Bosna'ya, kısmet yarınaymış, birlikte ata topraklarını görmeye gidiyoruz," dedim. Bir de ne göreyim, beni bir sürpriz bekliyormuş. Savaştan yeni çıkmış bir ülkeye beni tek başıma yollamaya gönlü razı gelmeyen Engin de benimle gelmeye karar vermiş. Böylece Bosna'ya ilk yolculuğumu Engin'le birlikte yaptık.

Saraybosna'ya varınca, Türk Elçiliği'ne başvurup bir mihmandar bulmak için yardım istedik. Aynı gün, elçilik beni Esat'la tanıştırdı. Esat, her gün sabah dokuzda arabasıyla kaldığımız otelden beni alacak, rehberliğimi ve çevirmenliğimi yapacak, ayrıca beni romanın geçeceği yerlere götürecekti.

İlk gün Esat'a romanımı ayrıntılarıyla anlattıktan sonra, ona dedim ki, "Şimdi beni kadın kahramanım Nimeta'nın yaşadığı mahalleye götür, evini göster. Sonra çalıştığı televizyonu, çocuklarının gittiği okulu, annesinin evini, kocasının işyerini, sevgilisiyle buluştuğu oteli, parkı, kocasının savaştığı tepeleri... Hepsini bir bir göster bana."

Esat'la yıkıntıların, kurşunlanmış binaların, yakılmış bahçelerin arasında dolandık günlerce. Bir gün, arabamız, Saraybosna'da savaşın en şiddetli çatışmalarının geçtiği tepelere doğru tırmanırken, Esat, "Ayşe Hanım, bakın, sağ tarafınızda şehit mezarlığı var," dedi. Cümlesinin şehit mezarlığı kısmını Türkçe, geri kalanını İngilizce söylemişti. Ben Boşnakça, Esat da Türkçe bilmediği için, İngilizce müşterek dilimizdi.

"Aaa Esat, hani Türkçe bilmiyordun sen?"

"Bilmiyorum."

"Ama 'şehit mezarlığı' dedin, şimdi."

"'Şehit mezarlığı' Boşnakça, Ayşe Hanım."

Yok ya! Ne zamandan beri? Münakaşamsı bir konuşma uzadı aramızda. Ben Esat'ı, 'şehit mezarlığı' sözünün Türkçe olduğuna ikna edemeyip, sustum sonunda! Esat için Allah'a ısmarladık anlamına kullandıkları *Allaha emanet* de Boşnakçaydı zaten, dillerine Türkçeden girmiş üç bin başka kelime gibi. Biz nasıl dilimize Farsçadan girme sözleri, örneğin haftanın günlerini ve bazı ayların adlarını Türkçe kabul etmişsek, Esat da öyle yapıyordu. Uzatmadım, arabayı park edip dışarı çıktık ve ayağımızın altında serilen yaralı şehre baktık, yan yana. Yanık, yaralı, yoksul ama vakur şehre!

Yüreğimde tuhaf bir sızı vardı. Köklerimin izini on birinci yüzyıla dek sürebildiğim coğrafyaya, dilini bilmediğim için yabancıydım. Şimdi özenip öğrenmeye kalksam, alfabesi bile değişikti. Geç kalmıştım, ne yazık! Ancak sevdalinkaların melodilerinde yakalayabiliyordum Balkan ruhunun coşkusunu. Bizim özellikle Karadeniz ezgilerimize ne kadar benziyordu bazı türküleri. Esat bana eliyle mezarları işaret ediyordu. Sırp'ı, Hırvat'ı Boşnak'ı yan yana yatıyorlardı tümseklerin altında. Hepsi de aynı yurdu birbirlerine bırakmamak için ölmüş genç insanlardı. Neredeyse her evin önünde bir ufak mezar taşı vardı bu yüzden. Taşların üzerinde ölülerin adları ve yaşları yazılıydı. On altı, on yedi, on sekiz, on dokuz yaşında gencecik çocuklardı hepsi. Ne kadar çok gözyaşı döktüm her birinin önünde. Tanımam etmem, ama içim yanıyordu şehitlerin yaşlarını öğrendikçe. Ah, kim bilir ne yakışıklı, ne güzel, ne aslan gibi çocuklardı. Küçük mezar taşlarının yanında, bardaklar içinde, analarının sık tazelediği kır çiçekleri duruyordu. Taze kır çiçeklerinde, Müslüman kadınların, kendilerini yok etmeye soyunmuş komşularına direnen gücünü kokladım adeta. Çocuklarının mezarlarını taze çiçeklerle donatarak, üzüntüden erken ağaran saçlarını soğan kabuklarıyla kızıla boyayarak, eskilikten yamulmuş yüksek topuklu ayakkabılarını inatla giyerek nefrete ve ölüme direnen Boşnak kadınlarının her birini kucaklamak, öpmek, okşamak istiyordum. Her attığım adımda, bir kıymık gibi etime batıyordu gördüklerim. Başımı nereye çevirsem, dumanı hâlâ tüten bir acı vardı.

"İşte size her yeri gösterdim," dedi Esat.

Evet, her yeri, her şeyi gördüm. Bombalanan çarşıyı da, yakılan kütüphaneyi de, güzelim Suada'nın kurşunu kalbine yediği köprübaşını da. Tüm acıları, tüm gözyaşlarını gördüm. Tüm vahşet öykülerini dinledim.

Romanla ilgili işleri bitirdikten sonra da büyükbabamın ve babaannemin doğum yerleri olan Travnik ve Banya Luka'yı görmek istedim. Bursa'ya çok benzeyen Travnik'e, Engin'le birlikte gittik ve ben nehir kenarındaki kahvede çay içen yaşlı adamların bazılarını, sadece resimlerinden tanıdığım dedeme benzetip, akrabalarım zannettikçe, Engin Boşnakça bilmediğime dua etti.

Ailemin yüzyıllarca yaşadığı topraklarda kan bağım olan birileriyle tanışmak için niye bu kadar yanıp tutuştuğumu gerçekten bilmiyorum. Ama içimde hep, yolda rastlaşacağım birinin benimle yakın akraba olması umuduyla dolanıyordum. Saraybosna'da bir sabah Engin'le birlikte tek başımıza, tamamen turistik bir gezi yaparken, hal binasından çok bir opera binasını andıran muhteşem yapıya da girdik. İçerdeki sürüyle manav, kasap, bakkal, aktar arasında gözüme bir kasap dükkânının adı ilişti: KULİN! Koşturdum o sırada bir müşteriye kıyma çekmekte olan kasabın yanına, pasaportumdaki soyadımı göstererek ona akraba olabileceğimizi anlatmaya çalıştım. Önce İngilizce, sonra bildiğim kadarıyla Almanca, Fransızca ve ümitsiz bir çabayla Türkçe... Adam bana satırını kapıp sallamaya başlayınca dörtnala kaçtım oradan!

Nehir boyunca uzanan geniş caddede yürüdük sonra.

"Bak, bu senin cadden," dedi Engin.

"Niye?" diye sordum.

"Adını okusana!"

Caddeye açılan sokağın başındaki tabelada, "OBALA BANA KULİNA" yazıyordu, yani Kulin Ban Caddesi. Soyadımı taşıyan tabelanın altında bir hatıra fotoğrafı çektirmek istedim. Fakat tabela o kadar yüksekteydi ki, ne kadar yükseğe sıçrarsam sıçrayayım, ben ve tabela aynı kareye bir türlü giremiyorduk. Hatta Engin'in sırtına tırmanıp başının üstüne bile çıksam, faydası olmayacaktı. Kulin Ban tabelasıyla beni aynı kareye sokturmamak, atalarımın Bosna'yı terk eden aileme bir tavrı mıydı acaba? Neticede bu ziyaretten, savaşa dair çok şey öğrenmiş ama Kulin'lerden hiç yüz bulamamış olarak dönecektim memleketime.

İstanbul'a döner dönmez, yazı masama oturdum, o ana kadar masa başında yazmış olduklarımın çoğunu değiştirmek için bilgisayarımı çektim önüme ve başladım yanlışlarımı düzeltmeye. Roman kahramanlarım, daha önce yazdığım gibi, kahve, çay ve sigara içmeyeceklerdi çünkü Bosna'da hiçbirini bulmak mümkün değildi bunların. Sokaklarda gönüllerince dolanamayacaklardı çünkü Sırp kurşunları başlarının üzerinde vızır vızırdı. İnsanlar üşüsünler, karanlıkta kalsınlar, açlıktan güçsüz düşsünler ve çekip gitsinler diye dört yıl boyunca Saraybosna'da havagazı ve elektrik ve sular kesikti! Gitmeyip, direndiler. Ağaçları kesip sobalarda yakıyor, kuşları avlayıp, sobaların üzerinde pişiriyor, ağaç yapraklarına katık edip yiyorlardı. Kadınlar ve çocuklar sürekli tecavüze uğruyordu, hem de ne aşağılayıcı işkencelerle. Çağdaş, gelişmiş, demokrat Avrupa ülkeleri sessizce seyrediyorlardı bu vahşeti. Her bir Müslüman Boşnak'ın ya vurularak ya da açlıktan teker teker yok olmasını bekliyor gibiydiler! Tam dört yıl boyunca Hıristiyan Avrupalılar, bir avuç Müslümana yapılan zulmü görmezlikten geldiler. Ben bir yandan romanı yazıyor, bir yandan da bir dep-

rem yaşıyordum ruhumda. Bildiğim, öğrendiğim, beni ben yapan her şey, ait olduğum değerler skalası, altüst oluyordu. Romana kattığım her bir satırla, biraz daha uzaklaşıyordum Batı medeniyetinden. Kitabı bitirdiğimde, hayal kırıklığım öylesine büyüktü ki, Batı'yla olan tüm bağlarımı çözmüştüm. Yaşamım boyunca okuduğum Batı edebiyatı, dinlediğim Batı müziği, hayranı olduğum Batı sanatı, Batı'nın yaşam tarzı, yemekleri, şarapları... Kendimi bildim bileli, dinim hariç, parçası olduğum değerler silsilesi, kumdan kaleler gibi çöküyordu. Tanrım, ben nasıl boş bir hayalin peşinden koşmuşum! Bu ne müthiş bir ikiyüzlülük, ne insafsız bir bencillikmiş! Tam bir, "bana dokunmayan yılan bin yıl yaşasın" durumuymuş!

Bir kitap daha yazmıştım, hayatımı değiştiren kitaptan sadece üç yıl sonra bu kez de, hayatım değil, hayattaki duruşum, dünyaya bakışım değişmişti. Küsmüştüm Batı'ya. Batı'da yok olduğunu gördüğüm insafı, vicdanı bulmak için, bu kez Doğu'ya, Asya ülkelerine çevirmiştim gözlerimi. Orada da, ya kaos ya da otoriter rejimlerin yarattığı biat kültürü vardı. Ortadoğu'da ise ya hak edilmemiş servet sahiplerinin aşırı lüksünü gördüm ya da sefaleti, cehaleti, savaşı, dehşeti ve vahşeti. Boşlukta asılı kaldım, sonuçta!

Sevdalinka işte beni böylesine sarsan, düşündüren, değiştiren bir kitap oldu. Onu yazarken ruhum parçalandı sanki. Bitirip teslim ettiğimde, savaşı görmeden savaş yorgunuydum!

Bosna'ya sonradan defalarca gittim. *Sevdalinka* Sırpçaya çevrildiğinde, kitap fuarına da çağrılmıştım mesela. O gidişimde, tecavüze uğrayan Boşnak kadınlardan doğan çocuklar iki-üç hatta dört yaşına basmışlardı. Savaş sürecindeki aşağılanmayı, o korkunç anı hatırlamak istemeyen kadınların çocuklarına bir bakımevinde bakılıyordu. Kısmeti çıkan çocuklar, ailelere evlatlık veriliyordu. *Sevdalinka*'nın Bosna'daki telifini, Tuzla'daki bu bakımevine bağışladım. Bir sonraki gidişimde o ev çoktan kapanmıştı. Kocaman olmuşlardır, kedi yavruları gibi ziyaretçilerin bacaklarına sürtünerek dikkat çekmek isteyen bahtsız çocuklar. Savaşsız bir ortamda, dünyaya geliş travmalarını hiç bilmeden, çok mutlu yaşamalarını dilerim, her birinin.

Bir başka ziyarette, Tuzla'da bir konuşma yaptığım şehir kütüphanesinde, unutamadığım bir anım var, paylaşmak istediğim. Beni dinlemeye gelenler arasında çok yaşlı, bembeyaz sakallı bir dede oturuyordu ön sırada. Evinden yaşlılık ve hastalık nedeniyle hiç çıkmazmış. İstanbullu bir yazarın geleceğini duyunca, torunlarının kolunda bin bir zorlukla gelmiş kütüphaneye. Konuşmam bitince söz aldı. Aslında beni değil, benim şahsımda Osmanlıları selamlamak istiyordu. Siz bizi bırakıp gittikten sonra, bu topraklarda huzur kalmadı, derken gözlerinden yaşlar süzülüyordu. Yanına gittim, oturduğu koltuğun önünde diz çöktüm, elini öpüp başıma koydum ve duygulanmak bulaşıcı olduğundan, ben de ağlamaya başladım. Benim başım onun dizlerinde, onun elleri benim saçlarımda, birlikte ağlaştık bir süre. Sonra, titrek elleriyle küçük, ince bir kitap çıkardı cebinden ve bana armağan etti. Osmanlıca yazılmış, içinde çizimler de olan, 1900'lerden kalma, ilkokul çocukları için bir coğrafya kitabıydı. Kitabı özenle getirdim evime, tozunu hoyratça almasınlar da dağılmasın diye bir kırmızı kurdeleyle bağladım, kimseye hâlâ elletmiyorum, bunca yıldır. Dede, karşılaşmamızdan iki hafta sonra vefat etmiş. Yadigârı, ben yaşadığım sürece, evimin başköşesinde misafir!

Dünyaya bakışıma gelince, Doğu'daki özgürlük yoksunu otoriter rejimlere, Ortadoğu'daki perişanlığa ve cehalete bizzat şahit olduktan sonra, sırf kendileri için de olsa adaletin işlediği Batı'nın hukuk devletlerine çevirdim gözlerimi yine, bu kez şunu öğrenmiş olarak: Rejimin adı ne olursa olsun, hukukun olmadığı, adaletin tecelli etmediği diyarlarda, insanlar zengin olabilir ama mutlu olamaz! Adaletin bir gün benim ülkeme de uğramasını, Noel'de Noel Baba'yı bekleyen çocukların heyecanıyla beklemedeyim şimdi... Yani aslında pek inanmayarak ama umudumu da yitirmeyerek. Noel Baba'nın anayurdu Demre mademki bu topraklardadır, umudu kesmemek lazım, bakarsınız bir gün uğrar.

Öyle görünüyor ki sevgili okur, bundan sonraki sayfalarda sizlere romanlarımın arka bahçelerindeki öyküleri anlatacağım. *Aylin*'le başladım, *Sevdalinka*'yla devam ettim, sıra geldi *Füreya*'ya...

Sara telefon edip, beni Park Şamdan'da bir öğle yemeğine davet edince hemen kabul ettim. Uzun zamandır görüşmemiştik, özlemiştim arkadaşımı. Buluştuk, konudan konuya atlayarak keyifli bir yemek yedik. Sara, birlikte çalıştığımız günlerde, İstanbul Belediyesi'ne yaptığımız bir etkinlik sırasında tanıştığımız Emre Aykar'la evlenmişti. Aralarındaki ilk elektriklenme gerçekleştiğinde, yüzen teknelerden birinde verilen davetteydik. Nefis bir yaz akşamıydı, mehtap vardı. İstanbul, ışıklandırılmış camileriyle, kelimelerle anlatılamayacak kadar güzeldi. O geceden konuştuk en çok, bir de nice zorluklarla büyüttüğümüz, hayata atılmaya hazırlanan çocuklarımızdan. Yemeğin sonuna doğru Sara bana, "Halamın unutulmasını istemiyorum Ayşe, Füreya'nın hayatını yazar mısın?" diye sordu.

"Bilemiyorum Sara," dedim, "Aylin'de başarılıydım çünkü Aylin'in yaşamı olağanüstüydü. Füreya çok değerli bir sanatçı ama hayatında bir romanı sürükleyecek olgular var mı?"

"Ben sana bir liste yapıp getirdim. Halamın doğumundan beri yaşadıklarını yazdım. Bir de Ferit Edgü'deki kasetler var."

"Nedir onlar?"

"Ferit bir ara halamın hayatını yazmak istemişti. Günlerce baş başa konuştular Füreya'nın atölyesinde. Konuşmaları kayda aldı Ferit ama sonra yazmaktan vazgeçti. O kasetleri dinlemeni istiyorum."

"Olur mu hiç Sara," dedim, "belki fikir değiştirir, yazar ilerde. Kasetleri istemek doğru olmaz."

"Ben sorarım ona, niyeti var mı yazmaya diye."

"İzin ver, ben sorayım," dedim. Kendim konuşup, iyice emin olmak istiyordum yazmak istemediğinden.

Akşam Kerim'le anneme yemeğe gittik. Anneme ve Kerim'e, Sara'yla yediğimiz öğle yemeğinden ve Sara'nın teklifinden söz ettim.

"İyi de Füreya kim?" diye sordu Kerim.

"Kerim! Füreya'yı nasıl tanımazsın?"

"Tanımam mı gerekiyor?"

"Elbette. Kaç kere sergisine götürdüm seni."

"Bu kuşak nereden bilsin Füreya'yı," dedi annem.

"Anne, Füreya 1997 yazında vefat etti. İki yıl bile olmadı öleli. Unutulmayı hak etmiyor."

"Ama biz unutkan bir toplumuz kızım. Ağzınla kuş da tutsan, ölmeyegör, insanlar unutur seni!"

"Beni unutsunlar da sanatçılarını unutmasınlar."

"Keşke! Ama insanoğlu unutkandır."

Sınamaya karar verdim annemin iddiasını. Sordum önüme gelene. Sonuç olumsuzdu. Füreya, seramik sanatımızı yeniden gündeme taşıyan o muhteşem kadın, ölümünün ikinci yılında unutulmuştu. Onu sadece yakın dostları, çevresi ve sanatçılar hatırlıyordu.

Zaman kaybetmeden Ferit Edgü'yü aradım. Anlattım neden aradığımı, kasetleri sordum.

"Kasetler ofisimde duruyor, gel, al!" dedi.

Ertesi gün İstiklal Caddesi üzerindeki ofisindeydim. Ferit, on iki adet kaseti üst üste koyup kule yapmıştı masanın üzerine.

"On beş günlük konuşmanın tamamı," dedi, kuleyi önüme doğru sürerken.

"Sen yazmak istemediğine emin misin Ferit?" diye sordum, belki dördüncü kez.

"Eminim."

"Ya fikir değiştirirsen?"

"Değiştirmeyeceğim."

"Bir şey daha sorayım, niye yazmak istemiyorsun?"

Biraz düşündü, sonra, "Anlattıklarında ayrıntı yok," dedi.

"Nasıl yani?"

"Mesela, 'Adadaki bahçede ağaçlar vardı,' diyordu. 'Hangi ağaçlar vardı?' diye soruyordum, bilemiyordu. Bunun gibi şeyler işte. İçin rahat olsun Ayşe, al hepsini dinle, yazmak istiyorsan beni hiç düşünme. Ben yazmayacağım."

Kasetleri aldım, teşekkür edip çıktım. Arabama biner binmez, attım birinci kaseti arabanın kasetçalarına, eve gidene kadar dinledim. Çocukluğundan başlamış anlatmaya Füreya. O kadar dalmışım ki hikâyeye, iki kere kırmızı ışıkta geçtim eve varana kadar. Daha ne olsundu kasetlerde! "Çok yaşa sen Ferit," dedim kendi kendime, "iyi ki bir vapura atlayıp adaya gitmemişsin bahçede hangi ağaçlar varmış saptamak için. Füreya'yı yazmak, bana nasip oldu!"

Üç gün boyunca aralıksız dinledim kasetleri ve şaşırdım, ne kadar farklı algıları olabiliyordu yazarların, Ferit'e ayrıntı vermeyen anlatı, bana neredeyse üç ayrı ömür malzemesi sunmuştu. Füreya'nın, kulağıma dolan sigaradan kalınlaşmış sesi, beni önce Osmanlı konaklarında gezdirmiş, işgal altındaki İstanbul'a götürmüş, sonra kurtuluş ordusunun yapılanmasına şahitlik ettirmiş, Yunan askerlerini İzmir'de denize doğru sürmüş, Osmanlı'nın esir halkına Ege'de kurtuluşu tattırmış, Ankara'da devrimleri yaşatmıştı. Bir Osmanlı konağı hanımefendisi, yılların içinde acılar çekerek, aşklar yaşayarak ve veremle sınanarak, en sonunda bohem ve solcu bir sanatçıya dönüşmüştü.

Sevdalinka'yı nasıl bilmediğim bir coğrafyayı öğrenmek için, haritaları önüme serip, kitaplara gömülüp, gözyaşları, isyanlar içinde zorlanarak yazdımsa, *Füreya*'yı da kendi denizlerimde yüzüyor olmanın verdiği rahatlıkla, haz ve keyif içinde yazdım.

Belki de bu yüzden en çok Füreya'yı sevdim kitaplarımın arasında. Ben ki her yeni kitabın basımında, daha iyisini yapabilirdim diye hayıflanmış, keşke her şeyi yeni baştan yazabilsem demişimdir, *Füreya*'da yapabileceğimin en iyisini yaptığıma emindim. Seramik sanatımızın sultanının hayatını, tüm evreleriyle, sevdalarıyla, kocalarıyla, muhteşem ailesinin diğer önemli fertleriyle, her bir yapıtını hangi duygular içinde yaratmış olduğunun ayrıntılarıyla hatta teknikleriyle yazdım. Romanın geçtiği yıllara, ülkenin sosyal ve siyasi çalkantılarını da kattığıma inanıyorum. Bir virgülünü bile değiştirmeyeceğim yegâne kitabımdır *Füreya!* Dilerim bir gün çok güzel bir film de olur.

Köprü ise yazılışını, bir kitapçının beni Erzincan'a davetine borçludur. Erzincan'dan imza için davet alınca, o yöreyi daha önce görmüş olan Selim'e, "Erzincan'da kitap satışları nasıl geçer acaba, onca yolu gitmeye değer mi?" diye sormuştum. "Tek bir imza bile atmasan, gitmeye değer," demişti oğlum, "muhteşem bir coğrafya. Mutlaka git, gör."

Mayıs ayında okullar kapanmadan önceye tarih verdim. Gideceğim gün Erzincan'a uçak olmadığı için, Malatya'ya uçtum, Erzincan'a arabayla geçtik. Şehrin anacaddesi üzerindeki yeni otelde yer ayırtmışlardı. Zaten şehrin tümü yepyeniydi. 1992 depremiyle, cumhuriyet tarihinde ikinci kez yerle bir olan Erzincan'ın son inşasında, caddeleri çok geniş tutup, binaları iki katla sınırlamışlardı. Sakin Amerikan kasabalarını andıran ferah ve modern bir şehirdi. Selim'in sözünü ettiği dramatik güzellikten eser yoktu.

Anacadde üzerindeki küçük kitapçıda imza yaptım. Çoğunluğunu lise öğrencilerinin oluşturduğu kuyruk tükenince, "Vali ve belediye başkanı sizi bekliyorlar," dedi kitapçı. "Neden?" diye sordum.

"Şehrimizi ziyaret ettiğiniz için, her ikisi de size çay ikram etmek istediler."

Hayır denmezdi, ayıp olurdu, oysa ben şehirde dolaşmak sonra da Selim'in anlattığı güzelliklerin peşine düşmek istiyordum. Memnuniyetsizliğimi belli etmeden, toparlandım, benim için yollanan arabaya bindim.

Zoraki ziyareti önce valinin makamına yaptırdılar. Vali elimi sıkarken, "Siz Selim'in annesisiniz, değil mi?" diye sordu.

"Siz Selim'i tanıyor musunuz?"

"Televizyonda Savaş Ay'ın bir programına çıkmıştık birlikte. Konu spordu. Selim, Camel Trophy yarışmasında Türkiye'yi temsil ettiği, ben de sporcu vali olarak tanındığım için çağrılmıştık. Malum, raftingi başlattık ya Fırat üzerinde, su kayağı filan da yaptırıyoruz ya gençlere... Spor iyidir."

Bozuntuya vermeden, biliyor gibi yapmaya çalıştım. Vali bana gençleri futbolun dışında da spor yapmaları için nasıl hevesléndirmeye hatta örgütlemeye çalıştığını anlatırken, kapıya, ellerinde sazlarıyla bir grup ziyaretçi geldi. Akşam verecekleri konser için Erzincan'a gelmiş âşıklarmış. Vali, onları da buyur etti odasına. Zaten geniş odanın kapısı hep açık duruyordu, içeri gelmek isteyen odaya girip bir kenara ilişiyordu. Vali, âşıklara kalacakları bir yer ayarlamak için sağa sola telefon ederken, ben de önümdeki sehpada duran albümlere bakmaya başladım. Babam mühendis olmasaydı, ömrünü yurdun dört bir yanında köprü ve yol inşa etmek, köylere elektrik götürmek için tüketmeseydi ve evimizde onlarca köprü albümü bulunmasaydı, bakmakta olduğum albümdeki köprü hiç dikkatimi çekmezdi. Ama ben babamın iş fotoğraflarıyla oyun kurmuş bir çocuk olarak, köprü nasıl inşa edilir bilirdim. Bir nehrin sağ yakasından sol yakasına, bir çatanaya yüklenip çekilen bir köprüyü hayatımda ilk kez görüyordum. Ne tuhaf bir köprüydü bu? Vali işini bitirip, telefonu kapatınca, ona hemen albümdeki köprüyü sordum.

"Ha, o mu! Çok özel bir köprü o," dedi, "Ankara'da tasarlanıp, inşa edildi. Lego gibi söküldü, parçaları buraya yollandı. Burada yeniden kurulup köprü haline getirildi, bir ucu bizim kıyıdaki ayakların üzerine oturtuldu ve orta kısmı bir teknenin üzerinde, karşı kıyıya kadar çekildi. Onu çekebilecek tekneyi bulana kadar akla karayı seçtik. Köprü az daha elimizde kalıyordu."

Merakım büsbütün kabarmıştı. "Gelin götüreyim sizi köprüye, kendiniz görün," deyince, dikildim ayağa. Birkaç dakika sonra makam arabasına binmiş, köprüye yollanıyorduk. Ya da ben öyle zannediyordum. Çünkü araba az sonra, Fırat'ın kıyısına yaklaştı, iskelede bizi bekleyen motora bindik, daha doğrusu önce ben bindim, vali arabada biraz oyalandı ve mayo giymiş olarak gelip suya atladı. Motorun sürücüsü bir kayak attı suya. Vali kayağa ayaklarını geçirdi, hareket ettik. Ben motorda, vali su kayağı yaparak, yarım saatten fazla gittik Fırat'ın üzerinde. Ben bir rüya mı görüyordum, hayal mi kuruyordum yoksa yaşadıklarım gerçek miydi, emin değildim. Gideceği yere su kayağı yaparak vasıl olan bir vali, Türkiye hudutları içinde, gerçek olamazdı. Çünkü biz, malum, muhafazakâr devlet olma yolundaydık tam da o sırada. İktidarı, kendilerini muhafazakâr olarak tanımlayan tutucu güçler paylaşıyordu ve kılık kıyafet üzerinden siyaset yapıyorlardı. Türban kavgası gündemdeydi, bazı genç kızlar denize haşema, bazı erkekler ise, dize uzanan mayolarla girmeye başlamışlardı bile. Buna rağmen, tarikatların cirit attığı Doğu illerinin birinde, ilin valisi, normal kesim mayoyla sudaydı, üstelik sukayağı yapıyordu. Sürekli gözlerimi ovuşturuyordum, bir rüya görüyorsam uyanayım diye!

Bir süre gittik nehirde son sürat. Uzakta bir demir köprü görününce, motor yavaşladı. Köprünün ayağına yaklaştık. Vali kayağın ipini bıraktı, kayağı motora atıp, sahile yüzdü, sahildeki kayalara tırmandı. Biz de yanaştık kayalara. Vali sürücünün attığı halatı yakaladı, sivrice bir kayaya sıkıca bağladı ve bana elini uzattı. Ben de sıçradım yanına ve birlikte bir çift keçi gibi yukarı doğru tırmanmaya başladık. Taştan taşa atlayarak, düşe kalka tırmanıyorduk. İçimden buraya arabayla gelemez miydik diye geçiriyordum. Nihayet, kan ter içinde, tepedeydik. Demir köprünün üzerinde yürürken vali bana köprünün yapılış hikâyesini anlatıyordu. İnanılmaz bir serüvendi gerçekten. İmece usulü kotardığı köprüyü kurdurtmamak için devletin bir sabotaj yapması eksik kalmış gibiydi. Oysa ne çok hayırlara vesile olmuştu köprü, Fırat'ın iki yakasını birleştirerek... Karşı kıyıdan doktora yetişecek hastalara şifa, eşkıya peşine düşecek jandarmaya yol, okula gidecek çocuklara umut olmuştu. Valiyi dinleyerek yürürken, karşı taraftan köprüye giren bir minibüse takıldı gözüm. Hızla yaklaşıyordu ve ben içindeki poşulu erkekler ile çarşaflı kadınları seçebiliyordum. Minibüs yavaşlamaya başladı. Aman

Tanrım! Bu insanlar ne bilsinler köprüde yürüyen, başı ve kolları açık kadının yazar, her tarafından sular sızan çıplak adamın vali, üzerindekinin de don değil, mayo olduğunu! Bir kadın ile yarı çıplak bir adamın dağ başında işi ne diye düşünebilirlerdi. Akıllarına kim bilir neler gelirdi! Kime anlatırdık derdimizi! Ya bizi linç etmeye kalkışırlarsa, ne bir koruma ne bir silah vardı yanımızda. Sağ tarafımdaki demirlere yaklaşıp aşağıya, Fırat'a baktım. Mecbur kalırsam, atlayabilir miydim suya, yüzerek kurtulabilir miydim? Ben bunları düşünürken, minibüs tam yanımızda durdu. Valiye baktım, son derece sakindi. Halbuki başı poşulu erkekler teker teker iniyorlardı araçtan. "Allah'ım," dedim, "sen bizi koru!" Birkaç saniye içinde, valinin dört bir yanını sarmıştı minibüs yolcuları. Aaa, o da nesi! Elini öpmeye çalışıyorlar, selamlıyorlar, vali de hal hatır soruyordu, kiminin oğlunu, kiminin davarını, kiminin işini... Ve adlarıyla hitap ediyordu adamlara. Onlar da vali mayolu değil de takım elbiseliymiş gibi, gayet normal davranıyorlardı. Adamlar beni selamlayıp, minibüslerine binip çekip gittiler. Ben bakakaldım arkalarından.

"Sizin mayolu oluşunuzu hiç yadırgamadılar," dedim nihayet.

"Onlar alışık beni mayoyla görmeye," dedi vali, "yaz aylarında hep kayak yaparım Fırat'ta."

Köprüyü baştanbaşa yürüdük. Hikâyesini bilmeyene, çirkin bir demir köprüydü, bilene bir Dostoyevski serüveni.

Dönüş yolunda vali suya girmedi, havlusuna bürünüp yanımda oturdu ve köprünün hikâyesini anlatmaya devam etti. O kadar etkilenmiştim ki anlattıklarından, bir ara ağzımdan, "Bu köprünün romanı yazılmalı," diye bir laf çıktı. Vali, benim öylesine söylediğim bu cümlenin üzerine yattı ve bir daha kalkmadı. Ertesi gün bana veda ederken de hatırlattı, bir-iki hafta sonra telefon edip, köprünün romanını yazmaya ne zaman başlayacağımı da sordu. Sonra bir kez daha aradı ve dedi ki, "Ayşe Hanım, benim

Erzincan'da suyum kaynadı. Fazla konuşuyor, hükümeti eleştiriyorum ya, yakında beni buradan alırlar. Ben gidersem, yerime gelecek olan vali, sizi benim gibi bilgilendiremez köprü hakkında. Gerçekten yazacaksanız, elinizi çabuk tutun, hemen gelin buraya."

Telefonu kapattıktan sonra düşündüm, bir insanın, bir şehrin, bir olayın değil de bir köprünün romanını yazmak; bir köprüden roman yaratmak... Yapabilir miydim acaba? Denemeye değerdi. Ertesi günü telefon ettim valiye. Birkaç gün sonra Erzincan'daydım. Hem Selim'in tarif ettiği o muhteşem coğrafyayı gezmek, insanlarını, müziklerini, yemeklerini, âdetlerini yakından tanımak hem de kitabı yazmak için. Başta Kemaliye ve Kemah olmak üzere tüm kasabaları, ören yerlerini ve elbette köprünün yapım kararında baş etken olan Başpınar'ı adım adım dolaştım. İnşasında çalışmış onlarca insanla tanışıp, konuştuğum köprü, bir demir yığını olmaktan çıkıp, adeta bir insana dönüşmüştü benim için. Bana ülkemin doğusundaki hayattan kesitler sunmuştu. Öğrenmiştim, bilgilenmiştim, memleketimi tanımış, doğal güzelliğine hayran olmuştum.

O kadar ki, bir kere de Engin'le birlikte gittik Erzincan'a, o da buraları görsün diye. İşte o gidişte, vali, bizi havaalanından arabayla aldırdı ve araba otelimizin önünde beş dakikalığına durdu, odamıza çıkıp, spor ayakkabılarımızı giymemiz için. Valinin bize bir sürprizi vardı ama ne olduğu söylenmiyordu. Odaya koştuk, valizi açıp spor ayakkabılarımızı giyip indik ve yola devam ettik. Ben, şoförün bizi çok güzel manzaralı bir tepeye çıkaracağını varsayıyordum. Tahmin ettiğim gibi, dağa tırmanmaya başladık. Tırman, tırman... Nihayet cip durdu. İndik. Vali bizi heyecanla karşıladı ve önden yürüdü, sürprize doğru. Dadadannn! Huzurlarımızda, dağın aşağı meylettiği noktaya iki adet dev kelebek gibi serilmiş, birer yamaç paraşütü!

"Bu ne!" dedi Engin, dehşet içinde.

"Sizin için getirttim," dedi vali, "manzarayı bir kuş gibi uçarak seyretmek istemez misiniz?"

"Ben uçmasını bilmem."

"İki er çağırdım yakındaki birlikten. Paraşütler iki kişilik zaten, sizi onlar uçuracak. Haydi buyurun!"

Uçağa zor binen, yükseklik korkusu olan Engin'in beti benzi attı. Benim de dizlerim titriyordu ama Engin uçmayı kesinlikle reddedince, onca zahmete girmiş valiyi kırmamak için, beni uçuracak olan erle birlikte yürüdüm paraşüte doğru, er kayışlarımı bağladı, bana talimat verdi:

"Birlikte bayır aşağı koşacağız abla, az hızlanınca altındaki kayışın üzerine oturacaksın. Paraşüt seni havalandırır. Ben hep arkanda olacağım."

Ben önde, er hemen arkamda bayır aşağı koşmaya başladık. Ben hızlandığımı düşünüp, oturdum kayışa. Erken oturmuşum, havalanamadık, ben yere yapıştım, hemen arkamdaki er de postallı ayaklarıyla üstümden yürüyüp geçti. O an canım acımadı ama akşam otelde soyunduğumda, sırtım mosmordu. Neyse, toparlanıp kalktım, sil baştan tepeye yürüyüp yeniden başladık arka arkaya bayır aşağı koşmaya. Bu kez kayışa doğru zamanlamayla oturmuşum ki, havalandık.

Tanrım, kocaman kanatlı bir kuştum! Dünyanın en güzel vadisinin üzerinde uçuyordum ve evleri, ağaçları, insanları bir kuş gözüyle görüyordum. Tevekkeli "kuşbakışı" dememişler. Uçakla henüz yeni havalanırken ya da helikopterdeki mesafeden görünen boyuttaydı yeryüzü ama rüzgâr yüzümde, rüzgârın sesi kulaklarımda, havanın nemi tenimdeydi. Biz gökyüzünde ne tarafa doğru uçuyorsak, aşağıda Engin'in de telaşla o tarafa doğru koştuğunu görüyordum. Sonra aramıza bulut kümeleri girdi, rüzgâr şiddetlendi, rüzgârdan kaçmak için başka yönlere kanat açtık. Bir saat sonra aşağı indiğimizde, vadide ellerinde telsizlerle birtakım adamlar koşturuyordu, valinin oğlu ve karısı da aralarındaydı.

Vali kayıptı! Paraşüte tek başına bindiği için, kuvvetli rüzgâr onu dağın öteki yamacına savurmuştu. Hepimiz telaş içindeydik ben ayrıca vicdan azabı da çekiyordum, bana paraşüt ikramı yüzünden kayboldu diye. Bir saat kadar sonra, vali yürüyerek yanımıza geldi. Yorgundu, paraşütünü kondurduğu dağ yamacından aşağı yürüyerek inmişti. Karizmayı çizdirdiği için azıcık da sinirliydi. Heyecan yapan karısı ile oğluna fırça attı, etrafı telaşa verdikleri için. Devlet adamlarının çifter korumayla korundukları günlerdeydik, PKK kuş avlar gibi resmi şahıs avlıyordu. O dehşet günleri içinde suda, havada ve karada kurşunlanmayı göze alan Recep Yazıcıoğlu'na bir taş bile isabet etmedi de, yıllar sonra Denizli'de valilik yaparken pisipisine bir araba kazasına(!) kurban gitti. Kader dediğimiz, tam da bu olmalıydı!

Bana gelince, verdiğim en doğru kararlardan biriymiş köprünün öyküsünü yazmak çünkü bana sadece iyi bir roman değil, değeri paha biçilmez bir de dost kazandırmıştı. Zeki, mert, çalışkan ve müthiş renkli bir insandı rahmetli Vali Recep Yazıcıoğlu. Dünyaya bin yılda bir gelenlerdendi. Yaşasaydı, Türkiye'nin kazanç hanesinde kocaman bir artı olurdu.

Nâzım'a ve Babama Hasretle Selam Olsun

Köprü'nün yazılışı, Erzincan'a birkaç kere gitmemi gerektirdiği için, uzun sürmüştü. O koşuşturma içinde gözümden kaçmış, meğer içinde bulunduğumuz 2002 yılı, Nâzım Hikmet'in yani benim hayatıma defalarca dokunmuş sevgili şairimin yılıymış! Üstelik de Nâzım yılının bitmesine az kalmış! Ben ki onun dizelerini sayıklayarak geçirmiştim çocukluğumu ve ilk gençliğimi; kendi çocuklarıma ninni söyler gibi Nâzım okumuştum, uykuya yatırırken! Kerim ile Selim'in ezberindedir hâlâ Kambur Kerim ile Arhavili İsmail'in hikâyeleri. Kurtuluş Savaşımızın destansı kahramanlarıdır onlar, bu yüzden çocuklarım okula başladıklarında yazıyı sökmeden biliyorlardı Kurtuluş Savaşımızı. Sevgililerimi de bir dönem, en iyi Nâzım okuyanlardan seçmiştim üstelik.

Öylesine bir Nâzım sevgisiydi benimki. Ömrümle ilmek ilmek örülmüş şaire dair bir satır olsun yazmadan nasıl geçiştirebilirdim Nâzım Yılı'nı! Ara verdim elimdeki romana. Urla'daki evimin çalışma odasında, duvara bakan masamdan neredeyse hiç kalkmadan yazdım *İçimde Kızıl Bir Gül Gibi*'yi, çünkü zaten her dem içimde bir güldü Nâzım! Kitabıma, çocukluğumdan başlayarak, Nâzım'ın hayatıma dokunduğu tüm evreleri koydum. İçimi döktüm kısacası. Kitabı bitirip yayıncımın önüne koyduğumda, şaşırdı Erol Bey.

"Ne zaman yazdın bunu?" diye sordu. Çekindim yeni yazdım demeye, bu kadar kısa zamanda yazmamı küçümsemesinden korktum. Vardı zaten bende, ne zamandır duruyordu, gibisinden bir şeyler geveledim. Erol Bey de bana, dağarcığımda böyle başka şeylerin olup olmadığını sordu. Neler yoktu ki! Ama ben aralarından, babamın vefatından beri çekmecemde duran, ona sekseninci yaşını kutlamak için yazdığım şiiri seçtim. 1983 yılında, doğum gününe rast gelen 1 Nisan'da, aynı gün çıkan bir sanat dergisinde basılsın istemiştim, bu şiiri. Nasip olmamıştı. Babam ömrünün dünyamızda geçen son dört ayını, şiirin o dergide çıkmasını bekleyerek geçirdi. Şiir basılmadı. Şimdi, Babalar Günü'nün kutlandığı haziran ayına az zaman kalmışken, neden olmasındı! Yolladım babam için yazdığım şiirlerin tümünü. Yayıncım, hemen aradı.

"Şiirlere bayıldık ama bir sorun var Ayşe," dedi, "Babalar Günü mutlu bir gün. Bu şiirler ise hüzünlü satırlarla dolu. Bir kutlama gününe uygun düşmüyor."

"Erol Bey, hüzünlü olmayan, kutlamaya uygun düşen son bir bölüm eklersem, basar mısınız?"

"Basarım."

Sanırım Erol Bey, ben şiiri yazana kadar Babalar Günü'nün çoktan gelip geçeceğini ummuştu. Hata etmiş! Ben oturdum yine duvara bakan masama, çektim önüme bilgisayarımı, babama vermiş olduğum sözü, on sekiz yıl sonra yerine getirebilme fırsatının verdiği enerjiyle, yazdım da yazdım. Son noktayı koyunca, e-postayla gönderdim şiiri. Erol Bey'e telefon ettim, şiirin son bölümünü bitirip yolladığımı, şiire bakmasını söyledim.

"Ne zaman yazdın?" dedi.

"Dün sizinle konuştuktan sonra, sabaha kadar."

Bir sessizlik oldu telefonda. Sonra, bezgin bir sesle, "Bakacağım," dedi Erol Bey. Yirmi dakika sonra telefondaydı.

"Basıyorum!"

Böylece o gün bugündür, babalarının Babalar Günü'nü kutlamak isteyen çocuklar, bu kitabı armağan eder oldular babalarına. Her şerde bir hayır vardır demişler ya, belki de çok daha iyi olmuştu, şiirin 1983 Nisan'ında *Milliyet Sanat* dergisinde basılmamış olması. Yoksa, son bölüm eklenmeyecekti şiire ve babama duyduğum sevginin sindiği satırlarla seslenemeyecektim çocuklara.

... Tüm çocuklarına dünyanın
babalı çocukluklar dilerim
doyasıya yaşayabilsinler diye
çocukluklarını,
doyasıya efelensinler diye
komşu çocuklarına.
Değil mi ki
benim babam senin babanı döver
eve gelince
varsın sapanla kırılsın camlar
tırmansınlar elma dallarına
gönüllerince...

Barbaros'un Hayatıma Girişi

Kitaplarımla bu kadar haşır neşir olunca Barbaros'tan söz etmemek olmaz. Bilirsiniz Barbaroslarımız çeşitli! Barbaros Hayrettin Paşamız var, şanlı tarihimizi süsleyen, Osmanlı'ya deniz zaferlerini kazandıran. Barbaros heykelimiz var Beşiktaş'ta, denize nazır. Barbaros Bulvarımız var orta refüjünde çiçekler, iki yanında ıhlamur ağaçlarıyla Beşiktaş'a inen. Barbaros Şansal'ı, tanımam ama duyarım. Bir de benim Barbarosum vardır ki, yazar ajanıdır kendisi. Ajan deyince aklınıza James Bond gelmesin. Bu Barbaros kraliçe adına casusluk yapmıyor. Ne yapıyorsa, yazarlar için yapıyor. Sırf bundan dolayı, yayıncıların hiddetini üstüne çekebilir zaman zaman ama neylesin ki onun da işi, yazarın menfaatini korumak!

Benim Barbaros'la ilk tanışmam telefonda oldu. Aylin'le şanımın alıp yürüdüğü bir zamanda elbette, cep telefonları henüz hepimizin cebine düşmemişken, evimin telefonu çaldı. Açtım, tanımadığım bir erkek sesi, son derece düzgün bir Türkçe ve tok bir sesle, bana bir şeyler anlatıyordu. Düzgün Türkçe konuşan insanlara zaafım vardır, bu nedenle bazen ev araçları satmak isteyen satıcılara bile dayanabilirim, ses tonları ve Türkçeleri iyiyse. Hemen kapatmadım telefonu, dinledim. Doğru şeyler söylüyordu. Kitapların daha iyi satışlara ulaşması için stratejilere ihtiyaç olduğunu, kapak düzenlemelerinin önemini... Neticede kendini bana Barbaros olarak tanıtan kişi dedi ki, "Sizin menfaatlerinizi korumak üzere sizi temsil edebilir miyim?"

"Teşekkür ederim beni böylesine düşünmenize ama ben çalıştığım yayınevinde çok mutluyum, değiştirmek istemiyorum," diye yanıtladım.

"Değiştirmeniz gerekmiyor. Aynı yayınevinde daha iyi bir yüzdeyle çalışabilirsiniz. Sizin yapamayacağınız konuşmaları ben sizin adınıza yapabilirim," dese de, ben olumsuz yanıt verip kapattım telefonu.

Birkaç hafta sonra, Murathan Mungan'ın *Yüksek Topuklar* adlı romanının tanıtım kokteylinde ki, böylesi bir kitap tanıtımı Türkiye Cumhuriyeti sınırları içinde bir ilkti, telefondaki sesle bizzat tanıştım. Barbaros aşağı yukarı çocuklarımın yaşında, uzun boylu, yakışıklı bir gençti. O sırada Murathan Mungan'la çalıştıkları için, kokteyl fikri de onun olmalıydı.

Aradan uzun bir zaman ve birkaç kitap geçti. Sonra günlerden bir gün arkadaşım Meyzi'yle bir akşam yemeği yemek için Taksim civarında girdiğimiz bir lokantanın girişinde rastladım Barbaros'a, selamlaştık. Yerimize oturunca, arkadaşıma söz ettim Barbaros'tan. "Kitaplarının yurtdışı satışlarında yardımı olabilirdi, keşke hayır demeseydin," dedi Meyzi. Beni aldı bir düşünce! Yemeğimizi bitirip çıkarken, Barbaros hâlâ girişe yakın masada, arkadaşlarıyla oturuyordu. Yanından geçerken, "Bu hafta içinde bir gün buluşup konuşabilir miyiz?" diye sordum.

Aynı hafta içinde, Nişantaşı kahvelerinden birinde buluştuk. Ben Barbaros'tan beni yurtdışında temsil etmesini istiyordum, o ise ya hep ya hiç diyordu. Yurtdışı için harcayacağı zamanı ve enerjiyi, yurtdışında basılacak iki-üç bin adet kitabın yüzde onu bile bulmayan telifi, karşılayamazdı. Haklıydı ama ben de hiçbir sorun yaşamadığım yayınevimde, kazanmakta olduğum telifimi başka biriyle paylaşmak istemiyordum. Yine anlaşamadık. Vedalaşmak üzere ayağa kalktık, el sıkıştık, ben tam arkamı dönmüş giderken, Barbaros, "Ayşe Hanım, sizin kitaplarınızın film hakları kimde?" diye sordu. Geri döndüm, oturdum, yeniden konuşmaya başladık. Anlaştık bu sefer! Kitaplarımın yurtdışındaki satışından, film ve dizi haklarından sorumlu olacaktı Barbaros. Zamanlama cuk oturmuştu,

çünkü tam da ertesi gün, ben *Füreya*'nın film veya dizi yapılmasını konuşmak üzere Ali Özgentürk'ün ofisine gidecektim. Beni çok sevindiren ve heyecanlandıran teklif, Özgentürk'ten gelmişti. Barbaros'a bu randevuya birlikte gitmeyi ben teklif ettim, çünkü bir kitabın bir yapımcıya verilme aşaması hakkında hiçbir fikrim yoktu.

Ertesi gün, Taksim'de buluşup İstiklal Caddesi'ndeki ofise birlikte gittik. Ofisin küçük antresindeki sandalyelere oturup beklemeye başladık. Randevu saatim geldiği halde, bir türlü Ali Özgentürk'ün yanına alınmıyorduk. Birileri biraz telaşlı odasına giriyorlar, çıkıyorlar, aralarında konuşuyorlardı. Nihayet beni Ali Bey'in odasına davet ettiler ama tek başıma.

"Neden yalnız gelmediniz Ayşe Hanım?" diye sordu Ali Özgentürk.

"Menajerimle birlikte geldik," dedim.

"Biz telefonda konuştuğumuzda bahsetmediniz menajerinizden."

Biz telefonda konuşurken Barbaros hayatımda yoktu, o dünden beri benim menajerim demek istemediğim için, "Gerek görmedim," dedim.

"Şimdi niye gerek gördünüz?"

"Çünkü bu işlerden o anlar, ben değil."

"Biz, yazar ve yönetmen önce aramızda konuşup anlaşmalıydık, menajer ondan sonra devreye girmeliydi."

"Ben de tam tersini düşündüm. Eğer menajer ve yapımcı anlaşabilirse, o zaman biz yazar ve yönetmen oturup konuşuruz. Yoksa her ikimiz de değerli vaktimizi niye boşa harcayalım ki."

"Yanınızda biriyle geleceğinizi bana söylemeliydiniz."

"Ben, evlenme teklifi değil iş teklifi alacağımı düşündüğüm için, menajerimle birlikte gelmekte mahzur görmedim. Yoksa elbette tek başıma gelirdim."

Hayretle bana baktı. Çok komik bir halimiz vardı.

Ali Özgentürk estağfurullah gibi bir şeyler mırıldandı, ben ise, "Ben kalkayım," dedim, toparlanarak.

"Yok kalkmayın, menajeriniz de içeri buyursun, madem," deyince, Barbaros odaya çağırıldı, bütün bu konuşmalardan habersiz, oturdu ve sakin sakin önüne konan çayı içmeye başladı. Ben bütün anaçlığımla, Barbaros'u korumaya hazır bekledim ama gayet medeni bir görüşme yaptık aramızda. Ali Özgentürk ve Barbaros prensipte anlaştılar. Ben hep bir sinema filmi olmasını istediğim *Füreya*'yı, bütün Türkiye'ye seyrettireceğim için havalarda uçuyordum. Ama bu anlaşmanın üzerine, ziyaretin ilk dakikalarının ruhu mu sindi, ne olduysa oldu, film ya da dizi çekimi hiçbir zaman gerçekleşemedi, ne Ali Özgentürk'le ne de daha sonraları *Füreya*'yı ihtirasla dizi yapmak isteyen TRT'nin yapımcısı Hatice Hanım'la. Bir şey kısmet değilse, asla olamıyor! Ben göremeyecek olsam bile, hâlâ ilerde bir gün *Füreya*'dan muhteşem bir film veya dizi yapılacağına inanıyorum. *Füreya,* bunu hak ediyor çünkü!

Barbaros'la işbirliğimiz böyle verimsiz başlasa da, zaman içinde çok yol katettik birlikte. Barbaros diğer dillere *İstanbul'a Son Tren* adıyla çevrilen *Nefes Nefese* romanımı Amerika ve İngiltere dahil, Çin'den Brezilya'ya kadar yirmi altı ülkeye pazarlamayı başardı. Amazon'un satış listesinde 'Tarihi Kurgu' kategorisinde 1. sıraya, genel listede 10. sıraya kadar yükselen kitaba, şu anda henüz çevrilmediği dillerden de talep var. *Nefes Nefese*'nin bu başarısı, yine Amerika'da Dalkey tarafından basılan *Veda*'nın da satışını yükseltti üstelik. Bu iki kitabın dışında, *Adı: Aylin, Bir Gün, Sevdalinka* ve *Füreya* da çeşitli dillere çevrilen kitaplarımın arasında. Görülen o ki Barbaros, 2014 yılında *Nefes Nefese*'yi film yapımcılarına pazarlamakla uğraşacak.

Nefes Nefese 2003

Günün erken saatleriydi. Başucuma bıraktığım kahvenin kokusunu içime çekerek, biraz soğumasını beklerken tatsız bir iş yapıyor, elimdeki gazetenin ölüm ilanları sayfasına göz gezdiriyordum. Benim yaşıma gelenlerin sabah rutinlerinden biri de, aceleci dostlara son görevi yerine getirmek için, bu sayfaları kontrol etmektir. Hele geniş bir akraba yelpazeniz varsa, birlikte mezun olduğunuz elli kişilik sınıfa şu yaşa varana kadar yolda edindiğiniz eşi dostu da ekledinizse, kırklı yaşlardan itibaren cenazeye gitmek, gündelik işlerin arasına katılan bir rutine dönüşür. Neyse ki bu manada, kesat bir güne uyanmıştım, bu sabah!

Başka sayfalara bakarken resimli bir haber çarptı gözüme. Resimde vefat eden bir büyükelçinin ailesine, İsrail'den gelen bir heyet, bir şükran plaketi sunuyordu. Bizim ailede Dışişleri mensubu pek boldu eskiden. Büyükelçi amcalar mı isterseniz, konsolos dayılar mı, dahası da vardı, benim lisede okuduğum yıllarda, üç kuzenim, o zamanların deyimiyle, Dışişleri Bakanlığı'na "intisap" etmişlerdi. Yakın çevremdeki kuzen yaşıtı "hariciyeci" bolluğuna rağmen, onlardan biriyle evlenmemiş olmam, anneme direniş gücümün sembolüdür aslında. Neyse, acaba tanıdık biri miymiş bu büyükelçi diye, gözlüğümü takıp baktım ismine. Yok, rahmetliyi tanımıyordum, bu nedenle şükran plaketini alış sebebini de pek merak etmedim, "Herhalde," dedim, "Türkiye'nin ilk İsrail büyükelçisiydi, o yüzdendir bunca heyet, plaket filan."

Aradan bir-iki hafta geçti. Zaman hızla akıyordu, ben de Nâzım ve babam için yazdığım iki küçük kitapçıktan sonra, şimdi ne yazsam diye düşünüp duruyordum. Çünkü yayıncıma göre, yazarlık itibarım açısından, bir deneme ve bir şiir kitabının ardından, ciddi bir romana soyunmanın zamanı gelmişti. Üstelik imza kuyruklarında biriken okur da benden roman talep ediyordu. Roman yazmak, öykü yazmaktan daha kolaydı da ancak konu bulunduğu takdirde. Ben şahsen bana yeni ufuklar açtıkları için belgesel nitelikli roman yazmayı tercih ediyordum. *Sevdalinka* ve *Köprü,* arka arkaya benim bilgi dağarcığıma çok katkıda bulunmuş romanlardı. Bir kere daha değişik coğrafyalarda dolaşmak geliyordu içimden.

İşte bir sabah aklım her zamanki gibi yeni romanın konusunda, gözüm elimdeki gazetedeyken, haydaa, üçüncü sayfada bir başka rahmetli büyükelçiye dair aynı haberle karşılaşmaz mıyım! Yine İsrail'den gelen bir heyet, yine bir plaket, yine mezar başı fotoğrafı ve bu sefer bende de bir merak; bana büyüteçle fotoğrafı incelettirecek derecede. Allah rahmet eylesin, bu seferki de bir önceki gibi bildik biri değildi, hiç tanımıyordum ölen kişiyi ama artık neden yaşı seksenin üzerinde olup da öbür aleme göçen büyükelçilere İsrail plaket vermekte ısrar ediyordu, doğrusu çok merak ediyordum.

İngilizlerin bir atasözü vardır, kediyi merak öldürür, derler. Merak beni öldürmedi ama bu sorunun peşine taktı, döndürdü dolaştırdı, araştırttı, değişik yaşta ve cinste insanlarla konuşturdu. Merakımı tatmin ettiğimde, bir sonraki romanımın konusu ortaya kendiliğinden çıkmıştı.

İlk sorumu, bir diplomat eşi olduğu için, çocukluk arkadaşım Lale Bulak'a sormuştum.

"Lale, aklıma bir şey takıldı, Adnan vefat ettiğinde, İsrail'den bir heyet geldi mi cenazesine?" dedim. "Ben hatırlamıyorum ama belki gözümden kaçmıştır o kalabalıkta."

"Biz İsrail'e atanmadık ki hiç! Nereden çıkardın bunu?"

"Bazı büyükelçilerin cenaze törenlerine İsrail'den bir heyet gelip plaket veriyor da, gazetelerde gözüme çarptı birkaç kere. Nedenini merak ettim."

"Haa, sen şu meseleyi diyorsun! Onlar, İkinci Dünya Savaşı sırasında Avrupa'da görev yapmış diplomatlar."

"Ne olmuş görev yapmışlarsa Avrupa'da? Plaket almaları mı gerekiyor?"

"İsrail, İkinci Dünya Savaşı sırasında Yahudileri Hitler'in elinden kurtaranlara birer teşekkür plaketi veriyor."

"Bizim büyükelçiler de mi böyle şeyler yapmışlar. Aferin onlara be!"

"Hükümetimiz emriyle, pek çok Yahudi'nin SS'lerden kaçmasına yardımcı olmuşlar."

"Ben neden hiç duymadım? Bu kadar diplomat akrabam, eşim dostum var."

"Diplomatlar bilirler de bu konuyu hiç konuşmazlar. Ben bu olayı bir akrabam sayesinde öğrendim. Halide Edip'in ilk eşi Salih Zeki Bey'in oğlu Faruk Sayar, akrabamızdı, İkinci Dünya Savaşı sırasında Paris'te hukuk okuyordu. Savaş başlayınca Fransızların Direniş Örgütüne katılmış. Türk öğrencilerine ait tam 176 adet pasaporta aynı yaşlara denk gelen Yahudi gençlerin fotoğrafları yapıştırılarak, hayatlarının kurtarılmasını örgütleyen de, 1942 yılında Paris'ten kalkan trene eklenen Ankara'dan yollanan vagonda, yine Türk pasaportlu Yahudi ailelere İstanbul'a kadar eşlik eden bu bizim Faruk Sayar, işte! Faruk ile hamile karısı da bu trende gelmişler. Aslında müthiş bir macera da... uzun hikâye. Anlatırım sonra sana."

Bulunduğumuz ortam, baş başa verip fısıldaşmaya müsait değildi. Sustuk.

Ertesi sabah telefonda Lale'ye ulaşamayınca, yazar arkadaşım Jak Deleon'u aradım.

"Jak, ben yeni duydum da şaşırdım biraz," dedim, "İkinci Dünya Savaşı'nda Türkiye'den Yahudileri getirmesi için bir vagon yollanmış, sen biliyor muydun bunu?"

"Valla Ayşe bu konuda doğru bilgi istiyorsan, Beş Yüzüncü Yıl Vakfı'na git," dedi, "hani 1492'de Yahudiler İspanya'dan kovulduklarında, Osmanlı Padişahı onları Osmanlı topraklarına davet etmiş ya, buraya gelişlerinin beş yüzüncü yılında bir vakıf kurmuşlardı..."

"Adresini biliyor musun?" diye sözünü kestim.

Verdi adresini. Kolay yerdeydi doğrusu. Telefonu kapar kapamaz gittim, Profilo İş Merkezi'nin resepsiyonunda katı sordum. Söylediler, hemen asansöre binip yukarı çıktım ama kapının önünde bir an tereddüt ettim. Her zamanki aceleciliğimle randevu almadan, etmeden pat diye gelmişim, buyur mu ederler, kapıdan mı çevirirler? Neyse bastım zile, bekletmeden açıldı.

"Bir bilgi almak için gelmiştim," dedim, kapıyı açan orta yaşlı beye.

"Buyurun."

İçeri yürüdüm.

"Başkanımıza kim geldi diyeyim?"

"Başkanınızı rahatsız etmesem... Halkla ilişkiler bölümünden biri varsa, ona soraydım."

"Adınızı alayım efendim."

"Ayşe Kulin."

Adam koridora yöneldi, onay çabuk verilmiş olmalı, hemen döndü.

"Başkanımız sizi bekliyor," dedi.

Biraz çekinerek gittim peşinden, açtığı kapıdan girdim. Küçük odadaki geniş ve üstü kalabalık masanın arkasında oturan yaşlı, gözlüklü bey ayağa kalktı.

"Ben Harry Ojelvo. Buyurun Ayşe Hanım."

"Beyefendi, ben yazarım..."

"Bilmez miyim efendim. Karım bütün romanlarınızı okudu."

"Sizi rahatsız etmemin nedeni... Şey..."

Ne diyeceğimi bilemiyordum, lafa nasıl başlasaydım?

"Duyduklarım tamamen yanlış olabilir. Teyit için, Jak Deleon beni size yönlendirdi. Acaba Hitler döneminde, Türkiye'nin Avrupa'daki Yahudileri kurtarmak için Paris'e bir vagon yollamış olduğu doğru mu?"

"Hem evet, hem hayır! Türkiye'nin bu amaçla vagon yolladığı doğrudur. Ama bir değil, değişik tarihlerde tam üç vagon yolladı."

"Aaaa!" demişim.

"Buyurun oturun da anlatayım size," dedi Harry Bey.

Oturdum. Heyecandan dilim damağım kurumuştu.

"Bu bilginin belgesi var mı?" diye sordum.

"Vaktiniz var mı?"

"Benim var da sizin vaktinizi çalmayayım."

"Ben akşama kadar buradayım zaten. Size bir çay, sekreterime de dosyaları getirmesini söyleyeyim, o halde. Kendiniz inceleyin dosyaları," dedi Harry Ojelvo.

Çayım dosyalardan önce geldi. İyi oldu, boğazım kurumuştu. Dosyaları beklerken Harry Bey'le havadan sudan konuşuyorduk ama benim aklım birazdan okuyacağım dosyalardaydı.

Dosyalar geldi. Üç kalın dosya. En üsttekini hemen önüme çekip açtım. İçinde uzun bir isim listesi vardı. Çocuklar ve gençler çoğunluktaydı. Tarihe dokunuyormuş gibi oldum.

"Bakın Ayşe Hanım, savaşın ilk günlerinde sadece Türk tebaasından olup da Fransa'ya veya başka Avrupa ülkelerine gitmiş olanlara, pasaportlarını kaybetmiş ya da bulundukları ülkelerin uyruğuna geçmiş de olsalar, pasaport veriyordu Türkiye. Sonra Hitler işi azıtınca, Türk diplomatları özellikle çocukları ve gençleri kurtarmaya yönelik çalışmalar yaptı. Monsenyör Angelo Roncalli, hani daha sonra papa olan kişi, o yıllarda İstanbul'un Vatikan temsilcisiydi, onun tanzim ettiği vaftiz belgelerini, Türk diplomatları, yurtdışına götürüp Yahudi ailelerin çocuklarına dağıtıyorlardı. Neyse, siz inceleyin dosyaları, sorunuz olursa sorun bana."

Düştüm dosyaların içine, bana bir kalem ile dosya kâğıdı verdiler, ne kadar zaman oturdum orada, bilemiyorum. Üç bardak çay daha içtim, dünyanın notunu aldım ve bir soru sordum bana yardıma hazır bekleyen yaşlı beye.

"Harry Bey, sizden son bir ricam var. Acaba bana bu kişilerden hayatta olanlar varsa ya da çocukları, torunları, kimler kaldıysa, dünyanın her neresindeyseler, onlara ulaşmamı sağlayabilir misiniz? Adres, telefon, faks, mail her ne varsa... Türkiye'de olmasalar bile yazışabileceğim birilerini bulmalıyım. Kendi ağızlarından dinlemeliyim, lütfen."

"Ayşe Hanım, bu konuda size yardım edecek olan ben değilim, Naim Bey'dir," dedi, "onu arayalım."

Telefonu çevirdi. Allahım, açsın telefonu, ne olur açsın, kimse bu Naim Bey! Gözlerimi yumup dua ettim içimden. Sonra sesini duydum Harry Ojalvo'nun.

"Naim Bey, yanımda Ayşe Kulin Hanım var, senden bir ricası olacak," diyordu. Telefonu bana uzattı. Hiç tanımadığım kişiye, sesim heyecandan titreyerek, sorumu tekrarladım. Bana Türkiye'den yollanan vagonlarda yolculuk etmiş, ulaşabileceğim birilerini bulabilir miydi?

"Bana zaman verin," dedi, "haftaya çarşamba günü Karaköy'deki sinagoga gelin. Elimden geleni yapmaya çalışacağım."

"Kaçta geleyim?"

"Üçte orada olun."

Teşekkür edip kapattım. Harry Ojalvo'ya sanki kırk yıllık arkadaşımmış gibi, "Sözünde durur, değil mi?" diye sordum. Güldü.

"Dua edin de birilerine ulaşabilsin," dedi.

Kalktım yerimden, Harry Bey'e utanmasam sarılacaktım. Bir kuru teşekkürle yetinemedim, belki on kere tekrarladım minnetimi. Çıktım. Arabamı park ettiğim yeri unutmuşum bu arada. Uzunca bir süre arabamı aradım. Buldum sonunda. Evime geldim, kendimi yatağıma sırtüstü attım ve bir hayal kurdum. Naim Bey bana birilerini buluyordu, en azından telefonda konuşabilmem için. Onlarla temasa geçiyordum, sorularımı sıralıyor, mail atıyordum. Hayal bu ya, yanıtlar geliyordu uzun uzun.

Çarşamba günü geldi çattı, Karaköy meydanında park edemeyeceğim için arabama binmedim, bir taksi çağırttım kapıya. Güzel, güneşli bir haziran günüydü. Yola koyulduk. Beşiktaş'a yaklaşırken hava karardı, gök gürlemeye başladı.

"Yağmur indirecek," dedi şoför ve lafını bitirmesiyle yağmur iri damlalarla düşmeye başladı, bir dakika sonra da sağanak halini aldı. Öyle hızlı yağıyordu ki, silecekler yetişemiyordu camları temizlemeye. Trafik bir anda arapsaçı oldu. Kornalar, fren sesleri, taksi durdurmak için caddeye fırlayanlar! Bu kargaşada yol alırken, ben ikide bir saatime bakıyordum, gecikeceğim korkusuyla.

Karaköy meydanında indim. Naim Bey'in bana tarif ettiği tarafa yöneldim ama sinagog filan göremedim. O korkunç yağmurda sırılsıklam olmuştum, söylene söylene buldum sonunda kapıyı. Binaların çevrelediği bir avludaydım şimdi. Üzeri tenteli bir merdiven vardı, başka gidecek yer olmadığı için oraya yöneldim. Merdiven basamaklarında iki kadın, ıslak kuşlar gibi birbirlerine sokularak oturmuşlardı. Onlara sorayım bari diye düşündüm, doğru yerde olup olmadığımı. Yanlarına yaklaşınca daha yaşlı olanı, benden önce konuştu.

"Siz de mi yağmurdan kaçtınız?"

"Yok ben sinagoga gelmiştim. Buradan giriliyor değil mi?"

Başıyla yukarıyı işaret etti. Yanlarından geçip yukarı çıktım.

Binanın kapısı kapalıydı, zili çaldım, biraz bekledim. Görevli olduğunu tahmin ettiğim biri açtı kapıyı, "Ne var, ne geldin?" ifadesiyle baktı yüzüme.

"Naim Bey'le randevum vardı," dedim.

"Daha gelmedi."

"İzin verin de içeride bekleyeyim. Yağmur yağıyor çünkü."

Kenara çekilip yol verdi. Yuvarlak bir holdeydim şimdi. Yerler mermerdi. Holün duvarlarına Musevi cemaati üyelerinin düğün, sünnet gibi değişik sosyal olaylarda çekilmiş fotoğrafları asılmıştı. Resimlere bakmaya başladım. Ne çok tanıdık sima vardı aralarında.

"Ayşe Hanım?"

Döndüm, ufak tefek biri bana sesleniyordu. Naim Güleryüz olmalıydı.

"Naim Bey mi?"

"Ta kendisi," dedi. Soyadı gibi güler yüzlüydü, "Biraz geciktim yağmurdan dolayı."

"Hiç önemi yok."

Önemi olan, bana neler söyleyecek olduğunuz. Kimleri, dünyanın hangi köşesinde bulduğunuz, diye geçirdim içimden. Telefon ederdim yine, Aylin'i yazarken yapmış olduğum gibi. O zamanlar, telefon faturasını ödeyemeyeceğim de telefon kesiliverecek diye çok korkmuştum ama şimdi param vardı artık, Antarktika'yı bile arayabilirdim icabında ama Hitler'in mezaliminden kurtulabilmiş bir kişi yeteri kadar titremiştir şu hayatta, kalkıp üşüyeceği yerlere gitmez! Ben, aradıklarımı Avrupa'nın güneşli ülkelerinden birinde bulacağıma emindim.

"Ayşe Hanım, siz bugün buraya başka birilerini de çağırdınız mı?"

Yüzümde öyle afallamış bir ifadeyle bakmışım ki, hayır dememe gerek kalmadı.

"O hanımlar, merdivende oturanlar hani..."

"Evet, ben de gördüm onları, yağmurdan kaçmışlar."

"Ben soramadım ne beklediklerini, size geciktiğim için acele ediyordum. Siz benden ne istemiştiniz Ayşe Hanım?"

Yüreğim ezilir gibi oldu, adam hatırlamıyordu bile, ne istediğimi.

"Naim Bey, Türkiye'den giden vagonlara binerek İstanbul'a dönüş yapmış birilerinin telefon veya faks numaralarını ya da adreslerini istemiştim. Unuttunuz mu yoksa?"

"Unutur muyum! Yağmur size onlardan birini getirdi."

"Nasıl?" diye sorarken aydım, fırladım kapıya doğru, ben yağmur dindiği için ayaklanmış, eteklerini düzelterek gitmeye hazırlanan hanımlara doğru koşarken, Naim Bey, "İki hanımdan yaşlısı, o vagonda vatana dönüş yaptı," diye sesleniyordu arkamdan.

Birkaç dakika sonra, Naim Bey'in küçücük odasında, hepimiz heyecandan titriyorduk. Benim tüylerim diken dikendi, nefesim tıkanıyordu ama diğer iki hanım da benim kadar heyecanlıydı. Yaşlı olanıyla el eleydik. Benim titremem ona da sirayet etmişti. Bir müddet sonra sakinleştik, oturmayı akıl ettik; Naim Bey bir fazla sandalye getirtti küçük odaya, neredeyse diz dize oturduk çünkü oda gerçekten çok ufaktı. Düşünüyordum da, yağmur yağmasaydı, bu ana-kız merdivenlere oturmayacaklardı. Belki aklına bile gelmeyecekti Luiz'in adı, Naim Bey'in. New York'larda, Paris'lerde birilerini bulmaya çalışacaktı. Hatırlasaydı bile, elinin altında telefon numarası yoksa eğer, günler sürebilirdi adresini bulması? Luiz Behar, az önce bastıran yağmurun bana hediyesiydi!

"Lütfen ne hatırlıyorsanız anlatın," dedim, artık adının Luiz olduğunu bildiğim hanıma.

"Çok az şey hatırlıyorum. Çocuktum çünkü. Ailelerimiz biz çocuklara bu tehlikeli yolculuk hakkında hiçbir şey söylememişlerdi. Normal bir tren yolculuğundayız sanıyorduk. Ama net hatırladığım birkaç şey var ki, birincisi tren camlarına resmedilmiş hilal resmiydi. Her pencerede bir hilal vardı. Biz çocuklar, küçücük parmaklarımızla üzerinden geçerdik. (Yavaşça bir ay çizdi havada, işaretparmağıyla.) Tren istasyonlarda durduğu zaman, perona inmemize katiyen izin vermedi büyüklerimiz. Bir de hiç unutamadığım bir başka resim var belleğimde; Edirne'ye giriş yapmış olmalıyız, trenimiz çok yavaşça ilerledi bir süre, sonra durdu. Büyükler ayağa kalktılar, biz çocukları da ellerimizden tutup çekelediler. Hepimiz indik trenden, büyükler dizlerinin üzerine çökerek toprağı öptüler, annem beni de zorladı, onunla birlikte eğilmem ve yeri öpmem için. Yaptım dediğini. Sonra doğruldum, etrafıma baktım. Kadınlı erkekli onlarca insan, dizlerinin üzerine çökmüş, o ayazda başları toprakta, dua ediyorlardı. O zaman nedenini anlayamamıştım. Şimdi biliyorum artık, can suyu vardır ya ilk ekildiklerinde çiçeklere verilir, bu da bizlerin can duasıydı demek ki. Ölümden kurtulup, yaşama dönen canların duası."

Kadın sustu. Yaşlar ip gibi iniyordu gözlerinden. Benim de gözlerim doluydu. Allahım, diye bağırmak geçiyordu içimden, sen biz insanları niye bu kadar zalim yarattın, neydi maksadın? Niçin kötülük etmekten keyif alıyor insanoğlu?

O gün, küçücük odada hep birlikte konuşurken, başka anıları da canlandı Luiz Behar'ın. Belleğini örten tül usul usul aralanıyordu, birbirine dolanmış anıları teker teker gün ışığına çıkararak. Giderek daha çok şey hatırlıyordu Luiz Hanım.

Akşama doğru evime vardığımda, yağmur çoktan dinmişti ama benim yüreğimdeki daralma hissi geçmemişti. Bir nedeni varmış meğer. İki gün sonra Naim Bey'in verdiği adreste Robert Lazzare Rousso'yu dinlerken, sürekli ağlayacakmışım.

Robert Lazarre Rousso, Türkiye'den gönderilen vagona bindiğinde lise öğrencisiymiş. Nişantaşı'ndaki evinde karşımda otururken, seksenini sürüyordu ama en ufak ayrıntıyı dahi atlamadan anlatıyordu bana, toplama kampında geçen günlerini. Onu toplama kampından, yani ölümden kurtaran kişi, Paris'teki Türk sefaretinde ikinci kâtiplik yapan çok genç bir Türk diplomattı. Her seferinde ölümü göze alarak, Türk asıllı Yahudileri teker teker o çıkarmıştı koğuşlarından, kamplarından ve karakollardan. Robert Bey anlatırken ben hem onu dinliyor hem de bu diplomata nasıl ulaşabileceğimi düşünüyordum. Adam bir ara soluklanınca sordum.

"Adını hatırlıyor musunuz bu kişinin?"

"Elbette. Unutur muyum hiç! Adı Namık Yolga'ydı."

"Aaaa, sahi mi!"

"Tanır mısınız?"

"Tanımaz mıyım! Eşi Füruzan Hanım ile annem arkadaşlar. Ne cesaret ama Namık Bey'deki!"

O, Türk devletinin emrini yerine getiriyordu ama Gestapo'nun, o kazık gibi SS subaylarının elinden Yahudileri almaya gitmek ne demektir! Cesaret ister.

Ev sahibemiz çaylarımızı getirdi o esnada. Robert Bey çay bardağına uzanırken, kazağının kolu sıyrıldı azıcık, bileğinin üst kısmındaki damgayı gördüm. Gözlerimi yakalayınca, iyice sıvadı kazağını, kolunu gösterdi. Solmuş, ama belirgin bir numara vardı bileğinin iç kısmında.

"Bu numara kampta kaldığım sürece benim adımdı," dedi. Çok uğraştım çıksın diye ama hayat boyu damgalamış bizi Naziler. Gençliğimde çok üzülürdüm. Zaman içinde alıştım hatta memnun bile oldum silinmemesine. Karamsarlığa düştükçe, ölümden dönüşümü hatırlatır bana; sen en kötüsünü yaşadın yahu, derim, bu da geçer elbet. Ya da çok mu sevindim diyelim bir işte iyi para kazandım diye, gözüme ilişir damgam, ayaklarım hemen yere basar, böbürlenme derim kendime, para da mutluluk da bir anda uçup gidebilir elimizden. Çünkü biliyorsunuz, anlattım size, ıslık çalarak arkadaşlarımla yeni yıla nerede gireceğimizi konuşmaya gidiyordum Gestapo beni topladığında."

O gün Rousso'nun evinden ayrılınca, doğru anneme gittim. Evde yoktu. Bendeki anahtarla açtım kapıyı. Her zaman telefonun yanında duran telefon defterini karıştırdım, Füruzan Yolga'nın numarasını bulmak için. Bulamadım. Neden acaba? Annem ben telefon defterini araştırırken geldi.

"Aaa, ne güzel, kızım buradaymış," dedi beni görünce," yemeğe geldin, değil mi?"

"Yok anne, bir şey bakmaya geldim.

"Dünyada bırakmam! Senin en sevdiğin börek var. Zeytinyağlı da var.

"Anne, bırak şimdi böreği de Füruzan Hanım'ın telefonu numarası nerde, onu söyle sen bana."

"Hangi Füruzan Hanım'ın?"

"Namık Yolga'nın karısının."

"Ne yapacaksın?"

Sanki savcı mübarek!

"Lazım."

"Neden ama?"

"Anne! Bu numara sende var mı, yok mu?"

"Yok!"

"Vardı eskiden. Niye sildin?"

"Füruzan öldü kızım. Kaç sene oldu."

"Aaaaa! Bilmiyordum."

"Sen yurtdışındaydın o ara. Ne yapacaksın numarasını?"

"Namık Bey'e erişmeye çalışıyorum."

"Neden ama? Senin ne işin olur Namık Bey'le?"

"Anne, bir şey yazıyorum da, soracaklarım vardı İkinci Dünya Savaşı'na dair."

"Ayol adam doksan olmuştur, hatırlar mı sanıyorsun?"

"Belki hatırlamaz ama deneyeceğim."

"Ben sana bulurum numarayı. Ankara'da oturuyordu kızıyla birlikte, hâlâ oradadır herhalde. Ankara'ya mı gideceksin?"

"Gerekiyorsa evet."

"Ne yazıyorsun Allah aşkına?"

"Henüz bilmiyorum anne. Bilgi toplama aşamasındayım."

"Kendini böyle yoracağına, masraf da ediyorsun ayrıca, roman bu kızım, uydur, uydur, yaz bir şeyler. Ne diye gideceksin kış günü, Ankaralara kadar!"

"Sen bana bul şu telefon numarasını, haydi annem."

"Yemeğe kalırsan bulurum."

"Tamam," dedim, "sen bul numarayı, kocaman dilim bir börek yiyeceğim, söz!"

Annem, telefon defterini eline alıp karıştırmaya başladı.

Namık Yolga'nın Ankara evinin telefonunu yardımcısı açtı. Beyefendiyi rica ettim. Kim diyeyim diye sordu. Eski bir dostunun kızıyım, dedim. Bir sessizlik oldu telefonda, sonra kadın nazik olmaya çalışarak eğer vize almak için yardım istiyorsam, beyefendinin o dairede kimseyi tanımadığım söyledi. Birden toparlayamadım ne demek istediğini, jeton bir an sonra düştü. Herhalde eşi, dostu, komşusu emekli büyükelçiden sürekli yardım istiyorlardı vize alabilmek için.

"Ben vize almak için yardım talep etmiyorum. Rahatsız olmayacaksa... (Kim arıyor diye soran yaşlı erkek sesini duyabiliyordum, arka planda) kendisiyle görüşeyim."

"Hangi konuda?"

Ya, sen sekreter misin, yardımcı mı? Ukala kadın!

"Ben yazarım," dedim, "... yok, hayır, hayır gazeteci değil. Roman yazarıyım. Beyefendiye sorularım vardı..."

Bu kez de, "Hayatınızı yazmak isteyen bir romancıymış," diye izahat vermez mi evin beyine.

"Hayatını yazdırmak gibi bir arzusu yokmuş," dedi bana, "şu anda meşgul kendileri."

Herhalde eliyle kapat telefonu diye işaret yapıyordu Namık Bey.

"Sitare Hanım arıyor, deyin. Rahmetli Füruzan Hanım'ın arkadaşı Sitare."

Bu kez annem bitti yanımda.

"Ayşe, âlemsin valla. Ben niye arayayım Namık Bey'i kızım, fol yok yumurta yokken. Sakın ha! Ne diyeceğim ben şimdi ona?"

Nihayet titrek, yaşlı bir ses telefonda...

"Alo, Sitare? Sitare Hanım?"

"Beyefendi, ben Sitare Hanım'ın kızı Ayşe'yim," dedim, "Muhittin Kulin'in kızı... Evet evet... Hatırladınız değil mi? Yok, ben Ankara'da değilim ama sizi görmek için gelmek istiyordum, izin verirseniz... Bakın anlatayım."

Sonra, bir solukta anlattım neden kendisiyle görüşmek istediğimi.

Bir hafta sonrasına randevu verdi. Evini tarif etti, not aldım. Kızına selam söyledim, annemin selamlarını bildirdim ve kapattım telefonu, zaferle!

"Anne, haftaya randevu verdi. Harikasın annem! Haydi getir şu böreğini, vallahi iki büyük parçayı yalayıp yutacağım, güzel hatırın için."

"Hakikaten Ankara'ya kadar gidecek misin?" diye sordu annem.

"Elbette."

"Valla, hiç üşenmiyorsun, ilahi kızım," dedi annem, "Belkıs'ta kal bari."
"Benim yerim hazır, Fatoş otelde."
"Yeni mi bu otel? Ne tarafta?"
"Anne, Fatoş var ya, benim arkadaşım..."
"Neden benim arkadaşımda kalmıyorsun? Ne sevinirdi Belkıs. Haber vereyim mi?"
"Verme. Kendi arkadaşımda kalmak istiyorum."
"Ama Belkıs seni kendi kızı gibi sever."
"Vallahi böreği mideme oturttun, (öğürdüm) bak kusarsam senin yüzündendir."
"Ben ne yaptım ki şimdi sana? Sana da iyilik yaramıyor. Ne halin varsa gör," dedi annem. Tipik akşamlarımızdan biriydi, ne eksiği vardı ne fazlası. Tabakları mutfağa taşıdım çıkmadan önce.
"Gidiyor musun?"
"Evet."
"Zeytinyağlıyı yemedin ama."
"Doydum."
"Şimdi buna keyifli bir akşam yemeği mi yedik diyeceğiz? Suratını bile göremedim ki ayol! Ağız tadıyla bir yemek yedirtmedin insana. Hep acele, hep acele."
Öptüm annemi.
"Ankara'ya gitmeden haber verirsin değil mi? Belkıs'a bir şey yollarım belki," dedi annem.
"Ne?"
"Ne bileyim, fıstık veya lokum mesela."
"Anne, uçakla gideceğim, elimi doldurma. Hem Ankara'da fıstık ve lokum yok mu?"
"Âdettendir kızım, evinde kalacaksan..."
Tanrım, sen sabır ver bana! Bütün anneler mi böyledir, yoksa piyango sadece bana mı vurdu? Tartışmayı sürdürmemek için,

asansörün gelmesini beklemeden ikişer üçer atlayarak indim merdivenleri.

"Dur acele etme, düşeceksin!" diye bağırdı arkamdan annem.

Sokağa fırladım, evlerimizi bağlayan ara sokağı koşarak geçtim, üç dakikada kendi evimdeydim. Yalnızlık, sen ne şahanesin! Evimin huzurlu sessizliğinde, başucuma bıraktığım isim listesini inceledim. Trende yolculuk edenlerle görüşmüşüm, bir çarpı koydum. Yurtdışında olanlarla irtibat kurup sorularımı yollamışım, bir çarpı daha koydum. Geriye savaş sırasında Avrupa'da görev yapan diplomatlar kalıyor ki, sayıları bir elin parmakları kadar bile değildi. Araya annemi soktuktan sonra, haftaya Namık Yolga'yla görüşebilirsem, geriye Necdet Kent kalıyordu sadece.

Necdet Bey, Oya'nın eniştesi oluyormuş, kuzeni Muhtar'ın babası yani... İstanbul'da yaşıyordu üstelik. Onu, ulaşması kolay diye, en sona bırakmıştım.

Soyundum, biraz müzik dinledim, birkaç sayfa kitap okudum, uykum geldi ama huzurla koyamıyordum ki başımı yastığa. Yine mi kırdım annemi bu gece? Yine mi ben suçluyum, Belkıs teyzede kalmayı kabul etmediğim için? Dünyanın en nankör, en anlayışsız evladı mıyım ben? Ne dersin baba? Gördün işte yukardan, bu gece olanları; eğer ben haklıysam bir ses versene. Vıınn vıınn diye inleyerek bir ambulans geçti gitti Valikonağı Caddesi'nden Amerikan Hastanesi'ne doğru, tam o sırada. Demek dünyanın en nankör evladı ben değilmişim, dedim kendi kendime, deliksiz bir uykuya daldım.

Ankara'ya otobüsle gittim. Çok severim Bolu dolaylarından geçmeyi. Yol da iyice kısalmış ben gitmeyeli ama zaten uzun yolculuklar dahi sıkmazdı beni. Günlük koşuşturmalara ara verip, hem bedenimi hem kafamı dinlendirmeye fırsat yaratır bana şehirlerarası otobüs yolculukları. Kitabımı okurum, kulaklıklarımı takıp müziğimi dinlerim, hayal kurarım, yanımdan akıp giden ve her an değişen manzarayı seyrederim, önümde arkamda oturanların konuşmalarına kulak kabartır, hayata dokunurum ve bir de bakarım, varmışım gideceğim yere. Uçaktaki gibi valizlerin kilo sınırlaması da yoktur... Ki bu yüzden valizim annemin eşine dostuna yolladığı paketlerle dopdoluydu ve her biri, bir başka eski arkadaşını ziyaret etmem için bir bahaneydi bence.

Ankara'ya varınca, terminalde bir taksiye attım kendimi, Fatoş'un adresini verdim. Bana kapıyı uşak açtı.

"Hanım aşağıya, dükkâna indi," dedi, "bir randevusu vardı bu sabah. Öğle yemeğine gelecek. Kahveniz nasıl olsun?"

"Sade lütfen."

Fatoş evinin alt katında bir işyeri açmıştı. Ankara sosyetesinin evlerini dekore ediyordu. Öğlene kadar ben de Belkıs Teyze başta olmak üzere, telefonlarımı eder, sonra da annemin yolladığı paketleri dağıtırdım teyzelerime. Hatta ilkokul öğretmenlerim arasında, hayatta kalan tek öğretmenim Naciye Hanım'ı da arardım. Oturdum telefonun başına ama önce Namık Yolga'nın evini çevirdim, öğleden sonraki randevumuzu bir kere daha teyit edeyim diye. Yine yardımcısı açtı ve sesimi hemen tanıdı.

"Ayşe Hanım, ben de size nasıl haber veririm diye düşünüyordum. Beyefendi rahatsızlandı. Bugün öğleden sonra doktora götüreceğiz."

"Daha geç geleyim o halde."

"Yok, bugün olmaz artık. Yarına kalsın ama siz yine de arayın yarın sabah, olur mu?"

Hay Allah! Olmazdı ama yapacak bir şey de yoktu.

"Pekiyi, yarın sabah yine ararım," dedim, "beyefendiye geçmiş olsun."

Ertesi sabah, saat ona kadar zor bekleyip aradım. Beyefendinin rahatsızlığı devam ediyormuş. Kapattım telefonu, yüzümün aldığı şekli gören Fatoş;

"Niye üzülüyorsun ki, ne güzel oturuyorsun burada işte, dinleniyorsun. Şimdi İstanbul'da olsan koşturacaktın," dedi. Haklıydı ama ben arkadaşımın evine postu sermiş olmaktan rahatsızdım, onun bu ziyaretten şikâyetçi olmadığını bildiğim halde. Bir gün sonraki telefonumda, yardımcı hanım bana ancak cuma gününe randevu verebildi. Cuma sabahı, ya yine erteleme telefonu gelirse diye, kahvaltımı sıkıntı içinde ettim. Telefon gelmedi. Saat tam üçte, emekli büyükelçinin kapısındaydım. Telefonda konuşup durduğum yardımcı hanım açtı kapıyı, beni salona buyur etti.

Ev, tipik bir diplomat eviydi. Zevkle döşenmiş odada, bir koltuğa yerleşip bekledim. Az sonra, tam da tahmin ettiğim gibi, gri pantolon, lacivert ceket, süet ayakkabı giymiş, sol kulağında kocaman pansumanıyla çok yaşlı bir beyefendi girdi odaya. Ufak bir şaşkınlık geçidim. Namık Yolga'yı sokakta görsem tanımayabilirdim; boyu çok kısalmıştı, saçları pamuk gibi bembeyaz olmuştu. Değişmeyen sadece gözleriydi. Zeki insanlara has pırıltısı, aynen aklımda kaldığı gibiydi. Fırladım yerimden, önce elini öpmeye yeltendim, ama hemen vazgeçtim. Bir süre hal hatır sorduk birbirimize, sonra ben sadede geldim. Konuşmaya başladık. Namık Yolga, yaşına göre hayret verici netlikte hatırlıyordu savaş sırasında yaşananları. Mesela, uzun yazışmalardan, telefon görüşmelerinden sonra toplama kampından kurtarmayı başardığı delikanlının adını bile unutmamıştı. Ayrıca sonradan evine kadar teşekküre gelmişti o delikanlı.

Hikâyem, bir toplama kampında buluşan insanlarla yılları aşıp Nişantaşı'nda bir eve, oradan Ankara'ya bağlanıyor, adeta can buluyordu.

Namık Yolga, bana kurtardığı başka kişilerden de söz etti. Karakoldan çıkarıp Citroen marka arabasıyla evine kadar götürdüğü Rifka Mitrani'nin nasıl ikide bir arkadan eğilip, boynuna sarıldığını, bir başkasının heyecandan arabada bayıldığını, diğerinin arabayı durdurtup kustuğunu... Ölümden kıl payı kurtulup hayata dönen insanlar neler yapmazdı ki!

"Almanlar niye bu kadar anlayışlı davranıyorlardı Türk diplomatlarına?" diye sordum.

"O sırada dünyada İtalya'dan başka hiç dostları kalmamıştı. Derin bir yalnızlık içindeydiler. Biz ise tarafsız kalmıştık ve Almanlara krom satıyorduk. Savaş yıllarında bu madene çok ihtiyaçları vardı. Bizim de paraya çok ihtiyacımız vardı. Türkiye'den gitme birkaç Yahudi için bizimle aralarını bozmak istemediler, çünkü biliyorlardı ki, İngiltere ve Fransa onların tarafında savaşa katılmamız için büyük baskı yapıyor bize. Almanların bizi kendi taraflarına çekebilmek için yaptıkları küçük fedakârlıklardı bunlar... Yani birkaç zararsız adamı, kadını veya çocuğu serbest bırakmak, karşılığında sevgimizi, vefamızı kazanmak, bizi kendi taraflarında savaşa zorlamak."

Çaylarımız gelince, biraz nefeslendik. Sonra Namık Yolga;

"Size şu kadarını söylemek isterim," dedi, "Türkiye o korkunç savaşa katılsaydı, bir daha toparlanamayabilirdi. Almanların tarafında katılsa, Ruslar Polonya'ya ve Macaristan'a yaptıkları gibi, bizi de kurtarmak bahanesiyle gelip, kalırlardı yurdumuzda. Savaşa müttefiklerin tarafında katılacak olsak, bu sefer Almanların bombardımanı altında kalacak, onların işgaline uğrayacaktık. Kazasız belasız kurtuluşumuzu, başımızdaki devlet adamına borçluyuz. Halk savaş yıllarında çok fakirleşti, çok sıkıntı çekti. Sınırlarda hazır beklettiğimiz orduları doyurmak için bazı tedbirlere başvurup, insanlara haksızlık ettik, doğrudur."

"Varlık Vergisi'ni mi kastediyorsunuz?"

"Evet," dedi, "fakat hiçbir şey savaş belasından daha kötü değildir. Şu anda kimse farkında olmayabilir ama yüz yıl sonra Türkler tarihe baktıklarında, İnönü'ye minnettar olacaklardır. Hatta bir lafı vardır İnönü'nün, demişti ki bir konuşmasında,

'Şimdi bana kızıyorsunuz sizi kuyruklarda beklettim, şekersiz, kömürsüz bıraktım diye, doğrudur. Ama evlatlarınızı babasız, analarınızı kocasız bırakmamak için yaptım bunu!'"

Çaylar bittikten sonra yine konumuza döndük. Ben Namık Bey'in hem sesini kayıt makinesine kaydediyor hem de not alıyordum. Bir ara aklıma geldi;

"Elinizde hiç fotoğraf var mı acaba?" diye sordum.

"Birkaç fotoğraf olabilir Ayşe Hanım," dedi, "tabii kurtardığımız kişileri almaya gelenler bazen rica ederlerdi, birlikte birkaç fotoğraf çektirdiğimiz oldu, bazı belgeler de var, Alman makamlarınca damgalanmış bir serbest bırakma emri mesela. Kopyalarını almıştım. Size onları bugün takdim edemem, hepsi kutuların içinde, dolapların tepesinde duruyor. Birkaç gün sonra torunum uğrayacak, ona indirtirim; bana adres bırakırsanız yollarım size."

Namık Bey'e binlerce teşekkür ettim. Onu daha fazla yormak istemiyordum. Sorularımı sormuş, yanıtlarımı almıştım. Elimde müthiş bir hikâye vardı.

"Beyefendi, size kitabı bitirdiğimde, yayınlatmadan önce yollarım. Arzu ederseniz okursunuz, tavsiyelerde bulunursunuz. Size dair yazdıklarımın arasında, istemediğiniz yerler varsa, tekrar üzerlerinden geçeriz."

"Estağfurullah kızım, yazarın işine karışılır mı hiç. Zevkle okurum elbette ama tavsiye için değil. Sizden tek ricam, adımı kullanmayınız."

"Neden? İftihar edilecek bir iş yapmışsınız... hepiniz."

"Yaptık. Arkamızda devletimiz vardı. Devlet emretmese, haddimize düşmezdi. Kişisel birkaç yardım olarak kalırdı yapacaklarımız. Ama organize bir şekilde, insan hayatı kurtardık, evet. Kurtardığımız kişiler bizim şahsımıza değil Türkiye Cumhuriyeti'ne minnettar olmalılar. Bu nedenle adımı yazmayın, böbürlenmek gibi olmasın. Lütfen!"

Dünyada artık emsali kalmamış bu alçakgönüllük karşısında, nutkum tutulmuştu. Namık Yolga'nın ellerine sarıldım, bu kez öpüp başıma koydum, çekti elini, "Yapmayın evladım, bizler insanlık vazifemizi yaptık, bunu büyütmeyelim," dedi. Ayrılırken boynuna da sarılmak geldi içimden, zor tuttum kendimi. Ben kapıdan çıkarken anneme selam söylüyordu.

Fatoş'un evine döndüm. O kadar etkilenmiştim ki duyduklarımdan, yaşadıklarımdan, odama kapanıp uzun bir süre yalnız kalmak istedim, bana anlatılanları sindirebilmek için. Allah'tan arkadaşım da dükkânından dönmemişti henüz. Sonra geldi, çıktım odamdan, Fatoş'a, gördüğüm bir filmi nakleder gibi hikâye ettim günümü. "Düşünsene," diyordum ikide bir, "benim Nişantaşı'nda konuştuğum, bileğinin içi damgalı Robert Rousso'yu, Namık Bey toplama kampından bizzat kurtarmış! Ben yazmaya başlamadan, hikâye kendi gerçeğiyle örülüyordu. Kurguya bile gerek yok neredeyse."

Ertesi gün hafta sonunu Engin'le geçirmek üzere İzmir'e uçtum. Dışişleri'nde on yıl çalışmış olduğu için, o da çok iyi tanıyordu Namık Yolga'yı. Tüm hafta sonunu bu konuyu konuşarak geçirdik. Engin pazartesi sabahı işine gitmeden önce beni İstanbul'a uçmak üzere, havameydanına bıraktı. Bir gazete satın alıp, terminalin içindeki küçük kahveye oturdum, bir de kahve ısmarladım. Kahvem geldiğinde baş sayfayı incelemeyi bitirmiştim, alışkanlıkla ölüm ilanları sayfasını çevirdim.

Aman Allah'ım! Olamaz! Kocaman bir vefat ilanı. NAMIK YOLGA! Elim titredi, kahve üstüme, yaşlar yanaklarıma döküldü. İnsanların bana baktığının farkındaydım ama elimi dişim ağrıyormuş gibi ağzıma kapatmış, tuhaf sesler çıkarıyordum galiba, tanımadığım bir hanım geldi yanıma, "İyi misiniz?" diye sordu. "Bir yakınımı kaybetmişim," dedim.

"Başınız sağ olsun."

Uçağa çağırdılar, ancak koltuğuma oturunca sakinleştim biraz. Namık Yolga'yla yaşadıklarımın her anını hatırlamaya çalıştım. O sevimli yüzünde, zekâ fışkıran gözlerinde ölümün izi hiç yoktu. Rahatsız olduğunun tek işareti, kulağındaki kocaman pansumandı.

"Niye öldünüz Namık Yolga?" diye sordum içimden. Sanki kulağıma fısıldadı:

"Yaş haddinden Ayşe Hanım kızım."

O an aklıma bir ihtimal geldi. Necdet Kent de aynı yaşlardaydı, doksana doğru yol alıyordu. Aman yarabbi, ya ona da bir şey olursa benimle konuşamadan! İstanbul'a iner inmez Oya'yı aramalıydım bana bir randevu alması için.

Uçaktan inip, taksiye bindiğim an, cep telefonumu çıkarıp Oya'yı aradım.

"Derse giriyorum şimdi," dedi, "sonra ararım seni..."

"Dur, kapatma! Dersten çıkar çıkmaz, Necdet Enişten'den yarına bir randevu al benim için, yarın olmazsa, en geç öbür gün olsun. Unutma ha!" dedim, "Sakın ihmal etme Oya!"

Bir gün sonra, Necdet Kent'in Tarabya'daki şahane evinde, manzaraya karşı oturuyordum. Bu kez, Namık Yolga'nın aksine, çok uzun boylu bir yaşlı beyefendinin karşısındaydım. Kıyafeti, rahmetli meslektaşınınkiyle hemen hemen aynıydı. Ütülü pantolon, kolalı gömlek, ayaklarında pırıl pırıl boyanmış ayakkabılar, özenle taranmış saçlar. Asla tıraşsız ve terlikle çıkmazlardı konuklarının karşısına bu kuşağın erkekleri. Bunu babamdan, dayımdan, amcamdan ve ailemdeki diğer akrabalarımdan bildiğimden tuhaf bir nostalji duygusuna kapıldım.

Necdet Bey'in öyküsü, anahatlarıyla bir hafta önce dinlediğimin aynıydı. O sıralarda Marsilya'da konsolos olan genç Necdet Kent'e talimat verilmişti, özellikle öğrencilerin ve çocukların hayatını kurtarabilmesi için elinden geleni yapması yönünde. Bana anlatırken, bazı anları yeniden yaşıyorduk, birlikte. İşte şimdi bir vagon dolusu, çoğu Türk asıllı Yahudiyi vagondan indirebilmek için SS subayıyla tartışıyordu. "Türk uyruklu olan Musevileri hemen bana teslim edeceksiniz," diyordu. SS laf anlar mı! Kalk emri veriyordu trene ve tren hareket halindeyken, bir keçi gibi atlayıveriyordu Necdet Kent, gözünün önünden kaymakta olan vagona. Alman subay bağırıyordu, "İnin! Atlayın aşağı!"

"Hayır, hep birlikte gideceğiz ve bunun hesabını siz vereceksiniz komutanınıza!" diyordu benim kahramanım. Bir macera filmi seyrediyordum sanki. Kalbim küt küt atıyordu heyecandan. Bazen bir şey sormak istiyordum ama kıyamıyordum anlatıyı kesmeye... O koltukta oturayım akşama hatta sabaha kadar, dinleyeyim anlatılanları ve bu film mutlu sonla bitsin. Bir vagon dolusu insanı nasıl kurtardığına şahit olayım genç konsolosun.

Peki neden bunca yıl gizli kalmış bu eylemleri Türk diplomatlarının? Bunca insan bilirken, kimse konuşmamış mı? Yaşananlar tek bir gazetecinin olsun dikkatini çekmemiş mi?

Hayret!

Necdet Kent'le vedalaşırken kapısının önünde, şöyle dedi:

"Sizden tek bir ricam var, lütfen adımı kullanmayın. Anlattıklarımın hepsini yazabilirsiniz ama adım saklı kalsın."

"Beyefendi, neden ama? İftiharla yazmak isterdim."

"Bizler, Türkiye Cumhuriyeti'nin hariciye memurları, bu işleri devletimizin talimatıyla insaniyet namına yaptık. Kendimize kahramanlık payı çıkarmak bizlere yakışmaz. Lütfen Ayşe Hanım."

Ne biçim bir kuşaktı bu böyle! Ne alçakgönüllü, ne kahraman, ne muhteşem adamlardı her biri! Yabancısı değildim elbette, ben de böyle düşünen, böyle davranan bir adamın evinde büyümüştüm. Yaptıklarıyla övünmeyen, uğradığı haksızlıklara yerinmeyen bir babanın kızıydım. Keşke bana da bulaşaydı bu hasletlerin zerresi. Hayır, ben onlar gibi değildim ama hiç olmazsa bu müstesna kuşakla birlikte hayatımın en az yarısını geçirmiş olduğum için, ne kadar şanslıydım. Sonradan gelen kuşağın bir ülkeyi onurla ayağa kaldırmak, başarılı ve medeni dünyanın bir parçası yapmak gibi bir misyonu yoktu. Bizden öncekilere düşmüştü fedakârlık. Öğretmenleri en ücra köşelerdeki çocuklara ulaşmaya çalışmış, mühendisleri dağa taşa elektrik götürmüş, diplomatları savaşa girmemek için ince ip üstünde cambazlık yapmışlardı.

Biz hazıra konmuştuk. Düğmeye basıp ışığımızı yakmış, musluğu çevirip suyumuzu akıtmıştık şehirlerimizde. Kendi yaşam kalitemizin kırsala inememiş olmasını hiç önemsememiştik. Kibirli ve küstahtık. Böbürlenmeden yapamazdık, takdir beklerdik, eleştiriye gelemez, hemen horozlanırdık...

Tertemiz kıyafeti, tıraşlı güler yüzüyle beni geçirmekte olan yaşlı beyefendiye sevgiyle baktım, elimden gelse, gençliklerini kırklı yıllarda yaşamış bu insanları sarıp sarmalayıp, daha da yaşlanmalarına mani olurdum, hep benim dünyamda kalsınlar diye.

Evime döndüm. Ses kayıt makinemi baştan sona dinledim.

Aslında her öyküsünü dinlediğim kişi, başlı başına bir roman karakteriydi. Elimde bir değil birçok Schindler vakası vardı ve dünyanın bundan hiç haberi yoktu. Keşke vaktim olaydı tüm bu insanların hayatlarını ayrı bir roman konusu yapmaya ama ben o kadar çok vakit kaybetmiştim ki yayıncı peşinde koşarken, ömrümün yirmi beş değerli gençlik yaşı boşuna akmıştı ve onların her birini ayrı bir romanın başkarakterine dönüştürecek vaktim kalmamıştı. Yapmam gereken, dinlediğim kişilerin öykülerini tek bir romanda buluşturmaktı.

Ama nasıl? Benim alçakgönüllü diplomatlarımın, övünmek istemedikleri için karanlıkta kalan kahramanlık ve insaniyet timsali öykülerini, ses kayıt makinemden kitap sayfalarına nasıl aktaracaktım?

Gece uykum kaçtı. Romanı nasıl öreceğimi düşündüm sabaha kadar. Elbette karakterlerimin bir kısmı Türk diplomatları, diğerleri mezalime uğramış Türk Musevileri olacaktı ama başka insanlara da ihtiyacım vardı romanımın içinde. Çalışan, üzülen, sevinen, âşık olan sıradan insanlara da... Ah, âşık olan mı dedim? Birden bir şimşek çaktı kafamda. Kendi ailemin içinde yaşanmış bir aşk hikâyesinden yola çıkacaktım. Büyük teyzem Sabahat ile eniştemin yıllara yayılan aşk öykülerinin bir benzerini kullanacaktım ama bir Ermeni genci olan eniştemi, romanın konusu gereği, Musevi'ye dönüştürerek. Böylece gerçekten yaşanmış bir aşk hikâyesi, bütün inandırıcılığıyla sunulmuş olacaktı okura.

Yapmam gereken diğer iş ise, İkinci Dünya Savaşı sırasında hem kendi ülkemde, hem de Almanya'da ve Fransa'da yaşananları çok iyi öğrenmekti. *Sevdalinka*'yı yazarken, Balkanlar üstüne neredeyse ihtisas sahibi olmuştum. Benzeri bir ayrıntılı çalışma yine beni bekliyordu demek ki! Ne iyi; özellikle yakın tarih hep ilgimi çekmiştir benim. Tarihini bilmeyenlerin bugünü anlamakta zorlanacaklarını, babam öğretmişti bana.

Ertesi gün elimde bir listeyle Remzi Kitabevi'nin yolunu tuttum ve İkinci Dünya Savaşı'yla ilgili bir sürü kitap aldım. Bir ay boyunca, altlarını çizerek, notlar alarak sadece bu kitapları okudum. Sonra sıra romanı kurgulamaya geldi. Gerçek kahramanlar Namık Yolga ve Necdet Kent, benim elimde Tarık Arıca ve Nejat Kender'e dönüştüler. Robert Bey'i, romanın mağduru David temsil etti. Selva karakterine Sabahat Teyzemin kişiliği, annesi Leman Hanım'ın karakterine de, nenem Behice'nin kişiliği sindi. Sabiha ve Macit tamamen hayal ürünüydü.

Beş yıl sonra *Umut* adlı kitabımda teyzemin gerçek öyküsünü anlatacağımı bilsem, *Nefes Nefese*'de, Sabahat Teyzem ile eniştemin rollerini Selva ve Rafo'ya verir miydim hiç! Ama ne çare ki insanoğlunun ileriyi görme yetisi yoktu ve Rafo ile Selva romana çok yakışmışlardı. Kitabın adını ise Engin buldu. Bir gece hazırladığım upuzun isim listesini ona okurken, sakin sakin, "Nefes Nefese'ye ne dersin?" diye sordu.

"Harika!" dedim. Zaman zaman, böyle hiç akla gelmedik bir anda, bir buluşla çıkagelirdi Engin. Konusuna uygun güzel bir kapakla satışa sunuldu *Nefes Nefese.*

Kitabımın tanıtımı için ilk çağrıldığım program, Doğan Hızlan'ın programıydı. Üstat, o yıllarda haftada bir yaptığı televizyon programına beni, Mehmet Zaman Saçlıoğlu'yla birlikte davet etti. İlk sorusu banaydı.

"Sayın Kulin, yine çok işlenmiş, çok popüler bir konuda bir kitap yazdınız. İyi bir satış bekliyor olmalısınız, değil mi?"

Dondum kaldım. Nasıl bir önyargıyla sorulmuş bir soruydu bu! Acaba çok satan yazar olmanın mı vebaliydi? Bu konuyu daha önce Türkiye'de kimin işlediğini sormak istedim. Hitler dönemi, yurtdışında binlerce romana, sinemaya konu teşkil etmiş olabilirdi ama Türkiye'de Türkler tarafından daha önce romanlaştırılmış da ben mi duymamışım? Türk diplomatlarını yüzlerce Yahudi'yi SS teröründen kurtardığından, devletin onları İstanbul'a sevk etmek için vagonlar yolladığından haberiniz var mıydı yoksa? Tüm bunları söylemek istedim fakat nutkum tutulmuştu. İçimden hiçbir şey söylemek gelmiyordu. Romandaki diplomatların gerçek insanlar olduğunu dahi söyleyecek hevesim kalmamıştı. Söndüm kaldım oturduğum yerde. Ne zaman hak etmediğim bir davranışa maruz kaldığımı düşünsem, kendimi savunacağıma tespihböceği gibi kabuğuma çekilir, susarım. Yazık oldu, benim kitabım değil ama kırklı yıllarda Avrupa'da görev yapmış Türk diplomatları kesinlikle daha iyi bir tanıtımı hak ediyorlardı.

Nefes Nefese'nin öyküsü burada bitmedi. Haziran başlarındaydık, yayınevinden, Medi Kovo adında bir Fransız hanımın bana ulaşmaya çalıştığı haberi geldi. Medi Kovo sadece birkaç gün için İstanbul'daydı. Hemen buluştuk. Ben bu uzun boylu, sarışın, hoş genç kadını Fransız sanıyordum, meğer Paris'e yerleşmiş bir İstanbulluymuş. *Nefes Nefese*'yi okuduktan sonra, bu kitabı hem Fransızcaya çevirtmeye hem de film yapımcısı olan eşine film yaptırmaya karar vermiş. Aynı gün kitabın Fransa'daki yayın ve film yapım haklarını üç yıl için Medi Kovo'ya devrettim. Arada sürekli mesajlaştık. Eylül ayında çeviri bitmişti. Edition Stock ekim ayında kitabı basmaya hazırlanıyordu. Her şey o kadar güzel gidiyordu ki, ben havalarda uçuyordum. Eylül ortasında kitabın tanıtımı için bir fotoğrafımı istediler. Birkaç fotoğraf yolladım. Onları beğenmediler. Daha doğal, makyajsız, kırda bayırda çekilmiş bir resmim yok muydu? Olmaz olur mu, elbette vardı. Onu da yolladım. Paris'e gitmek üzere gün sayıyordum artık. Fransızların vize eziyeti yapacaklarını bildiğimden, vizemi zamanında hazır etmek için Medi'ye mail attım, gelmemi isteyecekleri tarihi sordum. Yanıt gelmedi. Telefon ettim, ulaşamadım. Telefonları hep kapalıydı. Edition Stock bağlantısını Medi kurmuş olduğu için, yayınevinde kimseyi tanımıyordum. Bu yüzden sadece sürekli Medi'yi aradım, asla ulaşamadım ve sonunda, bir Atıl olayıyla daha karşı karşıya olduğumu anladım. Herhalde kitabı basmaktan vazgeçmişlerdi ve Medi bana bunu söyleyemiyordu.

Aylar geçti. Medi nihayet bir gün beni aradı. Üzgündü. Özür diliyordu. Evet, kitaptan vazgeçtikleri doğruydu. Nedenini bilmiyordu ya da biliyor ama söylemek istemiyordu. Sadece tahminini söyledi. Yayınevinde, benim kitabımla ilgilenen bölümdeki editör değişmişti. Yerine gelen editör de kitabı beğenmemişti. Aklıma hemen emekli büyükelçi Kâmuran Gürün'ün *Ermeni Dosyası* adlı kitabı geldi. Kâmuran Gürün kitabı Fransızcaya çevirtmiş, yayınevi bulmuş ama satışı bir türlü sağlayamamıştı. Ermeni vakıfları, bu konudaki Türk bakış açısını ve belgeleri Fransızlar okumasın diye, kitap piyasaya çıkar çıkmaz, hepsini satın alıyorlarmış.

Acaba böylesi bir engele mi takılmıştı *Nefes Nefese,* yoksa paranoya mıydı benimki! Saçmalıyordum! Kim takardı benim romanımı, üstelik içinde Ermenilere dair tek satır yokken! Ama Camel sigaralarının reklamındaki Türk'ün resmini değiştirten de onlardı, bir sinema filminde Atatürk'ü canlandıracak olan film yıldızını bu filmi kabul etmemesi için tehdit edenler de. Bunları düşünsem de kitabın basımından vazgeçilme sebebinin aslını bilmediğim için, hiç dillendirmedim aklıma bir an takılan bu şüpheyi.

Yıllar geçti. Sonra bir gün, İstanbul'da telefonum çaldı. Açtım, karşımda tanımadığım bir ses, "Ben Erkan Özerman," dedi. Öyle bir tonlamayla konuşmuştu ki, tanımam icap ettiğini anladım. Evet, bu adı biliyordum, duymuşluğum vardı da acaba kimdi?

"Buyurun Erkan Bey."

"Ben," dedi, "sizin *Nefes Nefese* isimli kitabınızı Fransa'da bastırmaya karar verdim."

Aaa, demek bir yayıncıydı...

"Hatta bastırmakla kalmayacağım, film de yaptırtacağım."

Bir yapımcı değil, bir yönetmendi, demek ki!

"Ben bu kitabın Fransa'daki bütün macerasını biliyorum. Tam basılma aşamasında neden basılmadığını, kimlerin mani olduğunu, her şeyi biliyorum."

"Nereden öğrendiniz?"

"Ben Paris'te yaşıyorum. Burada Türklere dair olan biten her şeyi bilirim."

"Yaa!"

"Evet efendim! Şimdi siz bu kitabın haklarını bana devredin ki, çalışmaya başlayayım. Önce çevirteceğim..."

"Çevrilmişti..."

"Verin o halde bana çeviriyi..."

"Erkan Bey, benim bir menajerim var. Ona danışmam lazım. Kitaplarımı pazarlama hakkı ona ait."

"Kimmiş?"

"Barbaros Altuğ."

"Tanırım kendisini. Bende numarası var. Ben konuşurum onunla."

"Önce ben konuşayım da döneyim size."

Konuşma tarzından, telefondakinin ısrarcı bir kişi olduğu anlaşılıyordu. Telefonu biraz zor kapatıp hemen Barbaros'u aradım.

"Erkan Özerman kimdir?" diye sordum.

"Aaa, nasıl bilmezsiniz? Defileler, güzellik yarışmaları, artist yarışmaları düzenler."

"Haa, tamam tamam! Hatırladım şimdi."

"Bu kişinin kitaplarla ne ilgisi var?"

"İlgisi yok."

"Ama *Nefes Nefese*'nin haklarını istiyor."

"Ne! Yanlış anlamış olmayasınız?"

"Haklısın, herhalde beni bu yılkı güzellik yarışmasına katılmam için aradı da, ben yanlış anladım."

Barbaros terbiyeli bir gençti, bu sene morukları mı yarıştıracakmış diye sormadı. Sadece bir sessizlik oldu telefonda.

"Sağır değilim ki Barbaros. Israr etti. Senin adını verdim."

"Ben bir konuşayım bakayım," dedi Barbaros, şaşırmıştı.

Bir sonraki telefon, Barbaros'tan geldi.

"Doğruymuş, Erkan Özerman ısrarla istiyor bu kitabı," dedi.

"Hakları Medi'de değil mi?"

"Üç yılı doldu. Haklar size döndü, çoktan."

"Ne yapsak? Kitapla ilgisi olmayan biri kitap pazarlayabilir mi?"

"Bakın, ben bu kitap için Fransa'da çok uğraştım. Gitmediğim yayınevi kalmadı. Bir şey kitabın önünü kesiyordu," dedi Barbaros, "biliyorum ki Medi Kovo da çok uğraştı. Netice sıfır. Kaybedecek bir şeyimiz yok. Erkan Bey'in çevresi geniş, kolu uzundur. Israrla istiyorsa bir bildiği olmalı, verelim bir yıl için, bakalım ne yapacak."

Erkan Özerman, haklı olarak bir yıla razı olmadı. Bu işler öyle çabuk olmuyordu. Kitabın Fransızca haklarını üç yıl için ona devrettik, sonra da hiç haberleşmedik. Hatta unutup gitmiştik, kitabı da, Fransa'yı da. İki yıl geçti, bir yaz günüydü, cep telefonum çaldı. Hatta Erkan Özarman vardı ve müjde veriyordu, *Nefes Nefese*'yi Ramsey adında bir yayınevine satmayı başarmıştı. Ben, önceden deneyimli olduğum için, kendimi heyecana ve hayallere kaptırmadım. Bu sefer kitabı elime almadan, inanmayacaktım basıldığına.

Sonbaharın gelmesini bekledik. Eylül ayında, Erkan Özerman müthiş bir organizasyonla kitabın basımını kutladı. Paris'te bulunduğum beş gün boyunca, "Ben size demedim mi, benim elimden hiçbir şey kurtulmaz, aklıma koyduğumu yaparım," diye dolanan Erkan Özerman, kitabı bastırmakla kalmamış, tanıtımı için Türk Büyükelçiliği'ni devreye sokmuş, Paris'teki

Musevi cemaatleriyle temasa geçmiş ve neredeyse üç gün üç gece süren bir törenle kitabı lanse etmişti. Önce benim konuşmacı olduğum bir toplantı düzenlenmişti. Paris'te hayatta kalan ve Türkiye'nin gönderdiği vagonlarda seyahat etmiş ne kadar Musevi varsa, katılmıştı toplantıya. Artık çok yaşlı oldukları için, bazıları zorlukla yürüyordu, bazıları tekerlekli sandalyedeydi. Hayatta olmayanların da çocukları, torunları ve diğer akrabaları gelmişti. Ben bu kitabı neden yazdığımı ve özellikle de trenin öyküsünü anlatırken, onlar gözyaşları içinde, kendi kişisel anılarıyla katkıda bulunmuşlardı. Bir ara tüm salondan hıçkırık sesleri yükseliyordu. Sonra hepimiz teker teker birbirimize sarıldık ve dünyanın böyle bir faciayı bir kere daha yaşamaması için dileklerde bulunduk. İnanılmaz duygusal bir toplantıydı, hepimiz için.

Ertesi gün, Paris'in Türk Büyükelçiliği rezidansında, Büyükelçi Osman Korutürk ve eşi bir kokteyl verdiler. Davet listesini elçilik hazırlamış, Erkan Özarman da kendi konuklarını ilave etmişti. Bu nedenle Paris sosyetesinin ve gösteri dünyasının ağırlıkta olduğu bir davetti. Paris'te yaşayan Osmanlı hanedanı mensuplarından tutun, yazar Kenize Mourat'a, Enrico Masias'a, yetmişli yıllarda İstanbul'da oyunculuk yapan ve adından dolayı Türkiye'de Haydar Paşa'nın gelini olarak tanınan Christine Haydar'a kadar, pek çok ünlü davet edilmişti ama ne hikmetse Ramsey Yayınevi'nden hiç kimse yoktu.

Aynı kitabı dört ayrı kıtada, Çin, Brezilya, Amerika dahil, 25 dile çevirten Barbaros'un Fransa'da başaramadığını, Özerman nasıl başarmıştı, hâlâ merak ederim. Gerçekten de tuttuğunu koparan, özel biridir Erkan Özerman. Ona bu satırlardan, bir kere daha teşekkürler, sevgi ve saygılar olsun!

Gece Sesleri/Kardelenler 2004

On üçüncü kitabım *Gece Sesleri,* bana esin kaynağı olmuş bir yan karakterin dışında, tamamen kurmaca bir romandı. Söz konusu yan karaktere ilham veren kişi ise özenilecek biri değildi. Bulunduğu makama ayak oyunlarıyla ve boyunu aşan hırsıyla gelmiş, çapsız, görgüsüz, düzenbaz herifin tekiydi. Hasbelkader tanımış, hiç hoşlanmamıştım. Romanın kurgusunu geliştirirken, sayfalara benden izinsiz sızıverdi. Onu romandan atmaya çalıştım ama güçlüydü ve sakız gibi yapışkandı. Gitmedi. Bıraktım kalsın. Madem böylesine bir kötü karakter gerçek hayatta vardı, bir romanda da yaşayabilirdi. Nitekim romanda sırıtmadı, diğer karakterlere uyum sağladı, birlikte epey yol aldık.

Ağustosun son haftasındaydık galiba, yine her yıl olduğu gibi yaz aylarımı geçirdiğim Urla'daki çiftlik evinde yazıyor ve romanın sonuna yaklaşıyordum, beni hiç tanımadığım bir hanım aradığında. Çalışmamı böldüğü için biraz asabi dinledim anlattıklarını. Kırsal alanlarda kız çocuklarını okutan bir projeden bahsediyor, o projeyle ilgili bir kitap yazmamı istiyordu. "Hayır," dedim, "kusura bakmayın, ben romancıyım, sadece kendi seçtiğim konularda roman yazıyorum. Üstelik tam da şu anda elimde bir roman çalışması var."

"Romanı bitirmenizi bekleriz," dedi, "üstelik ücreti de siz tayin edersiniz."

"Ben para karşılığı yazmıyorum," diyerek kapattım telefonu. İşimin başına döndüm. Birkaç gün sonra yine aradı. Upuzun isimli bir dernekten söz ediyordu. Prof. Türkan Saylan ve arkadaşlarının kurduğu bu dernek, kırsal alanlarda okula yollanmayan kız çocuklarının okula kavuşmasını hedeflemişti, Turkcell de sponsorlarıydı. Beni işte bu sponsor kurum adına arıyordu Zühal Şeker. Daha fazla çocuk okutmak için başka sponsorlara ihtiyaç vardı ve bu yüzden benden projeyi tanıtan bir kitap yazmamı istiyorlardı. Kabul edersem bir gezi programı yapıp beni hemen doğu kırsalına yollayacaklardı. Yarım kulak dinledim ve yine, "Hayır," dedim, "yazmayacağım!"

Üçüncü telefonunda, İstanbul'a ne zaman döneceğimi sordu. Eylül ortası dönecektim ve bu ısrarcı Zühal Hanım'dan sıkılmaya başlamıştım.

"Ayşe Hanım, bakın beni terslemenizi, yüzüme telefon kapatmanızı bile göze alıp arıyorum sizi. Tek bir ricam var, İstanbul'a döndüğünüzde, bana istediğiniz bir günün sadece bir saatini verin. Size birkaç çocuk tanıştıracağım. Bu bir saatin sonunda bana yine hayır derseniz, bir daha rahatsız etmeyeceğim sizi. Söz veriyorum."

Biraz meraktan ama aslında Zühal Hanım'ın ısrarından kurtulmak için, kabul ettim. Sonuçta İstanbul'a döndüğümde, kendimi Anadolu yakasında bir özel okulda bulacaktım. Karşımda Anadolu'nun en doğusundaki köylerden TED Koleji'ne yatılı okumaya gelmiş, dokuz-on iki yaş arasında kız çocuklar vardı ve bana geldikleri günden bu yana, üç haftadır yaşadıklarını anlatıyorlardı.

Denizi, vapuru, geniş caddeleri, büyük binaları, musluktan akan suyu, diş fırçasını, şampuanı ilk defa görüyorlardı. İlk defa bir masada iskemleye oturarak yemek yemişlerdi. Sofrada ekmek, peynir, zeytin, reçel ve çay, hepsi ilk defa bir aradaydı! Yine ilk defa, duştan akan sıcak suyla yıkanmış, bir yer yatağında kimsenin koynuna girmeden, kendilerine ait yataklarında tek başlarına uyumuşlardı. Okulu bitirdiklerinde yükseköğrenim görüp öğretmen, doktor, avukat olmak istiyorlardı ki, ilerde köylerine döndüklerinde çocukları eğitsinler, hastalara baksınlar, mahkemelerde çile çeken yakınlarını savunsunlar. Çok güzel hayalleri vardı, köylerinin dışında da bir dünya olduğunu keşfettiklerinden beri. On üç yaşında kocaya satılmak, dokuzar-onar çocuk doğurmak, kumaya katlanmak, ömür boyu horlanmak istemiyorlardı. Ben bu çocuklara giyim kuşamları, yol paraları dahil, geniş kapsamlı burs veren TED Koleji'nde bir saat yerine, üç saat geçirdim ve eve döner dönmez Zuhal Şeker'e telefon edip, kitabı yazacağımı, gezi programını hazırlamasını bildirdim.

İşte böyle başladı, Çağdaş Türkiye'nin Çağdaş Kızları gibi uzun ve zor söylenir bir adı olan projenin ismini Kardelenler'e çevirişimin macerası.

Gezi programım hemen ayarlandı. Ben, fotoğrafları çekecek olan Manuel Çıtak ve asistanı, üç kişilik bir ekip olarak, önce Güneydoğu'ya gidecektik. Yola çıkmadan önce, projenin fikir anası ve kurucusu olan Prof. Türkan Saylan'la görüşmem gerekiyordu. Bir sonbahar günü, Türkan Hoca'yla buluşmak üzere Pera'da bir taş binanın giriş katında bulunan Çağdaş Yaşamı Destekleme Derneği'ne gittim. Oraya vardığımda Türkan Hoca bir görüşmedeydi, kısa bir süre kapısının önündeki iskemleye ilişip bekledim. İçerde konuşan kişinin sesini duyabiliyordum. Sesinin tınısından anladığım kadarıyla çok genç biriydi, belki de bir öğrenciydi. Gri tayyörlü ve topuzlu olduğunu tahmin ettiğim yaşlı profesörün sesi olamazdı bu cıvıltılı ses. Sonra hocanın konuşması bitmiş olmalı ki bana içeri girmemi söylediler. Kapıyı tıklatıp girdim. Küçük bir oda, kocaman bir masa, masanın arkasında üzerinde rengârenk bir bluz, sıfıra vurulmuş ve yeni çıkmaya başlamış saçları kırmızıya boyalı, gözlerinin içi gülen bir kadın! Yaşsız, kedersiz, elemsiz, güleç! Şaşırdım! Nükseden kanserinin tedavisi yeni bitti demişlerdi, bu yüzden ciddiyetine bir de hüzün eklenmiş birini görmeyi bekliyordum.

"Buyurun Ayşe Hanım, teşekkür ederim projeyi kabul ettiğiniz için."

Aaaa, az önce işittiğim genç ses onun sesiymiş! Bana doğu insanının yoksul, inatçı fakat gururlu, cömert, merhametli olduğunu, kız çocuklarının yetenekli ve çok zeki, erkek çocuklara kıyasla öğrenmeye ve değişime çok açık, öğrendiklerini de etraflarına anlatmaya hevesli olduklarını anlatırken büyülenmiş gibi dinliyordum onu. Konuşması bittiğinde yüksek dozda enerji iksiri içmiş gibiydim. Kuş gibi hafif, uçarak çıktım yanından. Çok özel biriydi Türkan Saylan. Beni de gençleştirmiş, pozitif enerjiyle doldurmuştu.

Doğu Anadolu'nun kuzeyine ve güneyine üç ayrı sefer yaptım. Bir zamanlar yoksulluktan veya bağnazlıktan evlere hapsedilmiş, ancak dernek sayesinde bulundukları yörenin en yakın okullarına gitmeye başlamış kız çocuklarıyla buluştum. Kış aylarında karı zorla delerek güneşe ulaşan kardelen çiçekleri gibiydiler. Diz boyu karla boğuşarak okula koşuyorlardı, gözlerinde ışık, yüreklerinde yarınlar için bir umutla. Onları anlatan kitabı, ben de onlara dair umutlarla ve sevgiyle yazdım ve bu kitabın adını *Kardelenler* koydum. O narin ama güçlü kardelenlerin sayesinde, ülkemin çarpıcı gerçeklerini öğrenmiş ve Türkan Saylan adlı efsaneyi de yakından tanımıştım. Bu yüzden Kardelen projesine çok şey borçluyum. Proje ise bana sadece kendine çok yakışan *Kardelen* adını borçlu.

Kardelenler bu müthiş projeye sponsor olabilecek kişi ve kurumlara dağıtılmak üzere, sert kapaklı, kuşe kâğıtlı, büyük boy tanıtım kitabı olarak basılmıştı. Derneğin satış yapma hakkı yoktu. Ben, bu kitabı kendi yayınevimde bastırıp, yayınevi tarafından satışa sunulmasını önerdim. Kabul ederlerse, kitabın üzerindeki telif hakkımı Kardelen projesine bağışlayacaktım. Kabul ettiler. Basıldığı günden bu yana, Kardelen kitabının bana ait geliri, kırsalın yoksulluk nedeniyle okula yollanmayan kız çocuklarının okumasına yardımcı olmaktadır.

Kardelenler elimden çıktıktan sonra, yarım bıraktığım *Gece Sesleri*'nin başına çöktüm. Bir yazar için en zor şeylerden biri, içinde iyice ilerlediği kitabın dünyasından çıkıp, sonra aynı dünyaya geri dönmeye kalkışmasıdır. Gerçek hayatlar gibi, roman hayatı da kendi mecrasında akar. Bu yüzden zaman içinde karakterlerim huy değiştirmiş, yaşlanmış, hatta o romanda var olmaktan vazgeçmiş olabilirlerdi. Havasını yakalayabilmek için, daha önce yazdıklarımı baştan sona okudum ama nafile! Aynı duyguyu yakalayamıyordum. Romandaki arkadaşlar, onları bir süre terk ettiğim için sanki bana küsmüşlerdi. Bayağı bir çaba harcamam gerekti, kendimi bağışlatmak için.

Azmin elinden hiçbir şey kurtulamaz, sonuçta *Gece Sesleri*'ni bitirdim ve yayınevine teslim ettim. Ömer Erduran, kitabın ruhunu yansıtan bir kapak tasarladı, karanlıkta karlı bir yolda yürüyen bir kadının adımları. Bir arkadaşım kapaktaki kadını bana benzetmişti. Ne tuhaf, o karlı yoldaki adımlar, beni Remzi Kitabevi'nden uzaklaştıran adımlar olacakmış meğer!

Beni Everest'e Taşıyan Adımlar

Türkiye huzursuzdu yine. Kürt milletvekili Leyla Zana tutuklanmış, Meclis binasından ellerinde kelepçeyle çıkartılmıştı. İktidarların hoyratlıklarından bezmiştim. Çocukluk dönemini, tüm hastalıkları ve şımarıklıklarıyla artık geride bırakmayı başarmış bir toplumda yaşama özlemi içindeydim. Olgun, çağdaş, sevecen bir ülkenin vatandaşı olmak istiyordum artık. Leyla Zana'ya reva görülen muameleye bir kadın olarak da ayrıca tepki duyuyordum. İçimden geçenleri haykırmak için, ne yazık ki herhangi bir gazetede bir köşem yoktu. Köşem yoktu ama kalemim vardı, madem makale yazamıyordum, bir öykü yazabilirdim, bu konuda.

Kardelenler'i yazmak için Güneydoğu'da bulunduğum günlerde, Doğubeyazıt'ın ilk kadın belediye başkanı Mukaddes Hanım'la tanışmıştım. Uzun uzadıya konuşmuş, dertleşmiştik. Erkeklerin siyasette önünü nasıl kesmeye çalıştıklarından dert yanmıştı. Kadın haklarının kolayca ayaklar altına alındığı ülkemde, cesaretine, azmine özel bir sempati ve saygı duymuştum. Aramızdaki dostluğa dayanarak, ona telefon ettim. Acaba Leyla Zana'dan bir randevu almam mümkün olabilir miydi? Hayat hikâyesini ve son günlerde yaşadıklarını kendi ağzından dinlemek istiyordum. Bu görüşmenin sonucundan bir kitap çıkabilirdi. Bu kitapla yanlış anlamaları çözmeye, yüzlerce yıllık birlikteliğimize olumlu katkıda bulunmaya çalışabilirdik. Mukaddes Hanım, Zana'nın avukatını arayıp, dileğimi ileteceğini söyledi. Aradan epey bir zaman geçti ama beni bu konuyla ilgili arayan olmadı. Mukaddes Hanım'la bir telefon görüşmesi daha yaptım, o söylemese de satır aralarından anladım ki, Zana benimle görüşmek istemiyor. Zorla güzellik olmayacağına göre, yapacak bir şey yoktu. Ama ben gönül bağlamıştım bu konuya bir kere, vazgeçemezdim. Kafamda bir fikir filizlenmeye başlamıştı. Madem gerçek Leyla'ya ulaşmak mümkün değildi, ben de kendi Leylamı yaratırdım. Buna karar verince, gerçek Leyla'dan etkilenmemek için, onun hayatına dair hiçbir şey bilmek istemedim. Çocukluklarını birlikte geçirmiş biri Türk diğeri Kürt, birbirini çok seven iki yakın arkadaş hayal ettim. Yeni romanımı bu iki arkadaşın etrafında örecektim, iki halkın barışık yaşamasına ufacık da olsa bir katkısı olsun diye. *Kardelenler*'i yazarken Kürtlerin yaşadığı bölgelerde onlarca ailenin evine girip çıkmış, onları yakından tanımıştım. Çok çocuklu yapılarına, yoksulluklarına, konukseverliklerine, ikramlarına, yaşam tarzlarına şahit olmuştum. Ama bir aşiret nasıl yaşar, aşiretin reisi nasıl davranır, aşiret içi ilişkiler nasıldır, hiçbir fikrim yoktu. Bu eksikliği gidermek için bir aşiret reisiyle görüşmem gerekiyordu. Barbaros'a bu ihtiyaçtan bahsedince, bana bir ağa ahbabı olduğunu söyledi. Uygun bir zamanda, beni onunla görüştürecekti.

Urla'da çocuklarla, torunlarla haşır neşir, bir yaz daha geldi geçti ve ağayla tanışmanın zamanı geldi. Aşiret hayatına dair pek çok soru hazırladım ve bir sabah Barbaros'la birlikte bir taksiye atlayıp Sultanahmet'e doğru yola düzüldük. İstanbul'a yerleşmiş bir aşiret ağasıyla konuşmaya giderken, kafamda şöyle bir resim

vardı. Herhalde ofisindeki koltuklar ya kilim deseni kumaşla kaplıydı ya da sedirlerin üzerinde hakiki kilimler seriliydi. Ortada bir pirinç mangal tahayyül ediyordum, duvarlarda da sıla özlemiyle asılmış, yeşil vadi/çağıldayan dere tabloları. Barbaros, ağa için, modern bir adam demişti. Bu yüzden esmer, bıyıklı, sert hatlı, takım elbiseli, kravatlı ve nedense illa da kahverengi ayakkabılı bir ağa hayal ettim.

"Ne iş yapar bu ağa, Barbaros?"

"Yayıncıdır."

Yağcıdır anladım. Yanlış anladığımı yayınevine girerken fark ettim. Sultanahmet'in restorasyon geçirmiş tipik dönem evlerinden birinin dördüncü katına asansörle çıktık. Kapıyı vurdu Barbaros, kapı açıldı ve karşımda ilk bakışta büyük oğlum Mete'yi andıran, aşağı yukarı onun yaşlarında, açık kumral (besbelli ki sapsarı bir çocuktu vaktiyle), yeşil gözlü, uzun boylu bir genç adam duruyor. Üzerinde tiril tiril ketenden haki rengi bir takım, ceketinin içinde yine tiril tiril bir beyaz keten gömlek. Şık. Yakışıklı. Barbaros tanıştırdı, "Faruk Bayrak."

Ağa nerede, ağa? Kulağıma eğildi Barbaros, "Ağa bu işte," dedi. Küçük dilimi yutuyordum, bu arada şaşkınlıktan tükürüğümü de yutup öksürdüm. Odaya girdik. Uzun, geniş, tüm katı kaplayan ferah bir oda. Duvarlar lambri. Simsiyah deri kanepeler. Bir uzun, büyük çalışma masası. İtalyan ofislerini andıran minimalist, modern bir dekorasyon! Kilim yok! Mangal yok! Bıyık yok! Benim ağa imajım yerlerde. Balkan göçmenini andıran bu açık kumral, yakışıklı, şehirli genç mi anlatacak bana aşiret hayatını!

Faruk Bayrak konuşmaya başladı. Hah, yakaladım işte seni şimdi ağa! K harflerinde sadece, hafif bir kh vurgusu. Kökleri Arap mı acaba?

"Nerelisiniz?"

"Urfalı."

Biliyordum Urfa'yı. Yine iş nedeniyle gitmiştim, Edessa Oteli'nde kalmıştım, Urfa kalesine karşı. Kutsal balıklara yem atmıştım. Urfa'yı konuştuk. Kahvelerimizi içtik. Ben sorularımı sordum. Faruk Bayrak, aşiret hayatını anlattı. Sonra kardeşi Vedat Bayrak da katıldı bize. Anlaşılan bu yayınevinde de Remzi Kitabevin'deki baba ve iki oğlu gibi büyük ağabey ve kardeşler üçgeni vardı. Çok özel bir yerden kebaplar ısmarlandı, saatlerce beklendi, balkona sofra kuruldu. Öğle yemeğini neredeyse günbatımında yedik. İkram müthişti. Yine kahveler içildi, kapıya kadar geçirildik, aşağı katta en küçük kardeş Ali Bayrak'la da tanıştım ve nihayet çıktık Barbaros'la.

"Bu nasıl ağa böyle?" dedim.

"Söyledim ya, modern bir ağa."

"Kibar çocuklardı hepsi. Sen nereden tanıdın onları?"

"Ben çalışıyorum onlarla."

"Roman mı basıyorlar?"

"Evet."

"Yaa!"

Biraz yol aldık takside, sonra Barbaros dedi ki;

"Size bir itirafta bulunmak istiyorum, hani şu ara sıra size teklif yapan bir yayıncı var ya..."

"Hangisi?"

"Pes etmeyeni. Sizin hep itiraz ettiğiniz."

"Şu ahlaksız teklif yapan mı?" (Aman yanlış anlaşılmasın, bu bizim aramızda, avans için büyük rakamlar telaffuz eden anlamınadır.)

"En ahlaksız teklifi yapan."

"Eee?"

"O, Faruk Bayrak'tı işe!"

"Niye önceden söylemedin bana?"

"Gelmezdiniz. Ben de başka bir ağa tanımıyorum, maalesef."

"Kendi de hiç renk vermedi," dedim, "herhalde vazgeçti artık."

"Yok, vazgeçmedi."

"Ama bu kitap ona verilmeyecek! Bileydim, bana aşiret hayatını anlatmadan söylerdim bunu. Belki anlatmak istemezdi. Ah Barbaros, yanlış yaptın."

"Hiç öyle bir beklentisi yok. Seve seve anlatırdı yine. Ama umudunu kesmiyor."

"Boşuna bekler," dedim, "ben yayınevimi değiştirmem."

"Karar sizin elbette," dedi Barbaros, "nasıl isterseniz."

Bu görüşmeden kısa bir zaman sonra, ben bir arkadaş grubuyla Hindistan'a gittim. Dönüşümde az kaldı ölüyordum o başka, ama imkânım ve vaktim olsaydı on kere daha giderdim bu ülkeye. Hayatımın en anlamlı, en renkli yolculuğuydu Rajistan'a yaptığım seyahat. Gözlerim dünyanın en güzel renklerine dokundu, kulaklarım en tatlı seslerini duydu. En keskin tatları tattım. Güzel, zarif ve filozof insanlar tanıdım. Kendi kültürüme tuhaf bir şekilde

yakın ama tamamen değişik bir kültürdü. Yaşadıklarımdan o kadar etkilenmiştim ki, arkadaşlarım uzun mesafeleri uçaklarla kat ederken, ben altı-yedi saatlik yolculukları göze alarak otobüslerle seyahat ediyordum, sırf ülkenin ruhuna dokunabilmek, havasını koklayabilmek için. Yollarda çektiğim eziyete değiyordu, çünkü Hindistan muhteşemdi!

On dokuz gün süren Hindistan yolculuğunun sonunda İstanbul'a döndüm. Valizimden yazlıkları çıkartıp, yerlerine kışlıkları koydum ve bir gün sonra, bu kez soğuk bir ülkeye doğru yola çıktım. O günlerde Avrupa Birliği'ne girebilmek için kapıları zorluyor ve çeşitli platformlara, neden bizi de birliğe katmaları gerektiğini anlatan heyetler yolluyorduk. Tam, *Beni de alın aranıza ne olur hatıralar* şarkısının ruh halindeydik. İşte ben de Avrupa Parlamentosu'nda, *Bizi de alın aranıza Avrupalılar* demek için bir sunum yapacak, Kardelen sergisini de götüren Turkcell ekibinin parçası olduğum için, konuşmamda Kardelenlere de değinecektim. Aynı panelde konuşacak olan konuşmacıların konuşma zamanı on iki dakikayla sınırlandırılmıştı. Önce bunun mümkün olmayacağını düşündüm ama iyi hazırlanmış bir konuşmada, on iki dakika içinde, hem Türkiye'nin zaten bir Batı devleti olduğunu anlatmak, hem de Kardelenlere değinmek mümkünmüş, böylece öğrenmiş oldum.

Avrupa Parlamentosu'nda konuşacağımı öğrenen ve o sırada Cenevre'de ve Dublin'de çalışan oğullarım Mete ile Ali, beni dinlemek için gereken izni almak üzere sekreterliğe başvurduklarını haber verdiler.

"Siz aklınızı mı kaçırdınız?" dedim samimiyetle, "On dakika sürecek bir konuşmayı dinlemek için Brüksel'e gelinir mi? Oturun oturduğunuz yerde!"

"Bizi görmek istemiyor musun anneciğim?" dedi Mete, "Bir gün önce, işten sonra uçakla geleceğiz, ertesi gün senin konuşman bitince, geri döneceğiz."

"İşiniz gücünüz varken, değer mi o zahmete!"

"Değer! Herkesin annesi Avrupa Parlamentosu'nda konuşma yapmıyor!"

Beni Brüksel'e götürecek uçak sabah sekizde kalkıyordu. Havaalanına zamanında varmak için evden beş buçukta çıktım. Kısa zaman önceki uzun Hindistan uçuşunun yorgunluğu içindeydim hâlâ, uçakta uyuyup kalmışım. Brüksel'e, lehimize işleyen saat farkıyla vardık, erkenden kalacağımız otele geldik. Odalarımız saat ikiden önce hazır olmayacağı için, otelin lobisinde serildik hepimiz. Hava buz gibiydi. Hindistan'ın 25-28 derecelerinden Brüksel'in 9 derecesine geçiş yapınca ben, mantom olmasına rağmen donuyordum. Otele durmadan birileri girip çıkıyordu ve kapının her açılışında, rüzgâr kamçı gibi göğsüme çarpıyordu. Eşarbımı boğazıma sarmış, mantomun yakalarını kaldırmış, kafama beremi geçirmiştim ama odalarımız hazır olduğunda, ben şifayı çoktan kapmıştım. Odama çıkar çıkmaz yatağa uzanıp kestirdim yine ve ancak çocuklarımın telefonuyla uyandım.

Kımıldayacak halim yoktu ama sırf benim için Brüksel'e gelmiş çocuklarıma, ben hastayım diyemezdim. Toparlandım, aşağıya indim, lobide buluştuk ve bir şeyler yiyip içmek üzere bir kafeye gittik. Onlar atıştırırken, ben hiçbir şey yiyip içemedim. Mete ve Ali, akşam yemeği için şehrin en iyi lokantalarının birinde yer ayırmışlardı. Otele dönerken bir eczaneye uğrayıp soğuk algınlığı ilacı ve bir derece aldık.

Odama girer girmez, ateşimi ölçtüm, 39 dereceydi, ilacımı içtim, bir de aspirin aldım ateşimi biraz düşürsün de oğullarımla yemeğe çıkabileyim diye. Bu arada hastalandığım duyulmuştu ve ertesi günkü konuşmamı yapabilmem için önüne gelen, elinde bir başka ilaçla ve öneriyle odama geliyor, bana ilaç, taze sıkılmış portakal suyu veya ıhlamur içiriyordu. Çocuklar akşam yemeğine gitmek üzere beni almaya geldiklerinde ateşim düşeceğine, kırk dereceye yükselmişti. Mete oda servisine çorba ısmarladı, Ali elim titrediği için çorbamı bizzat içirdi. Beni yorganıma sarıp sarmalayıp gittiler. Ben hayıflanmaya vakit bulamadan, uyumuşum. Gecenin bir saatinde ter içinde uyandım. Ateşim biraz düşmüştü. Tekrardan ilaçlarımı yutup, uyumaya çalıştım. Yarın kırk dereceyle yansam da konuşmamı yapmaya kararlıydım, yeter ki yüksek ateş yüzünden söyleyeceklerimi unutmayayım!

Sabah biraz uzun kaldım yatakta, sonra kalktım, giyindim ve Turkcell ekibiyle birlikte Avrupa Parlamentosu'nun o kocaman cam binasına geçtik. Birinci panel henüz bitmemişti. Bir koltuğa ilişip, ilk panelin konuşmacıları Nazan Moroğlu'nu, Cengiz Çandar'ı ve David Barchard'ı dinlerken, sık sık arkama dönüp Mete'yle Ali salona girebildiler mi diye bakıyordum. Sonunda gördüm onları, çabuk çıkabilmek için, en arka sırada, kapıya yakın oturuyorlardı. Bana el salladılar. Harika hissediyordum kendimi, ateşimin düştüğüne emindim. Bizim panelimizin konusu, "Türkiye Tarih ve Kültür Açısından Bir Avrupa Devleti midir?"e yanıt vermekti. Oturumu, şu anda Yeşiller Partisi'nin Eşbaşkan Yardımcısı olan Cem Özdemir yönetiyordu. Başkonuşmacılar Mehmet Altan ile Marco Panella'dan sonra, sırsıyla Mehmet İdiz, ben, Mehmet Ali Bayar ve ünlü tarihçi Stephanos Yerasimos konuşacaktık. Heyecanlı olmam gerekirken çok sakindim.

Kısa, öz ve eğlenceli konuşmamı İngilizce yaptım. On yedinci yüzyıla kadar bir Balkan İmparatorluğu olduğumuzu vurguladım, çok kültürlü ve çok renkli olmamızı, biri sapsarı ve mavi gözlü, biri esmer ve kara gözlü, diğer ikisi de haki renkte kendi çocuklarım üzerinden örnekleyince salonda bir kahkaha koptu. İtalyanlar gibi gürültücü ve duygusal, Fransızlar gibi milli gurur eşiği yüksek, Almanlar gibi çalışkandık. İngilizlere pek benzemezdik ama o kadar da kusur olsundu artık. Yaşlanmış, donuklaşmış Avrupa'ya müthiş bir dinamizm ve değişik bir damak tadı getirecektik. Konuşmamı, tam bana verilen süre bittiği an, tamamladım. O kalabalığın içinde beni ayakta alkışlayan oğullarımı gördüm. Bana öpücük yollayıp çıktılar, uçaklarına yetişmek üzere. Ben bir sonraki panelin konuşmacıları Mehmet Dülger, Özdem Sanberk, Mehmet Ali Birand ve Emre Kongar'ı da dinlemek için, salonda kaldım. Panel sonrasında, gittiğimiz lokantayı ve içtiğim buz gibi birayı net hatırlayabiliyorum. Gerisi biraz dumanlı. O şehirde, yemekten sonra bacaklarım beni nasıl taşıdı da bir saat dolaşabildim, havaalanı kuyruklarında nasıl bekledim, uçakta ne yaptım, eve nasıl vardım? Bunların yanıtı bende eksik. Ateşimin üç gün boyunca otuz dokuz-kırk derecelerde direnmesi üzerine, Engin'in İzmir'den İstanbul'a geldiğini, Amerikan Hastanesi'nde gittiğimizi, tahliller yapıldığını bana anlattılar da mı öğrendim yoksa farkında mıydım, emin değilim. Net olarak anımsadığım sahne şuydu: Ben hastane odasında bir yatakta yatıyordum. Doktor girdi odaya.

"Size bir iyi, bir kötü haberim var," dedi.

"Önce kötü haberi söyleyin!"

"Sarılık olmuşsunuz. Tıp dilinde hepatit."

"İyi haberi de alayım."

"Sizinki A tipi."

"Buna sevinmem mi gerekiyor?"

"Evet, hem de çok. Çünkü geçicidir. Süresini tamamlayınca, geçer gider. Bu yakında Doğu ülkelerine yolculuk yaptınız mı?"

"Hindistan'a gittim."

"Hepatit aşınız var mıydı?"

"Yoktu."

"Büyük hata!"

Bu konuşma, doktorun bana neler yapmam ve yapmamam gerektiği hakkında söyledikleriyle uzadı. Sonra Engin'in sesini duydum.

"Biz yılbaşını Londra'da geçirecektik. Hâlâ gidebilir miyiz acaba?"

Gülümsedi doktor. "Ayşe Hanım kendini iyi hissederse gidebilirsiniz," dedi.

Perhizim yoktu. İlacım yoktu. Kızartma, alkol ve portakal suyu hariç, her şeyi yiyip içebilirdim. İlaç almamaya çok gayret ederek yaşamalıydım ki karaciğerimi daha fazla yormayayım. Brüksel'deki iki günümde yuttuğum onca ilaç ve içtiğim taze portakal sularını hatırlayınca, ürperdim. Hastalığı büsbütün azdırmışım. Neyse ki tedavisi kolay bir hastalıktı. Madem tedavisi ve ilacı yoktu, eh bu durumda elbette giderdik Londra'ya.

Doktor odadan çıkınca, tuvalete gitmek için doğruldum yataktan ama kalkabilene aşk olsun! Kollarıma girdiler. Sonra suratımı gördüm aynada; sarı ırk, benim yanımda kar beyazı! Çişimin rengi koyu maun. Buna karşılık, kaka beyaz! Hepsine razıydım, yeter ki halim olsun. Halsizim kelimesinin gerçek anlamını öğrendiğim zamandır bu süreç. Dişimi fırçalarken dahi bir

tabureye ilişiyordum. Üç hafta sonra Londra'ya değil, ancak arka koltukta yatarak arabayla İzmir'e gidebildim. Orada, Engin'in evinde, iyi bakılarak, beslenerek yine de sadece ön odadan arka odaya kadar yürüyecek gücü bularak tam dört ay geçirecektim. Değil kitap yazmak, gazete, kitap okuyacak, hayal kuracak gücüm yoktu.

Aklım, İstanbul'da bıraktığım annemdeydi. Annem bir saniye dahi yalnız kalmasın diye, ona iki kişi, daha doğrusu bir karı-koca bakıyordu, Zehra ile Salih. Otuz yıl Engin'in anne babasının yanında çalışmışlardı. Zehra ev işlerini görmüş, Salih şoförlük yapmıştı. Onlar vefat edince, şimdi annemin evindelerdi. Anneciğime bir bebeğe bakar gibi ihtimamla, sevgiyle bakıyorlardı. Çünkü annemin artık üç-beş yaşında bir çocuktan farkı kalmamıştı. Beni, tek evladını komşusu zannettiği ilk gün, banyoya kapanıp ağlamıştım. Sonra alıştım. Bir seferinde kolejden sınıf arkadaşı oluyordum, bir başka seferinde teyzesi, bazen annesi. Evlerimiz yakın olduğu için çok sık uğruyordum, her seferinde bir başkası olarak selamlıyordu beni.

Bu hastalığım sırasında ilk defa şükrettim aklının başında olmadığına. O ileri yaşında bana bakmaya kalkacaktı, evime taşınmaya ya da ısrarla beni kendi evine almaya uğraşacaktı, üzülecekti, telaşlanacaktı. Oysa şimdi her gün, telefonlarda cıvıldayıp duruyordu. Benim içim, emin ellerde olduğu için rahattı ama her ikimizin de geleceğinden endişe duyuyordum. Hastalığımdan bu yana iki ay geçmişti. Yeni yıla girmiştik, ben hâlâ sokakta on dakika yürüyecek gücü bulamamıştım kendimde. Üçüncü ayın sonuna doğru tekrar yazı yazmaya başladım ama çabuk yoruluyordum. Sabah bir-iki saat çalışıyor, sonra uyuyordum. Bir-iki saat da yemekten sonra çalışma, hoop yine yatağa... Yeni doğmuş bebek gibi uyu, yemek ye, uyu, çalış, uyu, yaz, uyu, konuş sonra yine uyu.

Belki de ömrümün sonuna kadar toparlanamayacaktım bir daha. Böyle hastalıklı, eve bağımlı bir insan olacaktım. Yazamayacaktım, üretemeyecektim. Anneme nasıl bakardım o zaman? Babamın vefatından sonra başını sokacak bir evi olan ve babamdan bağlanan emekli maaşıyla bana hiç yük olmadan hayatını sürdüren anneciğim, ona hiç yakışmayan hastalığının bana verdiği maddi yükü bilse, kalp krizi geçirirdi. Üç kişilik bir evin tüm masraflarını ben sırtlanmıştım; Zehra ve Salih'in izne gittikleri günlerde onların yerine anneme bakmaya gelen yedekçilerin de ücretleri de cabasıydı. Kısacası, Emekli Sandığı'nın artık ödemez olduğu çok pahalı bir sürü ilaç, vitamin, alt bezi ve diğer masraflar, benim sürekli çalışmamı gerektiriyordu. Bir ara seçim kazanmak uğruna vaat ettiği erken emeklilikle, Emekli Sandığı'nı artık ilaç parası ödeyemez hale getiren Süleyman Demirel'e, sabahtan akşama sövsem de, zevkle yaptığım işimden kazandığım parayla anneme hiç gocunmadan bakıyordum, ta ki A tipi hepatit, Hindistan'da onca turist arasından gelip beni bulana kadar! Geceleri bu düşüncelerle uyku tutturamıyor, dört dönüyordum yatağımda. Sonra bu endişe bir başka endişeye dönüştü, ya bana bir şey olursa, anneme ne olur? İşte geceleri uykusuz, gündüzleri de halsiz geçirdiğim bugünlerin birinde, Barbaros telefon etti ve yine sordu, "Faruk Bayrak'ın yeni teklifleri var. Ne diyeyim?"

"Barbaros, yüz kere söyledim. Hayır de!"

"Teklifi duymak istemiyor musunuz?"

"İstemiyorum," dedim. Telefonu kapatınca, Engin'e şikâyet ettim Barbaros'u.

"Ben seni anlayamıyorum Ayşe," dedi Engin, "hayalet gibi dolanıyorsun geceleri, bana bir şey olursa, annem ne yapar diye. Annen doksan yaşına yaklaştı. Allah'ın işine karışılmaz ama nereden baksan, birkaç yıllık ömrü var. Sana bir şey olursa, annenin masraflarını bir-iki yıl karşılayabilecek bir miktar teklif ediliyor, sen duymak bile istemiyorsun. Mantıklı mı bu?"

"Benim bir yayıncım var."

"O yayıncın sana bir şey olursa, annene bakmaz!"

"Bu yayıncı da bakmaz!"

"Ama sana bir teklifi var. En azından dinle ve duy!"

Hiç bu gözle bakmamışım olaya. O gece de bir başka nedenle kaçtı uykum. Düşündüm durdum sabaha kadar. Sabah Barbaros'a telefon edip, teklifin miktarını sordum. Bana teklif ettiği avans, ben o an ölecek olsam, annemin bakıcılarını, ilaçlarını iki yıl boyunca torunlarına yük olmadan karşılayabilecek bir miktardı. Kalbim ortasından ikiye bölündü. Bir yanda benden ünlü bir yazar yaratan yayınevini, diğer yanda ben olmasam bile, annemi bir-iki yıl geçindirebilecek bir birikim. Aynı gece bir kâbus gördüm. Annem evinde nasıl olmuşsa yapayalnız kalmış, kilitlemeyi unuttuğum balkon kapısını açıp, balkona çıkıyor. Aman yarabbi! Düşecek yedinci kattan! Çığlık atarak uyandım. Sabah ilk iş Barbaros'u ararım diye karar verdim. Sabah olunca fikir değiştirdim yine. Nereye gidiyordum ben be! İyileşiyordum işte, ölmedim, ölmeyeceğim! Yazacağım yine! Yazmıyor muyum zaten! Çalışma saatlerini sabah-akşam ikişer saatten üçer saate çıkarmıştım. Sırtımı üç adet pufla yastığa dayayarak, yatağın içinde yazıyor da olsam, roman ilerliyordu. Öğlene doğru yüreğimi yine bir el sıkmaya başladı. Dün, yirmi dakikalık sabah yürüyüşümün onuncu dakikasında bir duvarın üzerine yığılıp kalan ben değil miydim! Neyime güveniyordum? Böyle karasızlıkla boğuşarak geçiyordu günler. Çıldırmama ramak kala, Barbaros'a telefon ettim, "Avansın yanı sıra benim seçeceğim bir romanımı, benim seçeceğim çevirmene hiç pazarlık etmeden İngilizceye çevirtirse, Everest'e geçeceğim," dedim. Yanıt nasıl olsa hayır gelecekti ve ben kurtulacaktım kararsızlıktan. Barbaros on dakika sonra aradı, "Kabul etti," dedi.

Ben yine hemen karar veremedim. Direksiyon başındayken, gözyaşım sel gibi akarak dolandım günlerce. Nasıl kaza yapmadığıma hep hayret etmişimdir. Çünkü arabaya bindim miydi, gerçeğim ve vicdanımla baş başa kalıyordum. Mantığım git diyordu, yüreğim, kal! Sonuçta zor seçimi yaptım. Hakkını yemeyeyim, benden Everest'in vereceği avansı öğrenen Erol Bey de bana aynı şartları teklif etmedi değil, ama ben, değerli vazomu kırmıştım bir kere! Artık eskisi gibi olamazdık, vazodaki çatlak cilanın altından sırıtırdı. Savurgan biri olmayan yayıncım, bir süre sonra benden nefret etmeye başlayabilirdi. Ben de hep onu köşeye sıkıştırmış olmanın utancıyla yaşardım, mahcup, ezik. Kabul etmedim teklifini. *Gece Sesleri,* Remzi Kitabevi'nin yazarı olarak yazdığım son kitap oldu. Kapağındaki titrek adımlar, gidişimin ifadesiymiş. Baba evime dönüşümü ise, dokuz yıllık bir aradan sonra, *Dönüş* ile yapacaktım, anlaşılması ve hatta anlatması bile zor bir tesadüfle.

Everest Yayınevi'nde İlk Günüm

Yayınevinin hemen yanında, araba parkı olarak kullanılan bir boş arsa vardı, o yıllarda. Park sorunu yaşamayacağım için, arabamla gittim Everest Yayınları'na. Yol boyunca yine gözümden yağmur gibi yaş indi. İçim ezikti, kırıktım, keyifsizdim. Arabayı park yerine bırakıp binaya girdim, üçüncü kata çıktım, yayınevinin genel yayın yönetmeni Sırma Köksal'la tanışmaya. İnsanlara azıcık tepeden bakan, entelektüel havalı genç bir kadınla buluşmayı bekliyordum, karşıma sarman kedi gibi sokulgan, sıcacık bir kız kardeş figürü çıktı. Sırma'yı, gördüğüm an çok sevdim. Adını, adına yakışan saçlarını, anneannemi hatırlatan beyazlığını, annemi hatırlatan yeşil/sarı gözlerini ve içtenliğini.

Beni bekleyen bir güzel sürpriz daha vardı, kitabımı okuyacak editörlerden birinin adı, Çiğdem Su'ydu. Ruhi Su'yla akrabalığı var mıydı acaba? Ruhi Su, kayınpederi olurmuş. "Sen Ilgın'ın eşi misin yoksa?" diye bağırdım, "Evet," dedi. Sımsıkı sarıldım Çiğdem'e. Biraz şaşırdı kız. Nereden bilsin, oğlum gibi sevdiğim Ilgın'la, Ilgın henüz gencecik bir fidanken, onlarca filimde birlikte çalıştığımızı, Ilgın'ı kollayıp, korumaktan helak olduğumu.

"Hâlâ çok yakışıklı mı?" diye sordum. Güldü, "Evet," dedi. Kendine ne kadar yakışan bir eş seçmiş, benim oğlum! Aferin ona! Sevindim. Gün içinde diğer çalışma arkadaşlarımla da tanıştım. Dokuz yıl boyunca bana tam yirmi beş harika kitap kapağı tasarlayacak olan Utku'yla, Berrak'la, Hamit ve Erkan Lamba kardeşlerle... Saatler sonra evime dönerken, içim rahattı, mutluydum, yeni yayınevinde tanıştığım insanların hepsi birbirinden güzel insanlardı, sabahki gözyaşlarımdan utanıyordum doğrusu. Keşke mucizeler gerçekleşebilseydi, Remzi Kitabevi ve Everest'i aynı çatı altında buluşturmak mümkün olsaydı. Şu anda bile bir peri çıksa karşıma, dileğimi sorsa, bunu dilerim.

Sarılıkla boğuşurken yazmaya başladığım *Bir Gün,* mayıs sonunda bitti. Aslında biraz çabuk bitti çünkü ben avansı aldıktan sonra kitabı teslim etmek için tuhaf bir aceleye kapıldım. Her geçen gün ağır bir yük gibiydi, sırtımda. Mümkün olsa, son cümleyi avansın hesabıma yattığı gün yazar, romanı ertesi gün verirdim ama o sırada henüz yarılanmamıştı bile roman. Avans almak bana göre değilmiş. Gazeteleri dahi sindirerek, doğru dürüst okuyamaz olmuştum. Aklımda hep vaktimi boşa harcıyorum düşüncesi, içimde aldığım paranın karşılığını verememe endişesi vardı. Bu, bir daha avans almama konusunda bana bir ders oldu ama kitap da sırf bu yüzden aceleye geldi. Kimsenin beni zorladığı filan yoktu aslında, kendime baskı uygulayan bendim. O duyguyla, eskisi gibi keyifli yazamaz olmuştum. Haziran ayında, yayıncı yaz mevsimini kaçırmasın da, bana yaptığı ödemeyi geri kazansın diye, kitabı okunması için yayınevine gönderdim. Adını, hapishanede geçen tek bir günü anlattığım ve ayrıca "İnşallah bir gün" anlamına da geldiği için, *Bir Gün* koydum.

Utku on ayrı seçenek hazırlamıştı kapak için. Hepsi birbirinden güzeldi. Barbaros, Sırma, ben ve Faruk Bey zorlanarak seçtik aralarından. Birkaç gün sonra telefon ettiler yayınevinden, gelin, basına gidecek kitapları imzalayın diye. Atladım arabama, Sultanahmet'e gittim, binanın bulunduğu sokağa saptım, yayınevinin yanındaki park yerine arabamı bırakmak için binanın önünden geçiyordum ki, aman Tanrım, o da nesi! Olamaz! Yayınevinin tam önünde kaldırıma çekilmiş beyaz aracın üzerinde kocabaş bir ben, sırıtmaktayım! Az daha kaza yapıyordum, zınk diye durdurdum arabayı, cyzzz sesleri çıkartarak, el frenini çekip indim, dolandım aracın etrafında. Allahım öleyim ben, tek taraflı da değil, sağlı sollu sırıtıyordum üstelik aracın kapılarında. Trafiği engellememe hiç aldırmadan, araca kitap yükleyen gence bağırdım, "Bu ne, bu! Nerden çıktı bu Allah aşkınıza!" Elimle resmi işaret ettim. "Bu yeni yazarımız, abla," dedi genç, şişinerek ve birden resimlerin benimle benzerliğini fark etti. "Sen osun! Dur dur dur! Osun sen! Bir resim çekinelim, ablam." O cep telefonuna davranırken, art arda dizilen arabaların kornaları durmaksızın vanklamaktaydı bu arada.

Arabama binip park yerine girdim, bıraktım arabayı orada. Gencin yanından geçerken, "Elini ayağını öpeyim, resim çekinelim deme. Resim çekinilmez, çektirilir," demeyi ihmal etmedim. Böylece gazım birazcık da olsa alındı. O ne dediğimi anlamaya çalışırken, ben koşarak yayınevine girdim, önüme ilk çıkan Ali

Bey'e, "Ne yaptınız siz kuzum! Rezil ettiniz beni!" diye sitem ettim. "Üç günden beri İstanbul'da böyle dağıtıyoruz kitapları. Ne güzel olmuş, değil mi?" demez mi! Frekanslar tutmuyor olabilirdi ama Allah var, Everest kitabın tanıtımı için hiçbir masraftan kaçınmamıştı. Bir de tanıtım kokteyli verilecekti ertesi gün. Sırma öyle herhangi bir büyük otelin balo salonunu filan değil, çok özel bir yer seçmek istemişti. Sonuçta Arkeoloji Müzesi'nin bahçesinde karar kılmıştı. Davetiyeler küçük kitapçıklar halinde hazırlanmıştı. Bu, hayatımın ilk ve son kitap tanıtım kokteyli olacaktı. Aslında o muhteşem bahçede, çok güzel geçmişti tanıtım, mekân ve ikram harikaydı ama bence sokağa atılmış paraydı. Bir 'harp çocuğu' olarak, parayı savurmak ağrıma gider benim. Sonraki kitaplarda, Faruk Bey hep teklif ettiyse de ben istemedim. Ertesi gün, birkaç gazetede resim ve altyazı çıkacak diye, gerçekten değmezdi onca masrafa.

Bir Gün'ün satışa sunulduğu günlerde Twitter henüz girmemişti hayatımıza, hoş benim hayatımda hâlâ yok ama eğer o günlerde sosyal medya bugünkü gibi olsaydı herhalde zor anlar yaşardım. Milliyetçilik eşikleri aşırı yüksek vatandaşlardan gelecek küfürleri bekliyordum, bu yüzden katlimin vacip olduğunu bildiren maillere hiç aldırmadım. Beni üzen, kitaba bazı Kürtlerin yaklaşımıydı. Mesela, İzmir'de öykü günlerinde karşılaştığım Kürt asıllı bir kadın yazar bana, kitapta Kürtlere tepeden bakan bir ifade kullanmış olduğumu söylemişti. "Gösterin," demiştim, "buyurun, kitap burada, o bölümü ya da satırı gösterin bana!" Öyle bir bölüm ya da satır olmadığından, gösteremediydi ama içini dökmüştü. Çocukluklarını Güneydoğu'da bir kasabada iki çok yakın arkadaş olarak geçiren kızlardan Türk olanını kaymakam kızı yapmışım, Kürt olanını, aşiret kızı! Buymuş! Saygın bir yazar olmayı başarmış ama hayatın gerçeklerini görmeyi başaramamış insana, ben ne söyleyeyim. Gülümsemekle yetinmiştim.

Sonra biri bana dedi ki, sen *Köprü* kitabında Başpınar olayına yer verdin, o yüzden Kürtler sevmez seni. İyi de Başpınar gerçek bir olaydı, ben uydurmamıştım ki! Eğer Madımak'ın intikamı için, misilleme yapıldıysa, Sivas nereydi, Erzincan nere! Ne alakası vardı Erzincan'ın dağ köyünde yaşayan garibanın, Sivas'ın yobazıyla! Demek ki Kürtler, yaptıklarından rahatsız olmuşlardı, sonradan. Keşke pişmanlıklarını belli etselerdi. Ama biz bu toprakların birbirlerine ikiz kadar benzeyen çocukları, Türk, Kürt, Ermeni veya Rum, özür dilemek yerine yapılanı yok saymayı tercih ederiz ve dile getirene kızarız, huyumuz kurusun. Bir de Ahmet Hakan boyutu vardı eleştirilerin. Alaycı ve küçümseyen bir üslupla, Ayşecik Güneydoğu'da diye bir-iki yazı kaleme almıştı. Elbette üzülmüştüm. Şimdi geriye dönüp baktığımda, haklı olduğunu görüyorum. Benim iyi niyet, saygı, sevgi ve anlayışla çözülür sandığım sorunun, içerde, dışarda meğer ne karmaşık boyutları varmış! Gerçekten de büyük boy bir Ayşecik'mişim! Everest Yayınları'nın baskısı için, Hayal'i baştan sona okuduğum 2020 Ağustos'unda, içimde kalmasın, bir satırcık ilave edeyim dedim tam da buraya... Bir süredir ben de Ahmet Hakan'a Ahmetçik adını takmış bulunuyorum. Nedenini bulmayı ona bıraktım, gayet zekidir, eğer bu satırları okuduysa, eminim buldu bile.

Dönelim *Bir Gün*'e; olumlu gelişmeler de olmadı değil, bu kitapla ilgili. Basımından yıllar sonra, *Der Schmale Phad (Dar Yol)* adıyla Almancaya çevrildi, kuşe kâğıda basılı, karton kapaklı çok güzel bir kitap oldu, Almanca konuşulan tüm ülkelerde çok sattı. Çevrildiği yıl, bir radyo kanalında radyo piyesi haline de getirildi ve aynı hafta içinde, bu kitap sayesinde Frankfurt Kitap Fuarı'nın ünlü Mavi Koltuk'una oturup, canlı röportaj veren, Orhan Pamuk'tan sonraki ikinci Türk olma şerefine eriştim.

Bir Gün'ü okuyanlar, Kürtleri dağa çıkartan nedenleri anlayabildilerse ve her iki tarafın anneleri kaybedilen gencecik hayatlara yanıyorlarsa, bugün gelinen noktada, eminim onlar da benim gibi en azından silahların susmasını istiyorlardır. Ufacık bir empati uyandırabildimse kitabımı okuyanlarda, Ayşecik Güneydoğu'da diye dalga geçilmeye razıyım ben. Ne demişler, farenin çişi denize fayda!

Bir Varmış Bir Yokmuş 2006

"Sizin gazeteciliğiniz de var Ayşe Hanım, yıllarca gazetelere, dergilere yazılar vermişsiniz. Onları toparlasanız da bir kitap yapsak," dedi Faruk Bayrak.

Ben Ay'ı kesip kesip yıldız yapmayı sevmem hiç.

"O yazılar güncelliğini yitirdi, bugün artık hiçbir şey ifade etmezler," dedim.

"Seçeriz aralarından," dedi.

İtiraz etmedim, çünkü adam takipçi. Bir şey istedi miydi, takip eder. Nasıl kafaya koymuşsa beni, senelerce beklemiş ve kendi yayınevine transfer etmişse sonuçta, şimdi de bu fikri takip edecek. Baktınız mı, seçtiniz mi, ne zaman basıyoruz, diyecek. Akşam eve gidince, eskiden röportaj yaptığım dergileri, sakladığım kutularından çıkarıp baktım. Kadın dergilerine yazılmış, onlarca yazı... Yok, bunlardan değil yıldız, yıldız tozu bile olmaz! Kaldırdım hepsini yerlerine koydum. Aynı akşam, Mehmet Faraç bir kitabını yollamıştı, *Töre Kıskacında Kadın*. Uyumadan önce yatakta okumak için kitabı aldım yanıma, göz attım. Faraç, mahkeme tutanaklarından töre cinayeti davalarını bulmuş, yüzlercesinin arasından bir avuç seçmiş, sıralamış arka arkaya. Okurken insanın kanı donuyor. Her birini, elimden bırakmadan, art arda okudum. Karnıma ağrılar saplandı. Uykum hepten kaçtı. Ben, öykülerimde kadın sorunlarına dokunuyorum diye kandırıyormuşum kendimi. Okuduklarımın yanında benim ezik öykü kahramanlarım lüks hayat figüranları gibi kaldılar. Bu kadarı da olmaz, atmış kıtırı Mehmet Faraç da diyemiyordum, adam mahkeme tutanaklarını, dosya numarasına kadar vermiş kitabında. Keşke herkes okusa, ibret alsa, uyansa, cehalet insana neler yaptırabiliyor görse ve önce bu derin cehaleti önlemek için bir şeyler yapsa diye düşünürken, bir fikir geldi aklıma. Sabah yayıncıma telefon ettim.

"Faruk Bey, eski röportajlarımdan birkaçını seçsem, bir-iki yazı da başka yazarlardan alsam, onlara göndermelerle yeni öyküler yazsam, hepsini aynı kitapta toplasam, basar mısınız?"

"Siz yazın, basması benden," deyince, hemen başladım çalışmaya.

Neticede, ikiyüzlü bir öykü kitabı oldu *Bir Varmış Bir Yokmuş*. Bir yüzünde benim seksenli yıllarda gerçek kişilerle yaptığım birkaç eski röportajımın öyküleşmiş hali, Mehmet Faraç'tan bir töre cinayeti tutanağı ve İngiltere'nin Sheppey adasında, hafızasını kaybetmiş halde bulunan bir piyanistin gazete haberi vardı; diğer yüzünde ise, bu gerçek hikâyelere göndermelerle kurguladığım öyküler. Kurgu öykülerin tümü, değişik toplumsal sınıflardaki kadın sorunlarına dairdi. Mehmet Faraç'ın töre cinayetinin çaprazında ise bir kurgu-cinayet vardı. Sırayla okundukları takdirde, bir roman tadı da bırakabiliyorlardı okurda. Değişik bir denemeydi. Bir Batı ülkesinde yayınlansa, eleştirmenlerin dikkatini çekebilirdi. Kitap yine Utku Lomlu'nun elinden çıkma, o çok hoş kapağıyla basılınca, *Sabah* gazetesi, kitabı hafta sonu ekinde tanıtmak için genç bir muhabirini yolladı. Sonra bakın ne oldu:

Ben evime gelen genç kıza, bu kitabı, kadınlara yapılan haksızlıklara farkındalık yaratmak amacıyla yazdığımı anlattım.

Kırsaldaki kadınların dövülmesi, ezilmesi, okutulmaması, töreye kurban edilmesi, öldürülmesi, orta sınıflardaki kadınların da erkeklerin hışmına sık uğraması üzerine konuştuk. Laf uzadı. Benim öğle yemeği için fırına koymuş olduğum börekten mis gibi kokular geldi. Saat olmuş yarım. Her ikimizin de karnı acıkmış. Ben gazeteci kıza ve kendime birer dilim börek kestim, taze çay koydum. Röportaj bitmişti, karnımızı doyururken sohbet ettik. O bana, yazmakta neden bu kadar geciktiğimi sordu. Ben de tek çocuk olduğum için hırs, kıskançlık nedir bilmeden büyüdüğümü, bu yüzden hayata asılamadığımı anlattım. "Hiç mi kıskanç değilsiniz siz?" diye sordu.

"Hiç!" dedim.

"Sevgilinizi, kocanızı da mı kıskanmadınız?"

"Hayır. O kadar ki, arkadaşım kocamı götürmüş, ben farkına bile varmamışım."

Sohbetin rehaveti içinde, ağzımdan kaçan bu lafı uzatmadık. Başka şeyler konuştuk hayata dair. Sonra ikramıma teşekkür edip gitti gazeteci kız. Ertesi gün *Hürriyet* gazetesini açtım ki ne göreyim, ön sayfanın orta yerinde on yıl önceki arşivden çıkma kocaman bir resmim ve iri puntolarla bir başlık: Arkadaşım Kocamı Götürdü.

Sanırsınız ki otuz yıl önce değil, dün gece götürdü. Üstelik bana muhabiri yollayan gazete bile değildi *Hürriyet*, sadece aynı gruba dahildi.

O böreği pişirmez olaydım o gün! Mis gibi kokmasaydı, içimden kızcağız imrenmiştir, şuna da bir dilim keseyim diye geçirmemiş olsaydım, bu hale düşmeyecektim. İflah olmaz salak, ben! Şimdi gel de açıkla, hepsi çoluğa çocuğa karışmış kendi çocuklarıma, yıllardır medeni bir ilişki içinde olduğum çocuklarımın babasına, hatta karısına ve müşterek çocuklarına! Hangi birine, ne anlatacağım ben şimdi?

Telefona yapışıp Doğan Hızlan'ı aradım, "Siz beni tanıyorsunuz, böyle bir habere neden izin verdiniz?" diye sormak için. Haklı olarak, "Gazetecilere ne söylenir, ne söylenmez, öğrenmiş olmanız lazımdı," dedi bana. Doğru lafa ne denir! Gazetecilerin yapması gerekenleri yapamadığımdan, gazetecilikten vazgeçen ben değil miydim!

Telefonlarım durmadı bütün gün. Diğer gazetelerin hafta sonu eklerine ve *"Ayşe Kulin, neden eski defterleri açmış diye merak ettik, meğer yeni kitabını sattırmak istiyormuş,"* kıvamında bir yazıyla Ahmet Hakan sütununa da girdim yine, Seda Sayan'dan aldatılan kadınlar programına çağrı da aldım. Yayınevinin kitap için reklam yapmasına hiç gerek kalmadı böylece. Ve benim, özellikle töre cinayetlerine dikkat çekmek amacıyla yazmış olduğum kitabın kaderi, magazinsel bir manevranın gölgesinde kaldı. O günlerde kadınımızın, kızımızın en büyük sorununu başörtüsü zanneden toplumda, kadın çilesine dair farkındalık yaratmaya özenen bana da iyi bir ders oldu! İşte tam da o sıralarda, Bennu Gerede, töre konusunu gündeme getirmek için açacağı fotoğraf sergisinde, fotoğrafların altyazılarını yazmamı rica etti benden. Çektiği resimleri görünce, ne zamandır dolu içimi, bir şiire döktüm. Böylece hem benim mısralar töre fotoğraflarının altına yerleştirildi, hem de ben, kendimce tesellimi buldum:

Doğdum, kızdım/Bu dünyaya hiç gelmemiş saydılar/İlk avazda beşik kertip kaderimi yazdılar/... Sürme gözlü koç mu, ben miyim kurban?

Felek bir yandan sapıyla gözümü çıkarırken, öte yandan çay kaşığıyla da olsa hakkımı vermeyi ihmal etmiyordu, gördüğünüz gibi!

Hüzünlü Vedalar ve Sit Nenenin Masalları

Anneannem vefat ettiğinde, onun hayattayken kilit altında tuttuğu sandıklar dolusu Osmanlıca mektup, belge ve yazışmayı annemden zor kaçırıp saklamıştım kendi evime. Çünkü anneme odalar ve dolaplar dar gelirdi. Eline geçeni atardı. Babamın, annemin pencereden evin arkasındaki avluya savurduğu dosyalarını toparlayıp eve geri getirmesi ve anneme, "Bir daha benim dosyalarıma dokunacak olursan, bu boşanma nedenimiz olur," deyişi, çocukluk anılarımın arasındadır. Annem bu tehdide rağmen, zaman zaman, babamın kâh dosyalarını kâh kitaplarını, kâh öğrencileri için hazırladığı notları yok etti ama kocasının kendine olan zaafından, asla boş düşmedi. Her neyse, ben konuma döneyim, annemin pençesinden kurtardığım anneannemin evrakı, uzun zaman dokunulmadan durdu çalışma odamda.

Sonra bir gün adeta bizi oku diye fısıldadı bana, sandıktaki onlarca mektup. Nasıl okuyaydım, eski Türkçe bilmiyordum ki! Büyükbabam karısına aşk mektupları mı yazmıştı yoksa dedem sürgünden ailesine bazı sırlar mı tevdi etmişti, siyasi mesajlar mı içeriyorlardı, hiçbir fikrim yoktu. Bu yüzden herhangi birine de okutamazdım aileme ait mektupları.

Murat Bardakçı'yla arkadaş olduktan epey sonra, bir sabah toparladım sararmış mektuplar ile eprimiş hatıra defterlerini, evine gittim Murat'ın. Hepsini ama öncelikle adı Reşat olan büyük dedemin mektuplarını bana okumasını rica ettim. Tüm mektupları önce masaya yaydı ve aynı elden çıkma olan yazıları ayrı kümelere ayırdı Murat, sonra da R harfiyle imzalanmış olan kümeyi okumaya başladı. Kurtuluş ordusunun İstanbul'a girdiği günlerde, tüm kabinenin idam edileceğini duyunca, kabine ve parlamento üyeleri can havliyle binebildikleri tren ve gemilerle kaçmışlardı. Dedem önce deniz yoluyla Napoli'ye gitmiş, birkaç ay sonra hayat daha ucuz olduğu için Romanya'ya geçmişti. Murat, dedemin Osmanlıca yazı dilini basitleştirerek okuyordu bana, ben gözyaşları içinde dinliyordum. Ahmet Reşat, sürgünden yolladığı mektuplarda, karısına, kızlarına tavsiyelerde bulunuyor, damadına Beyazıt semtindeki konağın altına bir eczane açmasını öneriyor, hiç şikâyet etmiyor, para istemiyor, sadece ailesine ve vatanına özlemini dile getiriyordu. Sonra anlamsız gelen bazı başka mektuplar girdi araya. Allah allah, bunlar da neyin nesi demeye kalmadı, Murat, "Ayşe, bu mektup daha yaşlı birine ait olmalı. Mektupların dili, birden çok ağırlaştı," dedi, "deden o yıllarda elli yaş civarındaysa, bu dili kullanmaz."

Gitti, kütüphanesinden tuğla gibi kalın bir Maliyeciler kataloğu getirdi. Kitapta, dedemin resmini ve özgeçmişini bulduk. Böylece öğrenmiş oldum ki, dedemin babasının adı Raif'ti ve o da oğlu gibi, yüksek mevkilerde bulunmuş, saraya hizmet etmiş bir maliyeciydi. Onun imzası da R harfiyle atıldığı için, mektupları deneminkilerle karışmıştı. Nasıl bir bilgi birikimiydi Murat'ın ki, kelime seçiminden, yaşamadığı dönemlerin kuşak farkını anlıyordu! Osmanlıcada vâkıf olduğu derin bilgiye bir kere daha hayran kalmıştım arkadaşımın. Raif Dedem, muhtemelen okuryazar olmayan eşinin adına kaleme aldığı mektupta, torunları Leman (anneannem) ile Suat'a, sokak satıcılarından şeker, macun, keten helva alınmaması için tembihte bulunuyordu. Geçmiş, Murat'la oturduğumuz masanın çevresinde ılık bir rüzgâr gibi eserken, beş kuşak ötedeki büyük annemin ifadesinde kendimi bulunca, dondum kaldım! Ben değil miydim torunlarıma kumsaldaki seyyar satıcıdan midye yedirdiği için gelinime sürekli söylenen! Beş kuşak öteye taşınan gereksiz anaçlık! Hayretler içindeydim çünkü bu eski mektup ve günlüklerin sayesinde, ben aile fertlerimi tanırken, kendimi de deşifre ediyor, yazılarda yakaladığım ipuçlarında, iyi-kötü pek çok huyumun, davranışımın, hasletlerimin ve zaaflarımın bana hangi akrabalarımdan yürüdüğünü görüyordum. Yazılı terekenin önemi büyüktü, sadece içinde yaşadığımız toplumu değil, kendimizi de iyi tanımak için, önceki kuşaklardan mutlaka bir şeyler aktarılmalıydı; mektuplar, günlükler, giysiler, resimler, nesneler, tapular, kısacası yaşama dair ayrıntılar. Osmanlı'nın en zor ve son üç yılını, dedemin konağı üzerinden anlattığım *Veda*, bu ayrıntıların sayesinde sıcak, samimi bir roman oldu.

Annem, sanki o sayfalarda ailesiyle birlikte anılmak ister gibi, ben bu hazin kitabı neredeyse bitirmek üzereyken vefat ettiğinde, doksan yaşından iki hafta almıştı. Ölümünden bir gün önce, ben Urla'daydım, günlerden pazardı. Ay yeni dönmüştü, temmuzun birinde Zehra ile Salih'e ödeme yapmam gerekiyordu. Ertesi gün İstanbul'a gitmeye karar verdim.

"Neden her zamanki gibi hesaplarına para çıkarmıyorsun?" diye sordu Engin.

"Paralarını bu sefer elden vereceğim, annemi de görmüş olurum," dedim.

Engin içerledi bana. Haklıydı. Ona, niye birdenbire İstanbul'a gitmeye kalkıştığımı izah edemiyordum. Telefonla ertesi sabaha uçakta yer ayırttım. Engin sabah beni havaalanına götürürken hiç konuşmadık birbirimizle. İstanbul'a elimde ufacık bir çantayla uçtum, doğru annemin evine gittim, kapıyı çaldım. Kapıyı annem açtı, beni görünce gözleri parladı, "Kızım gelmiş!" diye bağırdı. Sonra içeri seslendi, "Zehra, Salih, kızım geldi. Ayşem geldi."

Uzun zamandan beri beni ilk kez tanıyan anneme sımsıkı sarıldım, ağlamaya başladım. Zehra koşarak geldiğinde, biz hâlâ ağlaşıyorduk, ana-kız.

"Nerede oturalım, ön tarafta mı yoksa arkada mı rahat edersin?" diye sordu, beni nereye oturtacağını bilemeyen, memnun etmek için etrafımda dört dönen annem. "Arkaya geçelim," dedim. Oturma odasında, kanepenin üzerinde yan yana ve el ele oturduk. Annem bıcır bıcır bir şeyler anlatıp durdu, tıpkı eskisi gibi. Zehra evdeki pervanenin bozulduğunu söyledi. "Urla'ya dönmeden yenisini alırım size," dedim. Öğlen vaktiydi, Zehra bir tepside bana yemek getirdi. Annem de yesin istedim ama bu sabah geç kalkmış, kahvaltısını geç etmiş, tokmuş, öyle dedi Zehra, sonra bir iskemle çekip karşıma oturdu, yine bozulan vantilatörden söz etti. Annem çok daralıyormuş bu sıcakta. Gerçekten de olağanüstü sıcak bir yaz yaşıyorduk. Annem dondurma istedi. Zehra dondurma getirmek üzere mutfağa yürürken, içimden şimdi dondurma yerse, öğle yemeğini hiç yemez, demek geçti ama tuttum dilimi. Ben, bir-iki gün sonra Urla'ya dönecektim, anneme yine Zehra bakacaktı. Bu geminin kaptanı, oydu! Peşinden mutfağa gidip parasını ödedim. Ödeme işleri annemden gizli yapılırdı çünkü her şeyi babamın emekli maaşıyla kendinin ödediğini zannederdi annem. Zehra, yine "Siz pervaneyi bir an önce halledin," deyince, birden bıktım bu vantilatör sohbetinden, arkaya koştum, öptüm annemi.

"Ben sana yeni bir vantilatör alıp, hemen geliyorum anneciğim," dedim.

"Ne vantilatörü?" dedi annem. Eyvah, gitti mi yine aklı? "Geç kalma Ayşe, hemen dön!"

Oh, Allahıma bin şükür, hatırlıyor hâlâ beni! Çıktım evden, koşar adım Topağacı yokuşunun tepesine yürüdüm. Sokağın tam başında bir Arçelik bayii vardı. Daldım içeri, vantilatör sordum. "Sonuncuyu bu sabah sattık, buralarda bulamazsınız," dediler, "Cevahir'e ya da Akmerkez'e gidin."

Taksiye atladım Akmerkez'e gittim. Mağazanın son vantilatörünü kaptım, parasını ödedim, telefon ettim eve. Salih açtı. Akmerkez'deki Arçelik'e gelip vantilatörü almasını söyledim. Bir an sonra Salih geri aradı, "Bekleyin orada, sizi almaya geliyorum," dedi. "Salih, beni değil, vantilatörü al. Ben çıktım Akmerkez'den, dünürüme doğru yürüyorum. Onu da ziyaret edip geleceğim."

"Ben dünürünüze geleyim o halde." Neden laf anlamıyordu bu adam!

"Salih, sen vantilatörü al, sadece."

"Ben sizi..."

"Salih! Türkçe anlamaz mı oldun sen!"

Bir anlık sessizlik oldu aramızda.

"Anneniz vefat etti," dedi Salih.

Yalan! Kocaman bir yalan! Daha yarım saat önce yaşıyordu annem. Beni hatırlamıştı. Kızım, demişti! Ayşem, demişti! Dondurma çekmişti canı! Hıçkırıkların arasında, "Dondurmasını yedi mi bari?" diye sordum. Yemiş. Su istemiş, suyunu da içmiş. Annem benim! Hayatım boyunca çekişip durduğum, kıymetini bilmediğim anneciğim! Yanına vardığımda, sağ elinin parmakları arasında, Mete'nin kızı Dilara'nın yaz başında koluna taktığı boncuk bilezik vardı. Sarıldım, sıcaktı, başımı göğsüne yasladım bir nefes çıktı dudaklarından. "Yaşıyooor!" diye seslendim içeri, "Nefes aldı, ölmemiş!"

Annem çetin cevizdi. Ölümle saklambaç oynar, hep kazanırdı. Bakın, işte yine yendi Azrail'i diyecektim, Salih ve Zehra'ya. Onlar, annemin başından geçenleri bilmezler... Bir yaz akşamı evinin asansöründe bir hırsız tarafından bıçaklandığını, bağırsaklarının deşildiğini, ölümden döndüğünü...

Bizim Sara'yla birlikte çalıştığımız dönemdi. Dış Ticaret Derneği'nin halkla ilişkilerini yürütüyorduk. Dernek başkanı, ülkemizi ziyaret etmekte olan Mısır'ın ticaret bakanıyla avenesini bir akşam yemeğinde ağırlayacaktı. Güzel bir yaz günüydü. Boğazın Anadolu sahilindeki Körfez Lokantası'nda yer ayırtmıştık ama daha önce, Dolmabahçe önünden bineceğimiz bir gezi teknesinde, günbatımını seyredip, lokantaya öyle geçecektik. Yaz tatili dolayısıyla Mete ve Ali, bende kalıyorlardı. O akşam meşgul olduğum için, arabamı istediler.

"Beni tekneye bırakın, sonra araba sizde kalsın," dedim.

"Seni kaçta gelip alalım?" diye sordu Mete.

"Beni getirirler eve. Siz de geç kalmayın," dedim.

Hızlı kullanmayın, sakın içki içmeyin türü bin bir tembihten sonra, beni teknenin yanaştığı iskeleye bırakıp, gazlayıp gitti çocuklarım.

Teknede konuklarımızla içkilerimizi yudumlayarak, muhteşem İstanbul siluetine yaslanan güneşi batırdık ve Körfez Lokantası'na bırakıldık. Üst kattaki balkonda özel hazırlanmış soframıza oturduk. Yemeğin ortasında, bir garson gelip Ayşe Kulin kim, diye sordu. Benim, dedim. Telefonum varmış. Şaşırdım. Çocuklardan başka buraya geleceğimi bilen yoktu. Aşağıya koştum, müdüriyet odasındaki telefonu aldım, karşımda bir yıl önce ayrıldığım eski sevgilim vardı... Bu kadarı da olmaz! Hiç âdeti değildir ama sarhoş mu oldu ne!

"Ne var?" dedim buz gibi bir sesle.

"Senin çocuklar... Körfez'in numarasını bilmiyorlarmış... ben bulurum dedim de..."

"İş yemeğindeyim. Ne istiyorsun?"

"Anneannen hastalanmış, hastaneye kaldırılmış. Gelsen iyi olur."

"Aman Allahım! Hemen geliyorum."

Kapattım telefonu, kapattığım anda, anneannemin hangi hastaneye kaldırıldığını sormadığımı fark ettim. Geri aradım... meşgul. Bir daha aradım hep meşgul. Annemi aradım, cevap vermiyor. Anneannemin evini aradım ki yardımcısı Fatma Hanım anneannemle gitmediyse hastaneye, ondan bilgi alayım diye. Telefonu anneannem açmaz mı!

"Aaaa! Anneanne!"

"Efendim," dedi sakin sakin, "ne oldu çocuğum? Nedir o sesin öyle, Ayşem."

"Ama sen evdesin!"

"Ben evdeyim de, benim Fatma bıraktı gitti beni, akşamın bu saatinde. Komşusu mu hastalanmış, ne. Bıktım kızım ben bu kadından..."

Telefonu kapadım. Anneannem iyiydi, evindeydi. Eee? Tanrım! Şimdi anladım! Çocuklar kaza yapmış olmalı. Evet, kesin böyle! Yoksa niye yalan söylesinler bana, anneannen hastaneye kaldırıldı diye. Yukarı kata fırladım. Sara'nın kulağına eğildim, çocuklar kaza yapmış, ben gidiyorum, sen durumu idare et, dedim ve gerisingeriye, uçtum aşağı kata. Lokantanın bir küçük motoru vardı, müşterileri karşı yakaya atan. Ona bindim, motor kalktı, bir de baktım ki, Sara da peşimden gelmiş. "Bakma öyle yüzüme, ben seni bu durumda yalnız bırakamazdım," dedi.

Yirmi dakika sonra, Rumelihisarı'nda caddede taksi arıyorduk, ayaklarımızda topuklu ayakkabılar, saçlar fönlü, makyaj tam gaz, üzerimizde abiye elbiselerle aşırı süslü iki kadın. Sara sakindi ama ben önüme gelen taksiye fırlıyordum durdurmak için. Dakikalar geçiyor, boş taksi geçmiyordu! Benim çocuklarım ölüyordu bir hastanede, deli olmak üzereydim. Attım kendimi yolun ortasına, bir özel arabayı durdurdum.

"Yalvarırım bizi yol üstündeki ilk taksi durağına bırakın," dedim, "hastamız var."

Bir Volkswagen durdurmuşum. Tıkıştım arkaya. Sara sürücünün yanına oturdu, durumumuzu anlattı. Adam, yolda bir ekibe rastlarsak, sorarız, onlarda bilgi vardır, hangi hastanede olduğunu söylerler, dedi. İlk rastladığımız polis ekibine sorduk, Sarper soyadında iki genç trafik kazası geçirmişler mi diye. Hayır geçirmemişler. Arabanın sahibi bizi, benim ısrarımla Amerikan Hastanesi'ne götürdü. Dörtnala acile koştum. Çocuklarımı sordum. Orada değildiler. Evim hastaneye çok yakındı, belki evde bir not bulurum umuduyla çıktım hastaneden, koşmaya başladım. Uzun topuklarla koşamayınca, çıkardım ayakkabılarımı, elime aldım, evime kadar yalınayak koştum. Dairemin kapısına bir kâğıt yapıştırılmıştı, SİT ETFAL'E KALDIRILDI, ANNE HEMEN GEL! yazıyordu. Çocuklar aralarında Sit derlerdi anneme. Eve girmeden, gerisingeriye indim merdivenleri, ayakkabılar hâlâ elimdeydi. Kapıdan çıktım, Volkswagen peşimden gelmiş, beni bekliyordu kapının önünde. Arabayı da, Sara'yı da tamamen unutmuşum.

"Beni Etfal'e götürün," dedim, adını bile bilmediğim sürücüye. Sara'ya döndüm, "Birisi not bırakmış kapıya, güya annem hastalanmış gibi yazmış, notu. Akılları sıra, gerçeği bana alıştıra alıştıra söyleyecekler. Önce anneannem, sonra annem... yemedim elbette."

"Sen önce kendine bir çekidüzen ver," dedi Sara. Bir de ne göreyim, eteğimin üzerine giydiğim, belimde dolanarak bağlanan bluzumun kuşağı, ben koşarken çözülmüş, bluzumun önü açılmış, sutyenim ortada, ben farkında bile değilim. Kuşağı sıkıca bağladım, ayakkabılarımı giydim, Etfal'e gittik, ilk ben atladım yine arabadan, acile koştum, Mete ve Ali Sarper'i sordum... Yoklar! Araba kazasında yaralanan birileri var mı? O gece araba kazası yokmuş, sadece bir intihar, bir de bıçaklanma vakası gelmiş, o ana kadar. Haydi, dedim, laf olsun diye sorayım, Sitare Kulin adında biri geldi mi? Evet dedi resepsiyondaki adam, size söylediğim bıçaklanma vakası işte. Deli mi ne! Yok, dedim, benim annem bıçaklanmaz! Acaba düştü mü evde, kalçasını, kolunu mu kırdı? Bir polis memuru bana doğru yürüyordu, Sitare Kulin'in nesi oluyormuşum? Başka şeyler de soruyordu, annemin düşmanı var mıydı, alacaklısı, vereceklisi... Anlamadığım bir dilde konuşuyordu sanki polis. Çocuklarımı gördüm sonra, Mete, Ali, yanlarında Fatma Hanım... Yaşıyorlar! Çocuklarım hayatta ve sapasağlamlar. Neler oluyor çocuklar, dedim. Bir ağızdan anlattılar. Annemi hırsız bıçaklamış... Nerede? Asansörde! Ne asansörü? Evinin asansöründe işte. Tanrım! O asansöre bir şişman adam zor sığar... anneciğim... anneciğim... Dur anne, düşüyorsun mu dedi Ali? Fatma Hanım bağırdı galiba, "Baksanıza, anneniz bayılıyor ayol..." Hep birlikte tuttular beni. Bayılmadım. Toparladım kendimi. Anlatılanları dinledim.

Annemin kapıcısı anneannemin evine gelip haber vermiş, Fatma Hanım da anneannemden gizli, çocukları aramış hemen. Çocuklar da gittiğim lokantanın telefonunu bulmak için, Yiğit'i aramışlar... iyi de annemi kim, niye bıçaklamış?

Onu, bize ancak annem anlatabilirdi. Annemin ameliyattan dönmesini bekledik. Bağırsakları delindiği için, çok uzun sürmüştü ameliyat. Durumu hem ağır hem kritikti. Hayatta kalacağından ancak üç gün sonra emin olabilirdik, septisemi olmadığı takdirde yaşayacaktı... Ben ağır yaralı sandığım çocuklarımı sapasağlam karşımda gördüğümden beri, sinirlerim alınmış gibiydim. Hiçbir şey hissetmiyordum. Ne kızgınlık, ne üzüntü, ne korku! Çocukları eve yolladım. Üç gece boyunca annemin başında, bir iskemlede sabahladım, serum kordonunun ve karyolanın üzerinde gezinen hamam böcekleriyle savaşarak... Annem dayandı. Kımıldayabilecek hale gelince, onu özel bir hastaneye naklettim. İki hafta içinde, iki ameliyat geçirdi ama iyileşti sonunda.

Sonrası bir komediyi andırır hayatımızın. Birkaç yıl, sokakta gördüğü her blucinli, esmer, tıkız gencin kendini bıçaklayan kişi olduğunu zannetti. Bakkala girmişiz mesela, eve alışveriş edeceğiz, annem birden sokulurdu yanıma, dürter beni, gözleriyle ve parmağıyla birini işaret ederdi.

"Kim o?"

"O işte, o!"

"Emin misin anne?"

"Eminim. Çok benziyor." Ben fısır fısır dükkân sahibine polise telefon etmesini söylerken, koşardı yanıma, "Emin değilim, günahına girmeyeyim, benzettim sadece."

Başlarda hemen her gün yaşadığımız bu sahne, giderek haftada bire, ayda bire düştü ve Allah'a bin şükür, sonunda bitti! Yirmi yaş civarı esmer, tıkız delikanlılar paçayı kurtardılar ama annemin peşinden apartmana girip, asansörde boğazını sıkan, çantasını çalan ve bağırmaya başlayınca iki kez karnından bıçaklayan kişiyi bulamadı polis. Kim bilir daha kaç yaşlı kadının canını yakmıştır.

Salih ve Zehra gelmiş, yatağın ucunda duruyorlardı.

"Annem ölmemiş! Nefes aldı," dedim.

"Siz başınızı göğsüne koyunca, ciğerlerindeki son nefes çıkmış olmalı," dedi Salih.

"Savaşçıdır benim annem. Kolay kolay ölmez!"

Kalçasını kırdı, artık yürüyemez zannettik, eskisinden farksız yürüdü. Bacağını kırdı, röntgeninde gördüm, bacağın içi hurdacı dükkânına dönmüş, çiviler, çubuklar... İyileşti, yürüdü. Ertesi yıl femür kemiğini kırdı, bir ay sonra kontrole götürdüm, doktor şaşırdı, vaktinden önce kaynamış kemiği. Üç ay önce, bu sefer de omzunu kırdı, ameliyat oldu, hastanede gönlünü fethetmediği doktor, hemşire kalmadı. Bir şeycik olmaz anneme benim! Ölmemiştir.

"Anneniz vefat etti, Ayşe Hanım, bakın, nefes almıyor artık. Üzmeyin kendinizi böyle, doksan yaşındaydı anneniz." Tanrım, sussunlar ne olur!

"Annemle yalnız kalmak istiyorum," dedim. Çıktılar. Ben öptüm, kokladım, sevdim onu dakikalarca.

Hayatında kimseyi kırmamış, incitmemiş ve benden başka kimseyle didişmemiş olan anneme yakışan güzel, huzurlu bir ölüm verdiği için teşekkür ettim Allah'a. Acı çekmeden, kuş gibi uçup gitmişti de, beni dün kim çağırmıştı annemin yanına? Bu sorunun yanıtı meçhul! Yarım saat sonraydı galiba, Zehra geldi odaya, "Oğlanlara haber verelim artık," dedi. Ah evet, verelim. Böyle sarmaş dolaş akşama kadar yatamam ki annemle! Başkalarına da haber verelim, aileye, annemin hayatta kalan üç-beş arkadaşına, Engin'e... Salih telefon etmiş bile Engin'e. Düşündüm de, Engin'i üzmemek için gelmekten vazgeçseydim bu sabah, bağışlar mıydım onu? Ya da annem bir on-on beş gün daha bekler miydi beni? Bilmiyorum, bildiğim tek şey, izah edemesem de, bizim dışımızda bir aklın, bir iradenin, bir vicdanın olduğuydu.

Mete ile Ali'nin de Cenevre ve Dublin'den gelebilmeleri için, bir gün beklettik annemin cenazesini. Yayıncım Faruk Bayrak, bana cenazeyle ilgili hiçbir şey yaptırtmadı. Ben çocuklarımı bulup haber verene kadar, Faruk Bey, Hamit ve Erkan Lamba kardeşlerle annemin evine gelmişti bile, cenazeyle, mezarla ilgili tüm işlemleri hallettirmişti. Hakkını hiç ödeyemem. "Siz Çarşamba günü, öğle namazına doğru camiye gelin, başka hiçbir şeye karışmayın," demişti. "Olmaz," demiştim, "babamın yanına sokmamışlardı beni, annemi ben yıkayacağım."

Annemin incecik bedenini, genç bir kızla birlikte, sabunlarla, gül sularıyla, mırıl mırıl dualar eşliğinde, bebek yıkar gibi ihtimamla, sevgiyle yıkadık, tertemiz tülbentlerle kuruladık. Onu beyazlara sarıp, babama gelin gibi yolladım, ellerimle. Sonra pişmanlıklarımla, keşkelerimle kalakaldım. Kendimi ilk defa yapayalnız hissediyordum. Çocuklarıma, torunlarıma, Engin'e, çok yakın çok eski arkadaşlarıma rağmen beni üşüten, buza kesen bir yalnızlık içindeydim. Biliyordum ki bu dünyada beni bütün kusurlarımla sevebilecek yegâne kişi artık yoktu. Katil de olsan, her türlü suça da bulaşsan sığınacağın kalp, yüzüme hiç kapanmayacak kapı, şımarıklığımı, küstahlığımı bağışlamaya hazır yürek... Hoyratlıklarımla hırpaladığım annem benim, kıymetini anlamak için geç kaldım. Ah nasıl geç kaldım! Babam için bir şiir kitabı yazmıştım. Anneanneme bir öykü kitabı ithaf etmiştim. Engin'e, bir-iki arkadaşıma ithaflar... Anneme ne yapmıştım? Hiç! Madem gönlü alınmamıştı yaşarken, bari şimdi, geç kalmış da olsam, annem yazdığım kitaba mutlaka girsin ve o kitapta yaşasın istedim.

Aslında, okurlarımın bir yıl sonra yazdığım *Umut*'ta tanışacağı annem de, Bülent Dayım da, Reşat Dedem sürgüne gitmeden doğmuşlardı. Annem beş yaşında, Bülent Dayım birkaç aylıkmış dedem İtalya'ya kaçtığında. Romanın dramatik yapısını bozmamak için, dedemin kızlarının doğum tarihlerini biraz kaydırarak yazmıştım hikâyeyi. Fakat ölüm travması yaşarken, romanın akışını baştan aşağı değiştirecek gücüm kalmamıştı, bu nedenle annemi romana ancak, dedemin ailesine yazmış olduğu gerçek bir mektuba ekleyerek katabildim.

Veda'nın sonundaki mektup, dedem tarafından sürgünde yazılmış onlarca mektuptan biridir. Anneme dair satırları, onun ruhunu şad etmek için mektuba, mektubu da romanın sonuna ben ekledim.

Aynı yıl, eylül ayında UNICEF, çeşitli telif gelirlerimi çocuklara dair projelere bağışladığım için olmalı, beni UNICEF iyi niyet elçisi ilan etti. Beni onurlandıran bu jeste karşılık vermek istedim. Annem torunlarına ve görme şansına erdiği bütün torun çocuklarına, arkasını getiremediği manzum bir masal söylerdi, çocuklar da bu masala bayılırlardı. Ben o masalın devamını, annemin adına tamamladım, yine benim gibi bir UNICEF iyi niyet elçisi olan sevgili Müjdat Gezen'e resimlettim ve *Sit Nenenin Masalları* adı altında, Faruk Bayrak'a yayınlattım. Faruk Bayrak, Müjdat Gezen ve ben, bu kitabın gelirini, UNICEF'in okulöncesi eğitim projesine bağışladık.

Her kim ki bu kitabı satın alır, kendi çocuğu kadar şanslı olmayan bir başka çocuğun okulöncesi eğitimine katkıda bulunmuş olur, eminim, annemin ruhunu da şad eder!

Umut 2008

Umut, Veda'nın devamı olarak değil, yakaladığı rüzgâr yüzünden hiç değil, annemi anlatan bir öykü yazma ihtiyacıyla kıvrandığım için yazıldı aslında.

Veda, Osmanlı'nın düşman işgali altındaki üç hazin yılını anlatıyordu. Türk edebiyatına, hain Padişah Vahdettin söylemine karşı bir alternatif bakış açısı, bana da önemli bir ödül getirmişti. Hazin bir hikâyeydi, dedemin sürgüne kaçışıyla bitiyordu. *Umut* ise, Osmanlı'nın yıkıntısı üzerine kurulan Cumhuriyetin ilk yirmi yılının ve annem ile babamın hikâyesidir. Yoksul ve umutsuz insanlara can suyu veren Cumhuriyetin ilk yıllarını çok severek yazdım. Bu yıllar, her şeyini kaybetmiş, elinde yanmış topraklardan, yıkılmış şehirlerden, gırtlağa kadar Osmanlı borcundan, sıtma, trahom, verem ve frengi gibi bulaşıcı hastalıklardan başka hiçbir şey kalmamış insanların, küllerinden yeniden doğmalarının, umutla ileriye bakmalarının öyküsüdür, bir de ailemde yaşanan olağanüstü bir aşkın!

Diğer romanlarımdan farkı ise, yazıldığı mekândır aslında. Ben bu zor yılları ve bu zor aşkı, diğer bütün kitaplarımı yazdığım İstanbul'daki evimde ya da Urla'daki yazlıkta değil, bambaşka bir coğrafyada, Barbaros'un benim adıma başvurup, kabulümü sağladığı, New York'un banliyölerinden Ghent'de bir yazarlar evinde yazdım: Ledig House, International Writers Colony'de.

Ledig House'a, uzun bir yolculuk sonunda, 2008 yılının bir eylül günü vardım. Dünyanın çeşitli ülkelerinden kadınlı, erkekli gelmiş yedi yazardık. Her ülkeden sadece bir yazarın katıldığı evde, o dönem benden başka İsrailli Lisa Kats, Avusturalyalı Inez Baranay, Vietnamlı Hoang Hung, Amerikalı Jennifer Wanderbers, Estonyalı Ki Wa, bir de adını unuttuğum Danimarkalı bir yazar vardı. Ledig House'a girişimizin daha birinci gününde, damak tatları ve müzik zevkleri uyuşan, Ortadoğu'nun sıcakkanlı kadınları Lisa ve ben, ayrılmaz ikili haline geliverdik. Sorunları bol ülkelerimiz hakkında konuşacak çok şeyimiz vardı ki, lafımız hiç bitmiyordu. Kadınlarla erkeklerin kaldığı evler ayrıydı ama aynı bahçe içindeydi ve İstanbul adalarının ahşap konaklarını andırdıkları için, bende müthiş bir nostalji uyandırmıştı. Bahçe dediğim, uçsuz bucaksız gibi gözüken, üzerinde sanat eserlerinin, heykellerin bulunduğu bir sanat parkıydı.

Hayatımın hiçbir evresinde, Ledig House'ta olduğu gibi ağır bir disiplinle yazmamıştım. Sabah yedi sularında kalkıp, bilgisayarımın başına geçiyor, Lisa'yla yaptığımız yürüyüşün ve öğle yemeği molasının dışında, akşam yemeği saatine kadar ara verme-

den çalışıyordum. Akşam yemeklerimizi, kocaman bir mutfağın ve kapsamlı bir kütüphanenin de bulunduğu bir üçüncü evde, tüm yazarlar birlikte yiyorduk. Sonra da yine hep birlikte televizyonun karşısına yığılıyor, Obama ile McCain'in seçim propagandalarını dinliyorduk. Seçimlere sadece bir ay vardı, taraflar asabiydi haliyle ve nasıl beceriyorlarsa, birbirleriyle küfür, hakaret etmeksizin, ölesiye çekişiyorlardı.

Ledig House'a gittiğimde *Umut*'un otuzuncu sayfasındaydım. Beş hafta sonra bu evden ayrılırken, kitabın sonuna yaklaşmış, aşırı yazmaktan sağ omzumda ödeme sebep olmuştum. İstanbul'a neredeyse tamamlanmış bir roman ve ayrıca ev arkadaşım Inez'in birkaç adet kitabıyla döndüm; aralarından birini Türkçeye çevirtip yayınlatmak için. *Kaplanla Yan Yana* adıyla Türkçeleştirilen kitabın tanıtımı için 2011 Kasım'ında İstanbul Kitap Fuarı'na gelen Inez, İstanbul'a âşık oldu, o gün bu gündür Beyoğlu'nda ikamet ediyor ve içinde İstanbul'un da geçtiği bir roman yazıyor. Bana gelince, *Umut*'tan sonra, beş roman daha yazdım ama *Umut*'un bittiği noktada başlaması gereken, otobiyografi niteliğindeki *Hayat*, sırasını başka bir kitaba bırakmak zorunda kaldı. Çünkü ölüm ferman dinlemiyordu!

Türkan 2009

Türkan Saylan çok hastaydı. Asla telaffuz etmiyorduk ama biliyorduk ki ölüyordu. Türkan Saylan'ı kaybetmek, güzel günlere inanma umudunu, pozitif enerjiyi, yaşama sevincini kaybetmekti. Yoktan var etme maharetini, kaybetmekti. Doğuda cüzzamı kontrol altına almak gibi mucizeler yaratmış, hayatı yaşanır kılan projeler üretmiş birinin ölebileceğine inanmak kolay değildi. İmkânsızı başaran biri, hastalığa kolayca yenilmez, o son dakika yine atlatacak ölümü diye hayal kursak da, bilincindeydik gerçeğin.

Benim bir de vicdan azabım vardı, ilaveten. Birkaç yıl önce, Türkan Hoca'yla Etiler'de bir kafede buluşmuştuk. Daha doğrusu, Türkan Hoca, Türkân Şoray, Çağan Irmak ve bizi bir araya toplayan Turkcell'li genç hanımla, Kardelenlere yeni kaynaklar yaratmak amacıyla bir toplantı yapmak üzere sözleşmiştik. Türkan Hoca ve ben, buluşma yerine herkesten çok önce gitmişiz. Karşılıklı çay içerken lafladık oradan buradan ve konuştukça anladık ki, aile yapılarımız ve hayatımızın bazı yönleri birbirini çok andırıyor. İkimiz de eğitimli fakat muhafazakâr ailelerin çocuklarıydık. Gençlik yıllarımızda, gezmek tozmak ve erkek arkadaşlar konusunda ailelerimizle didişip durmuştuk. Yürütülemeyen erken evliliklerimiz, genç yaşta doğurduğumuz erkek çocuklarımız, hırçın, anlayışsız babalarıyla araları olmayan oğullarımız, ağır şartlarda uzun çalışma yıllarımız vardı. Bir dayanışma içine girdik ki, o biçim. Ruh ikizleri gibi hissediyorduk kendimizi, o anda.

"Ayşe, benim biyografimi yazar mısınız?" dedi birden, "Birkaç kitabım var ama sizin yazmanız başka olur."

Adı: Aylin yüzünden başıma gelenlerden dolayı, çocuklarımın üzerine yemin etmiştim bir daha biyografi yazmamaya. Bu yüzden yeminimi bozabilmem mümkün değildi. Dilimin döndüğünce niye yazamayacağımı anlatmaya çalıştım. Dikkatle dinledi ve hiç ısrar etmedi. Zaten o sırada Çağan Irmak'la Türkan Şoray da geldiler ve aramızdaki konu kapandı, hepimiz Kardelenler için nasıl yeni kaynaklar yaratabilir, ne gibi projeler hazırlayabiliriz, bunları konuşmaya daldık.

Birkaç yıl sonra, Türkan Hoca'nın hastalığının dönülmez noktalara geldiği günlerde, o kafede aramızda geçen konuşma, rüyalarıma girmeye başladı. Neden çok saydığım ve sevdiğim bir insanın son arzusunu yerine getiremiyordum? Evet yeminliydim fakat biyografi yazmamaya yeminliydim sadece. *Köprü* örneğin, Recep Yazıcıoğlu'nun biyografisi değildi ama onun izini taşıyan bir romandı. Benzerini yapamaz mıydım? Uykusuz geçirdiğim bir gecenin sonunda telefon ettim Türkan Hoca'ya. "Sizi çoğu kimse Çağdaş Yaşam ve Kardelenlerle tanıyor. Tıp çevresi dışında, cüzzamlılar için ömür tükettiğinizi bilen az," dedim, "düşündüm de, bana birkaç cüzzamlı öyküsü anlatabilirseniz, hekimliğinizi öne çıkaran bir kitap yazabilirim."

Ertesi gün evindeydim ses kayıt makinemle. Birkaç gün peşinde dolaştım; evine, derneğe gittim, bana naklettiği hikâyeleri toparladım ve her işimi bırakıp yazdım, yazdım. Sonra bir otuz sayfa yazıyı e-postayla yolladım, Türkan Hoca'ya. Bir saat içinde notlarla, düzeltmelerle geri döndü bana. Her ikimiz de zamana karşı yarışıyorduk. Ben, bu işi bu kadar geçe bırakmanın pişmanlığı, o ise, kitabını görmeden gitmemenin telaşındaydı. Tam da o günlerde evi basıldı. Azize mertebesine konması gereken Türkan Hoca, ağır hastalığının son evresinde, terör örgütü

mensubu ilan edildi, işte o an, benim iktidardaki partiyle tüm bağlarımın koptuğu andır! Halk iradesini temsil eden, sandıktan çıkmış bir partiye, hayat tarzıma uymasa da, elbette saygım vardı. Partiyi kapatma çabalarına, başörtüsü yasaklarına karşı çıkmıştım. Cumhurbaşkanına yapılan siyasi oyunlara tepki göstermiştim. Hatta bu nedenlerle kendi çevremde çok eleştirilmiştim. Ama tüm hayatını yoksul insanların sağlık sorunlarına vakfetmiş, bırakın başörtülü kadınları, kara çarşaflıların iyileşmesi, iş bulması, evlatlarını okutması, insanca yaşaması için bir ömür çırpınmış bir hekime, bir mübarek insana yapılan haksızlığı görünce, bunu ona yapanlar, bizlere ne yapmaz diye düşündüm. Gerçek yüzünü ilk o an gördüm iktidar partisinin. İntikam mangası gibi çalışan, karşısındakini her bahaneyle ezmeye hazır bir ordu. Evet, sivil ama zalim bir ordu. Ürperdim. İşte o günlerin birinde, Türkan Hoca'nın yardımcısı aradı beni, eve çağırdı. Meğer o gün, evindeki son günüymüş hocanın. Aynı akşam hastaneye kaldırılacak ve bir daha hiç dönemeyecekti evine. Hemen gittim. Zor konuşuyordu. Yaklaştım iyice yanına, ona kitabı bitirmeye söz verdim ve kitabın telifini Çağdaş Yaşamı Destekleme Derneği'ne mi vereyim diye sordum. "Telif, sizindir," dedi. "Hayır hocam, bu kitap sizin. Siz ne istiyorsanız, o!" Eğildi kulağıma, ikimizin arasında kalacak olan, kitap yayınlandığında telifinin nereye verileceğine dair, yerine getirmiş olduğum arzusunu söyledi.

Türkan Hoca'ya bir sonraki ve son ziyaretimi ne yazık ki hastanede yaptım. Artık sadece gözlerimizle konuşabiliyorduk ama o hâlâ cıvıltılı gözleriyle, ne çok şey anlatıyordu, bilseniz!

Türkan Hoca'nın cenazesi, halkın sevgilisi haline gelmiş bir efsaneye vedaydı. Törenin yapıldığı Lütfi Kırdar Salonu'na halk sığmadı, merdivenler, hatta tabutunun durduğu sahnenin üstü, balık istifi insan doluydu. Kardelenleri, öğrencileri, meslektaşları, arkadaşları, gönüllüleri ve doğunun çeşitli şehirlerinden, kasabalarından ona vedaya gelmiş cüzzamlılardan oluşan kalabalık, Lütfi Kırdar'dan ta Teşvikiye'ye kadar yığılmış, izdiham yüzünden tek adım atamadan, Türkan Hoca'nın tabutunu elden ele geçiriyorlardı. Hoca cennete, eller, başlar üstünde ve gönüllerimizde dalgalanarak gitti; bizlere insan olmanın anlamını, erdemini ve merhameti öğretmiş olarak!

Ondan geriye, cüzzam hastaneleri, bu dalda yetişmiş genç doktorlar, iyileşmiş hastalar, eğitim dernekleri ve sayesinde umur görecek binlerce genç kaldı. Hem kendi yazdığı hem çok değerli yazarların onu anlattığı kitapları da var, ayrıca. *Türkan, Tek ve Tek Başına,* benim çorbadaki bir tutam tuzumdur, onu anlatan kitaplar arasında.

Hayat / Hüzün 2010

Hayat'ı yazmaya, yüreğimde Türkan Hoca'nın acısı tüterken başladım. Otobiyografi niteliğindeki bu kitabı yazmamın bir öyküsü yoktu ama bir nedeni vardı: Kendi yaşadığım yıllara dair sosyal tarihe not düşmek! Yaşamı boyunca ülkesinde üç darbe ve sayısız olay (6-7 Eylül olayları, faili meçhul cinayetler, Maraş katliamı, Sivas katliamı vs.) yaşamış birinin içini dökmesi kaçınılmazdır. Ayrıca, *Veda*'yla başlamış, *Umut*'la devam etmiş olan hikâyeyi de noktalamak istiyordum. *Hayat,* işte bu noktayı koyacaktı üçlemeye. Ama evdeki hesap çarşıya uymadı, daha doğrusu, yayınevine uymadı. Sayfa sayısı fazla uzun geldi.

Hayat ve Hüzün'ün hakkında anlatabileceğim yegâne şey, bu iki kitabın aslında tek bir kitap, yani sadece *Hayat* olarak yazılmış olduğudur. *Hayat*'ı bitirince, kapağa konacak resmi de ben seçtim aile albümümden, kitabın provası hazırlandı ve işte o zaman, olanlar oldu. Resimlerle birlikte, neredeyse 800 sayfaya yaklaşan kitabı yayınevi çok kalın buldu. Okurlar kalın kitaplardan tırsıyorlarmış. Tırsan almasın, dedim. Ama bu haliyle cep kitap da olmaz bundan, dediler. O zaman da ben tırstım. Cep kitapları seviyorum, insan atıyor çantasına, vapurda, metroda, otobüste çıkarıp okuyor. Barbaros, yüz sayfa kadar kısaltalım dedi. Ona kalsa tüm kitaplar üç yüz sayfada bitmeli zaten! Sırma ise tek bir kelime atılmasına bile kıyamaz. Hiçbir neticeye varamadan konuşup duruyorduk. Fikir gene Barbaros'tan çıktı, "İkiye bölelim kitabı," dedi. Nasıl yani? Şöyle; ilk yarısı *Hayat*'da kalsın, diğer yarısı da Hayat 2'de. Fikir iyi de, ikinci kitabın adı kötüydü, isim bulmamız lazımdı ikinci kısma. İkinci kitabın adı da H harfi ile başlasın istedim. Hasret, Heyecan, Hüsran, Hazan... Buldum, *Hüzün!* Çünkü hem benim hayatımın hem de ülkenin çok hüzünlü günlerini anlatıyordum kitabın ikinci yarısında. Kapağı hazırlayan Utku'yu neredeyse deli ediyorduk. Bandrol alınmıştı, matbaa hazırda bekliyor, ama yeni kapak tasarlayacak zaman yoktu! Aynı kapağı kullanalım, birincinin üzerine 1941-1964, ikinciye de 1964-1983 yazalım, dedik. İnsanlar kör değil ya, elbette görürler, sırasıyla

alırlardı. Yanılmışız, görmediler! Kimi *Hayat*'ı aldı, son sayfada öykü bitti zannetti, kimi *Hüzün*'le başladı, *Hayat*'la devam etti. Kimi kitaplardan birini okudu, diğerinden haberdar dahi olmadı. Kitapları okuyup hakkında birbirleriyle konuşanlar, başka kitaplardan söz ettiklerini görünce, şaşırdılar. Benim imzalarda dilimde tüy bitti, *Hüzün, Hayat*'ın devamıdır, demekten.

Hayat ve Hüzün, yaşını açık etmekten korkmayan (az bulunur ha!) bir kadının bu ülkedeki 42 yılını anlatan iki adet anı kitabıdır ama sadece kitapların değişik olduklarını fark edenlere... *Hayat ve Hüzün*'e otobiyografi de diyemiyorum, çünkü kitapta yaşamımın otuz yılı eksik. Sosyal ve siyasi olaylarla, darbelerle örülmüş, ayrılıklarla savrulmuş bu kırk iki yıl, benim kişiliğimi açık ettiği kadar, ülkenin şizofren yapısına da tanıklık etmekte. Bu kitaplar okura ne verdi bilemem ama bana iki şey öğretti: Birincisi, Türkiye'nin okurları ezici çoğunlukla kapakların üzerini okumuyor; ikincisi, elmanı bölebilirsin, sevgini bölebilirsin, mirasını bölebilirsin ama kitabını asla ikiye bölme!

Gizli Anların Yolcusu 2011; Bora'nın Kitabı 2012; Dönüş 2013

Elimden bir niyetine iki kitap daha geldi geçti cancağızım. Şimdi yepyeni bir şeyler söylemek lazım!

İyi de ne söyleyecektim? Günlük alışkanlıklarımızla yaşayabilmenin giderek zorlaştığı günlerdeydik. İleri demokrasi vitesini yanlışlıkla geriye mi takmıştık nedir, gerim gerim geriliyorduk toplum olarak. Eğlenmeye, gülmeye, flört etmeye, dans etmeye, içki içmeye ve sanatla haşır neşir olmaya alışık olmayan yöneticilerimiz vardı. İnsanların stres attığı, iki yudum içkisini keyifle içtiği mekânların ruhsatları iptal ediliyor, sanat galerilerindeki açılışlar, İstanbullu olmayı bilmeyen kişilerce basılıyor, tiyatrolar hakkında ahkâm kesen yandaşların, sıkıcı ve tekdüze yaşam tarzları doğrultusunda yaşamaya zorlanıyorduk.

Her gün bir yeni yasakla sarsılıyorduk. Sezaryenle doğurmak ve kürtaj yasaklanıyordu, toplu taşımacılıkta kadınlarla erkekleri ayrı oturtmak gündeme geliyordu. Hükümetin muhafazakâr çizgisinden güç alanlar, kendileri gibi yaşamak istemeyenlere hayatı dar ederken, Anadolu'dan bitmez tükenmez töre ve namus cinayeti ve eşcinsellere yönelik şiddet haberleri geliyordu. Hepsinden önemlisi, eğitim sistemi, çağdaş insan yetiştirmek yerine, dini referanslarla yaşayacak kişiler yetiştirmek üzere değiştiriliyordu. Dünyayla bütünleşmeye yönelik bir yaşamdan adım adım uzaklaşıyor, Ortadoğu'nun tutucu karanlığına doğru kayıyorduk.

Bütün bu saydıklarım, benim hayat tarzımı benimsemiş insanların endişeleriydi. Türkiye'deki gidişatından memnun olan çok geniş bir kitle daha vardı. Onların arzu ettiği yaşam tarzı etmeyenlere dayatılmasa, sorun olmayabilirdi ama görülüyordu ki, tek tipleşiyorduk. İtiraz edersek nefessiz kalıyorduk. Biz bu hatayı, sebebi ne olursa olsun zamanında yapmış ve dersimizi almıştık hani! Hani dayatmanın kötülüklerini öğrenmiştik! Yok, öğrenmemişiz. Öğrenemiyoruz! Hatalardan ders alma becerimiz eksik! Bu eksikliği kabullenmiştim de, sanatçı geçinenlerimizin muhafazakâr olma lüksü yoktu. Ressamlar, yazarlar, çizerler, müzisyenler, dansçılar, tiyatrocular, toplumunun birkaç adım ötesinde duramıyorsa, toplumunda farkındalık yaratamıyorsa, boşa kürek çekiyordur sanatıyla.

Buna yürekten inandığım için, bir sonraki romanımda eşcinsel bir aşka yer vermek istedim. Çünkü eşcinseller, edebiyata hak ettikleri oranda yansımamışlardı ve toplumun ötekileri'ydiler. Eşcinseller hakkında yazılan kitapların biri dışında hepsi yine eşcinseller tarafından yazılmıştı. Onları anlatan bir roman, eşcinsel olmayan bir yazardan, benden olsun istedim, çünkü özellikle o yıl eşcinsellerin maruz kaldıkları şiddet, katlandıkları hakaretler, onlara karşı işlenen suçlar ve cinayetler medyaya yansımış, Bebek'te barmenlik yapan bir eşcinsel hiçbir suçu yokken bıçaklanarak, bir başka genç izini Doğu Anadolu'dan İstanbul'a kadar süren babası tarafından sokak ortasında kurşunlanarak öldürülmüştü.

Okur yelpazemde, birçok okurumu kaybetmeyi göze alarak, toplumda farkındalık yaratmak adına yazdım; eşcinsellerin de eşcinsel olmayanlar kadar toplum içinde yaşam hakkına sahip olduklarını Gizli Anların Yolcusu adını taşıyan romanda yansıtmak istedim. Sosyal medyada tepki görmüşüm. Sosyal medyayı takip etmediğim için bana yapılan hakaretleri okumadım. Posta yoluyla gönderilen mesajlar arasında küfürler kadar şükran mesajları da vardı. Beni en mutlu eden mektubun yazarı ise, kitabımın çok katmanlı, çok yönlü bir roman olduğunu, çirkinleşmeye bayağılaşmaya yatkın bir konuyu ustalıkla kaleme aldığımı söyleyerek beni kutluyordu. Bunu yazan okuruma zor bir dönemimde kanatlarımı özgüven rüzgârıyla doldurduğu için şükran borçluyum. *Gizli Anların Yolcusu,* giderek muhafazakârlaşan toplumda, eşcinsel aşkı normalleştirme adına yazılmış bir romandı ama özünden çok, Ayşe Arman röportajıyla gündeme geldi. *"Çok satan yazar sevmezler"* ya da beni sevmeyenler, bu röportajdan satırlar, ara başlıklar cımbızladılar, böcek ilacı reklamlarındaki gibi fısssssladılar bana doğru. Neticede, eşcinsel aşka dair 427 sayfalık kitapta, eşcinselleri incitecek tek bir satır yazmamış olan bana, o yılın Homo-fobi Ödülü'nü reva gördüler. Kimler dersiniz? Tutucular mı, dinciler mi, sapma kadar heteroseksüeller mi?

Hayır, sıkı durun: Eşcinseller!

Bir kitabı beğenmemek, eleştirmek her okurun hakkıdır. Beğenmeyenlerin kitabı yerden yere vurması, hakkında olumsuz yazılar yazması, tweet'ler atması yeterli olurdu. Homo-fobi, bir insanlık suçudur. Nefret suçudur. Bana bu ödülü, kitabı beğenmedikleri için reva gördülerse, buna edebiyat eleştirisi değil, Kulin-fobi denir diye çırpınmaktayken, 7 Aralık 2013 tarihli *Hürriyet* gazetesinde Taha Akyol'un "Anlamak" adlı köşe yazısını okuyunca, bana bu ödülü verenleri hemen bağışladım. Yazıyı okuduğum ana kadar yazdığım, söylediğim tüm sözleri geri alıyorum. Çünkü artık bu yazı sayesinde biliyorum ki, biz milletçe, okuduğumuzu anlama ve yorumlama konusunda özürlüymüşüz. Düzelebilmemiz için, eğitim düzeyini değil, eğitim zihniyetini değiştirmemiz lazımmış. Bu gerçeği bilmezden önce, ben ne yapmıştım? Önce şaşırmış ve üzülmüş, sonra çok kızmış, hatta öylesine bilenmiştim ki, aynı konuda bir ikinci kitap yazmaya hiç niyetim yokken, *Bora'nın Kitabı*'nı kaleme almıştım. Birinci sayfadan itibaren, eşcinsel bir çocuğun kırsal alanda çektiklerini, kendini kabul ettirebilmek için verdiği savaşı anlatmıştım. Ayrıca, toplumun sürekli görmezden gelinen, üstü örtülen diğer suçlarıyla, ensest ilişkileriyle, kız çocuklarına karşı korkunç tutumlarıyla, bastırılmış azgın cinsellikleriyle, namus cinayetleriyle hiç değişmeyen davranışlarının üzerindeki örtüyü aralamıştım. Bana, sen kim oluyorsun da bu konuya el attın, diyenlere, ben konu seçimimde kimseden icazet almam, demek istemiştim. *Bora'nın Kitabı* yüzünden bana ikinci bir homo-fobi ödülü gelmedi. Gelse, şaşmazdım. Artık ülkemde olabilecek hiçbir şeye şaşmıyorum.

Gizli Anların Yolcusu'nu, orta yaş bunalımı yaşayan İlhami'nin sesiyle, *Bora'nın Kitabı*'nı, Bora'nın delikanlı sesiyle yazmıştım.

Dönüş ise, iki roman sonra, benim kadın sesine geri dönüşümdür. Ne kadar özlemişim kadın şımarıklıklarını, mızmızlıklarını, duygusallıklarını, inatlarını! Ah, kadın olmanın çelişkili, rengârenk ruh halleri, hiç eksilmeyin hayatımdan!

Dönüş aynı zamanda, 2013 yılı için sosyal tarihe bir not düşüşümdür. Türkiye eğer ileride bir gün benim yaşam tarzımın kısıtlandığı günleri görecekse ve kitaplarım birileri tarafından hâlâ okunuyorsa, bir zamanlar 2013 yılında mesela, Urla'da şarapçılık yapılırdı, Ege'nin tatil köylerinde, kasabalarında keyifle şarap ve rakı içer, kadınlı-erkekli sofralarda oturur, rahatça arkadaşlık ederdik, flört de ederdik; kadınlar, kızlar tek başlarına yolculuk yaparlardı; sapıkların dışında kimse onları kınamaz, onlara saldırmazdı; ağaçlar kesilmesin, doğa tahrip edilmesin diye kampanyalar, eylemler düzenlenir, doğaya sahip çıkılırdı, gibisinden not düşüşlerimin de kitabıdır

Dönüş, Gezi olaylarından önce yazıldığı halde, abdala malum olur misali, sayfalarımda ağaç katliamına da yer verdiğim için, aptallığımın kanıtı gibi de yorumlanabilir ayrıca.

Ama *Dönüş* her şeyden önce, dönüşlerin romanıdır; benim yeniden kadınların dünyasına, bir ana-kızın birbirlerine, bir kızın baba evine ve çok yalnız bir adamın, kendine sevgiyle açılan kapıya dönüşünün romanı!

Bir de elbette nasıl olduğunu şu anda bile izah edemediğim, romana *Dönüş* adını vermemin üçüncü gününde, Remzi Kitabevi'ne ani dönüşüm var! Bir gün sırrını çözecek olursam, yazarlığımın serüvenini paylaştığım gibi onu da paylaşırım sizlerle.

Yazar olmanın hayalini kurduğumda kaç yaşındaydım tam hatırlayamıyorum. Okul öncesinde dedemden evde harfleri öğrenip yazarlığa özendiğimde 6 yaşında olmalıydım. Neredeyse yarım asır bu hayalin peşinde koşmuş, yazar hanesine rastlatmak için var gücümle çevirip durmuşum feleğin çemberini. Uzun zaman aldı ama becerdim sonunda.

Hayal burada noktalanıyor. Bu dünyada var olduğum sürece hayal kurmaktan vazgeçmeyeceğim için okurlarımla daha nice hayalde buluşmak üzere!

Unicef

Neler yapmadık çocuklar için...
Vakko eşarplarına mankenlikten,
sunuculuğa kadar biz iyi niyet elçileri...

Vakko eşarplarına mankenlik...

Kahve fincanları tasarladık.

Sunuculuk bile yaptık.

Bir başka Ünicef balosunda hizmet ödülümle.

Yine bir Ünicef balosunda iyi niyet elçiliği.

Resim Heykel Müzeleri Derneği Yönetiminde 10 Yıl

Yönetim kurulu ile birlikte sağ başta efsanevi başkan Leyla Belli. Cengiz Bektaş ve Ressam Prof. Dr. Tomur Atagök.

Ressam Komet ile bir dernek sohbetinde.

Her yıl tekrarlanan geleneksel günümüz sanatçıları sergisinde.

Kamera Arkasında 15 Yıl

Bana kamera arkası dünyasının kapılarını açan Yönetmen Tunca Yöndere selam olsun...

Tunca ile ilk renkli Türk dizisi Ayaşlı ile Kiracıları'nın setinde.

PR Çalışmaları 1986-1996

Sabancı yalısında dostlarla bir akşam yemeği.

İshak Alaton ve ben kim bilir hangi etkinlikte.

Sara Koral ve Ben Turamco çalışmalarıyla birlikte.

PR kraliçesi Betül Mardin ile üç çırağı Nil Adula, Sara Koral ve ben.

Zülfi Livaneli ile suratlar asık! Demek ki çöküş başlamış.

Cumhuriyet değerlerini anlatırken ben hep gurur ve mutluluk duyarım.

Polly Peck
Kıbrıs.

Bedrettin Dalan
ve ekibiyle
1985.

Çin Gezisi

Gazetecilik günlerimde Dünya gazetesi adına katıldığım rahmetli Başbakan Turgut Özel ile Çin gezisi 1984

Pekin'de karşılama töreni 1984.

Çin Ulusal Kadınlar Federasyonu Onursal Başkanı'nı ziyareti öncesi.

Semra Özal bir okul ziyaretinde.

Turgut Özal ile uçakta Çin'e giderken.

Bir başka gazeteci Tuna Köprülü.

Tienanmen Meydanında çocuklar bizi böyle karşıladı.

Dönüş uçağında yuvaya dönmenin sevinci içinde.

Gazeteci ve politikacılar yan yana.

Rahmetli Feyyaz Tokar ile.

Türk ekibi Çin seddinin üzerinde.

Kitapta öyküsünü anlattığım çay sofrası.

Nazlı Ilıcak ve Ben azar işitmediğimiz için o gün yüzler gülüyor.

Bangkok'ta ünlü tapınağın önünde ve iki rahiple birlikte.

Yazarlık

Yazarlığa ilk adım. Bin bir hatayla da basılmış olsa o benim ilk göz ağrım...

Sınıf arkadaşım yazar İpek Ongun'la bir hayat boyu beraberiz.

Nefes Nefese'nin Fransızcasının Paris büyükelçiliğindeki tanıtımında.

Kenize Mourad, Enrico Macias, Ayşe Kulin,
Erkan Özerman, Maxime Counturie, Sedef Narin.

Nefes Nefese'nin bir başka zaferi.

Avrupa Konseyi Yahudi Cemaati Roman Ödülü, 2008 İstanbul.

Rahmetli Vali Yazıcıoğlu'ndan Köprü'nün öyküsünü dinlerken.

Arka planda çeyrek porsiyon Fırat üstü Köprü.

Vali Recep Yazıcıoğlu, ben, eşi, oğlu, Engin ve zamanın kaymakamı ve eşi.

Sevdalinka için Bosna'da

Arka planda Milacka Nehri ve atalarımın şehri Saraybosna.

Savaş maduru çocuklar evlatlık edinmeyi bekliyor.

Bosna'da Türk Tugayı'nın fidanlığına bir fidan da benden olsun.

Ankara'da Gülen Saran'ın kitapçı dükkanında can arkadaşım Nazlı Eray'la birlikte.

İmren Aykut ile birlikte.

Arka plandaki gözlüklü bey Rumeli göçmeni ve gemi maketleri ustası Necmettin beydir.

Hayatımın Önemli Anları

Fethi Naci Hoca'nın elinden 1996'da aldığım Sait Faik Hikâye armağanımla gururluyum.

Avrupa Konseyi Yahudi Cemaati en iyi Roman ödülünü veriyar. 2008.

Haldun Taner öykü ödülümün sevincini Engin'le paylaşıyorum. 1996.

Aralık 1987. Cenevre. Mete ve Ali'nin üniversite mezuniyet töreninde.

Mete'nin nikahında bütün oğlularımla birlikte... Mart 1991. Cenevre.

Bu seferKerim üniversiteyi bitiriyor. Haziran 1990. Edinburg.

Son mezuniyet Selim'in Hull üniversitesi. Haziran 1991.

Yelin'in lise mezuniyet konuşmasını ben yaptım, diplomasını da ben verdim. Mayıs 2018.

Ünicef'den şükran plaketi alırken.

Şişli Terakki Lisesi'nin konuğuyum. 2017.

Sosyal Hayat

Değişik dallardan sanatçılarla bir arada.

Suzan Kardeş ve ben Rumelinin iki gülüyüz.

Engin ve ben Selim'lerimizle 1986 yılını karşılıyoruz.

Ben ve Fikret Bila bir etkinlikte.

RC 61 yılı mezunu arkadaşlarımla 60 yıl sonra Cumhuriyet Ruhunun Nefesi altında.

Demet Taner ve Rahmetli Füsun Akatlı ile bir etkinlikte.

Dizin

AYŞE KULİN

1918-1924

Veda

Esir Şehirde Bir Konak

§

AYŞE KULİN

1928-1941

Umut

Hayat Akan Bir Sudur

AYŞE KULİN

1941-1964

Hayat

Dürbünümde Kırk Sene

§

AYŞE KULİN

1964-1983

Hüzün

Dürbünümde Kırk Sene

§